清代宮廷大戲叢刊初編

勸善金科【上】

（清）張照 編寫
詹怡萍 校點

北京大學出版社
PEKING UNIVERSITY PRESS

國家古籍整理出版專項經費資助項目

前言

中國古代宮廷的演劇傳統可以上溯到宋代初年，設立教坊、雲韶部（初名「簫韶部」），承擔宮廷的儀典性和觀賞性演藝活動，其中包括戲劇表演——雜劇和傀儡戲。宋以後歷代宮廷一般都設有御用演藝機構（偶因社會動盪而中斷），御用演員不足用或因社會動盪停辦時，也會招用民間藝人承應宮廷演藝。清代的宮廷演劇從管理、組織、設備、舞臺、編劇、表演、舞美、服飾等全方位得到了提升，從而發展到了歷史的極致。

清初承明之制，禮部設教坊司，凡宮中典禮燕會，有女樂二十四名承應，順治十六年（一六五九）裁撤女樂，全部改爲太監承應，增至四十八人，其中有專司演劇者。

康熙中期，内務府增設景山和南府兩個機構，專門承應宮廷演劇活動，相當於國立皇家大劇院，從而確立了戲劇演出在宮廷文化活動中超乎前代的重要地位和作用，使戲劇演出逐漸成爲宮廷文化活動中不可或缺的重要内容。這一點從現存龐大的清代昇平署檔案之系統性、規模化得以充分體現。道光七年（一八二七），南府改稱「昇平署」，延續至清末，但規模銳減。

景山、南府的總管一般由内務府大臣兼任。下設内學由宫内太監組成，外學由漢籍藝人和旗籍藝人組成。日常演劇中，内學和外學一般是分别承應，當演出大戲需要上場人數衆多時，内、外學則有合作。又設錢糧處負責管理皇家劇院的物質資源，寫法處負責謄寫備演劇本及撰寫劇本相應的服飾、切末、舞臺裝置、舞臺調度、表演身段、唱譜、題綱等内容，大差處爲籌辦皇家重大演出活動時臨時成立的專辦機構，内務府檔案處分撥專人記録和管理宫廷演劇的檔案資料。乾隆朝以前的宫廷演劇檔案已全部毁於水火，現存有嘉慶朝數册及道光以後各代的絶大部分檔案，包括恩賞日記檔、旨意檔、承應檔、日記檔、錢糧檔、花名檔、恩賞檔、知會檔、白米檔等多種類别，記録内容之繁細和全面令人嘆服。現存大量昇平署曲本，包括安殿本、總本（總綱、總講、總書）、單本（單頭、單篇、單片）、題綱、排場、串頭、串貫、工尺譜、身段譜等多種形態，其種類之系統體現出管理之完備。這些歷盡劫波保存至今的文獻資料，如今分藏於中國第一歷史檔案館、故宫博物院、國家圖書館、中國藝術研究院圖書館等處。

清代皇家劇院在乾隆朝是機構設置最全面和人數規模最龐大的，據稱最多時有一千五百人左右，演出像《勸善金科》《昇平寶筏》等十本二百四十齣、上場人數動輒上千人的連臺大戲，足能勝任，每天一本，連演十天。

宫廷内的演劇活動可分爲娱樂性演藝和儀典性演藝。將戲劇演出引入宫廷儀典性演藝内容，始自明代。娱樂性演劇一般就是民間常見的雜劇、傳奇劇碼。儀典性演劇則按照節令祀享和慶典主題的不同，各有專用的劇碼承應，其中很多是宫廷藝人根據演出要求自行編製的。這樣的演劇傳統延續到清廷，得到了全面而系統的發展，更以政令形式形成了完整而嚴謹的演劇體制。凡至有帝后嬪妃壽辰、皇帝大婚、皇帝出行及返京、皇子出生、皇子定親、册立封號等喜慶事件，以及每年诸大節令，除舉辦相應的慶典或祭祀儀式外，都要安排特定劇碼的演出承應，是爲儀典性劇碼；而娱樂性劇碼則包括傳統雜劇、傳奇的折子戲（用於頻繁的日常觀賞性演劇）和連臺本大戲。

連臺本戲的劇本體制，非清宫首創，但確是由乾隆皇帝推爲極致。乾隆初年，敕令身任刑部尚書兼管樂部的張照等一班詞臣創作或改編了一批承應戲和連臺本戲，以供宫廷演劇之用。這批連臺本戲，現有存本者近二十部，短則一百多齣，長則二百四十齣，篇幅規模可稱鴻篇鉅製，故此又習稱爲「連臺本大戲」或「宫廷大戲」，半數至今有全本流傳。

清代的皇宫禁苑主要有紫禁城、圓明園、頤和園、熱河行宫（即承德避暑山莊）等，各處所建大中小型戲臺非常多，其中最著名的要數上中下三層的大戲樓。清代皇宫禁苑先後共建有五座三層大戲樓：圓明園同樂園清音閣，紫禁城寧壽宫閲是樓暢音閣、壽安宫戲樓，熱河行宫福壽園清音閣，頤和園德和園戲樓。圓明園同樂園戲臺最早建成，約建於雍正初年，規模最大，築造精美，乾隆、嘉慶、道光、咸豐朝常爲皇家觀劇之所，惜毁於一八六〇年英法聯軍。寧壽宫、壽安宫、熱河行宫清音閣大戲樓均建成於乾隆年間，壽安宫大戲樓於嘉慶四年（一七九九）諭旨拆毁，承德清音閣則毁於火災，頤和園在英法聯軍火燒北京時被毁，光緒年間重建時仿清音閣和暢音閣戲樓，在原怡春堂舊址上修建了德和園大戲樓，規模較其他四座爲小。寧壽宫暢音閣和頤和園德和園兩座倖存於今。

上中下三層戲臺，分别稱爲「福臺」「禄臺」「壽臺」，這樣的結構是專爲排演連臺本大戲而創設的。一般情節的演出均在壽臺進行，一涉神怪即用到福臺、禄臺。《昭代簫韶·凡例》：「劇中有上帝、神祇、仙佛，及凡人、鬼魅，其出入上下應分福臺、禄臺、壽臺及仙樓、天井、地井。或當從某臺某門出入者，今悉斟酌分别注明。」宫廷承應戲多涉神鬼世界，場面浩大，角色動輒數百上千，常需表現從天而降或地湧而出的情景，三層戲臺的機關設計，滿足了舞臺表現的要求。《昭代簫韶》《勸善金科》《昇平寶筏》《鼎峙春秋》《忠義璇圖》等宫廷大戲的劇本，對場面佈設、脚色出入的描述都非常詳細，每一環節皆與大戲樓相對應。

連臺本大戲的創作排演和三層大戲樓的設計建造，代表着宫廷演劇活動發展到乾隆時期所呈現的空前繁盛，從文本的長篇敘事體制，到舞臺表現的奢華風格，及其對戲曲意象性特徵的充分發揮，以及彼此在藝術上的相生相濟，都堪稱傳統戲曲藝術在特殊環境下的特殊成就，亦成爲中國古代戲曲史上的別樣風光。

宫廷大戲現有存本者近二十部，半數爲全本流傳。新中國成立初年商務印書館、中華書局曾以影印方式選印十部結集爲《古本戲曲叢刊》第九集出版，其中《勸善金科》據上海圖書館藏及吴曉鈴藏清乾隆間内府五色套印本影印，《昇平寶筏》《忠義璇圖》據國家圖書館藏清内府鈔本影印；《鼎峙春秋》據首都圖書館藏清内府鈔本影印；《昭代簫韶》據國家圖書館、上海圖書館及吴曉鈴藏清嘉慶十八年（一八一三）朱墨本影印。本次校點即以《古本戲曲叢刊》本爲底本，衹做標點，一般不做異文校勘，旨在通過《清代宫廷大戲叢刊》，呈現過去連臺本戲的面貌，爲廣大讀者打開一扇瞭解古代宫廷演劇面貌的門。

整理説明

《勸善金科》，清代宫廷連臺本大戲，共十本，每本二十四齣，清代乾隆初期詞臣張照奉敕根據前朝舊本改編。張照（一六九一—一七四五），江蘇婁縣人，初名默，字得天，一字長卿，號涇南、天瓶居士，謚文敏，天資聰穎，才品兼優，歷康熙、雍正、乾隆三朝，官至刑部尚書，追加太子太保、吏部尚書。張照博學多才，詩書兼美，精通音律，奉敕主編《秘殿珠林》《石渠寶笈》及參與續修《律吕正義》；著有《得天居士集》《天瓶齋書畫題跋》《天瓶齋書畫題跋補輯》等，另有《張文敏公遺稿》三卷。張照於乾隆初期奉敕擔綱宫廷承應戲劇的主創，「乾隆初，純皇帝以海内昇平，命張文敏制諸院本進呈，以備樂部演習。凡各節令皆奏演」（清·昭槤《嘯亭續録》卷一「大戲節戲」）。據記載，經張照主持整理改編及新創的宫廷戲劇有觀賞性連臺本大戲《勸善金科》十本二百四十齣、《昇平寶筏》十本二百四十齣，及《月令承應》《法宫雅奏》《九九大慶》等儀典類戲劇。

《勸善金科》的主要題材是佛家目連救母故事。目連是「大目犍連」的簡稱，是佛祖十大弟子之一，號稱「神通第一」。目連救母故事出自《佛説盂蘭盆經》，傳入中土後，隨着盂蘭盆會在民間廣泛盛行，此故事也廣爲流布，至宋代成爲最早走上戲劇舞臺的題材。歷代戲劇目録都有對這一題材作品的著録，明清戲曲選本和曲譜中亦可見大量此題材的散出或曲譜，現當代絶大多數劇種保留着此題材劇碼的演出和存本，可見其傳演之廣泛。學界將以此爲主要情節的戲劇演出概稱爲「目連戲」。

張照本《勸善金科》根據同名舊本改編而成，「《勸善金科》舊有十本，則多之至矣。但每本中或二十一二齣，或三十餘齣，多寡不勻。今重加校訂，定以二十四齣爲準，仍爲十本，共二百四十齣」（見該本《凡例》第二條）。今存清康熙、雍正兩朝內府抄本連臺本戲《勸善金科》，皆可能爲其所本。除了《凡例》所言對出次與出目加以調整、使之勻稱整齊以外，張照本對舊本的改編主要有如下幾個方面：（一）通過對劇情的增删、修補，宣揚積善行孝、歌頌太平盛世的主旨愈加鮮明，情節發展的脈絡更加清晰合理；（二）通過對劇本文字的加工潤色，祛除了舊本中一些俚俗粗糙之處，也淡化了反映社會黑暗現象的色彩，加强了劇本的文學性和語言的典雅性；（三）對劇中人物出演行當進行調整，使人物的舞臺形象塑造準確和鮮明；（四）通過對曲牌名稱的訂正和曲詞格律的訂定，糾正了舊本不按宫調、不合格律、不叶曲韻之弊，大大提升了舞臺音樂的規範性；（五）劇本將劇中人物的服飾穿戴、裝扮塑形，各個場景的機關佈景、道具切末，舞臺表演的上下場門、排場調度，均一一詳列。

劇情將目連救母故事假借爲唐朝事，極盡敷演，關目繁複，又穿插李希烈、朱泚謀反，顔真卿、段秀實拒賊效忠，李晟平叛，民間刁徒種種惡行劣舉，以及各自受到因果報應等，旨在宣示懲惡揚善，彪炳忠孝節義，彰顯天道輪迴，歌頌太平盛世。本劇是乾隆敕命編撰成功的第一部連臺本大戲，對後面一系列宫廷大戲的創作具有示範性意義，其劇情發展所要求的演出規模和舞臺設計開創了古代戲曲演出的巔峰。

該劇改編完成後，即由武英殿以五色套印形式刊印成書。全書以紅、藍、緑、黄、黑五色套印而成。戲目用單行大緑字，宫調用雙行小緑字，曲牌名用單行大黄字，曲文用單行大黑字，念白則用單行小黑字，襯字以單行小黑字，科文與服色以單行小紅字旁寫；曲文中每句、每讀、每韻、每迭、每格、每合之下，皆以小藍字旁注；北曲曲詞之入派三聲者、南曲曲詞之一字多音者，各以小紅圈一一圈注。根據清代内務府檔案記載可知，《勸善金科》全本的演出一般安排在歲末（十二月十一日至二十日），每日一本，十日演畢。清昭槤《嘯亭續録》卷一「大戲節戲」云：「又演目連尊者救母事，析爲十本，謂之《勸善金科》，於歲暮奏之，以其鬼魅雜出，以代古人儺祓之意。」然每年歲末全本演出《勸善金科》是否爲清宫演劇定例，由於嘉慶六年（一八〇一）以前的宫廷演劇檔案損佚殆盡而無從得知，僅知該劇最後一次的全本演出是在嘉慶二十四年十二月十一日至二十日。道光以後，由於國力減弱，皇帝尚簡，很長時間内不再演出全本連臺本大戲，而是擇散出排演，如《羅卜行路》《過滑油山》《上路魔障》等，都有宫廷演出本留存至今，演出時間亦不限於年末。

張照本《勸善金科》現存清乾隆年間武英殿刻五色套印本、乾隆内府五色抄本，均二十卷，首一卷。《古本戲曲叢刊九集》據五色套印本影印。另有殘卷及散出的宫廷演出本（南府或昇平署抄本）存世。本叢刊以《古本戲曲叢刊九集》影印本爲底本。

目録

第一本卷下

第二本卷上

第二本卷下

第三本卷上

第三本卷下

第四本卷上

第四本卷下

第五本卷上

第五本卷下

第六本卷上

第六本卷下

第七本卷上

第七本卷下

第八本卷上

第八本卷下

第九本卷上

第九本卷下

第十本卷上

第十本卷下

勸善金科序

釋迦牟尼佛爲大弟子摩訶目犍連母劉氏，破戒殺生，應墮地獄。竭調御丈夫天人師力救之，往往不及一步，仍歷盡十八地獄乃已。於是有盂蘭盆會，普濟衆生。釋迦作此一場漏逗，普天下亘萬古冬烘先生，笑之齒冷：若殺生者即如是墮地獄，普天下亘萬古人皆殺生者也。雖廣十閻君之額，爲萬閻君，猶不能了公案。如云不戒則罪輕，破戒則罪重，是則戒也者，釋迦爲之厲階也。其何以云？無名氏曰：否否。若固夏蟲不可與語冰也。夫六塵、六識、六入爲十八變，生既有之，滅何不然。夫此六塵、六識、六入，雖孝子不能同于其父母，雖慈父母不能同于其子。猶人共枕同寢，而其爲夢必不能以同。夫甚飽夢與，甚饑夢取。子飽而父母饑，則不能强父母之夢取而爲與也；父母饑而子飽，則不能强子之夢與而爲取也。生滅非他，夢之大者耳。摩訶目犍連之於劉氏，乃如來真語、如語、實語、不妄語、不誑語，而豈設爲造作，以駭世之婦人女子乎！冬烘先生聞之，舌撟而不敢下，然猶項强而不肯俯也。有具大悲心，作將來眼者，演而爲劇，名曰「勸善金科」，使天下擔夫販豎、奚奴凡婢，亦莫不耳而目之而心志之，恍如有刀山劍樹之在其前，不特平旦之氣清明，即夜夢亦有所懼而不敢肆。調御丈夫天人師，所願聞者歟？或曰：釋迦者，周昭王時人。今譜其弟子大目犍連之事，而雜舉唐代人物，奸良忠佞，混千年爲一時。所謂王舍城者，五印度也，而雜舉西天震旦，城郭人民，越萬里爲一土。甚或倏爲唐朝事，倏又若今日事，奇怪惝恍，誠不可悉也。曰此没量大人，乃能解之，而非冬烘先生之可語也。肇法師論之詳，無庸蛇足。子取肇論讀之，當有悟筆雲墨兩所濂，誠不妨直至今日太平天下也。子若不悟，姑請觀劇。無名氏序

勸善金科題詞

【集賢賓】二闋　大千世界恒沙土，各不相知。細入焦螟兩睫，内列城池。一樣悲歡離合，無端貴賤雄雌。其中亦有華嚴座，法王廣説毘尼。不是莊周齊物，請問釋迦師。　悲含同體發深慈，要救拔群癡。八萬闍梨細行，一乘猋馳。直達菩提寶所，那知絶倒獅兒。道劉氏可爲榜樣，破僧戒地獄如斯。調達掀髯大笑，此處久安之。

好春白日東風輭，分付尊罍。齊發鵉笙鳳管，細按姸詞。月有盈虚弦魄，時分中盛興衰。其間只有忠和孝，到頭剩得便宜。駕起尻輿神馬，郁烈國相隨。　舞衫歌扇演當時，請復一中之。觸恨蠻争不已，多少狂痴。收拾紅牙拍下，而今唤做傳奇。莫區分梵天此土，破斯夢開眼爲期。不爾珊瑚枕上，且共化人嬉。

凡例

一、《勸善金科》，其源出于《目連記》，《目連記》則本之《大藏盂蘭盆經》，蓋西域大目犍連事跡，而假借爲唐季事，牽連及于顔魯公、段司農輩，義在談忠説孝。西天此土，前古後今，本同一揆，不必泥也。顧舊本相沿，魚魯豕亥，其間宫調外訛，曲白鄙猥。今爲斟酌宫商，去非歸是，數易稿而始成。舊本所存者不過十之二三耳，仍名「勸善金科」云者，其義具載開場白中，兹不複綴。

一、元人雜劇，一事大抵四折。其後《琵琶》、《幽閨》等劇，寖至三十餘齣、四五十齣不等，如湯若士之《牡丹亭》、洪昉思之《長生殿》，至五十餘齣，分上下二本，又其最多者也。《勸善金科》，舊有十本，則多之至矣，但每本中或二十一、二齣，或三十餘齣，多寡不勻。今重加校訂，定以二十四齣爲準，仍分十本，共二百四十齣。

一、舊本名目，或七字，或八字，參差不齊，且不雅馴。今概以七言標目，當句有對。

一、宫調用雙行小緑字，曲牌用單行大黄字，科文與服色俱以小紅字旁寫，曲文用單行大黑字，襯字則以小黑字旁寫别之。

一、曲文每句、每讀、每韻、每疊、每格、每合之下，皆用藍字註之，以免歌者悮斷而失其義。

一、《中原音韻》，塡北曲所用也，故入聲皆分隸平、上、去三音。是刻凡遇北調，其入聲應作平、上、去聲者，皆照發聲之例用小紅圈一一圈出。其南詞中一字有兩音者，如少、少，好、好之類，亦皆以小紅圈發聲。

一、從來演劇，惟有上、下二場門。大概從上場門上，下場門下。然有應從上場門上者，亦有應從下場門上者；且有應從上場門上而仍應從上場門下者，有從下場門上仍應從下場門下者。今悉爲分别註明，若夫上帝神祇、釋迦仙子，不便與塵凡同門出入，且有天堂必有地獄，有正路必有旁門，人鬼之辨亦應分晰，並註明每齣中。

一、古稱優孟衣冠，言雖假而似真也。今將每齣中各色人之穿戴，於登場時細爲標出。

一、凡古人塡詞，每齣始末率用一韻，然亦間有出入者，則古風體也。舊本多訛，今並改正。

一、詞曲必按宫調，而文人遊戲，惟興所適，往往不依規矩。如湯若士之《牡丹亭》其尤甚者也，是集悉遵宫調，無所出入。

第一本卷上

第一齣 樂春臺開宗明義（魚模韻）

〔雜扮八靈官，各戴紮巾額，紮靠，穿戰靴，掛赤心忠良牌，持鞭，從昇天門上，跳舞，鳴爆竹，鞭浄臺科，仍從昇天門下。場上設香几，內奏樂。雜扮八開場人，各戴將巾、紮額，簪孔雀翎，穿直領，繫鑾帶，捧爐盤，執如意，從兩場門分上，各設爐盤於香几上，焚香，三頓首科，起，各執如意，遶場，分白〕

【玉女摇仙珮】河山一統（句），日月雙丸（句），閲盡風雲世路（韻）。剖破藩籬（句），洞觀今古（句），唤醒愚頑氓庶（韻）。莫被貪嗔誤（韻）。歎人情變幻（句），雨翻雲覆（韻）。請細看（讀）聰明智巧（句），盡屬衰草、寒烟、荒土（韻）。無辱亦無榮（句），江上漁翁（句），山間樵父（韻）。多少蠅頭奪利（句），蝸角争名（句），總是一番虚度（韻）。暗室虧心（句），難逃天網（句），到底行藏敗露（韻）。重把宫商譜（韻），莫認做（讀）旖旎清歌妙舞（韻）。試娓娓（讀）塵世窮通（句），幽冥禍福（句），迷津施渡（韻）。人應悟（韻），大家莫負當今主（韻）。〔內白〕借問臺上的，今日搬演誰家故事？〔八開場人白〕搬演目連救母，勸善金科。〔內白〕這本傳奇，流傳已久，怎麼又叫做「勸善金科」？〔八開場人白〕這本傳奇，原編的不過傳門一家良善，念佛持齋，冥府輪迴，刀山劍樹，善者未足起發人之善心，惡者不足懲創人之惡志。當今萬歲憫赤子之癡迷，借傀儡爲刑賞。曲證源流，懸慧燈於腕底；兼羅今古，駕寶筏於毫端。删舊補新，從俚入雅。善報惡報，神栽培傾覆之權；去驕去淫，凜惡盈損滿之戒。世際昇平，時逢大賚。笙歌廣幕，洽萬姓之歡心；絃管鈞天，同四方之樂事。使天下的愚夫愚婦，看了這本傳奇，人人曉得忠君王、孝父母、敬尊長、去貪淫，戒之在心，守之在志。上臨之以天鑑，下察之以地祇。明有刑法相繫，暗有鬼神相隨。出處語默，天地皆知。天不可欺，惟正可守。日中則昃，月盈則虧。善報惡報，不昧毫釐。可見世有不明之事，天無不報之條。借此引人獻出良心，把那奸邪淫貪的念頭，一場冰冷，如雪入洪爐，不點自化。沛茲甘澤，覆以慈雲。人能警醒，自獲嘉祥。臺下的不要把來當艷舞新聲，尋常觀聽過了。〔分白〕世間須作善因緣，今古開場當話傳。禍福無門非謬也，忠良有報信昭然。天堂地獄誰牽引？馬腹驢胎任轉還。暫借宫商宣勸善，春臺同樂太平年。〔仍從兩場門分下〕

第二齣　勑天使問俗觀風（齊微韻）

〔雜扮四功曹，各戴功曹帽，穿雁翎甲，繫年月日時牌，持鐧，從昇天門上，跳舞科。雜扮青龍，戴青龍冠，紮靠，持刀。雜扮白虎，戴白虎冠，紮靠，持鎗。雜扮朱雀，戴朱雀冠，紮靠，持劍。雜扮神武，戴神武冠，紮靠，持斧。從昇天門上，同功曹合舞科，仍同從昇天門下。雜扮二十八宿，各戴本形像冠，紮靠，持鎗，從昇天門上，跳舞科，仍從昇天門下。內奏樂，四功曹、青龍、白虎、朱雀、神武、二十八宿，仍從昇天門上，各分侍科。雜扮四星官，各戴朝冠，穿蟒，束玉帶，執笏。雜扮四宮娥，各戴過梁額，穿舞衣，執提爐。雜扮四宮官，各戴宮官帽，穿蟒，繫絲縧，執符節、龍鳳扇。引生扮三台北斗，戴冕旒，穿蟒，束玉帶，執圭，從昇天門上。衆同唱〕

【仙呂入雙角合曲·北新水令】星辰環拱象昭回（韻），貫珠般瑤空朗綴（韻）。雲中光奕奕（句），天畔影輝輝（韻）。聖治無爲（韻），喜照臨着這清寧世（韻）。〔場上設高臺、帳幔、桌椅，內奏樂，轉場陞座，衆神各分侍科。三台北斗白〕玉衡齊處度無愆，妙合還從造化先。分晰塵寰諸善惡，明明天鑒一輪懸。吾乃三台北斗星君是也，爲陰陽之元本，作天地之樞機。含瑞彩而麗天，昭明多慶；煥神光而垂象，兆應太平。操巡查善惡之權，秉稽察忠奸之政。堪歎那閻浮界衆生，所作所爲，無一不是造業造罪之事，豈知大圓鏡纖毫不爽，定盤星絲忽無差。已曾相召巡察諸神，并各省城隍土地，待其到來，

再當面論一番。正是：秉鑑持衡同訪察，上天下地概知聞。〔雜扮四採訪使者，各戴嵌龍幞頭，穿蟒，束玉帶，從上場門上，唱〕

【仙呂入雙角合曲·南步步嬌】梯躡雲霞行空際(韻)，足下祥飈起(韻)，見閶闔啟天扉(韻)。宮殿崔嵬(句)，雲中高峙(韻)。〔各作進門朝見科，白〕三台北斗星君在上，衆採訪使者參見。〔三台北斗白〕諸位尊神少禮。〔四採訪使者唱〕(合)晉謁肅摳衣(韻)，向瑤堦玉陛深深禮(韻)。〔白〕小神等遵奉星君法諭，遍察下界之人。無奈迷而不悟，作惡造罪者多，樂善信心者少，不知還當作何懲誡？〔三台北斗白〕此後下界之人，倘是仍然怙惡不悛，爾諸神須是無容無隱，詳悉報呈。〔四採訪使者白〕謹遵法諭。〔三台北斗白〕想那塵世人民，好生愚昧也。〔唱〕

【仙呂入雙角合曲·北折桂令】謾說是天道無知(韻)，古往今來(句)，放過伊誰(韻)？自有箇閒中記載(句)，暗裏詳推(句)，默運神機(韻)。休道是闇室內心可潛虧(韻)，黑地裏人可相欺(韻)。種種謀爲(韻)，種種貪癡(韻)。彰果報少不得無漏無遺(韻)，償罪業只爭箇來早來遲(韻)。〔雜扮四功曹，各戴功曹帽，穿雁翎甲，繫年月日時牌，持馬鞭，從上場門上，唱〕

【仙呂入雙角合曲·南江兒水】甲子雖分值(韻)，巡查實共司(叶)。這曹官的責任非輕細(韻)，把禍淫福善須登記(韻)，那雲章鳳篆頻傳遞(韻)。〔各作下馬進門朝見科，白〕小神等參見星君。〔三台北斗白〕諸神少禮。〔四功曹唱〕瞻仰天樞高位(韻)，〔合〕斗府尊嚴(句)，正列宿群星環衛(韻)。〔白〕星君相召我等，不識有何法旨。〔三台北斗白〕爾諸神巡察塵凡，自當丕昭顯應，聿申警戒，使那愚夫愚婦，改惡從善，永爲盛世良民，不亦善乎。〔四採訪使者、四功曹白〕星君憫世之心，如此肫誠懇切，小神等自當仰體而行。〔三台北斗白〕可憐那塵世愚民，好無分曉也。〔唱〕

【仙吕入雙角合曲·北鴈兒落帶得勝令】【鴈兒落】(全)只認做無知識人可欺(韻)，不信那有報應天難昧(韻)。何曾具半星兒利物心(句)，只打辦一謎的傷人意(韻)。【得勝令】(全)呀(格)，謾道是善小莫須提(韻)，謾道是惡小不妨爲(韻)。可知那行善的嘉徵萃(韻)，可知那作惡的業報隨(韻)。唤不醒塵迷(韻)，在今日裏知誰悔(韻)。受不盡泥犂(韻)，到那時間枉自悲(韻)，那時間枉自悲(疊)。〔雜扮八城隍，各戴紥紅幞頭，穿圓領，束金帶，從上場門上，唱〕

【仙吕入雙角合曲·南僥僥令】佑民多有感(句)，體物本無遺(韻)。則俺各按方隅把城垣衛(韻)，〔合〕濯濯的聲靈人共知(韻)。〔各作進門朝見科，白〕星君在上，各路城隍參禮。〔三台北斗白〕諸神巡查善惡，赫施報應，固爲當分之事。但將來有一二亂臣賊子，盗弄兵戈，殘害黎庶，爾諸神各有民社之寄，須當力爲保護山川民物，以俟昇平。〔八城隍白〕謹遵法諭。〔三台北斗白〕且聽我道來。〔唱〕

【仙吕入雙角合曲·北收江南】呀(格)，爲戎馬無端伏莽起(韻)，遭喪亂值流離(韻)。要恁神明默相保黔黎(韻)，威靈顯著護城池(韻)。天心難轉移(韻)，人力怎挽回(韻)，指日裏太平重睹樂雍熙(韻)。〔雜扮四土地，各戴紥紅紗帽，穿圓領，束金帶，從上場門上，唱〕

【仙吕入雙角合曲·南園林好】住荒祠官銜恁卑(韻)，守村社品級恁低(韻)。却瞞不過當方土地(韻)，〔合〕善與惡我先知(韻)，善與惡我先知(疊)。〔各作進門朝見科，白〕星君在上，各路土司參見。〔三台北斗白〕爾衆土司，各於本境内保護人民，暗佑疆土，毋得有違。〔四土地白〕謹遵法旨。〔三台北斗白〕爾等諸神，每逢月望、月晦之期，將所察之善惡呈報詳明。或當生前速報，或當死後果償，那時再爲定奪施行。〔衆神應科。三台北斗白〕又聞得王舍城中傅相，夫妻父子，長齋禮佛，多行善事，累積陰功，爾諸神當再加細詳察。如果有其事，當奏聞上帝，以邀寵錫。〔衆神同白〕謹遵星君法旨。〔衆同唱〕

【仙吕入雙角合曲·北沽美酒帶太平令】【沽美酒】(全)勸人生休執迷(韻)，勸人生休執迷(疊)，覺今是悟前非(韻)，好把那善念堅持莫暫離(韻)。若要咱神天垂庇(韻)，只在你自行爲(韻)。【太平令】(全)往常間居仁由義(韻)，平昔裏蹈矩循規(韻)。休抹却綱常倫理(韻)，好記取慈祥愷悌(韻)。俺呵(格)，諄諄的諭伊(韻)、勸伊(韻)，聽不聽也還在你(韻)，呀(格)，這意兒有誰能會(韻)。〔衆神作拜別科，四採訪使者各作出門從兩場門分下，四功曹各作出門騎馬從兩場門分下，八城隍、四土地各作出門從兩場門分下。内奏樂，三台北斗下座科。衆同唱〕

【南慶餘】俯視那紛紛攘攘閻浮世(韻)，具天良的人心無異(韻)，則須是化盡愚頑移易得風俗美(韻)。〔衆擁護三台北斗，仍從昇天門下。二十八宿遶場科，仍從昇天門下。内奏十番樂，衆同念《淨臺咒》〕哩拉蓮，拉蓮哩蓮，哩拉蓮，拉哩拉蓮，哩拉蓮，拉哩蓮。〔九轉〕

第三齣 宴佳辰善門集慶（真文韻）

〔生扮羅卜，戴巾，穿直領，帶數珠，繫儒絛，從上場門上，唱〕

【雙角套曲·新水令】少年養正事修身(韻)，論修身善爲根本(韻)。至心皈萬法(句)，竭力奉雙親(韻)。菽水晨昏(韻)，身外事吾何論(韻)。〔中場設椅，轉場，坐科，白〕三陽應律轉鴻鈞，浩蕩均霑大造恩。五色瑞雲盈宇宙，四時佳氣滿家門。小生姓傅名羅卜，王舍城人氏，詩書舊族，積善傳家。爹爹傅相，恩賜義官。母親劉氏，宦門淑女。幸喜康寧無恙，今逢歲月更新。三百六十日，須知此日爲元；一萬六千春，願祝長春不老。已曾吩咐安排香茗素席，慶賀新春，并祝眉壽。益利何在？〔末扮益利，戴羅帽，穿道袍，繫鑾帶，帶數珠，從上場門上，白〕來了。雲山九門曙，天地一家春。〔作見科，白〕官人有何吩咐？〔羅卜白〕筵席可曾整備麽？〔益利白〕整備多時。〔羅卜起，隨撤椅科，白〕爹媽有請。〔外扮傅相，戴紗帽，穿圓領，束金帶，帶數珠，從上場門上，唱〕

【又一體】平生學誼貫天人(韻)，淡功名溪山高隱(韻)。烟霞成痼疾(句)，富貴等浮雲(韻)。得失紛紜(韻)，不縈我閒方寸(韻)。〔雜扮八院子，各戴羅帽，穿道袍。雜扮八梅香，各穿衫、背心，繫汗巾。從兩場門分上。

小旦扮金奴，穿衫、背心，繫汗巾，引旦扮劉氏，戴鳳冠，穿圓領，束金帶，帶數珠，從上場門上，唱〕

【又一體】半生勤苦佐夫君(韻)，早星星霜華盈鬢(韻)。尸饔常早起(句)，握算每宵分(韻)。〔相見科，劉氏白〕員外，〔唱〕累世行仁(韻)，釀和氣人天順(韻)。〔場上設椅，各坐科，分白〕爆竹聲中一歲除，春風送暖入屠蘇。千門萬户曈曨日，總把新桃換舊符。〔羅卜白〕告稟爹爹、母親知道，今逢元旦良辰，最是一年韶景，已安排香茗，聊當旨酒稱觴，慶賀爹爹、母親，百年榮祉。〔傅相白〕我兒，生受你了。但須安排香案，先拜天地君親，再行賀正之禮。〔羅卜白〕益利，捧香案過來。〔益利應科。各起，隨撤椅科，內奏樂，二院子搭香案設左側，傅相上香，衆按次序隨行禮科。衆同唱〕

【雙角套曲·鴈兒落】爇沉檀金猊紫篆痕(韻)，靉靉祥雲引(韻)。〔傅相白〕這炷香呵，〔衆同唱〕拜謝的乾坤雨露滋(句)，儘教那萬物咸霑潤(韻)。〔內奏樂，二院子隨撤香案。二院子搭香案設中場，衆遶場，傅相上香，衆按次序隨行禮科。衆同唱〕

【又一體】殫焦勞一人臨萬民(韻)，宵旰精神運(韻)。〔傅相白〕這炷香呵，〔衆同唱〕拜謝的皇仁覆載宏(句)，和那聖德穹圓峻(韻)。〔內奏樂，二院子隨撤香案。二院子搭香案設右側，衆遶場，傅相上香，衆按次序隨行禮科。衆同唱〕

【又一體】感先人陰功培後昆(韻)，世澤家聲振(韻)。〔傅相白〕這炷香呵，〔衆同唱〕拜謝的祖宗呵護靈(句)，使兒孫歲月常安穩(韻)。〔內奏樂，二院子隨撤香案。場上設桌椅，益利捧茗盞，羅卜接盞，定席畢，傅相、劉

氏坐科，羅卜行禮畢，亦坐科，益利、金奴率衆行禮科。羅卜唱〕

【雙角套曲・折桂令】青陽晴靄氤氳(韻)，梅蕊舒香(句)，燕彩宜春(韻)。這香茗盈杯(句)，辛盤菜甲争新(韻)。底用玉釵金粉(韻)，儘萊衣彩舞悦誾誾(韻)。佳景良辰(韻)，〔衆院子、梅香同唱〕佳景良辰(疊)，真乃眉壽康寧(句)，喜氣盈門(韻)。〔金奴取盞，益利向下取壺，隨上斟茗，金奴送茗科。傅相唱〕

【又一體】星星華鬢添新(韻)，電影韶年(句)，夢影芳春(韻)。碌碌浮生(句)，功名事業休論(韻)。種得良田方寸(韻)，好家私傳付與兒孫(韻)。强似金銀(韻)，〔劉氏唱〕强似金銀(疊)，管教葉茂枝繁(句)，昌大吾門(韻)。〔衆同唱〕

【雙角套曲・瓊林宴】東風滿座春(韻)，笑語宴佳辰(韻)，玉液瓊漿仙醴進(韻)。鶯花鬬新(韻)，怎能彀舞天花不沾身(韻)。〔金奴復送茗科。衆同唱〕

【雙角套曲・太平令】繡屏前椒花色襯(韻)，金爐裏柏子香焚(韻)。真箇是神仙風韻(韻)，真箇是神仙風韻(疊)。禁不住留春(韻)、惜春(韻)、愛春(韻)，難辜負韶光一瞬(韻)。〔各作出席隨撤桌椅科。傅相唱〕

【慶餘】花明日暖風光嫩(韻)，〔劉氏唱〕長爲青山作主人(韻)，〔羅卜白〕願爹爹、母親呵(唱)，壽比喬松幾百春(韻)。〔同從下場門下〕

第四齣　會良友別室談心（尤侯韻）

〔净扮僧明本，戴僧帽，穿僧衣，披袈裟，帶數珠，托鉢盂，持拂塵，從上場門上，唱〕

【雙調正曲・孝順歌】塵中寄（句），物外遊（韻），孤雲踪跡隨地留（韻）。四大本何有（韻），一心自無垢（韻）。〔生扮道貞源，戴道巾，穿水田道袍，繫絲縧，持魚鼓、簡板，從上場門上，唱〕古觀朝真禮斗（韻），誦罷黃庭（讀），庚申夜守（韻）。〔合〕一片雲水閒情（句），又向塵寰趨走（韻）。〔分白〕小僧明本是也。貧道貞源是也。〔明本白〕今聞王舍城中，傅長者好善，一同探問一番。來此已是。〔貞源白〕有人麼？〔末扮益利，戴羅帽，穿道袍，繫鑾帶，帶數珠，從上場門上，白〕道院迎仙客，書房隱大儒。〔作出門科，白〕二位何來？〔明本、貞源白〕特來拜謁家長。〔益利白〕我東人廣種福田，存心樂善，既蒙二位到此，不勝欣幸。〔明本、貞源白〕乞煩通報。〔益利白〕二位暫請少待，容當通報。〔作進門科，白〕員外有請。〔外扮傅相，戴巾，穿氅，帶數珠，從上場門上，白〕願天常生好人，願人常行好事。雖然悟得昨非，豈可便言今是。〔益利白〕外面有僧道求見。〔傅相白〕待我出迎。〔作出門請明本、貞源進門科。明本、貞源白〕久仰高名，泰山北斗。小僧/貧道驚動起居。〔傅相白〕老夫素心樂善，正要廣結良緣，有失迎迓，望乞恕罪。請入後堂，談論一番。〔中場設香案、帳幔，桌上掛三官堂匾；左臺口設香案、帳幔，桌上掛觀音堂匾；右臺口設香案、帳幔，桌上掛樂善堂匾。傳相引明本、貞源行科，白〕這是觀音堂。〔明本白〕阿彌陀佛。〔貞源白〕無量壽佛。〔隨撤觀音堂桌、帳科。傳相引明本、貞源行科，白〕這是三官堂。〔明本白〕阿彌陀佛。〔貞源白〕無量壽佛。〔隨撤三官堂桌、帳科。傳相引明本、貞源行科，白〕這是樂善堂。〔貞源白〕樂善堂，寫得好。〔隨撤樂善堂桌、帳科。場上設桌椅，明本、貞源置魚鼓、簡板、鉢盂於桌上，各坐科。益利向下取茶，隨上，各送茶科。衆接茶盞，各飲畢。益利接茶盞，從下場門下。傳相白〕老夫雖則心存樂善，但身居塵世，未曾悟得本來。〔明本白〕有善根。〔貞源白〕正是。〔傳相唱〕

【又一體】念平生願(句)，殫力修(韻)，這妙道須當着意求(韻)。〔明本喝科，白〕求甚麼？求甚麼？將你那所求的拿來我看。〔傳相作會意科，白〕師傅，〔唱〕深賴伊法語說根由(韻)，使我把重關透(韻)。〔貞源唱〕莫待苦雨淋頭(韻)，到得其時(讀)，相遭僝僽(韻)。〔合〕須知瞬息殘陽(句)，到此際不堪回首(韻)。〔明本笑科，唱〕

【又一體】說甚心清淨(句)，勵自修(韻)，把傀儡生涯着意求(韻)。可知道心佛一齊休(韻)，無休可承受(韻)。〔各起，隨撤椅科。傳相白〕二位端坐，待我拜從爲師。〔禮拜明本、貞源科，唱〕一語相投(韻)，却如水乳(讀)，心心相究(韻)。〔合〕似進簣爲山(句)，要見箇山成時候(韻)。〔白〕會緣橋上，僧房道宇儘多，請二位

在彼住下，早晚之間，還要領教。〔明本、貞源白〕多謝員外了。〔傅相唱〕

【慶餘】承蒙法語把根源究㊅，〔明本、貞源唱〕具足圓成不用修㊅，〔傅相唱〕善行工夫只在性内求㊅。〔各虛白，同從下場門下〕

第五齣　李希烈背恩叛國（東鍾韻）

〔雜扮四小軍，各戴馬夫巾，穿蟒、箭袖、卒褂，執旗。雜扮八軍卒，各戴將巾，穿蟒、箭袖、排穗，執標鎗。雜扮八軍卒，各戴打仗盔，穿打仗甲，佩刀。雜扮二中軍，各戴中軍帽，穿中軍鎧，佩刀。丑扮周曾，戴荷葉盔，穿圓領，束金帶，内紥靠，引浄扮李希烈，戴金貂，紥靠，紥令旗，襲蟒，束玉帶，從上場門上，唱〕

【雙角套曲·新水令】笑當年卓、莽不英雄(韻)，枉把那機謀深用(韻)。脅君真跋扈(句)，下士假謙恭(韻)。到頭來事業成空(韻)，都做了春宵夢(韻)。〔中場設椅，轉場，坐科，白〕十萬戈矛鎮蔡疆，何難稱帝與稱王。近來恰好新遷許，要學曹瞞志四方。老夫平盧節度使李希烈是也。少嫻弓馬，長習韜鈐。論武勇真是卷鐵舒鈎，誇智謀不數囊沙拔幟。教戰斬姬，法令還如孫武；單騎見虜，威名不讓令公。只因國家多釁，每懷席捲之心，一向納叛招亡，頗蓄鯨吞之志。朝廷命俺兼平盧節度使，徙鎮許州，有衆數十萬人。暗與朱泚、朱滔、李納，合志同謀，觀變而動。但我想：上蔡、許州，彈丸之地，難以成事。我如今出其不意，先取汴京，以爲駐劄之地；次逼襄城，以圖進取之機。那時關中騷動，闕下震驚，遥連朱泚聲援，又結懷光爲内應，大事成矣。〔周曾白〕元帥妙算無遺。小將周曾，意中正要如此。但是朱泚處，亦須朝夕潛通，庶便進取，怎得一箇細密可託之人前去方好。〔李希烈白〕正是。〔雜扮四小軍，各戴馬夫巾，穿蟒、箭袖、卒褂，執旗，引小生扮李克誠，戴八角冠，穿圓領，束金帶，内紮靠，從上場門上，白〕自家李克誠是也。蒙元帥差往教場，齊集人馬，事畢回來。此間已是轅門首，不免進見。〔作進門科，白〕李克誠打躬。〔李希烈白〕軍馬俱整齊否？〔李克誠白〕領元帥鈞旨，到教場中，細探人情，箇箇願元帥早稱名號。地利天時，不可失也。〔李希烈白〕既如此，俺就稱天下兵馬都元帥，李克誠爲偏將軍，周曾爲前路先鋒。〔李克誠、周曾白〕多謝主公。〔李希烈白〕中軍，速備黄牛、白馬、祭品等物，待俺告祭天地，即日興師。〔二中軍應科。李希烈起，隨撤椅科。雜扮八轎夫，各戴紅氊帽，穿箭袖、轎夫衣，擡轎。雜扮傘夫，戴馬夫巾，穿蟒、箭袖、卒褂，執傘。雜扮三執纛人，各戴馬夫巾，穿蟒、箭袖、卒褂，執纛。周曾、李克誠從兩場門分下，脱圓領，乘馬。雜扮二馬夫，各戴馬夫巾，穿箭袖、卒褂，牽馬，同從兩場門分上。李希烈乘轎，衆擁護遶場科。李希烈唱〕

【雙角套曲·駐馬聽】怎如俺烈烈轟轟(韻)，烈烈轟轟(疊)，似雷雨交催起蟄龍(韻)。却笑他惛惛懵懵(韻)，似秋風折羽困桃蟲(韻)。俺如今創成基業，恥與那古人同(韻)；取將富貴，要和那同謀共(韻)。穩坐了上陽宮(韻)，何況俺隴西公子原都是天潢種(韻)。〔作到科，衆同白〕請主公下轎。〔李希烈下轎，周曾、李克誠各下馬，轎夫擡轎，馬夫牽馬，仍從兩場門分下。一中軍白〕祭禮俱已完備，請主公拈香。〔内奏樂，副扮禮生，戴禮生帽，穿藍衫，繫儒縧，從上場門上。場上設香案，一執纛人建纛。李希烈拈香行禮科。雜扮四將吏，各戴將巾，穿蟒、箭袖、排穗，執旗。雜扮二判官，各戴判官帽，穿圓領，束角帶，持筆、簿，引雜扮採訪使者，戴嵌龍幞頭，穿蟒，束玉帶，從上場門暗上，後場立科。李希烈唱〕

【雙角套曲・沉醉東風】憑着俺精誠感通(韻)，瓣香爇昭告蒼穹(韻)。〔白〕想自來呵，〔唱〕有幾多人號祖稱宗(韻)，有幾多人創業垂統(韻)。都同俺傑士心胸(韻)，豈必唐家合九重(韻)，無非是逐鹿中原偶中(韻)。〔禮生白〕請主公奠酒。〔內奏樂，一中軍遞爵，李希烈接奠，禮生贊禮白〕初獻爵。〔一中軍接爵，周曾、李克誠、衆軍卒隨李希烈行禮畢。李希烈白〕俺李希烈呵，〔唱〕

【雙角套曲・鴈兒落】不屑那巍巍官爵隆(韻)，休提起浩浩皇恩重(韻)。想從來成大事無瞻顧(句)，到今朝建鴻圖志量雄(韻)。〔內奏樂，一中軍遞爵，李希烈接奠，禮生贊禮白〕亞獻爵。〔一中軍接爵，周曾、李克誠、衆軍卒隨李希烈行禮畢。李希烈唱〕

【雙角套曲・得勝令】好準備琉璃殿內罩金龍(韻)，好準備赭黃袍上繡華蟲(韻)。〔白〕那時呵，〔唱〕少不得一般的頌湯武無慚德(句)，少不得把俺做比勳華多武功(韻)。〔內奏樂，一中軍遞爵，李希烈接奠，禮生贊禮白〕終獻爵。〔一中軍接爵，周曾、李克誠、衆軍卒隨李希烈行禮畢。李希烈白〕俺想千秋萬載之後，看那史書的有幾人，幾人中又誰知香臭？〔唱〕朦朧(韻)，且由咱一霎刀兵動(韻)。㞞農(韻)，也是你千年劫運逢(韻)。〔禮生白〕三獻已畢，請各將校展拜。〔內奏樂，周曾、李克誠、衆軍卒同行禮畢，禮生仍從上場門下。李希烈換帥盔、脱蟒科，衆將吏引採訪使者從下場門暗下，二中軍撤香案科。衆同唱〕

【雙角套曲・七弟兄】想斬蛇的劉沛公(韻)，雖逝的楚重瞳(韻)，怎及俺主人雄(韻)？聖文神武由天縱(韻)，桓桓羆虎盡從龍(韻)，儼是那旭日群星捧(韻)。〔二中軍白〕祭拜已畢，請主公到教場中傳令。〔李希烈白〕吩咐起馬。〔衆應科。雜扮三馬夫，各戴馬夫巾，穿箭袖、卒褂，牽馬，從兩場門分上。李希烈、周曾、李克誠，各乘馬，衆軍卒擁護遶場科。李希烈唱〕

【雙角套曲・梅花酒】你看虎狼般徒旅雄(韻)，排列處壯軍容(韻)。看旌旆亂摇風(韻)，聽金鼓似雷轟(韻)。散霜華耀劍鋒(韻)，閃電影走驕驄(韻)。〔作到科，周曾、李克誠白〕請主公陞廳。〔李希烈、周曾、李克誠各下馬，三馬夫牽馬，仍從兩場門分下，衆軍卒各分侍科。李希烈白〕衆將官。〔衆應科。李希烈白〕聽我號令。〔衆應科。李希烈白〕前哨傳中哨，中哨傳後哨，須要晝夜進發，行同魚貫，開若鴈行。左則盡左，右則盡右。進則隨進，退則隨退。違令者斬。〔衆同白〕得令。〔李希烈白〕吩咐放砲扯旗，速取汴京。〔衆應科，内放砲，衆吶喊，三馬夫牽馬，仍從兩場門分上，李希烈、周曾、李克誠各乘馬科。李希烈白〕呀，你看愁雲漠漠，冷霧茫茫，好一派殺氣也。〔衆同唱〕錦江山在眼中(韻)，只反掌便成功(韻)。三尺劍六鈞弓(韻)，似拉朽比澆螢(句)，文逃走武投充(韻)。任黔黎腥血鋒(韻)，把城郭輕輕送(韻)。把降書款款通(韻)，依樣兒今古同(韻)。〔李希烈唱〕佇看俺端旒冕享尊崇(韻)，管教恁分茅土受褒封(韻)。〔衆擁護李希烈，同從下場門下。四將吏、二判官引採訪使者，從上場門上，白〕李希烈受唐朝大恩，不思報答，反欲謀叛，天理難容。好教他既受人誅，更遭冥罰。〔唱〕

【慶餘】只爲他潢池小寇把兵戈弄(韻)，致使那三湘七澤都騷動(韻)。烘天的烽火通紅(韻)，驚心的滿目哀鴻(韻)。對着這殘山剩水迷茫夢(韻)，忍見那百室千家一霎空(韻)。〔白〕李希烈。〔唱〕恁滔天罪多深重(韻)，怎免得劍嘯芙蓉(韻)。一任伊造惡無窮(韻)，自有箇湛湛青天秉至公(韻)。〔衆引採訪使者，同從下場門下〕

第六齣　傅長者垂訓傳家（古風韻）

〔小旦扮金奴，穿衫、背心，繫汗巾，引旦扮劉氏，穿氅，帶數珠，從上場門上，唱〕

【仙呂宮引・鵲橋仙】和靄年光（句），沖融天氣（韻），芳草漸回春意（韻）。鏡中兩鬢早星星（句），歎近日不禁憔悴（韻）。〔中場設椅，轉場，坐科，白〕〖鷓鴣天〗天地陽回萬物春，韶光滿目可娛人。融融淑氣催黃鳥，澹澹晴光轉綠蘋。〔金奴白〕花片吐，柳絲新，碧琉璃滑浸春雲。〔劉氏白〕眼前景物堪遊賞，莫待殘英作路塵。金奴，〔金奴應科。劉氏白〕你去吩咐廚下，整備香茗蔬食，候員外一同賞翫。〔金奴應科。外扮傅相，戴巾，穿氅，帶數珠，從上場門上，唱〕

【仙呂宮引・望遠行】仲春至矣（韻），滿目花開錦綺（韻）。〔場上設椅，各坐科。生扮羅卜，戴巾，穿道袍，帶數珠，從上場門上。末扮益利，戴羅帽，穿屯絹道袍，繫鸞帶，帶數珠，隨上。羅卜唱〕撚指光陰（讀），却似白駒過隙（韻）。〔作見揖科，衆同唱〕喜看家室和平（句），況值風光佳麗（韻），幸安居昇平盛世（韻）。〔場上設椅，羅卜坐科。傅相白〕安人，我想人生寄世，多賴天地神明、日月星辰。吾家不惜資財，周濟貧民。每逢朔望，焚香拜禱，願天常生好人，願人常行好事。欲使後來子孫，不移我志。〔劉氏白〕員外有此心田，自然增福延壽。〔傅相白〕安人，我今誠心向善，未知你意何如？〔劉氏白〕夫心向善，妻意當從。〔傅相白〕我兒，〔羅卜應科。傅相白〕你意何如？〔羅卜白〕孩兒亦隨父母，決不改移。〔傅相白〕如此甚妙。我已寫下三道疏文，我夫妻、父子，對天立誓，永無變更，以全其後。〔劉氏、羅卜白〕正是如此。〔傅相白〕金奴，看香案伺候。〔各起，隨撤椅科，場上設香案，益利遞香，傅相拈香禮拜科。雜扮四將吏，各戴將巾，穿蟒、箭袖，排穗，持符節。雜扮二判官，各戴判官帽，穿圓領，束角帶，持筆、簿，引雜扮採訪使者，戴嵌龍幞頭，穿蟒，束玉帶，從上場門暗上，後場立科。傅相唱〕

【越調集曲·山桃紅】【下山虎】（首至四）香焚爐內(韻)，禱告神祇(韻)。傅相虔心意(韻)，望天周庇(韻)。【小桃紅（七至合）】我正要修來世(韻)，妻與子願相隨(韻)。但能彀善緣就(讀)，行無虧(韻)，永保家門盛(句)也(格)，【下山虎（八至末）】代代兒孫歌燕翼(韻)。〔內奏樂，雜扮功曹，戴功曹帽，穿雁翎甲，掛年值牌，持馬鞭，從上場門上。益利取疏焚化，功曹接疏，從昇天門下。判官作書簿科。傅相唱合〕再拜天和地(韻)，鑒察無遺(韻)，立誓持齋永不移(韻)。〔金奴遞香，劉氏拈香禮拜科，唱〕

【又一體】三光照地(韻)，立誓無違(韻)。劉氏隨夫意(韻)，共存陰騭(韻)。一念念皆如是(句)，望神聖顯威儀(韻)。願今生不暫離(讀)，添眉壽百歲期(韻)，家道平安穩(句)也(格)，福壽康寧百事宜(韻)。〔內奏樂，雜扮功曹，戴功曹帽，穿雁翎甲，掛月值牌，持馬鞭，從上場門上。金奴取疏焚化，功曹接疏，從昇天門下。判官作書簿科。劉氏唱合〕再拜天和地(韻)，鑒察無遺(韻)，立誓持齋永不移(韻)。〔益利遞香，羅卜拈香禮拜科，唱〕

【又一體】虔心誠意（韻），訴説因依（韻）。羅卜隨親志（叶），善孝當爲（韻）。願效取先賢輩（韻），順親是禮無虧（韻）。今日裏對神祇（讀），從親命謹遵依（韻），常辦善行心（句）也（格），保佑椿萱福壽齊（韻）。〔內奏樂，雜扮功曹，戴功曹帽，穿雁翎甲，掛日值牌，持馬鞭，從上場門上。益利取疏焚化，功曹接疏，從昇天門下。判官作書簿科。羅卜唱合〕再拜天和地（韻），鑒察無遺（韻），立誓持齋永不移（韻）。〔隨撤香案，衆將吏引採訪使者，從下場門暗下，場上設桌椅科。劉氏白〕立誓已畢，所有香茗、蔬食，少坐片時。〔金奴向下捧茶隨上，各送茶科，衆各坐科，唱〕

【南吕宫正曲·懶畫眉】夫妻父子在名園（韻），立誓投詞答上天（韻）。皇王有道樂安然（韻），九州四海民於變（韻），〔合〕一統山河萬萬年（韻）。〔羅卜唱〕

【又一體】人生百行孝爲先（韻），孝善兼修始克全（韻）。願親壽算永綿綿（韻），似蒼松翠柏常康健（韻），〔合〕老幼身安賴上天（韻）。〔傅相白〕安人，我與孩兒前往會緣橋上周濟，倘有尼師到來，雖爲禪類，却是女流，若有來者，你可親自款待。〔劉氏應科，各起，隨撤桌椅科，分白〕寶鼎焚香煖霧氤，善緣從此結良因。不作風波於世上，並無冰炭到家門。〔傅相、羅卜、益利各作出門，從上場門下。劉氏、金奴從下場門下〕

第七齣　赴齋筵衆尼説法（真文韻）

〔雜扮四尼姑，各戴僧帽，穿水田衣，繫絲縧，帶數珠，引老旦扮尼貞静，戴僧帽，穿老旦衣，繫絲縧，帶數珠，持拂塵，從上場門上，同唱〕

【南吕宫正曲・一江風】住空門㊞，諸妄俱捐盡㊞，一念慈爲本㊞。到黄昏㊞，静坐蒲團㊀，佛火餘殘燼㊞。〔合〕如逢善信人㊞，如逢善信人㊂，同修清浄因㊞，向他行默默傳心印㊞。〔分白〕蕩蕩乾坤似掌平，一塵不到自然清。靈臺悟得無生理，月在寒潭静處明。〔貞静白〕吾等清浄庵中尼僧是也。聞得傅長者在會緣橋上賑濟齋僧，我等女流，且到安人粧次探問一番。來此已是。〔四尼姑白〕師傅向前。〔貞静白〕門上有人麽？〔丑扮齋童，戴羅帽，穿屯絹道袍，繫䜌帶，從下場門上，白〕來了。是那箇？〔作出門科，白〕衆位師傅那裏來的？〔貞静白〕我們是清浄庵尼僧，特來拜望安人。〔齋童白〕少待。〔作進門科，白〕金奴姐，〔小旦扮金奴，穿衫、背心，繫汗巾，從下場門上，白〕做甚麽？〔齋童白〕今有清浄庵尼僧，特來拜望安人。〔金奴白〕曉得了。安人，有清浄庵尼僧來望。〔齋童隨從下場門下。〕旦扮劉氏，穿氅，帶數珠，從下場門上，白〕快備蔬齋伺候。〔金奴應科。劉氏作出門請衆尼姑進門科。

貞静白〕布施芳名遠近知，特來閨閣謁慈悲。〔劉氏白〕金刀落盡人間髮，玉體全披上界衣。〔四尼姑作見禮科，場上設椅，各坐科。劉氏白〕請問尼師，本住何鄉何郡？〔貞静白〕安人容稟。〔唱〕

【又一體】出家人(韻)，到處皆鄉郡(韻)，踪跡無憑准(韻)。〔劉氏白〕敢問法號何名？〔貞静白〕小尼名唤法華，號稱貞静。〔唱〕剃烏雲(韻)，〔滚白〕正是：削髮除煩惱，戒葷斷業冤。剃烏雲，〔唱〕把煩惱斷除(句)，與世無争論(韻)。〔合〕閒雲一衲身(韻)，閒雲一衲身(疊)，飄蓬兩脚跟(韻)，叩高門也則是隨緣分(韻)。

【又一體】自清晨(韻)，焚起爐香噴(韻)，守律惟嚴謹(韻)。誦經文(韻)，懺悔業冤(句)，把罪障消磨盡(韻)。〔合〕先當浄六根(韻)，先當浄六根(疊)，還須斷六塵(韻)，心虛寂空諸蘊(韻)。〔劉氏白〕金奴，看茶來。〔金奴應科，從上場門下。劉氏白〕師傅，言雖如此，只恐禮佛難成佛，看經不解經。〔雜扮二梅香，各穿衫、背心，繫汗巾，捧茶，隨金奴從上場門上，各送茶科。貞静白〕豈不聞佛語云：阿彌陀佛，只在此心。心悟者頭頭遇佛，心專者步步生蓮。休疑休疑。〔金奴、二梅香各接盞，仍從上場門下，金奴隨上。劉氏白〕師傅，〔唱〕

【雙調集曲・江頭金桂】【五馬江兒水】（首至五）憶昔于歸傅門(韻)，伴夫君修此身(韻)。雖則是共同盟誓(句)，普結良因(韻)，心意兒還同出岫雲(韻)。【金字令】（五至九）幾番閒反覆思忖(韻)。〔滚白〕又道是人生老邁，〔唱〕難再青春(韻)。無奈光陰瞬息(句)，白髮催人(韻)，不似那春到年年花又新(韻)。【桂枝香】

〔七至末〕我員外善行心勝(句)。修持惟謹(韻)。合今又喜遇師尊(韻),須叨佛力開懵懂(句),指我迷途脱苦輪(韻)。〔貞静唱〕

【又一體】若論修行根本(韻),在吾身念要純(韻)。雖云佛在靈山(句),只要心意肫肫(韻),休得要向外邊閒尋問(韻)。〔白〕老安人,〔唱〕且自禮誦晨昏(韻),心空五蘊(韻),還要念消諸妄(句),到那參透佛門(韻),自能入聖超凡離世塵(韻)。〔白〕豈不聞天命之謂性,率性之謂道。〔唱〕論世人同天同性(句),只在自身心信(韻)。〔合〕但得箇念長存(韻),會看水到渠成日(句),將見花開大地春(韻)。〔劉氏唱〕

【雙調正曲·鎖南枝】聽師語(句),廣我聞(韻),人當信心禮世尊(韻)。〔白〕修行之念,一向全無,因見夫君信心,〔滚白〕我只得勉强依從。今聽尼師之語,茅塞頓開。〔唱〕從今早暮必勤修(句),步向竿頭進(韻)。〔各起,隨撤椅科。劉氏白〕老師端坐,待我拜你爲師。〔作禮拜科,衆尼姑答禮科,衆同唱合〕喜得相逢處(句),却是解悟人(韻),言下便了了(句),何用把話頭問(韻)。〔貞静唱〕

【又一體】經三藏(句),我佛云(韻),慈悲大開方便門(韻)。但能敬信皈依(句),轉瞬處靈山近(韻)。〔衆同唱合〕喜得相逢處(句),却是解悟人(韻),言下便了了(句),何用把話頭問(韻)。〔劉氏白〕請進裏面,款待一齋。〔衆虚白,同從下場門下〕

第八齣　擡米價大户欺貧 皆來韻

〔雜扮衆百姓，各戴氊帽，穿各色道袍，持布袋，同從上場門上，分白〕我們是這汴梁城的百姓，因爲我們這裏荒旱了三年，五穀不收，俺這百姓們好生艱難。地方上只有一箇財主張員外，家私百萬，積米盈倉，只是爲人狠惡，放債七十兩當一百，加一利錢，三箇月不還，利上起利，或是折準人田地房産，或是將人兒女抵償，少不遂心，輕則惡打，重則送官。今因年歲荒旱，開倉賣米，聽得説米價是八兩白銀糴一石細米，如今又改了十兩一石，米中又摻上些泥土、糠粃，出的是八升的小斗，入的是加三的大秤。我們明知這箇買賣和他難做，只是除了他家，又没處糴米。教我們大雪中，怎生餓得過？没奈何，只得各家湊了些銀子，且買些米去救命。可早來到他家門首。張大叔。〔丑扮張旺，戴羅帽，穿屯絹道袍，繫鑾帶，從上場門上，作出門科，白〕你們是那裏來的？〔衆百姓白〕我們是本處百姓，特來買米的。〔張旺白〕待我請員外出來開倉，你們住着。〔衆百姓應科，仍同從上場門下。張旺作進門科，白〕員外有請，外面有人買米。〔浄扮張捷，戴員帽，穿無補圓領，繫儒絛，從上場門上，唱〕

【仙呂宮引・天下樂】積玉堆金百萬財(韻)，損人利己我能哉(韻)。但知爲富多機械(韻)，吸盡窮民骨髓來(韻)。〔中場設椅，轉場，坐科，白〕自家姓張名捷，字節之，家住汴州，名傳遠近。囊中廣有金銀，生性不行方便。見佳人即起謀心，遇黃金那顧親戚。每日勞勞碌碌，使盡心機；半生無男無女，那知學好？今遇歲荒，將家中所積米糧發賣，可得十倍之利。張旺，既是有人買米，你須仔細看銀子要緊。別樣假的也還好，單要防那四堵牆，休要着他哄了。〔張旺白〕我都認得，員外放心。〔衆百姓仍同從上場門上，白〕怎麽還不見出來？〔張旺作出門科，白〕你們湊了多少銀子來買米？〔衆百姓白〕我們衆人，只湊了三十兩銀子。〔張旺白〕隨我進來。〔引衆百姓作進門科，場上設桌，上設天平賬簿。張捷起，隨撤椅科。張捷白〕張旺，取他們的銀子來，上天平彈着。〔張旺應科，虛白。衆百姓付銀，張旺上天平彈科。衆百姓唱〕

【仙呂宮正曲・六幺令】凶年無奈(韻)，米顆如珠(讀)，怎地安排(韻)？勸君只當把義倉開(韻)，行賑濟(讀)，恤荒災(韻)。〔合〕饑時一口的陰功大(韻)，饑時一口的陰功大(疊)。〔張捷白〕你們這銀子，只彀二十一兩。〔張旺白〕還少九兩。〔衆百姓白〕我們的銀子還多五錢，倒不彀了？〔張捷白〕這窮人們放刁，該打。〔唱〕

【又一體】嗔伊無賴(韻)，敢較少爭多(讀)，口角弄乖(韻)。天生餓殺的潑喬才(韻)，何處去(讀)，覓嗟來(韻)。〔合〕誰能有指囷的高風在(韻)，誰能有指囷的高風在(疊)？〔衆百姓白〕員外不要打，我們再添上些便了。〔隨作添銀，張旺接銀科，白〕這還少些，將就他們罷。〔張捷白〕既然銀子足了，開倉打與他們米。〔張旺白〕擡斛的出來，開倉了。〔雜扮二擡斛人，各戴氈帽，穿喜鵲衣，繫腰裙，從下場門上。張旺白〕每斛價銀五兩，銀三十兩，該米六斛。〔張捷白〕張旺，休量滿了，再打箇鷄窩兒。〔張旺虛白科，衆百姓各作領米科。張捷虛白，從下場門下。張旺、二擡斛人隨下。衆百姓作負米出門科，白〕這米只有兩石四斗，內中又有些泥土、糠粃，春將來，還不彀兩石來的米。也是我們的命，受這般磨滅。正是：醫得眼前瘡，剜却心頭肉。〔同從下場門下〕

第九齣　憐貧困鬻子養母（皆來韻）

〔生扮陳榮祖，戴巾，素包頭，穿破補衲衣，繫腰裙，從上場門上，唱〕

【高宮套曲·端正好】喫緊的路難通(句)，俺可也家何在(韻)，休道是乾坤老山也頭白(韻)。似這等凍雲萬里無邊界(韻)，肯分的俺兩三口離鄉外(韻)。〔中場設椅，轉場，坐科，白〕我陳榮祖，母親李氏，渾家張氏，孩兒長壽，嫡親四口家屬。自應舉去後，命運不通，功名未遂，這也罷了。但從應舉之時，借那張員外本銀二十兩，未及年半，將所有田產、房舍，盡行算去，還少他五兩利銀。是少他不得的。正值暮冬天氣，大風大雪，衣食尚且艱難，老母又病危牀褥，那有銀子還他？不免喚娘子出來，商議一番。〔起，隨撤椅科，白〕娘子。〔旦扮張氏，穿衫，繫腰裙，從上場門上，白〕千山鳥飛絶，萬徑人踪滅。〔陳榮祖白〕孤舟簑笠翁，獨釣寒江雪。〔張氏白〕似這般風又大，雪又緊，眼見得一家兒都是凍餓死了。〔陳榮祖白〕娘子，我有句話，只是——〔作住口科，白〕不好説得。〔張氏白〕有何話説？〔陳榮祖白〕比似我這等饑寒，將這孩兒與了人家，得些身價，供給母親，多少是好？〔張氏白〕若與了人，倒也强如凍餓死了。只看那樣人家，養得活，便與他去罷。〔陳榮祖白〕娘子，我還欠張員外利銀五兩，是不敢少他的。不如將孩兒賣與他家，算清利錢，再找幾兩，供奉母親，度過殘年，你道如何？〔張氏白〕官人所言極是。〔陳榮祖白〕娘子，你可領了孩兒，隨後就來，待我先到張員外家説去。〔張氏應科。陳榮祖作出門，張氏作掩門科，仍從上場門下。陳榮祖白〕出得門來，好大雪。正是：柳絮三冬先北地，梅花一夜徧南枝。來此已是他家門首。張大叔。〔丑扮張旺，戴羅帽，穿屯絹道袍，繫鑾帶，從上場門上，作出門科，白〕秀才，你來還銀子麽？〔陳榮祖白〕銀子，是没有。〔張旺白〕既然無銀子，到此怎麽？〔陳榮祖白〕大叔，我有親生兒子，年方十二歲，如今要賣與員外家，算清利錢，再找幾兩銀子，救濟老母度日。望大叔方便。〔張旺白〕我看你也是出於無奈，賣子養親，也是爲子孝心，待我與員外説去。〔作進門科，白〕員外有請。〔净扮張捷，戴員帽，穿無補圓領，繫儒縧，從上場門虚白上，中場設椅坐科，白〕張旺，我教你討取陳秀才利銀，爲何至今不還？好不會幹事，請我怎麽？〔張旺白〕員外，陳秀才已在門外。他家委實赤貧，分文難措，只有親生一子，年方十二歲，要賣與俺家，抵清舊欠，再找幾兩，養他母親。〔張捷白〕如此使得，我若不要他的兒子，他也没銀子還我。你叫他進來見我。〔張旺應科，作出門科，白〕秀才，員外唤你進去。〔引陳榮祖作進門科。陳榮祖白〕員外拜揖。〔張捷白〕住了，我兩箇眼裏，偏生見不得你這窮酸。張旺，你且教他靠後些。〔陳榮祖白〕難道這箇所在，我就站不得麽？也罷，我學生倒要站站了。〔張旺白〕秀才，你依着員外説，靠後些。他有錢的，就是這等性兒。〔陳榮祖作出門科，白〕我這窮的，好不氣長。〔張捷白〕張旺，咱要買他那小的，也要立一紙文書。〔張旺白〕員外，先打箇稿兒。〔場上設桌，上設筆、硯科。張捷白〕好，我説你寫。〔張旺應科，入桌作寫文書科。張捷白〕立文書人陳秀才，因爲無錢使用，口食不敷，難以度日，情願將自己親兒某人，年幾歲，賣與財主張老員外爲僕。〔張旺白〕誰不知員外有錢，只寫員外彀了，又要那「財主」兩字做甚麽？〔張捷白〕張旺，難道是你擡舉我的財主？我不是財主，難道叫我做窮漢？〔張旺白〕是，是財主。〔張捷白〕那文書後頭寫道，當面言定，付價多少。立約之後，兩家不許反悔。若有反悔之人，罰寶鈔一千貫與不反悔之人使用，恐後無憑，立文書永遠爲照。〔張旺白〕寫有了，反悔之人罰寶鈔一千貫。他這賣身錢，可是多少？〔張捷白〕這箇你莫管，我是箇財主，他要得多少？我指甲裏彈出來的，他也喫不了。〔張旺白〕是，我拿了稿兒與那秀才看去。〔出桌隨撤桌科，張捷從下場門下，張旺作出門科，白〕秀才，員外着你立一紙文書。〔陳榮祖白〕大叔，怎生寫？〔張旺白〕俺員外這裏有箇稿兒。〔陳榮祖白〕待我來看。〔作看文書科，白〕立文書人陳秀才：因爲無錢使用，口食不敷，難以度日，情願將自己親兒某人，年幾歲，賣與財——〔作住口科，白〕大叔，這「財主」二字，不消上文書罷。〔張旺白〕員外要這等寫，你就寫了罷。隨我進來。〔張氏引小生扮長壽，戴小兒巾，穿破道袍，從上場門上。陳榮祖白〕娘子，你們都來了。隨我進來。〔同作進門科。場上設桌，上設筆、硯科。陳榮祖白〕便依着寫。〔張旺白〕這文書不打緊，有一件要緊事。〔陳榮祖白〕甚麽要緊的事？〔張旺白〕員外説：後面寫着「如有反悔之人，罰寶鈔一千貫，與不反悔之人使用」。〔陳榮祖白〕大叔，那反悔的，罰寶鈔一千貫，我這正錢，可是多少？〔張旺白〕適纔員外説，我是箇巨富的財主，他要得多少呢？ 指甲裏彈出來的，教你也喫不了。〔陳榮祖白〕也説的是，將紙筆來。〔張旺白〕在那裏了。〔張旺虛白科，從下場門下。陳榮祖入桌，作寫文書科，唱〕

【高宮套曲·滚繡毬】我這裏急急的研了墨濃(句)，便待要輕輕的下了筆畫(韻)。〔長壽白〕爹爹，你寫甚麼？〔陳榮祖白〕我寫的是字嘎。〔長壽白〕寫的是甚麼字？〔陳榮祖白〕我寫的是借錢的文書。〔長壽白〕借那一箇的？〔陳榮祖白〕我寫了再與你説。〔長壽白〕我知道了，敢是要賣了我麼？〔作哭科。陳榮祖唱〕這是我不得已無如之奈(韻)。〔長壽白〕可知道無奈，只是活便一處活，死便一處死，怎忍得賣了我！〔作哭科。陳榮祖白〕想俺父子的情義呵，〔唱〕可着我斑管難擡(韻)。這孩兒情性乖(韻)，是他娘腸肚摘下來(韻)。今日將父子情都撇在九霄雲外(韻)，則是俺這兩三口生格扎兩處分開(韻)。〔張氏作哭科，唱〕作娘的傷心慘慘刀剜腹(句)，〔陳榮祖唱〕做爹的滴血簌簌淚滿腮(韻)，〔同唱〕似郭巨般活把兒埋(韻)。〔陳榮祖作寫完文書，場上隨撤桌科。張旺從上場門上，白〕秀才，文書寫有了麼？〔陳榮祖白〕寫完了。〔作付張旺科。張旺白〕陳秀才，文書不打緊，花押是要緊的。〔陳榮祖虛白科。張旺白〕你們且出去，我將這文書與員外看去。〔陳榮祖白〕是，我們出去。〔同作出門科。張旺白〕員外，他寫了文書了，請員外看。〔張捷從上場門上，作看文書科，白〕今有立文書人陳榮祖，因爲無錢使用，口食不敷，難以度日，情願將自己親兒長壽，年十二歲，賣與財主張老員外爲僕。 寫的好。〔袖文書科，白〕張旺，你叫那小的進來我看看。〔張旺作出門科，白〕秀才，員外要你孩兒看看。〔陳榮祖、張氏作哭科，白〕兒嘎，你在他家，比不得在父母身邊，早晚須要勤慎小心，免討罪戾。〔長壽白〕我不去。〔張旺作扯長壽進門科，白〕隨我進去，員外與你果兒喫。 員外請看，好箇孩子。〔張捷白〕這小的就是麽？ 果然好箇孩子，過來叩頭。〔長壽作哭科，白〕我不在你家裏。〔張捷作怒打科，白〕這狗弟子孩兒，好可惡。〔張旺白〕他父母還不曾去，怎麽就打起他來了。〔長壽作哭科，白〕爹爹，他們打殺孩兒了。〔張捷白〕張旺，帶這小厮進去。 這等可惡。〔張旺隨抱長壽從下場門下，隨上。陳榮祖作見打長壽怒科，白〕好氣死我也。〔唱〕

【高宮套曲·倘秀才】俺孩兒也差着一箇字千般的見責（韻），〔白〕那員外好狠也。〔唱〕那員外伸着五箇指十分便摑（韻）。打的他連耳通紅半邊腮（韻）。說又不敢高聲語（句），哭又不敢放聲哀（韻），他則是偷將淚揩（韻）。〔白〕張大叔，早些打發我們去罷。〔張旺應科，白〕我着員外打發你們去。〔張捷白〕那秀才去了麽？〔張旺白〕那秀才他怎麽肯去，還没有給他賣身的錢。〔張捷白〕甚麽賣身錢，隨他與我些兒罷。〔張旺白〕員外，他爲無錢，纔賣兒子，怎麽倒要他的錢？〔張捷白〕張旺，你好没分曉。他因爲無飯養活孩子，纔賣與我。 如今要在我家喫飯，我可不問他要錢，倒問我要錢？〔張旺白〕好說話，他辛辛苦苦，養這孩子一場，一旦賣了，專等員外與他些錢，救濟他母親，倒要他的錢！〔張捷白〕那秀才不敢要，都是你搗鬼。〔張旺白〕小人不敢搗鬼。〔張捷白〕也罷，待我認箇晦氣，與他些兒。小的們開庫。〔內應科，張旺白〕好了，員外開庫了。〔張捷作向下取錢科，白〕張旺，與他一貫鈔。〔張旺白〕這麽一箇孩子，怎麽與他一貫鈔，忒少。〔張捷白〕一貫鈔上面有許多寶字，你休看輕了。你便不打緊，我便似挑我一條筋。倒是挑我一條筋，也熬得過，要打發出這一貫鈔，更覺艱難。你去與他，他是箇讀書之人，有箇要與不要，也未可知。拿去。〔作付張旺科，從下場門下。張旺白〕我便依着員外與他去。〔作出門科，白〕秀才，這是員外打發你的。〔陳榮祖作羡視科，白〕多少？多少？〔張旺白〕打發你一貫鈔。〔陳榮祖作冷笑科，白〕一貫鈔，豈是買得一箇孩兒的？想我這孩兒啊！〔唱〕

【高宮套曲·滾繡毬】他也曾三年乳哺十月胎(韻)，似珍珠掌上擡(韻)。甚工夫養得他若大(韻)，須不是半路裏拾的嬰孩(韻)。我雖是箇窮秀才(韻)，他覷人忒小哉(韻)。那些箇公平買賣(韻)，量着這一貫鈔值甚錢財(韻)。〔白〕員外，你的意思，我也猜着了。〔唱〕他道我貪他香餌終吞釣(句)，我則道留着青山怕沒柴(韻)，捹得箇搠筆巡街(韻)。〔張旺白〕你且不要着急，待我和員外説去。〔作進門科，白〕員外，〔張捷仍從下場門上，坐科，白〕他要不要？〔張旺白〕還你這一貫鈔。〔張捷白〕我説他不要。〔張旺白〕他嫌少。〔張捷白〕怎麽他嫌少？常言道：有錢不買開口貨。因他養活不過，纔賣與人。我不要他還飯錢就彀了，倒要我的鈔。我想來都是你背地裏挑唆他。你如今去説，白紙上寫着黑字，兩家不許反悔。若有反悔之人，罰寶鈔一千貫，與不反悔之人使用。這便是他反悔，着他拿一千貫錢來。〔張旺白〕員外，他有一千貫鈔，也不賣兒子了。〔張捷白〕你去説與他，我是不添的。〔張旺應，作出門科，白〕秀才，員外決不肯添，你拿了這一貫鈔去罷。〔陳榮祖白〕好氣殺我也！ 如今世上，這有錢的度量呵，〔唱〕

【高宮套曲·倘秀才】做不得三江也那四海(韻)，便受用呵，都不到十年五載(韻)。我罵、罵你箇勒揹窮民的狠員外(韻)，或是有人家典綴疋(句)，或是有人家當環釵(韻)，你則待加一倍放解(韻)。〔張捷起，作出門，場上隨撤椅科。張捷白〕這窮酸還不曾去麽？〔陳榮祖唱〕

【高宮套曲·塞鴻秋】快離了他這公孫洪的門程外(韻)，〔陳榮祖、張氏虚白，仍從上場門下。張捷作見張氏科，白〕不料這窮酸倒有這樣一箇標致的老婆。待我用計留他在此。張旺，你對那窮秀才説，他那孩兒年小，離不得娘，可留他妻子在此住兩日，我自好茶好飯相待。〔張旺白〕陳秀才，員外叫你説話。〔陳榮祖仍從上場門上，白〕娘子，你先回去，我隨後就來。〔張氏内應科。陳榮祖白〕員外既不肯出錢，休要作耍，我今去也。〔唱〕再休想漢孔融北海開樽待(韻)。〔張捷白〕張旺，唤他回來，我還添與他些實鈔。〔張旺白〕秀才，你回來，員外與你添錢。〔陳榮祖唱〕多謝你范堯夫肯付舟中麥(韻)，〔白〕員外呵，〔唱〕怎不學龐居士預放來生債(韻)。〔張捷白〕這厮敢罵我，好生無理。〔作推倒陳榮祖科。陳榮祖唱〕他、他、他、他則待搯破我三思臺(韻)，〔張捷白〕這窮酸，好意留你妻子照看你孩兒，倒不識好。〔作打陳榮祖科。張旺虚白發諢科，張捷、張旺作進門科，仍從下場門下。陳榮祖唱〕他、他、他、他可便擷破我天靈蓋(韻)，早、早、早、早跳出了齊孫臏這一座連環寨(韻)。

【隨煞】别人家便當一年容贖解(韻)，他巴到五月還錢本利該(韻)。納了利從頭兒再索取(句)，還了錢文書上廝混賴(韻)。似這等無仁義愚濁的刼有財(韻)，偏着俺有德行聰明的嚼虀菜(韻)，八字兒窮通運怎安排(韻)？則除非天打算禍到來(韻)，發疔瘡是你富漢災(韻)，惡傷寒着你有錢的害(韻)。有一日賊打刼火燒恁院宅(韻)，直待要犯法遭刑你可便那時改(韻)。〔仍從上場門下。雜扮四將吏，各戴將巾，穿蟒、箭袖、排穗，捧寶劍、印盒、弓箭、令旗。雜扮二判官，各戴判官帽，穿圓領，束角帶，持筆、簿，引雜扮採訪使者，戴嵌龍幞頭，穿蟒，束玉帶，從上場門暗上，後場立科。張捷、張旺仍從下場門上。張旺白〕員外，他已去了。〔張捷白〕他去便去了，我倒有些放不下他的老婆。如何得他來方好。有了，目今李希烈在蔡州作反，我如今差人，首他是李希烈的奸細，拿到獄中，再費些銀子，暗害死他。那婦人孤身，況有兒子在我處，那時不怕他飛上天去。好計，好計。〔作入桌寫狀。判官作書簿科，衆將吏引採訪使者從下場門暗下。張捷白〕張旺，叫來保來。〔張旺白〕來保那裏？〔丑扮來保，戴氊帽，穿喜鵲衣，繫腰裙，從上場門上，白〕來了。小子苦伶仃，終朝走不停。不是飯兩碗，就是酒三瓶。〔作見科，白〕員外，有何吩咐？〔張捷白〕來保，飯兩碗，酒三瓶，是從那裏來的？〔來保白〕賴員外的福。〔張捷白〕既是賴我的福，我有件事，你可替我幹得麼？〔來保白〕除非上天不會。〔張捷白〕不教你上天，只教你告人。〔來保白〕告那一箇？〔張捷白〕告那陳秀才，是李希烈的奸細。〔來保白〕那陳秀才不是奸細，我如何告他？〔張捷白〕只要你到觀察使衙門擊鼓，説是密首奸細事，今有秀才陳榮祖，乃李希烈差來奸細，潛藏境內，謀爲不軌。那時差人同你去拿，指引與他，就完了你的事了。〔來保白〕萬一問出不是奸細，我豈不是謊告，那時怎了？〔張捷白〕我自有處置。你須速去，回來重重賞你。給你狀子。〔來保作接狀子科，白〕事到頭來不自由，〔張捷白〕三人不可洩機謀。〔張旺白〕教他雖無紀信難，〔同白〕算來也有屈原愁。〔來保虚白，從下場門下。張捷白〕來保此去出首了，那陳榮祖穩定是箇死罪。即日就可以娶他妻子爲妾了，我好快活嗄。〔張捷、張旺仍從下場門下〕

第十齣　恃富豪陷夫謀妻（先天韻）

〔丑扮來保，戴氈帽，穿喜鵲衣，繫腰裙，從上場門上，白〕自家來保是也。奉我家員外之命，教我出首陳榮祖是李希烈的奸細。受人之託，必當終人之事。來此已是觀察使衙門，你看體統威嚴，門庭肅靜，待我擊鼓，自然有人來問。〔作擊鼓科。雜扮中軍，戴中軍帽，穿中軍鎧，從上場門上，白〕甚麽人擊鼓？〔來保白〕出首奸細的。〔中軍白〕可有狀子？〔來保白〕有狀在此。〔隨付狀子，中軍接科，白〕夜不收那裏？〔雜扮二夜不收，各戴鷹翎帽，穿布窄袖，繫搭包，從上場門上，應科。中軍白〕你二人將這漢子看守在此，待我進去，禀知觀察老爺。〔二夜不收應科。中軍從下場門下，持籤隨上，白〕夜不收，觀察老爺差你二人速拿奸細陳榮祖，不可縱放，取罪不便，可帶出首人來保作眼。〔二夜不收應科。中軍付籤，一夜不收接科，中軍仍從下場門下，二夜不收帶來保從下場門下。末扮差官，戴將巾，穿蟒、箭袖、卒褂，持令箭，從上場門上，白〕一心忙似箭，馬走疾如飛。來此已是汴州觀察使衙門，不免擊鼓。〔作擊鼓科，中軍從上場門上，白〕有何文書？〔差官白〕目今李希烈作反，攻陷汝州一帶地方，奉節度使李老爺將令，差觀察使老爺督餉。事關軍機，不得有違。〔中軍應科，從下場門下。差官仍從上場門下。二夜不收同來保鎖生扮陳榮祖，戴巾，穿破補衲衣，從上場門上。二夜不收白〕任你行藏詭詐，難逃法網森嚴。陳榮祖拿到。〔中軍仍從下場門上，白〕老爺有緊急公差，即刻起身，不及審理，將此奸細發到汴州知州處，重責四十板，下監看守。不可疏虞。可將出首人來保一併帶去便了。〔仍從下場門下。二夜不收應科，白〕上命差遣，蓋不由己。〔衆作到科，一夜不收白〕來此已到州衙了。夥計，你可帶着，待我去通報。〔一夜不收白〕有我看守着他，你快去傳稟。〔一夜不收白〕皂班傳鼓，請老爺登堂理事。〔雜扮一皂隸，戴皂隸帽，穿箭袖，繫皂隸帶，從上場門上，白〕是那衙門差役，爲什麽事情到此？〔夜不收白〕是觀察老爺衙門發下來的。請老爺坐堂，自當面稟情由。〔皂隸白〕既如此，待我即便傳稟便了。吩咐傳梆，請老爺陞堂。〔内傳梆科，雜扮三皂隸，各戴皂隸帽，穿箭袖，繫皂隸帶，引副扮李不達，戴紗帽，穿圓領，束金帶，從上場門上，唱〕

【黄鐘宫引・天仙子】美酒自斟何用勸(韻)，醉卧從教堆案卷(韻)。梆聲何事苦喧傳(韻)？頭正眩(韻)，脚猶軟(韻)，强起披衣情思倦(韻)。〔場上設公案、桌椅，轉場入坐科，白〕下官汴州州牧李不達是也。正然醉卧衙齋，忽聞傳梆，必然有甚緊急公務，爲此勉强陞堂理事。〔一皂隸白〕稟上老爺，有觀察使老爺衙役，帶來要緊人犯，到此傳梆。請老爺陞堂理事。〔李不達白〕原來這樣，快喚差役過來。〔皂隸應科，作出門科，白〕夜不收，老爺喚你。〔一夜不收白〕夥計，你看好了他，待我進去稟明了，方好帶他進去。〔一夜不收應科。一夜不收白〕夜不收進。〔作進門跪叩科。李不達白〕貴差，有甚緊急要務到此？〔夜不收白〕稟上老爺，小的遵奉觀察老爺鈞旨，今有反叛李希烈的奸細，名喚陳榮祖，發到老爺臺下，着將他先行重責四十，即便監禁牢獄，須要用心看守。〔李不達白〕如此，將首人、犯人一并帶進來。〔夜不收應科，作出門科，白〕將首人、犯人一并帶進去。〔二夜不收報門，帶陳榮祖、來保進門科。二夜不收白〕犯人一名陳榮祖，出首人一名來保。〔李不達白〕陳榮祖，你是何等樣人，竟做反叛的奸細！從實説上來。〔陳榮祖白〕老爺，念陳榮祖乃係斯文一脈，爲因應舉之時，拖欠張員外的銀兩，賠累一空，産業盡廢，若説什麽反叛的奸細，是毫無影響。〔李不達白〕現有首人質證，你還要抵賴麽？〔來保白〕老爺，他與反叛交通是實，每每情弊顯然。因小的與陳榮祖是近鄰，恐怕日後干連，所以出首。〔李不達白〕陳榮祖，你可從實招來。〔陳榮祖白〕爺爺，念陳榮祖呵，〔唱〕

【南呂宮正曲·大迓鼓】因逢應舉年(韻)，借豪門私債(讀)，充做盤纏(韻)。他不惟尅剥欺良善(韻)，又憑空誣陷首臺前(韻)。〔合〕伏望推詳(讀)，超豁大冤(韻)。〔李不達白〕這奴才，明明是逆黨了，還敢强辯。〔唱〕

【又一體】我明同秦鏡懸(韻)，從來聽訟(讀)，民不稱冤(韻)。你怎與亂臣私地來通線(韻)，〔白〕你如今就賄賂我千金，也饒不得你的罪。〔唱〕況我是清官公道不貪錢(韻)。〔合〕折獄何難(讀)，只用片言(韻)。〔陳榮祖白〕求老爺推詳寬恕。〔李不達白〕你這狗頭，既做反叛的奸細，還要抵賴。左右，將陳榮祖扯下去，重打四十。〔四皂隸應科，作扯陳榮祖打科。李不達白〕你這厮既與叛逆交通，有玷斯文體統，可將黑墨塗臉，與他上了刑具，帶去收監。〔四皂隸應科，一皂隸帶陳榮祖作出門科，同從下場門下。李不達白〕將出首人來保，可即召保候傳。〔二夜不收應科，同來保作出門科，從上場門下。李不達起，隨撤公案、桌椅科，李不達白〕正是：饒你人心似鐵，難逃官法如爐。吩咐掩門。〔衆應科，同從下場門下〕

第十一齣　賄獄卒孱儒殞命（齊微韻）

〔丑扮禁子，戴棕帽，紮包頭，穿窄袖，繫搭包，從上場門上，白〕從來獄底最無情，此間不是慈悲地。自家汴州知州獄中一箇禁子是也。今有上司發來囚犯一名陳榮祖，州牧老爺傳下，不許他親戚往來。不免唤他出來，收拾一番。陳榮祖過來。〔生扮陳榮祖，載髮網，穿破補衲衣，繫腰裙，帶枷杻，從上場門上，白〕大哥，有何吩咐？〔禁子白〕管山靠山，管水靠水。你既到這裏，燈油錢、柴火錢，也該送來。〔陳榮祖白〕大哥，小人被誣到此，那得錢來與你？〔禁子白〕没有錢，與我上匣牀。〔陳榮祖白〕大哥，寃枉事，没奈何可憐。〔禁子白〕夥計，把那匣牀擡出來。〔雜扮二獄卒，各戴棕帽，穿窄袖，繫搭包，擡匣牀從下場門上。陳榮祖作跪求科，禁子虚白，作捉陳榮祖上匣牀科。禁子、獄卒各虚白，同從下場門下。旦扮張氏，穿衫，繫腰裙，提飯籃，從上場門上，白〕天有不測風雲，人有旦夕禍福。我丈夫不知被何人陷害，驀地拿到汴州，打的七死八活，送下牢中去了。老婆婆十分病重，不敢對他説此情節。向鄰舍人家，借得銀米做口飯食，到監中送與他喫。正是：傷心千點淚，點點痛人腸。來此已是，獄卒哥，可憐見開一開門。〔禁子仍從下場門上，白〕什麽人？〔張氏白〕奴家是送飯與丈夫喫的。〔禁子白〕你丈夫是誰？〔張氏白〕陳榮祖。〔禁子白〕自古牢獄不通風，你丈夫是奸細重犯，不許親戚往來。〔張氏白〕禁長哥，可憐見平人冤枉，望乞開門。〔禁子虛白，作開門，張氏進門，禁子復關門科。張氏白〕我丈夫在那裏？〔禁子白〕走過來，在這裏。〔禁子虛白，仍從下場門下。張氏白〕呀，丈夫嗄！〔唱〕

【商調正曲・山坡羊】眼昏昏(讀)如迷如醉(韻)，軟咍咍(讀)低聲弱氣(韻)。〔白〕看他這般光景呵(唱)，好教我一層層(讀)鍼透肝腸(句)，攢簇簇(讀)似箭排心肺(韻)。血淋漓(韻)，腥濃結滿衣(韻)，驀然相見魂驚悸(韻)。〔白〕丈夫甦醒。〔唱〕看他恍惚精神(讀)，實難由己(韻)。〔合〕沉迷(韻)，虛飄飄命怎期(韻)？誰知(韻)，實丕丕災共危(韻)。〔陳榮祖作醒科，白〕獄卒哥，可憐見。〔張氏白〕丈夫，奴家在這裏。〔陳榮祖白〕神思渺渺，像有人叫我。〔張氏白〕是你妻子在此。〔陳榮祖白〕呀，原來是我娘子。妻嗄！〔唱〕

【又一體】黑濛濛(讀)難分朝夕(韻)，痛生生(讀)怎全肢體(韻)。冷颼颼(讀)四下悲風(句)，濕淋淋(讀)不斷千行淚(韻)。〔白〕我陳榮祖，今生無甚大孽，但不知前世作何冤報，受此苦楚。〔禁子仍從下場門上。張氏白〕大哥，天上人間，方便第一。望大哥放他下來，與他些飯喫，願大哥萬代公侯。這是白銀一兩，送與大哥，望乞可憐。〔禁子接銀科，白〕也罷，且放他下來，與他會一會。〔作放陳榮祖下匣牀，陳榮祖、張氏相見哭科。禁子向下喚獄卒上，搭匣牀，同從下場門下。陳榮祖坐地，張氏勸食科。陳榮祖唱〕實難哃(韻)，百般冤苦脾(韻)，可憐煞調來親手羹湯醃(韻)。〔張氏滾白〕夫，你自幼讀書，何曾經此苦楚。雖然家貧，母子夫妻，朝夕一處。一旦幼子轉賣他人，老婆婆病危牀席。夫遭橫禍，旦夕難保，兀的不痛殺我也。〔陳榮祖、張氏唱〕眼看扭斷同枝(讀)，分開連理(韻)。〔合〕傷悲(韻)，這衷腸訴向誰(韻)？〔禁子仍從下場門上，白〕那婦人快些出去，再捱遲我就打了。〔陳榮祖、張氏唱〕分離(韻)，料從今萬劫違(韻)。〔禁子白〕天色晚了，怕有人來查監。〔作開門推張氏出門，張氏哭科，仍從上場門下。禁子關門，扭陳榮祖從下場門下。副扮刑吏，戴書吏帽，穿圓領，繫鑾帶。净扮張捷，戴員帽，穿道袍，從上場門上。刑吏唱〕

【商調正曲·吴小四】貌山魑(韻)，性蒺藜(韻)，三十年來老滑宄(韻)。〔白〕禁子那裏？〔禁子仍從下場門上，作開門，刑吏、張捷同作進門科。禁子白〕王相公，有何吩咐？〔刑吏白〕早間發下來的罪犯陳榮祖，是李希烈的奸細。〔附耳科，白〕今晚須要氣絶。〔張捷各付刑吏、禁子銀科，刑吏、張捷作出門科。刑吏白〕小心要緊，把這栅欄子兩邊都封好了。〔低唱〕封着栅欄須緊秘(韻)。〔合〕一條窮命怕怎的(韻)，誰不識王刑吏(韻)。〔虚白同張捷仍從上場門下，禁子作進門，隨關門，仍從下場門下。内作起更科，陳榮祖從下場門上，白〕你聽一時閧鬧，想是刑房來禁夜了。我陳榮祖流落壯年，不料結果在這箇所在。〔唱〕

【商調正曲·山坡羊】幼思量(讀)讀書登第(韻)，誰料想(讀)囹圄身繫(韻)。〔滚白〕我那母親病危旦夕，倘有不測，何人送死？母親，你生兒防老，今日兩下分離，不能見面。〔唱〕恨無端(讀)魂遊異鄉(句)，盼雲山(讀)飛不到慈幃裏(韻)。〔内打一更科，陳榮祖唱〕聽更催(韻)，漏點多寧如淚(韻)。〔内作笑飲科。陳榮祖白〕一般監禁，也有飲酒快活的。我陳榮祖身帶重傷，腹無半粒。〔唱〕那牢中也有歡娱地(韻)，偏我酸丁(讀)，凄涼憔悴(韻)。〔合〕忍饑(韻)，腹便便只是饑(韻)。無衣(韻)，剪文章不是衣(韻)。〔作跌倒科。丑隨意扮更夫，持燈籠，從下場門上，口作打更發諢科。禁子持囊首，從上場門上，忽值更夫虛白發諢科，更夫從上場門下。禁子白〕世上酷官催命鬼，獄中禁子殺人精。奉刑房相公之命，要討這人氣絶，已經把囊首收拾好了，不免到那邊走走，少待一回，即忙動手便了。〔從下場門下，内打二更，作隱隱哭科。陳榮祖白〕隔壁啼哭之聲，啾啾唧唧，好傷感人也。〔唱〕

【又一體】一聲聲（讀）蟲吟敗壁（韻），一更更（讀）譙樓鼓疾（韻）。慘離離（讀）何人叫天（句），莽蒼蒼（讀）管不到這閒螻蟻（韻）。〔白〕這光景，像與我苦楚一般。〔唱〕苦痛悲（韻），似刀刺人肝肺（韻）。宛似生龜解殼釜中泣（韻），痛毒煩冤（讀），如我榮祖已（韻）。〔合〕淒淒（韻），聽聲兒即漸低（韻）。堪疑（韻），看燈兒即漸微（韻）。

〔禁子持囊首，從上場門上。二獄卒隨上，各作欲動手科。陳榮祖驚倒，跪科，唱〕

【商調正曲·水紅花】魂顛夢倒好驚疑（韻），影迷離（韻），神號鬼泣（韻）。只見陰風慘慘襲人衣（韻），命應危（韻），垂頭待斃（韻）。高堂何人奉養（句），妻子苦無依（韻）。〔合〕陡教我一靈未斷魄先離（韻）也囉（格）。

〔禁子、獄卒同作捉陳榮祖，用囊首害陳榮祖氣絶科，禁子唱〕

【又一體】愁山怨海任悲啼（韻），得財時（叶），管教立斃（韻）。方信我獄卒哥哥手段奇（韻）。〔白〕霎時間死了，待我將他屍首拖到後面去。夥計，〔獄卒應科。禁子白〕將他屍首拖到後面去。〔同作拖陳榮祖屍首，從下場門下。雜扮陳榮祖魂，散髮，搭魂帕，穿破補衲衣，繫腰裙，從地井上。禁子從下場門上，作撞見驚怕科。陳榮祖魂從左旁門下。禁子白〕你看陰風慘慘，明明見一鬼魂，赤脚蓬頭而出，諕死我也。〔唱〕猛驚疑(韻),魂狂魄厲(韻)。鬼形這般活現(句),幾陣冷風吹(韻)。〔合〕諕得我一身冷汗濕淋漓(韻)也囉(格)。〔內打五更,作鷄鳴科。禁子白〕天色已曉,待我報官,只說陳榮祖刑傷病故便了。〔喚獄卒科,一獄卒從下場門上,應科。禁子作開門,隨出門。獄卒作關門科,從下場門下。禁子白〕正是:獄裏催人命,如同殺隻鷄。〔從上場門下〕

第十二齣　遣媒婆病母亡身（皆來韻）

〔旦扮張氏，穿衫，從上場門上，唱〕

【商調引·憶秦娥】飛災大（韻），冶長無罪遭冤害（韻）。遭冤害（格），蒼蒼不遠（讀），報施何在（韻）？

〔白〕妾身張氏，不幸丈夫不知被何人誣陷身死獄中，婆婆本來有病，一聞此信，十分悲痛，病上添病，日來更覺沉重，這便如何是好？　我不免扶他出來中堂坐坐。　婆婆，待媳婦扶你出來坐坐。

〔作扶老旦扮李氏，穿老旦衣，繫腰裙，從上場門上，場上設桌椅，入坐科，唱〕

【又一體】年高已歎身衰邁（韻），病深更覺形疲憊（韻）。形疲憊（格），奄奄一息（讀），死期應快（韻）。〔白〕老身李氏，陳門之婦。　不幸丈夫早亡，只有一子陳榮祖，相依爲命。　不想遭此不豐時歲，將孫兒賣與他人。　豈知禍不單行，我兒又不知被何人誣陷是李希烈的奸細，身死獄中。　橫禍天災，這是那裏説起？　如今婆媳二人孤苦伶仃，無人倚靠。　老病難扶，只存氣息。　媳婦，〔張氏應科。李氏白〕可不苦殺你了，兒。〔張氏白〕人生在世，誰無疾病？　兒遭橫禍，或是命所當然。　婆婆保重身體，不必煩惱。〔李氏白〕有生必有死，有來必有去。　我若多活一日，多累你受一日之苦，不如早早死

了罷。〔張氏白〕婆婆休出此言。媳婦侍姑，理所當然。〔李氏唱〕

【商調集曲・金絡索】【金梧桐】（首至五）都應命運乖(韻)，致使家緣敗(韻)。貧缺虀鹽(句)，歲月已愁難捱(韻)，又無端橫禍來(韻)。【東甌令】（二至四）痛傷哉(韻)，痛獄底冤魂誰掩埋(韻)。慘聲直哭得天容改(韻)，【鍼線箱】（第六句）怨氣應噓將日色霾(韻)。〔白〕媳婦，我今料不濟事了。生前衣食爲難，死後棺槨誰辦？我若死了時，只消一把乾柴，把屍焚了，送到祖墳上去。〔滚白〕深深埋了，這便是你生前奉養、死後埋葬了。兒，〔唱〕【解三醒】（合）我魂何在(韻)，【懶畫眉】（第三句）隨風吹蕩化烟埃(韻)。【寄生子】（合至末）似我這生也堪哀(韻)，死也應該(韻)，休再累伊看待(韻)。〔丑扮張旺，戴羅帽，穿屯絹道袍。副扮張婆，穿老旦衣，繫包頭。從上場門上。張旺白〕陳榮祖已死獄中，我員外差我兩口兒去勸陳娘子，嫁與我員外爲妾。奉主人之命，只得前去走遭。〔張婆白〕來此已是。〔張旺白〕媽媽叩門。〔張婆作叩門科，白〕裏面有人麽？〔張氏作開門科，白〕甚麽人？〔張旺、張婆作進門虛白科。張氏白〕到此何事？〔張旺白〕員外差我們來的。你丈夫在日，借我家員外的銀子五十兩，特來取討。〔張氏白〕我丈夫在日，借你家員外銀子，俱已還清。後因利銀短少五兩，又將親生孩兒準與你家，那裏又有甚麽銀子？你家員外欺心，幹這没天理的事。〔張旺白〕既是這等説，本錢你且慢慢還，你那兒子年小，在我員外家也不中用，你可將些銀子，贖他回來罷。〔張氏白〕大哥，〔唱〕

【商調正曲・山坡羊】歲凶荒(讀)一家何賴(韻)，世艱難(讀)半文莫貸(韻)。舉目處(讀)環堵蕭然(句)，況老年姑(讀)病劇愁危殆(韻)。紛莫解(韻),更無人把難排(韻)。〔張旺白〕依你這等説,難道借了我家恩債,不該還的麽?〔張氏白〕欠下你家的債?〔張旺白〕正是。〔張氏白〕有的,有的!〔張旺白〕原説有的。〔張氏唱〕是前生結下、結下多冤債(韻),今世償伊(讀)讐山怨海(韻)。〔合〕裙釵(韻),話到傷心淚滿腮(韻)。喬才(韻),提起刁頭怒滿懷(韻)。〔張旺白〕媽媽,你在此與娘子講話,我到外面走走去。〔作出門,仍從上場門下。張婆白〕娘子,既是一時不能相還,來,我與你外面講話去。〔張氏白〕那裏去?有話就在這裏説。〔張婆白〕娘子,我有句知心的話兒對你説。我家員外,家私巨萬,現今缺乏子嗣。娘子容貌如花,青春尚少,何不嫁與俺家員外,做一房如夫人,穿不了,喫不了,何等樣受用。娘子,你去想。〔張氏作怒打張婆科。張婆白〕我是好意,怎麽就打起來。〔張氏白〕此賊如此設心不良,這等看來,亡夫之禍,一定是他誣陷的了。〔唱〕

【又一體】他妄想綰(讀)同心羅帶(韻),却暗築(讀)連環錦寨(韻)。〔白〕賊嘎,〔唱〕一任你(讀)惡計圖謀(句),我誓柏舟(讀)至死無移改(韻)。心自揣(韻),恨花容是禍胎(韻)。〔作推張婆出門,復閉門科。張旺仍從上場門上,白〕媽媽,怎麽樣了?〔張婆白〕我把好言勸他,他反倒打起我來了。〔張旺白〕不怕他飛上天去,且回員外的話去罷。〔張婆白〕説得有理。我和你同見員外去。〔同從下場門下。李氏白〕媳婦,你方纔與那人説話,我已聞知,不如依從了他,你倒有一箇安身之處。〔張氏白〕婆婆説那裏話來。〔唱〕遭逢否運、否運何時泰(韻),貧病相兼(讀),怎生佈擺(韻)?〔李氏同唱合〕胸懷(韻),愁悶如山撥不開韻。形骸韻，消瘦如柴活不來韻。〔李氏作垂危科，白〕不好，我這會身上發起寒來了，快扶我到房裏去罷。〔張氏白〕婆婆，保重身體，耐煩將養。〔扶李氏出桌，隨撤桌椅。李氏作氣將絶科，張氏痛哭虛白，扶李氏從下場門下，隨上白〕我婆婆死了，一無所有，如之奈何？〔唱〕

【慶餘】這送終的錢鈔向何人貸韻？縱剪下如雲髮有誰來肯買韻，只得哭上長街去求告來韻。

〔作哭科，仍從下場門下〕

第一本卷下

第十三齣　傅相施恩濟貧窘（魚模韻）

〔外扮傅相，戴巾，穿行衣，帶數珠，從上場門上。末扮益利，戴羅帽，穿屯絹道袍，繫鑾帶，帶數珠，背包隨上。傅相唱〕

【仙呂宮引·探春令】故人相見喜何如㊞，共聯牀聽雨㊞。悵人非麋鹿㊞難長聚㊞，又復把歸與賦㊞。〔白〕我傅相，因這汴州州守是我故人，到此探望，兼慕中嶽嵩山景致，便道遊觀。不料到得此間，聞說李希烈在上蔡作反，人心驚惶。益利，世路荒荒，我和你且回家去罷。〔益利應科。傅相白〕你看路上倘有貧人，你便沿途周濟便了。〔益利白〕理會得。〔同從下場門下。旦扮張氏，穿衫，繫腰裙，從上場門上，唱〕

【仙呂宮正曲·風入松】家貧無那喪親姑㊞，有若箇哀憐這苦㊞？衣衾棺槨皆無措㊞，〔滚白〕陳郎，婆婆枉自生你，不能彀養老送終，你今渺渺茫茫，沉魂獄底，撇得你母死妻單，怎的不來管顧了？夫！〔唱〕喪葬禮怎生區處㊗？〔合〕痛煞他娘兒並殂㊗，看血淚滴將枯㊗。〔淨扮張捷，戴巾，穿道袍，從上場門上。雜扮二家人，各戴羅帽，穿屯絹道袍，繫鑾帶，隨上。張捷白〕好將壓善欺良意，來作尤雲殢雨心。那陳秀才母親已經病故，可奈他妻子，不知道在那裏去了。〔作見張氏科，白〕前面是他娘子。〔張氏作見張捷，背立科。張捷白〕你婆婆已故，你丈夫在日，借我本銀五十兩，如今料想你也没有還我，況你兒子現在我處，請你去同享榮華。〔張氏白〕我丈夫在日，雖曾借你銀子，田産都已準與你了。我今日與你讐深不戴，還説什麼去同享榮華的話。〔唱〕

【又一體】害得我人亡家破一身孤㊗，終天恨滿腔未吐㊗。〔張捷白〕我可憐你孤寡，是一片好心，怎麼反把我做讐人看待。難道借了債，不該還麽？〔張氏滚白〕賊你還把借銀一事恐嚇於我，希圖奸騙，可知我是三貞九烈之女，誓死靡他。賊！〔唱〕你陷人冤斃圖人婦㊗，問賊子是何肺腑㊗？〔張捷白〕小厮們，不要和他閑講，只管搶他上轎。〔二家人白〕你若不從，我們就動手搶你了。〔張氏滚白〕又見惡僕强奴，擁擁簇簇，好教我進退無門，如何擺佈？〔張捷白〕你倒不如從了罷。〔張氏滚白〕正是：路逢險處難迴避，事到頭來不自由。〔唱合〕要得全名節拚將命殂㊗，去泉臺下把冤呼㊗。〔虛白，作投井科。傅相、益利從上場門上，作見張氏投井攔救科。張捷同二家人亦假作攔救科。傅相白〕員外拜揖。〔張捷白〕不敢。〔傅相白〕這娘子爲何行此短見？〔張捷白〕正是，我也不曉得爲何。我每在此救他。〔張氏白〕這厮乘人危難，要搶奴爲妾。爲因情極，故爾輕生。〔張捷白〕不要聽他，

並無此事。〔傅相白〕請問娘子，可有丈夫，緣何孤身在此？〔張氏白〕長者容稟。〔唱〕

【仙吕宫正曲·急三鎗】恨遇着登徒子句，因好色讀使機關毒韻。憑空裏陷獄底讀喪親夫韻。〔傅相白〕原來這等，可憐。〔張捷白〕長者，那婦人最刁，都是一片虚言，萬萬不可聽信。〔傅相白〕家中還有何人？〔張氏白〕長者，説也可憐。〔唱〕苦煞人遭不幸句，禍重來讀災甚速韻，〔合〕又喪却垂白的讀暮年姑韻。〔白〕長者，現今婆婆死在房中，衣衾棺槨全無。〔傅相白〕不用着忙，我有道理。敢問員外，爲何逼這娘子尋死？〔張捷白〕長者，他丈夫在日，借我本銀五十兩。如今他婆死夫亡，自應準折還我。〔張氏白〕長者，不要聽他。他已將田産準折，一本幾利了。〔傅相白〕你可有兒子的？〔張氏白〕只有一子，新近亦準與這厮了。〔傅相白〕原來如此。員外，我也不問其中實假，設使這娘子有銀五十兩還你，又將原價加一倍贖取他孩兒，你可依允麽？〔張捷白〕長者，他今赤貧，那有銀子還我？若果一一清還，我也只得罷了。〔傅相白〕員外，一言既出，駟馬難追。今日我傅相偶從此地經過，見這娘子困苦，情願替他代還舊欠、贖取他孩兒，母子完聚。望員外慈悲。〔張捷作背科，白〕原來他就是好行善的傅長者，我倒不好意思。如今多得幾兩無本之利，也是便宜，日後再作道理。〔向傅相白〕長者之命，只得依從。〔傅相白〕益利，你可將銀百兩送到張員外家，領他孩兒，并原契一同取來。再買棺木一口、白布二疋，送到這娘子家中去。〔益利應科。張捷白〕滿擬紅顔完色願，且將白鏹壓貪心。〔張捷、二家人虚白，引益利同從下場門下。張氏白〕長者請上，待妾身拜謝。〔唱〕

【仙呂宫正曲·風入松】蒙君施惠救微軀(韻)，宛似我重生父母(韻)，〔滚白〕婆婆，若非長者周濟，你媳婦已喪黄泉，可憐你有誰殯殮，有誰安葬？〔唱〕今日裏屍骸免得來暴露(韻)，這海山恩如何報補(韻)？〔合〕囑咐恁陰靈聽取(韻)，當銜出報恩珠(韻)。〔益利引小生扮長壽，戴小兒巾，穿破道袍，從下場門上。長壽作見張氏跪哭科。張氏唱〕

【仙呂宫正曲·急三鎗】生不幸(句)，逢凶歲(讀)遭多故(韻)，將伊向豪門鬻(讀)作人奴(韻)。只道是今生裏(句)分離杳(讀)無由覩(韻)，〔合〕誰承望重還轉(讀)掌中珠(韻)。〔益利白〕已將銀子付與張員外，將這小官人領了出來，文契在此。〔傅相將文契付張氏科，白〕小娘子請回罷。〔張氏、長壽白〕長者請上，受我母子一拜。〔傅相虚白遜科，張氏、長壽同作拜謝科，唱〕

【仙呂宫正曲·風入松】一朝提掇出泥塗(韻)，羡高誼獨超今古(韻)。使拆開的骨肉重完聚(韻)，也免得母憶兒兒還憶母(韻)。〔傅相白〕你婆婆衣衾棺槨，即刻備辦送去。另有銀二十兩，可拿去同令郎過活。〔益利付銀與張氏科。傅相白〕快些殯葬婆婆去罷。〔張氏、長壽白〕多謝長者。〔傅相、益利從下場門下。張氏白〕我兒，多感傅長者施仁，如今有了衣衾棺槨，快快隨我回去，殯殮婆婆。〔唱合〕抵多少麥舟義助(韻)，是今世的范堯夫(韻)。〔同從下場門下〕

第十四齣　盧杞用計陷忠良（廉纖韻）

〔浄扮盧杞，戴幞頭，穿蟒，束玉帶，從上場門上，唱〕

【南呂宮引・阮郎歸】陰陽燮理冠堂廉(韻)，威權衆所瞻(韻)。人誇心赤面常藍(叶)，這的是(讀)官高勢自炎(韻)。〔中場設椅，轉場坐科，白〕自家唐朝大丞相盧杞是也，位尊元輔，禮絶百僚，天性貪殘，機謀陰譎。生前富貴，不問社稷之安危；死後浮名，那管史書之香臭。才運有方，星斗難逃其布算；謀深無底，鬼神莫測其機關。酣宴則座擁金釵，出入則道陳兵衛。叵耐那尚書顔真卿，自負先朝老臣，粗立名檢，强項骨鯁，不肯順從，却又在人面前故造狂言，一班好名躁進狂生，附了他與我作對。大小文武，約略三百餘人，若不剪草除根，一網打盡，難消我胸中忿氣，抑且後患須防。今日退朝無事，不免步入書齋，屏除左右，思量妙計，傾害衆官，多少是好。〔起，隨撤椅，場上設桌椅，上設筆硯，盧杞入坐科。雜扮四將吏，各戴將巾，穿蟒、箭袖、排穗，捧寶劍、印盒、櫜鞬令旗。雜扮二判官，各戴判官帽，穿圓領，束角帶，持筆、簿，引雜扮採訪使者，戴嵌龍幞頭，穿蟒，束玉帶，從上場門暗上，後場立科。盧杞白〕顔真卿這厮，頗有名聲，百官倚重。但這厮每事執抝，面折下官，首當剪除。〔作思科，白〕有計了。李希烈背反朝廷，法當征討。我不免草成一表，只說真卿重望老臣，遣他去說希烈，可不煩兵而下。奏過官家，定差這廝，不怕他不去。希烈兇惡異常，真卿倔強猶昔，眼見得斷送這老兒也。〔判官作書簿科。盧杞白〕其餘文武官員，重則誣他謀逆，輕則坐以奸貪。或赤其九族，或去其首領，或削籍金門，或竄身荒裔。此時誰不落膽驚魂，誰不箝口結舌？好計。〔判官持簿呈採訪使者看科。盧杞冷笑科，白〕諸公，不要道我太狠，爭奈騎虎之勢，也不得不然了。〔作寫本科，唱〕

【仙呂宮正曲·皂羅袍】非我居心奸險(韻)，那休休度量(讀)，陳語堪嫌(韻)。人前要裝得恁威嚴(韻)，暗中早設下多坑塹(韻)。〔合〕把幾人正法(句)，身誅族殲(韻)；幾人削籍(句)，投荒弔炎(韻)。看正人一網都排陷(韻)。〔白〕有人說：功名富貴，天命安排；暗室陰謀，神靈鑒察。這箇也不管他，天道難明，神靈誰見？縱然有之，我也只圖目前罷了。〔唱〕

【又一體】天道神明無驗(韻)，且身披綺繡(讀)，口饜肥甘(叶)。一輪車轂紫騮驂(叶)，兩行花濁紅粧豔(韻)。〔合〕百年富貴(句)，將人口箝(韻)；千秋史册(句)，由他筆尖(韻)。死圖珠玉還含殮(韻)。〔白〕本已寫完，吾計已就，明日入朝進奏便了。〔起，隨撤桌椅科，白〕管取真卿歿賊庭，百官以次受諸刑。誰言天表有神察，那箇在？〔兩旁視科，白〕且喜垣邊無耳聽。〔從下場門下。採訪使者白〕盧杞這廝，功曹土司時時報他罪業，今日我親臨，果然他險惡如此。只是顏真卿賢良君子，懷忠抱道，不料以正直忤杞，眼見得死於奸臣之手。我當思想一策，救他方好。〔判官白〕顏真卿夙慕大道，名列仙班，衹以宿緣，當陷賊庭，大數已定，不必救拔。〔採訪使者白〕既然如此，不必救拔。正是：人間私語，天聞若雷。暗室虧心，神目如電。〔衆將吏引採訪使者同從下場門下〕

第十五齣　問吉凶飛籤儆賊（齊微韻）

〔浄扮朱泚，戴九梁冠，穿氅，從上場門上。雜扮四家將，各戴將巾，穿蟒、箭袖、排穗，隨上。朱泚唱〕

【仙吕宫引・夜行船】乍解兵權嗟失勢韻，學困龍暫爾蟠泥韻。跋扈心胸句，飛騰羽翼韻，蓄養已非一日韻。〔中場設椅，轉場坐科，白〕〖西江月〗腹内包藏韜略，軍中累建奇功。威名千里鎮羌戎，雄據一方誰共？　失計來朝闕下，飛禽自陷籠中。他年若得逞英雄，地軸天關摇動。　下官朱泚是也，曾授太原節度使，只因兄弟朱滔使計，勸俺入朝，失了兵權，三年之内，只在長安奉朝，閒居無事，不能遂俺胸中的大志。自古道：蛟龍得雲雨，終非池中之物。有一日提兵在手，攬得他四海都渾。罷、罷，不能流芳百世，亦當遺臭萬年。我門前有關神君祠，不免去卜問一箇靈籤，成敗如何？〔起，隨撤椅，四家將引朱泚作出門遶場科。場上設關聖帝君、轉像屏風，香案上設籤筒科。朱泚白〕欲決心中疑慮事，須當叩禱問神祇。〔作到科，白〕爾等外廂伺候。〔四家將應科，從上場門下。朱泚作進廟門科。雜扮廟祝，戴道巾，穿道袍，從下場門上，白〕老爺來了，請進。〔朱泚白〕我府内没有什麽人在此麽？〔廟祝白〕没有。〔朱泚白〕我有事祈禱神聖，不用你在此伺候，且自迴避。〔廟祝白〕如此小道往後面烹茶，恭候便了。道人，快些烹茶伺候。〔仍從下場門下。朱泚禮拜科，白〕拜告神君：下官朱泚，素負英名，心懷大志，結連藩鎮，乘機篡取大唐天下。此事成敗如何，望神君報應。〔作執籤筒卜科，白〕此籤大凶。神君，我朱泚終不然就罷了？此生誓不久居人下，還當再卜。〔後執籤筒卜科。雜扮周倉，戴周倉盔，紥靠，持刀，從屏風内轉出，作刀挑籤飛筒裂。朱泚作驚怕科。周倉仍轉下。四家將、廟祝從兩場門急上，各作虛白發諢科。朱泚白〕祠後忽作大聲，籤飛筒裂，想是神君作怒，不許我行此事。神君，你庇護大唐天子，難道他家天下千年不壞麽？自古道：矢在弦上，不得不發。神君，得罪了。〔作出門，廟祝送科。仍從下場門下，隨撤轉像屏風、香案。四家將引朱泚轉場作進門，場上設椅，朱泚坐科。雜扮二判官，各戴判官帽，穿圓領，束角帶，執筆、簿，引雜扮採訪使者，戴嵌龍幞頭，穿蟒，束玉帶，從上場門暗上，後場立科。雜扮奸細，戴鷹翎帽，穿箭袖，繫鸞帶，從上場門上，白〕機關有誰洩漏？蠟丸暗地傳來。自家李元帥心腹之人，差來長安，結連朱太尉爲内應。且喜已入長安，來此已是朱太尉門首。有人麽？〔一家將作出門科，白〕什麽人？〔奸細白〕李元帥差人求見。〔家將白〕住着。〔作進門科，白〕禀爺，李元帥差人求見。〔朱泚白〕唤進來。〔家將作出門引奸細進門科。朱泚白〕家將迴避了。〔四家將應科，從兩場門分下。奸細白〕小人叩頭。〔朱泚白〕到此何事？〔奸細白〕小人是李元帥帳下心腹之人，因爲唐室衰微，君臣無道，百姓困苦，勞於徭役，俺元帥看不過去，特建義旗，自稱天下都元帥，攻陷汝州，一路望風瓦解。目下聞得大唐調取涇原節度使姚令言，領兵五千征進，不日打從長安經過。丞相盧杞，平日輔佐朝政，事事不行寬大。況姚令言素是太尉提拔之人，乘此激變軍心，劫了宮闕，滅了大唐。俺元帥説，拜上太尉，定當平分天下，各據一方。有書在蠟丸内。〔朱泚白〕你且外廂少待，待我思量。〔奸細呈蠟丸書，作出門科。朱泚白〕從來天無二日，民無二王，我若成得大事，豈容李希烈自據一方？也罷，不免暫時應允，日後再做道理。來人呢。〔奸細應，作進門科。判官作書簿科，衆將吏引採訪使者暗從下場門下。朱泚白〕你多多拜上李元帥，説我意中早有安排，當與元帥同心合謀，共圖逐鹿。人來。〔雜扮院子，戴羅帽，穿屯絹道袍，繫鑾帶，從下場門上，應科。朱泚白〕取白金一錠來。〔院子應，向下取銀隨上，付奸細科，院子仍從下場門下。朱泚白〕這白金與你，聊爲途中一飯。因你輕裝，不便多與，你可速速而回。〔奸細叩謝科。朱泚白〕我與你元帥呵，〔唱〕

【仙吕宮正曲·玉胞肚】共相舉義〔韻〕，秦庭鹿逐得是誰〔韻〕？笑張陳反結仇讐〔句〕，論楚漢莫起嫌疑〔韻〕。〔合〕英雄作事只在審當爲〔韻〕，那遺臭流芳總莫提〔韻〕。〔奸細白〕我家元帥向來是，〔唱〕

【又一體】心胸頗異〔韻〕，蓄精兵圖謀不軌〔韻〕。要做箇射鹿曹瞞〔句〕，那管得叩馬夷齊〔韻〕。〔同唱合〕英雄作事只在審當爲〔韻〕，那遺臭流芳總莫提〔韻〕。〔朱泚白〕去罷。〔奸細應科，作出門，仍從上場門下。朱泚從下場門下〕

第十六齣　考善惡駐節昭靈（蕭豪韻）

〔雜扮八從神，各戴將巾，穿蟒、箭袖、卒褂，執旗。雜扮八將吏，各戴將巾，穿蟒、箭袖、排穗，捧令旗、寶劍、櫜鞬、冠帶。雜扮四功曹，各戴功曹帽，穿雁翎甲，掛年月日時牌，持馬鞭。雜扮關平，戴紥巾額，紥靠，捧印。雜扮周倉，戴周倉盔，紥靠，持刀。引淨扮關聖帝君，戴冕旒，穿蟒，束玉帶，從上場門上，白〕三分事業已銷沉，回首荆襄遺恨深。淘洗得來惟淨業，消磨不盡是雄心。某關聖帝君是也。今有天曹使者，下來考察人間善惡，不免上前相見。〔雜扮二判官，各戴判官帽，穿圓領，束角帶，持筆、簿，引雜扮採訪使者，戴嵌龍幞頭，穿蟒，束玉帶，從上場門上，作見關聖帝君科，白〕神君勝常。〔關聖帝君白〕使者安樂。〔採訪使者白〕朱泚這賊子，奸深鬼魅，毒過豺狼，不自揣量，思奪大唐天下。神君可曾聽得麽？〔關聖帝君白〕使者，我怎麽不曾聽得？方纔此賊以謀反之事問卜於我，我以大凶籤報之，欲阻其凶謀。奈他不肯悛改，再行問卜，我稍顯威靈，使籤飛筒裂，他竟不回頭而去。方當與李希烈來人設計之時，我便欲手誅此賊。奈他陽壽未終，唐家君臣該有播遷之難，長安人民亦有劫掠之災，大數已定，是以躊躕耳。〔一判官白〕稟覆使者，據各處功曹土司諸神，申報下界衆生造惡彌天，種種不一。中間作善者雖有，不如作惡者多。只有王舍城中傳相，篤實持躬，精誠爲善，奉佛持齋，施行仁義。近日又在汴州救濟難婦張氏，母子團圓，捨棺掩骼，每每勸化世人，忠心報國。陽間作善，無如此人。〔關聖帝君白〕我聞此人七世修行，今功行將滿，道品轉高，可敬，可敬！使者又當上界奏事之期，小聖自當護送而行。〔採訪使者白〕神吏，〔二判官應科。採訪使者白〕將世間善惡，開載黑白二簿，逐一分明，無得朦朧遺漏，謹當去奏聞上帝。〔二判官應科。雜扮二傘夫，各戴馬夫巾，穿蟒、箭袖、卒褂，執傘，從兩場門分上，隨衆遶場科，同唱〕

【中吕宫正曲·好事近】絳節返丹霄(韻)，神吏紛紛前導(韻)。榆街雲路(句)，驅幾隊風馬輕裊(韻)。天都直上(句)，在高空(讀)俯視塵寰杳(韻)。〔合〕看齊州九點烟青(句)，更海水一泓盃小(韻)。〔關聖帝君、採訪使者唱〕

【又一體】職司(句)，採訪列仙曹(韻)，將大地閻浮考校(韻)。正邪善惡(句)，寶鏡當空明照(韻)。巡行四部(句)，奉天皇(讀)宣化揚忠孝(韻)。〔合〕録金書善受褒嘉(句)，仗玉斧惡行誅討(韻)。〔衆遶場科，同唱〕

【中吕宫正曲·越恁好】去天尺五(句)，去天尺五(疊)，看三台麗絳霄(韻)。正仙班神侶(句)，馳日馭駕雲軺(韻)。響噹噹珮瑶(韻)，響噹噹珮瑶(疊)，聳巍巍玉蝃蝀(讀)，駕着飛橋(韻)。森嚴嚴帝居(句)，森嚴嚴帝居(疊)，蹡蹌蹌白玉堦(讀)，羣星正朝(韻)。〔合〕奏咸池咽鳳簫(句)，白虎蒼龍繞(韻)。喜帝臨太乙(讀)，天開黄道(韻)。

【意不盡】太清六合無私照㊇，明鏡當頭皛皛㊇。因緣果報㊇，天網恢恢若箇逃㊇。〔衆侍從擁護關聖帝君、採訪使者，同從下場門下〕

第十七齣　慮綢繆賢臣爲國（先天韻）

〔生扮陸贄，戴紗帽，穿圓領，束金帶，從上場門上。雜扮院子，戴羅帽，穿屯絹道袍，繫鑾帶，隨上。陸贄唱〕

【正宮引・破陣子】志在長林豐草㊀，身乘皂蓋華軒㊁。自歎叨恩虛俸禄㊀，枉向愁中老歲年㊁。何時擔卸肩㊁？〔中場設椅，轉場坐科，白〕九重天上拜恩綸，一寸丹心向紫宸。夜望欃槍方進舍，安危社稷更何人？下官陸贄，向任監察御史，叨蒙特恩，拜爲翰林學士之職。仕途冷暖，早已儘嘗，宦海風波，甚是難測。每有箕山潁水之心，只爲國恩深重，只管因循，不能求退。近日李希烈背恩反叛，屢屢爲寇，詔發涇原諸路之兵，往救襄城。節度使姚令言，率兵至京師，軍士多攜子弟而來，思得厚賜其家，奈盧丞相主持國政，惟以刻薄爲主，一無所賜，但遣京兆尹王翊，犒師滻水，所犒者亦不過是糲食菜饌之類。倘或一時軍心有變，即國家心腹之憂也。已曾相約司農卿段公，前來商議一番。院子，〔院子應科。陸贄白〕段老爺到時通報。〔院子應科。雜扮青衣，戴鷹翎帽，穿窄袖，繫鑾帶，引末扮段秀實，戴紗帽，穿圓領，束金帶，從上場門上，唱〕

【正宮引・燕歸梁】義膽忠肝鐵石堅㊁，看隻手㊂要擎天㊁。榮沾厚禄慚無補㊀，捫心處㊂

愧難言(韻)。〔白〕老夫司農段秀實是也。學士陸公相約説話，不免前去。來此已是，通報。〔青衣應科，向内白〕段老爺到。〔院子作出門科，白〕段老爺到了，少待。〔作進門科，白〕稟老爺，段老爺到。〔陸贄白〕説我出迎。〔起，隨撤椅作出門迎科。院子白〕家爺出迎。〔段秀實向青衣白〕迴避了。〔青衣應科，仍從上場門下。陸贄請段秀實進門，場上設椅，各坐科。陸贄白〕看茶。〔院子應科，從下場門下。段秀實白〕請問學士公，那京兆尹王翊往滻水犒師回來，涇原兵馬、軍威將力，强弱如何？〔陸贄白〕司農公，那涇原兵馬呵，〔唱〕

【正宮正曲·玉芙蓉】軍威頗勝前(韻)，羸弱都强健(韻)。更嚴遵紀律(讀)，熟諳機權(韻)。〔段秀實白〕這等説來，兵勢是强盛的了。〔陸贄白〕强盛的。〔院子仍從下場門捧茶上，送茶，各飲科。段秀實白〕那襄城圍困緊急，他緣何不速去救援，尚在此間觀望？〔陸贄白〕司農公，〔唱〕他藏機不發心非善(韻)，塞水須防竇忽穿(韻)。〔合〕籌奇變(韻)，要綢繆事先(韻)，笑庸臣(讀)似處堂燕雀正怡然(韻)。〔院子接盞，仍從下場門下。段秀實白〕這等看來，那軍士們都有觀望之心了。〔陸贄白〕那軍士們冒雨衝寒，跋涉千里到此，思得厚賜，奈盧丞相遣京兆尹王翊，以糲食、菜餜犒之。聞得説人情洶洶，恐生意外之變。今關輔之間，徵發已甚；宫苑之内，備衛不全。萬一將帥之中，有如朱滔、希烈之輩，乘機竊發，驚犯闕廷，全無準備，如何是好？〔唱〕

【又一體】休輸一着先(韻)，及早圖長便(韻)。念人情似海(讀)，少底無邊(韻)。一絲既少扶危牽(韻)，只恐萬櫓難回下勢船(韻)。〔合〕誰先見(韻)，預圖謀萬全(韻)？也難言(讀)，安危禍福但憑天(韻)。〔段秀實白〕學士公，你這些議論，足見忠君愛國之心。老夫已曾上言，禁兵不精，其數全少，卒有患難，何以待之？怎奈那朝堂之上，只説烽烟不起，桴鼓不鳴，就是太平氣象。殊不知不亂之亂，纔是大亂。況那朱泚，閒居京城，忿忿不樂，一旦生起事來，只怕山川社稷祈禱不靈，没有措手的去處。嗄！學士公，你當乘此機會，把平生謀略展佈一番，老夫拚着這條性命，〔作冷笑，陸贄作悲科，段秀實白〕作厲鬼殺賊也！〔唱〕

【又一體】聲名欲保全(韻)，身命難完善(韻)。拚從容就死(讀)，報國軀捐(韻)。不學那腐儒紙上把空談獻(韻)，巧宦在人前將忠讜言(韻)。〔合〕平生願(韻)，躬行實踐(韻)。這其間(讀)，立身方不愧前賢(韻)。〔院子仍從下場門上，内吶喊，段秀實、陸贄作驚起問科，白〕外面叫喊的，是甚麽人？快去看來。〔院子應，作出門科，青衣仍從上場門急上，院子白〕怎麽樣了？〔青衣白〕二位老爺在那裏？〔院子白〕隨我來，老爺在這裏。〔同作進門科，青衣白〕不好了，二位老爺，那涇原兵馬進城來了。〔段秀實、陸贄白〕兵馬無故進城，大有可慮，大有可慮！〔内吶喊、虛白科。段秀實、陸贄白〕這怎麽好？〔陸贄白〕院子、青衣，快去打聽。〔院子、青衣應科，作出門科，從兩場門分下。陸贄白〕司農公，我與你正在躊躕之際，不想果有此變。今當奏聞聖上，速發詔旨，加李晟爲行營節度使，率領神策六軍之兵，星夜前來勤王。此人素有忠義之氣，必能盡心王家。〔段秀實白〕下官意下，也是如此。〔院子、青衣仍從兩場門分上，作進門科，白〕老爺不好了，那姚令言率領涇原兵馬，劫了瓊林、大盈二庫，射殺中使。朝廷與諸王、公主，都出苑北門去了。〔陸贄白〕有這等事？學生即刻前去，追趕乘輿。只是那朱泚尚在京師，終爲大患。司農公，你且少留圖之。〔段秀實白〕是，老夫在此。學士公，你還當差人，速催李令公進兵爲是。〔唱〕

【又一體】勸他把旌旄早向前㊀，便赴勤王戰㊀。記行軍要語㊁，迅速爲先㊀。〔白〕那平日謀國的人呵，〔唱〕那知道閭閻困乏人心變㊀，〔陸贄唱〕還要想晝夜催徵間架錢㊀。〔同唱合〕心中願㊀，願人心合天㊀，把大唐朝㊁金甌無損靖烽烟㊀。〔各作拜別科，虛白，從兩場門分下，院子、青衣隨下〕

第十八齣　歎淪落義士言懷（齊微韻）

〔生扮韓旻，戴小頁巾，穿蟒、箭袖，排穗，繫絲絛，襄鞾，從上場門上，唱〕

【正宮引·七娘子】家園回首成拋棄（韻），都只爲遭時不利（韻）。身隨盜蹠（句），心慕夷齊（韻），誰人識得其中意（韻）。〔中場設椅，轉場坐科，白〕自家韓旻是也，生長豪門，博古通今，志期上達，只因命蹇時違，遂致飄零湖海。偶逢群盜，迫脇上山。他見我文武兼全，推做軍師。事出無奈，只得勉强順從。我想緑林一地，豈是英雄駐足之處？〔唱〕

【正宮正曲·錦纏道】歎流離（韻），論男兒偏遭數奇（韻）。草澤暫羈棲（韻），幾番向（讀）燈前彈劍空悲（韻）。慢説是棄功名雄心早灰（韻），正還要圖事業壯志難移（韻）。豪氣吐虹霓（韻），終有日風雲際會（韻），身榮衣錦歸（韻）。〔合〕縱然把前羞盡洗（韻），也難説（讀）名行未全虧（韻）。〔雜扮二强盜，各戴盔，紥狐尾，簪雉尾，紥靠，佩劍，從上場門上，唱〕

【正宮正曲·劃鍬兒】相逢不用相迴避（韻），世間半是咱和你（韻）。行劫深山裏（韻），虎狼逞威（韻）。〔合〕不知天理（韻），那知法紀（韻）。宗派誰傳（讀）？是紅巾赤眉（韻）。〔雜扮八僂儸，各戴卒盔，穿箭袖、卒褂，執旗，從兩場門分上。場上設椅，各坐科。〔二强盜白〕軍師，我弟兄多蒙教誨，武藝精通。不日朱太尉起事，我等要去接應。只是寨中糧草漸少，聞得王舍城會緣橋，有箇什麽傅長者，家私巨萬。我等前去擄掠一番，以爲軍中應用，多少是好。〔韓旻白〕二位，那傅長者乃是善門之家，這却使不得。〔二强盜白〕若依軍師説，寨中糧草何處得來？那有强盜揀着人家打劫的理。〔韓旻白〕也罷，我等此去，務須善言相告，不必强暴施爲。〔各起，隨撤椅，韓旻卸氅佩劍，同作出門科。二强盜白〕衆僂儸，竟往王舍城，擄掠傅家，就此起馬。〔衆應科，各作上馬科，衆同唱〕

【正宮正曲・朱奴兒】擺開了僂儸一隊（韻），簇擁着大王幾位（韻）。想他們見了咱威勢（韻），不由得不生驚畏（韻）。〔合〕行不義（韻），把金銀擄歸（韻），這威風誰能比（韻）。〔韓旻白〕僂儸，前面什麽所在？〔衆同白〕有一所尼庵。〔韓旻白〕我等到彼下馬，盤桓一回。一則瞻仰佛像，二則取茶止渴，再去便了。〔衆應科。二强盜唱〕

【慶餘】那殺人放火原是咱長技（韻），〔韓旻唱〕論緑林中也要存些仁義（韻），〔二强盜唱〕那盜賊的慈心總提不起（韻）。〔衆同從下場門下〕

第十九齣　先避賊老尼報信（庚青韻）

〔老旦扮尼貞静，戴僧帽，穿老旦衣，繫絲縧，帶數珠，持拂塵，從上場門急上，白〕强人心不善，要擄善人家。苦竹林中一夥强人，在我庵中取茶喫，口口聲聲要去擄掠傅長者。我且悄去把信與他，以便躲避。〔從下場門下。旦扮劉氏，穿氅，帶數珠，從上場門上，白〕蓮花貝葉因心見，慧草禪枝到處生。〔中場設椅，轉場坐科，場上設香案，上供佛像，劉氏白〕前者尼師開示，他道：阿彌陀佛，只在此心。心專者頭頭遇佛，心悟者步步生蓮。況我丈夫、兒子，持齋茹素，我既爲人之妻母，怎不持齋念佛？員外、孩兒，前堂三官聖前焚香禮拜去了，我且後堂看經一番。〔起，隨撤椅，作拈香禮拜科，唱〕

【中吕宫正曲·駐馬聽】佛教遵行(韻)，此際方知一念誠(韻)。須信誠心有感(句)，祈保家門(讀)，四季康寧(韻)。〔場上設椅，劉氏坐看經科，唱〕滿門骨肉福祥增(韻)，古來積善多餘慶(韻)。〔合〕再保來生(韻)，修身早上菩提境(韻)。〔外扮傅相，戴巾，穿氅，帶數珠，從上場門急上，唱〕

【又一體】有事堪驚(韻)，種種教人疑慮生(韻)。〔作進門，劉氏起，隨撤椅，傅相白〕安人，我與孩兒在三官堂上看經，〔劉氏白〕怎麽樣？〔傅相唱〕只見琉璃焰焰(句)，烏鵲紛紛(讀)喧鬧聲聲(韻)。有何凶事到門庭(韻)？鴉鳴燈爆來相儆(韻)。〔劉氏白〕員外，這是你疑心。〔傅相唱合〕戰戰兢兢(韻)，吉凶禍福渾難定(韻)。〔貞静從上場門急上，白〕有事忙來報，無事不亂言。〔作進門科，白〕齋公、安人，不好了。〔傅相、劉氏白〕怎麼樣？〔貞静白〕苦竹林中一夥强人，在我庵中取茶喫，口口聲聲，要來你家擄掠財寶。〔傅相、劉氏作驚懼科。貞静白〕我特來報知，早早隄防。我去了。〔傅相白〕多謝師傅了。〔貞静作出門，從下場門下，場上隨撤佛像桌，復設香案、帳幔、桌上掛三官堂匾。傅相、劉氏作驚懼，虚白，唤羅卜、益利科。生扮羅卜，戴巾，穿道袍，帶數珠。末扮益利，戴羅帽，穿屯絹道袍，繫鑾帶，帶數珠，從兩場門分上，虚白科。傅相、劉氏白〕不好了，今有苦竹林中一夥强盗，要來我家擄掠財物，怎麼了？〔衆同唱〕

【仙吕宫正曲·皂羅袍】聽説驚魂無定(韻)，一家人此際(讀)向何處逃生(韻)？〔劉氏白〕員外，〔唱〕多因齋道又齋僧(韻)，强人暗地知風影(韻)。〔合〕眼前果報(句)，由來不明(韻)。佛仙虚幻(句)，此言信誠(韻)。〔衆同唱〕還愁家破難逃命(韻)。〔傅相唱〕

【又一體】禍福從來莫定(韻)，你不須疑慮(讀)，我有計全生(韻)。〔劉氏白〕員外，我有主意，即忙着人到各莊，令衆佃户將這夥人盡皆殺死。〔傅相白〕此非善門所爲。我想强人之志，無非要金帛耳。〔唱〕何妨篋倒與囊傾(韻)，任教取去無餘剩(韻)。〔益利應科，向内白〕衆家人，員外着你們急忙打點些金帛出來。〔内應科，雜扮四院子，各戴羅帽，穿屯絹道袍，繫鑾帶。雜扮四梅香，各穿衫、背心，繫汗巾。各作扛金帛，急從兩場門分上，隨設桌上科。傅相唱合〕饜他貪慾(句)，表咱志誠(韻)。〔劉氏白〕豈不可惜。〔衆

同唱〕後山藏躲(句),莫教露形(韻),忙忙好去逃生命(韻)。〔傅相、劉氏唱〕

【又一體】還慮囊箱盡罄(韻),把餘資藏好(讀),莫漏風聲(韻)。〔衆院子、梅香應科。傅相、劉氏、羅卜、益利向三官堂禮拜科,唱〕欲求暗裏顯威靈(韻),深深叩拜諸神聖(韻)。〔合〕全家老幼(句),中心不寧(韻)。後山藏躲(句),莫教露形(韻)。忙忙好去逃生命(韻)。〔二院子扶傅相,二梅香扶劉氏,益利扶羅卜,同作出門科,急從下場門下。小旦扮金奴,穿衫、背心,繫汗巾,從上場門上,虛白作躲避科,仍從上場門下〕

第二十齣　暗拯危大帝遣神（蕭豪韻）

〔浄扮急覺神，戴犄角、髮，穿蟒、箭袖、卒褂，軟紮扮，從上場門上，白〕大帝傳法旨，遵命不稽遲。吾乃急覺神是也。今有善人傅相之家，遭強人劫擄，奉三官大帝之命，遣我半路顯聖，使他家白馬口吐人言，或者賊寇回心，以彰善報。須索走遭者。〔唱〕

【正宮正曲·四邊静】傅門積善功非小㊟韻，强人肆横暴㊟韻。神聖顯威靈㊟句，白馬明彰報㊟韻。

〔合〕神光照耀㊟韻，不差分毫㊟韻。使衆寇轉回心㊟句，從善休爲惡㊟韻。〔從下場門下〕

第廿一齣　彰報應白馬能言（庚青韻）

〔雜扮八僂儸，各戴卒盔，穿箭袖、卒褂。雜扮二强盗，各戴盔，紥狐尾，簪雉尾，紥靠，佩劍。生扮韓旻，戴小頁巾，穿蟒、箭袖、排穗，佩劍。從上場門上，作到傅宅，進門，韓旻見三官堂禮拜科，二强盗白〕軍師，這桌案上擺了許多金銀在此，莫非知道你我來？〔韓旻白〕正是：禮義生於富室，〔二强盗白〕盗賊出在貧家。〔八僂儸各取金帛科。二强盗白〕僂儸，後面看去，可有騾馬，帶來馱回金帛。〔一僂儸應科，從下場門下，牽馬隨上。浄扮急覺神，戴犄角，髮，穿蟒、箭袖、卒褂，軟紥扮，隨馬暗上。八僂儸取金帛馱馬上，同作出門科。衆遶場，同唱〕

【南吕宫正曲·金錢花】不須槖倒囊傾（韻）、囊傾（格），金帛先已恭呈（韻）、恭呈（格）。馱將馬上趲回程（韻），無忌憚（讀）任縱横（韻），〔合〕方顯我（讀）大威名（韻）。〔急覺神牽馬，作不行科。八僂儸白〕禀爺，馬不行了。〔二强盗白〕不行，只是打。〔急覺神白〕不要打，我不行了。〔衆作驚疑科，二强盗唱〕

【中吕宫正曲·駐馬聽】異事堪驚（韻），孽畜緣何説不行（韻）？莫不是山魈木客（句），野鬼閒神（讀）作怪成精（韻）？似這般妖孽使人憎（韻），教他劍下亡其命（韻）。〔持劍欲砍科。韓旻白〕且慢慢的問箇明白。〔急覺神白〕你殺我一馬，還汝四馬。〔韓旻白〕列位，四馬乃是箇罵字，我們殺了他，人皆唾罵我們，且不要殺。〔二强盜白〕軍師，〔唱合〕不可留停（韻），似這等獸形人語成災眚（韻）。〔韓旻唱〕

【又一體】馬説不行（韻），你我還須駐馬聽（韻）。〔白〕傅家供奉三官聖像，你我擄掠善門之財，難以消受。〔唱〕多應是三官顯示（句），儆誡吾曹（讀）使這老馬嘶聲（韻）。正當細問這奇情（韻），何須怒逞强梁性（韻）。〔白〕馬你因甚口吐人言，快説其詳。〔急覺神白〕只爲我前生欠你們兩雙草鞋錢，今送你二十里路，債還彀了，所以不行。〔韓旻白〕既然如此，你因甚在傅家做馬？〔急覺神白〕我爲前世騙了傅家十兩銀子，所以今生填還。〔韓旻白〕你前生叫甚麽名字？〔急覺神白〕走盡天涯路，消還十兩銀。少債來還債，目下轉回程。〔韓旻白〕題頭四字，走、肖、少、目，却是「趙省」二字，你前生叫趙省麽？〔急覺神白〕是了，我再不説話了。〔二强盜作驚疑科，白〕好顯然。〔唱合〕你看這報應分明（韻），大家恐懼加三省（韻）。〔韓旻白〕二位兄弟，此馬欠我們兩雙草鞋錢，今生填還。我們今日打劫了傅家許多銀子，怎生填還得了。〔二强盜白〕憑軍師主意，我等願隨。〔韓旻白〕既然如此，將金帛卸下，將馬放回。〔八僂儸應，隨卸下金帛，放馬科。急覺神牽馬從上場門下。二强盜白〕軍師押着金銀送還，我等就此回去也。〔分白〕馬能説話駭人心，感得軍師指示深。苦海茫茫千萬里，〔衆同白〕回頭是岸可追尋。〔四僂儸扛金帛，隨韓旻從上場門下，四僂儸隨二强盜從下場門下〕

第廿二齣　感神明緑林向善（齊微韻）

〔末扮益利，戴羅帽，穿屯絹道袍，繫鑾帶，帶數珠，從下場門上，白〕强人去盡，金銀不剩。一飲一啄，皆是前定。員外、安人請回罷。〔外扮傅相，戴巾，穿氅，帶數珠。旦扮劉氏，穿氅，帶數珠。生扮羅卜，戴巾，穿道袍，帶數珠。雜扮二院子，各戴羅帽，穿屯絹道袍，繫鑾帶。雜扮二梅香，各穿衫、背心，繫汗巾。從下場門上，虛白，作進門科。小旦扮金奴，穿衫、背心，繫汗巾。雜扮二院子，各戴羅帽，穿屯絹道袍，繫鑾帶。雜扮二梅香，各穿衫、背心，繫汗巾。從上場門上。傅相白〕安人，但求平安穩，便是值千金。〔劉氏白〕員外，今日修因，明日修因，修來修去，惹禍臨身。〔場上設椅，各坐科。傅相白〕他惡由他作，我善自我爲。報應有顯跡，毫髮不差移。〔劉氏白〕還説甚麽顯跡。〔傅相白〕安人休出此言。〔劉氏唱〕

【仙吕宮正曲·桂枝香】君休性執(韻)，容妻勸啓(韻)。常言道塵世難以昇天(句)，怎忍把家緣蕩棄(韻)。看佛居那裏(韻)，看佛居那裏(疊)，幾人得會(韻)，無踪無跡(韻)。〔合〕聽因依(韻)，昔日有箇梁武帝(句)，敬佛身亡骨化泥(韻)。〔羅卜唱〕

【又一體】承爹訓誨(韻)，勸娘聽啓(韻)。爲善的天上逍遥(句)，作惡的現報人世(韻)。勸娘親休得性執(韻)，休得性執(疊)，回心轉意(韻)，齋僧布施(叶)。〔合〕懺前非(韻)，善惡終須報(句)，只爭早共遲(韻)。〔傳相白〕安人，切不可悔却前盟。〔劉氏回嗔作喜科，唱〕

【又一體】夫言極是(叶)，兒言有理(韻)，我心心向道堅修(句)，是一點靈光不昧(韻)。看天堂大啓(韻)，看天堂大啓(疊)，善人能入(韻)，惡人遠退(韻)。〔合〕自今日(韻)，〔白〕員外，既有顯跡，報應無差。〔滚白〕又道是：善惡分明，禍福自彰。我乃是女流之輩，嫁夫爲主，敢不依隨？自此以後，〔唱〕隨夫助子修陰隲(句)，行滿功成無禍危(韻)。〔浄扮急覺神，戴犄角、髮，穿蟒、箭袖、卒褂，軟紥扮，牽馬，從下場門上，作進門，從上場門下。衆起，隨撤椅，同作驚懼科，唱〕

【黄鐘宫正曲·出隊子】中心驚異(韻)，此馬緣何去復歸(韻)？强人踪跡實堪疑(韻)，防取重來須躲避(韻)。〔合〕失兮得兮(讀)，禍福未知(韻)。〔衆同從下場門下〕

第廿三齣　義韓旻還金傳室（古風韻）

〔雜扮四僂儸，各戴卒盔，穿箭袖、卒褂，扛金帛，引生扮韓旻，戴小頁巾，穿蟒、箭袖、排穗，從上場門上，唱〕

【黄鐘宫正曲·出隊子】心中慚愧㊐，苦竹林中事已非㊐。昨聞白馬説因依㊐，送還金帛求懺悔㊐。〔合〕肉袒牽羊㊣，負荆請罪㊐。〔作到科。末扮益利，戴羅帽，穿屯絹道袍，繫鑾帶，帶數珠，從下場門上，作見韓旻科，向内白〕員外，强人又來了。〔外扮傅相，戴巾，穿氅，帶數珠，從下場門急上，作出門跪科，白〕將軍，敢是嫌金銀少了？即忙添上。〔韓旻跪白〕長者請起，將金帛收進，有言相告。〔傅相白〕豈敢。〔韓旻白〕萬望收回，容當細稟。〔同作進門科，傅相白〕益利，把金帛收進。〔益利白〕是，你們隨我來。〔引四僂儸扛金帛從下場門下，隨上，場上設椅，各坐科。韓旻白〕爾等各自散去務農罷。〔四僂儸應科，作出門，仍從上場門下。傅相白〕將軍，因甚不收金銀，請道其詳。〔韓旻白〕長者容稟。〔唱〕

【雙調集曲·金雲令】【金字令】（首至六）因咱命窘㊐，在萑澤權依忍㊐。他們心狠㊐，劫貴宅不思忖㊐。承你把幣帛紛羅㊂，金寶交陳㊐。〔白〕那時就將府上那匹白馬，馱了這些東西回去。〔唱〕

【駐雲飛】（四至七）那知道奇事其中隱㊐，嗏㊓，〔傅相白〕有甚麽奇事？〔韓旻白〕行了二十里路，那馬就口吐人言。〔傳相白〕怎麽馬也會説話？〔韓旻白〕馬説前世騙了長者十兩銀子，今生變馬填還；又道欠我們兩雙草鞋錢，因此送二十里路，以還前債。〔唱〕聞所未曾聞韻，馬也云云韻。〔白〕我等因見如此大彰報應，一齊悔過。〔唱〕【四塊金】（四至六）把山寨一時焚韻，各人歸務本韻。〔傳相白〕如此甚好。〔韓旻白〕故此重來，將原物繳上。〔唱〕趙璧不留秦韻，〔合〕拜返金銀韻。〔傳相白〕豈敢，將軍既肯回心，是極好之事了。〔韓旻白〕長者，尚有一説。〔傳相白〕更有何説？〔韓旻白〕如今上司出榜，道有能收服强人者，賞銀萬兩，官封千户。長者將我綁送上司，〔唱〕即使刀鋸加身韻，刀鋸加身疊，我無所恨韻。〔各起，隨撤椅科，傳相白〕這却使不得。老夫也有一説。〔韓旻白〕但不知有何吩咐？〔傳相白〕向聞苦竹林中豪傑，頗與朱滔、朱泚相連，將軍既有改過之心，何不插身叛賊左右，假做心腹，乘機將叛賊除了，下救萬民之苦，上報朝廷之恩，功德不小也。〔韓旻白〕多謝指教，當銘於心。就此告别。〔傳相白〕後堂一齋。〔韓旻白〕不消。〔作拜别出門科，仍從上場門下。傳相唱〕

【慶餘】回頭是岸言須信韻，喜伊曹改過維新韻，慚愧我勸善高風遠近聞韻。〔仍從下場門下〕

第廿四齣　忠李晟奮勇王家（先天韻）

〔雜扮韓遊環、范克孝、戴休顏、駱元光，各戴帥盔，紥靠，從上場門上，分白〕黄河豈常濁，澄清亦有時。功名仗三箭，不用萬言書。小將韓遊環是也，小將范克孝是也，小將戴休顏是也，小將駱元光是也。〔同白〕今日元帥陞帳，我等在此伺候。〔各分侍科。内奏樂。雜扮四將官，各戴帥盔，紥靠，從兩場門分上。雜扮八軍士，各戴馬夫巾，穿蟒、箭袖、卒褂，執旗。雜扮八將官，各戴將巾，穿蟒、箭袖、排穗，執標鎗。雜扮十六刀手，各戴卒盔，穿門神鎧，執刀。雜扮八將官，各戴打仗盔，穿打仗甲，佩刀。雜扮四中軍，各戴中軍帽，穿中軍鎧，佩刀，持令旗，引生扮李晟，戴帥盔，紥靠，紥令旗，襲蟒，束玉帶，從上場門上，唱〕

【中吕宫引・行香子】邸報喧傳(韻)，天子播遷(韻)，恨逆臣攪亂中原(韻)。勤王師旅(句)，務在身先(韻)。要息干戈(句)，安社稷(讀)，靖烽烟(韻)。〔中場設椅，轉場坐科，白〕四方盜起如屯蜂，狼烟烈焰薰天紅。將軍一怒安天下，烟塵盡掃鯨鯢風。下官行營節度使李晟是也。得專生殺，坐鎮屏藩。近日李希烈叛於上蔡，朱泚作亂長安，因此礪兵秣馬，志在討賊。今日齊集六營將佐，與他們講明紀律，激其忠勇，以便興師。吩咐開門。〔衆應科，内奏樂，李晟起，隨撤椅。場上設高臺、虎皮椅，李晟陞高臺坐科。八刀手作開門、八將官作進見科，白〕元帥在上，衆將打躬。〔李晟白〕諸將少禮。衆將官，聽吾號令。〔衆應科。李晟白〕朝廷高爵厚禄，養爾等於無事之日。今當國家多故，爾等亦當奮忠盡力，報答朝廷於有事之秋。近聞李希烈身負國恩，稱兵上蔡；朱泚乘釁作逆，騷動長安。主上蒙塵，生民塗炭。老夫身叨軍旅重寄，豈可坐視一方，按兵不舉。昨蒙聖恩，加老夫爲行營節度使之職，當齊集三軍，兼程進發，以盡臣子之分。侍立兩旁，聽我道者。〔衆應科。李晟白〕馬軍將領韓遊環，〔韓遊環應科，内鳴金響號科。李晟白〕你領馬軍五千，前往飛虎嶺，晝夜兼行，探聽賊營虛實。不得有違。〔韓遊環應科。李晟白〕水軍將領范克孝，〔范克孝應科，内鳴金響號科。李晟白〕你領水軍五千，前往汴州屯扎，阻絶李希烈進兵之路。不得有違。〔范克孝應科。李晟白〕爾等聽我吩咐。〔韓遊環、范克孝應科。李晟唱〕

【中呂宫正曲·好事近】厩馬錦連錢（韻），千騎龍媒預選（韻）。追風逐月（句），偏宜躍嶺踰川（韻）。〔白〕爾衆軍呵，〔唱〕駕御數載（句），今日裏（讀）須把功勳建（韻）。〔韓遊環、范克孝唱合〕披玉勒雲錦成群（句），飾金韉月光如練（韻）。〔二中軍付令旗，韓遊環、范克孝接旗，各分侍科。李晟白〕步軍將領戴休顏，〔戴休顏應科，内鳴金響號科。李晟白〕你領步軍五千，到靈武山後埋伏，策應中軍。不得有違。〔戴休顏應科。李晟白〕軍糧督護駱元光，〔駱元光應科，内鳴金響號科。李晟白〕你領本部兵丁，催趲糧草，接應大軍，星夜進發。不得有違。〔駱元光應科。李晟白〕爾等聽我吩咐。〔戴休顏、駱元光應科。李晟唱〕

【又一體】組練倍精堅(韻)，爲國敢圖安宴(韻)。忠心貫日(句)，沉舟破釜爭先(韻)。韜鈐酌用(句)，須看取(讀)帷幄奇謀展(韻)。〔戴休顔、駱元光唱合〕衽金革健似貔貅(句)，掃欃槍靖却烽烟(韻)。〔二中軍付令旗，戴休顔、駱元光接旗，各分侍科。浄扮報子，戴鷹翎帽，紥包頭，穿報子衣，繫肚囊，背包，持馬鞭，從上場門急上，唱〕

【中吕宫正曲·太平令】烽火連天(韻)，震耳的西風鼙鼓喧(韻)。〔合〕邊愁曉入芙蓉苑(韻)，都城陷屬車遷(韻)。〔作下馬科，白〕報子進。〔作進門跪科。李晟白〕探事的，我且問你，〔唱〕

【又一體】那虎賁三千(韻)，可有箇人擎欲墜天(韻)？〔報子唱合〕一朝戎馬臨畿甸(韻)，誰忠勇敢當先(韻)。〔李晟白〕你且喘息定了，慢慢的講。〔報子跳舞科，白〕但見殺氣衝翻地軸，軍聲震動天闕。虎鬬龍争，幾處山川流戰血；神愁鬼泣，一時畿輔起征塵。金鼓之聲，若怒濤之疾至；旌旗之影，蔽霄漢而無光。不忍見沿途東竄西逃，最難聞比户兒啼女哭。逢人屠戮，似血流漂杵難堪；到處焚燒，比火燎咸陽更慘。天地爲之盡昏黑，風雲因而皆變色。那賊兵乘破竹之勢，那帝京有壘卵之危哩！〔李晟白〕那逆賊竟如此殘忍慘刻！我且問你，他那裏有多少人馬，便如此利害？你且起來，再備細説與我知道。〔報子跳舞科，白〕他那裏的人馬，也不計其數。雄兵何止萬隊，亂紛紛聚蟻屯蜂；猛將不下千員，雄赳赳如彪似虎。列作五花陣，密密扎扎千層劍戟似霜明；擺開八陣圖，森森嚴嚴一片刀鎗如雪耀。震耳的火攻並舉，有西瓜砲、子母砲、紅衣砲，響幾陣驚魂奪魄的轟雷；驚眸的弓弩齊發，那鵰翎箭、飛䖟箭、金錍箭，飛一天透扎穿楊的驟雨。揮戈還能挽日，投鞭直欲斷流。萬騎奔騰祇恐踏平山岳，一聲叱咤還愁踢倒城垣。只疑惡煞降災殃，專望神兵弭禍亂。〔唱〕

【正宮正曲·四邊静】那賊臣倡亂軍心變(韻)，中原恣蹂踐(韻)。萬户少人烟(韻)，三秦有兵燹(韻)。〔合〕王師無戰(韻)，元戎不顯(韻)。豺虎亟宜殲(句)，鯨鯢早當翦(韻)。〔李晟白〕知道了，到後營支賞。〔報子應科，作出門，騎馬科，從下場門下。李晟白〕衆將官，〔衆應科。李晟白〕收拾整齊，明日到教軍場，祭告六纛之神，以便興師。一應事宜，各當努力前進，毋干軍令。〔衆應科，李晟下高臺，衆同唱〕

【慶餘】此行誓重把金甌奠(韻)，迴龍馭天旋地轉(韻)，那時節姓字兒煌煌向鐘鼎鐫(韻)。〔衆擁護李晟，同從下場門下〕

第二本卷上

第一齣 靈霄殿群星奏事（蕭豪韻）

〔佛門上掛「靈霄門」匾。雜扮馬帥，戴八角冠，紮靠，持鎗。雜扮趙帥，戴黑貂，紮靠，持鞭。雜扮温帥，戴瘟神帽，紮靠，持金剛圈、狼牙棒。雜扮劉帥，戴荷葉盔，紮靠，持刀。從昇天門上，跳舞科，仍從昇天門下。雜扮六丁、六甲，各戴紮巾額，紮靠，持鞭，從昇天門上，跳舞科，仍從昇天門下。雜扮四仙官，各戴朝冠，穿朝衣，持笏，從靈霄門上。同唱〕

【南呂宮正曲·懶畫眉】蕊闕瑤宮麗層霄（韻），畢雨箕風垂象昭（韻），紫微中坐五雲交（韻）。詄蕩天門曉（韻），〔合〕廣樂鈞天奏泬寥（韻）。〔分白〕理以推遷氣並行，曰天曰地强爲名。只緣人是乾坤宰，〔同白〕天帝因之亦肖形。我等乃靈霄金闕值殿仙官是也。今日，玉帝陞座，群神朝賀之期，只得在此伺候。〔内奏樂，四仙官白〕你看祥雲四起，仙樂盈空，早有衆星官來也。〔浄扮東嶽，生扮西嶽，末扮南嶽，外扮北嶽，各戴冕旒、穿蟒、束玉帶、執圭，從上場門上。分白〕人願天從竟不疑，莫言圓蓋便無私。

地下空存點鬼簿，人間自有上天梯。吾乃東嶽是也。吾乃西嶽是也。吾乃南嶽是也。吾乃北嶽是也。〔同白〕今當早朝，玉帝陞殿，不免肅恭伺候。〔內奏樂。馬、趙、温、劉四帥，六丁、六甲仍同從昇天門上，分侍科。雜扮千里眼、順風耳，各戴套頭，穿蟒，束玉帶，執笏。雜扮四星官，各戴皮弁，穿蟒，束玉帶，執笏。雜扮四宮娥，各戴過梁額、仙姑巾，穿宮衣，執提爐。雜扮四宮官，各戴宮官帽，穿蟒，繫絲絛，執符節、羽扇。雜扮金童，戴紫金冠，穿氅，繫絲絛，執符節。雜扮玉女，戴過梁額、仙姑巾，穿氅，繫絲絛，執符節。同從靈霄門上。場上設高臺、帳幔桌，衆各分侍科，四嶽作參拜科。唱〕

【南吕宫正曲·宜春令】蕊珠迴(讀)，絳闕遥(韻)，滃祥雲靈風瑞颸(韻)。鳳輿麟輦(句)，霓旌列隊珠幢導(韻)。三清引仙樂悠揚(句)，八紘散神香繚繞(韻)。〔合〕天容(讀)，穆穆明明(句)，蒼蒼皛皛(韻)。〔金童、玉女白〕有事出班宣奏，無事捲簾退朝。〔東嶽向上跪科，白〕臣東嶽謹奏。〔西嶽向上跪科，白〕臣西嶽謹奏。〔衆宮官白〕奏來。〔東嶽白〕今有唐朝尚書顔真卿，本列仙班，祇緣宿業，久謫人間，應受李希烈之害。念真卿能殺身報國，當令復位。〔西嶽白〕玆者李希烈、朱泚之亂，臣界內當厄運之秋，也有忠臣義士，因殺身以成仁；也有宿業新殃，遭刼數而受戮。這些陰陽報應，必得明諭廣宣，使那世人知道陽有王法，陰有鬼神。〔東嶽同唱〕

【又一體】寥天一(讀)，一天寥(韻)，任群生身來鏡昭(韻)。柰蜉蝣朝暮(句)，飛蛾撲火真堪悼(韻)。王侯第寒雨荒榛(句)，漢唐陵斜陽敗草(韻)。〔合〕惺惺(讀)，憑這晨鐘(句)，一聲驚覺(韻)。〔金童、玉女白〕玉旨下：准奏。即同諸神會議施行。〔東嶽、西嶽白〕領旨。〔衆宮官白〕退班。〔東嶽、西嶽起科，作退，從兩場門分下。南嶽向上跪科，白〕臣南嶽謹奏。〔北嶽向上跪科，白〕臣北嶽謹奏。〔衆宮官白〕奏來。〔南嶽白〕臣界内主舍城中，善民傅相，樂行善事，曾經採訪使者巡察可據，又據城隍土地報奏相同。〔北嶽白〕臣界内有善行秀才陳榮祖，學問淹通，功名沉滯，鬻子養親，身遭屈死，理合明彰報應。〔南嶽同唱〕

【又一體】形聲著(讀)，影響昭(韻)，百般的全由己招(韻)。帝聽天視(句)，明明尺宅堪尋討(韻)。恒沙數禍福之門(句)，却原來塵塵自造(韻)。〔合〕惺惺(讀)，憑這晨鐘(句)，一聲驚覺(韻)。〔金童、玉女白〕玉旨下，准奏。即同諸神會議施行。〔南嶽、北嶽白〕領旨。〔衆宮官白〕退班。〔南嶽、北嶽起科，作退，從兩場門分下。衆同唱〕

【慶餘】星辰拱北靈雲繞(韻)，内有金堂名太渺(韻)，一般的雉尾雲移且退朝(韻)。〔金童、玉女、衆宮官仍同從靈霄門下，馬、趙、温、劉四帥，六丁、六甲，遶場科，仍同從昇天門下〕

第二齣　香茗筵大舅貸金（古風韻）

〔生扮羅卜，戴巾，穿道袍，帶數珠，從上場門上。唱〕

【小石調引・憶故鄉】時值仲春天(韻)，萬卉千葩色色鮮(韻)。〔中場設椅，轉場，坐科。白〕我羅卜。傳家積德，廣結善緣。幸邀天祐，喜得雙親康健。今日花朝，不免整備筵席，請爹爹、母親，花前翫賞一番。安童那裏？〔小生扮安童，戴羅帽，穿屯絹道袍，繫鑾帶，從上場門上。白〕二月風光好，陽春景物鮮。官人有何吩咐？〔羅卜白〕香茗、筵席，齊備了麼？〔安童白〕齊備多時。〔羅卜起，隨撤椅科。羅卜白〕爹娘有請。〔外扮傅相，戴巾，穿氅，帶數珠，從上場門上。唱〕

【仙呂宮引・聲聲慢】子規報道(句)，錦片東風(句)，歸來閣外欄前(韻)。〔旦扮劉氏，穿氅，帶數珠，小旦扮金奴，穿衫、背心，繫汗巾，隨從上場門上。劉氏唱〕一家早起(句)，畫堂鋪設華筵(韻)。〔羅卜作拜見科。傅相唱〕正屬良辰美景(句)，況我家子孝妻賢(韻)。〔衆同唱〕誰得似(讀)，恁清閒快樂餘年(韻)。〔羅卜白〕告禀爹娘：今乃花朝節届，孩兒特備香茗、筵席，請爹娘賞翫春光。〔傅相、劉氏白〕生受你了。〔羅卜白〕看香茗來。〔場上設席，傅相、劉氏入桌，各坐科。金奴、安童向兩場門取茗盞，隨上。羅卜接盞，定席畢，亦坐

科。唱〕

【仙呂宮正曲·惜奴嬌序】高捲珠簾(押)，向東風花下(讀)，開設瓊筵(韻)。蘭香滿泛(句)，同飲共樂花前(韻)。留連(韻)，樂事天倫多堪羡(韻)，世清寧人懽忭(韻)。〔合〕艷陽天(韻)，且及時行樂(讀)，任他催換流年(韻)。〔安童、金奴復送茗科。傳相、劉氏唱〕

【又一體】堪憐(韻)，碧草芊芊(韻)。見花翻疊錦(讀)，柳帶輕烟(韻)。看銜泥紫燕(句)，紛紛飛繞梁間(叶)。年年(韻)晝錦堂前開綺宴(韻)，樂天倫歡無限(叶)。〔合〕艷陽天(韻)，且及時行樂(讀)，任他催換流年(韻)。〔衆同唱〕

【仙呂宮正曲·錦衣香】春景鮮(句)，堪留戀(韻)。灼桃夭(句)，垂楊線(韻)。試看滿目繁華(句)，人生幾見(韻)，青山緑水一年年(韻)。人如朝露(句)，燭影燈前(韻)。〔傳相唱〕榮耀非吾願(韻)，笑世俗利鎖名牽(韻)。〔合〕富貴何足羡(韻)，隨時消遣(韻)。悠悠世事(讀)，何須嗟歎(叶)。〔衆同唱〕

【仙呂宮正曲·漿水令】喜今朝景麗花妍(韻)，春晝永暖日晴暄(韻)。〔傳相、劉氏、羅卜各起，隨撤桌椅科。衆同唱〕和風飄拂綺筵前(韻)，優遊安享(讀)，快樂無邊(韻)。徵嘉瑞(句)，慶韶年(韻)，〔羅卜唱〕椿萱齊茂同康健(韻)。〔傳相唱，合〕當思念(句)，當思念(疊)，積善家傳(韻)人生裏(句)，人生裏(疊)，行善爲先(韻)。〔衆同唱〕

【慶餘】韶光景物猶堪戀(韻)，解迎人春風撲面(韻)，〔羅卜唱〕對景娛親樂自然(韻)。〔同從下場門下。副扮劉賈戴巾，穿道袍，執扇，從上場門上。唱〕

【中吕宫引·遶紅樓】習習和風拂面前(韻)，楊柳外花影秋千(韻)。荏苒光陰(句)，暗中流轉(韻)，人生行樂及韶年(韻)。〔白〕〖西江月〗家住清溪鎮上，性情暴戾乖張。四鄰八舍懼吾行，誰敢將咱違抗。稍有語言觸犯，霎時攪海翻江。揮拳鬬勇勝剛强，慣使粗豪伎倆。自家劉賈，别號明軒。父母早亡，無兄無弟，止有姐姐一人，出嫁傅門。喜他家私豐厚，只是一件，他却不會享用，屢代長齋。豆腐麵觔，是他對頭；三牲五鼎，何曾沾口。若是我劉明軒有這樣家私，何妨肉山酒海，且圖今世，那管來生。這是閒話而已。我今要往福建販賣貨物，奈因本錢不彀，特來與姐夫這裏借貸相湊，以便經營。來此已是，有人麽？〔安童從上場門上。白〕是那箇？〔作出門見科。白〕舅爺來了。〔劉賈白〕員外、安人都在那裏？〔安童白〕員外、安人都在堂上。待我通報。〔作進門稟科。白〕稟員外、安人，舅爺到了。〔傅相、劉氏、羅卜、金奴同從上場門上。傅相、劉氏白〕快請相見。〔安童白〕舅爺，有請。〔劉賈作進門科。白〕連日家務相纏，有失問候姐夫、姐姐。〔傅相白〕好説。有失趨迎，望乞恕罪。〔劉賈白〕豈敢。〔羅卜白〕母舅拜揖。〔劉賈白〕罷了。〔場上設椅，各坐科。傅相白〕我兒，安排香茗，我與大舅敘談。〔羅卜應科，仍從上場門下，安童隨下。劉賈白〕不消，府上的清茶，我却喫不慣。今日一來問安，二來有椿下情相懇。〔傅相白〕有何事情，請道其詳。〔劉賈白〕容稟。〔唱〕

【中呂宫正曲・駐雲飛】曉暮饔飧(韻)，坐食難堪日漸貧(韻)。欲往他鄉郡(韻)，買賣經營運(韻)，嗏(格)，指日別家門(韻)。本銀艱窘(韻)，特地來求(讀)，望乞相幫襯(韻)，〔合〕覓利歸來感你恩(韻)。〔傅相、劉氏唱〕

【又一體】不必虛文(韻)，親串相依非外人(韻)。既少經營本(韻)，吾當相幫襯(韻)，嗏(格)，便可別家門(韻)。他方營運(韻)，覓利歸來(讀)，合宅歡無盡(韻)，〔合〕聊表夫妻兩意勤(韻)。〔劉賈白〕看文房來，待我立券。〔傅相白〕不要立券，但不知大舅用要多少？〔劉賈白〕我有本銀七百兩，乞借三百，湊成千金，可以前去。〔傅相白〕安人，你去取來。〔劉氏應科，起，隨撤椅。劉氏仍從上場門下，金奴隨下。劉賈白〕我方纔打會緣橋下過來，只見求濟紛紛，僧道聚集。陰功雖大，只是善門難開。〔傅相白〕感賴上天庇佑，祖宗遺下家資，使我享此豐衣足食。不忍見這些貧苦饑寒。捐資齋濟，出乎本性。〔劉賈白〕難爲姐夫，要是我，如何捨得。〔各起，隨撤椅科。金奴持銀，從上場門上，作付劉賈銀科。白〕銀子有了，請舅爺收下。〔仍從上場門下。劉賈白〕奉問姐夫，但不知每月要多少利息？〔傅相白〕至親之誼，利息分文不要。貿易回來，只還本銀就是了。〔劉賈白〕如此多謝！告辭了。〔傅相白〕簡慢了。〔劉賈白〕好說。多蒙借貸作經營，〔傅相白〕涉遠驅馳爲利名。〔劉賈作出門，傅相送科。仍作進門，從下場門下。劉賈白〕爲覓蠅頭微利息，不辭戴月與披星。〔從下場門下〕

第三齣　姚令言乘機劫庫（古風韻）

〔雜扮四小軍，各戴卒盔，穿蟒、箭袖、卒褂，持刀。雜扮四軍卒，各戴將巾，穿蟒、箭袖、排穗，持鎗。引丑扮姚令言，戴荷葉盔，紥靠，紥令、旗；雜扮執纛人，戴馬夫巾，穿蟒、箭袖、卒褂，執纛。隨從上場門上。姚令言唱〕

【仙呂宮引·夜行船】半萬雄兵親自統（韻），旗指處威震關中（韻）。將士原驕（句），刀兵卒動（韻），唐室君臣猶夢（韻）。〔白〕自家姚令言是也。帶領涇原兵馬五千，往救襄陽之圍。路過長安，軍士俱求厚賜。叵耐盧杞那廝，衹以粗糲菜餜賞勞三軍。俺乘機激變，搶了大盈、瓊林二庫。大唐天子帶領文武官員，出北苑門去了。軍卒們，何不大肆擄掠一番。〔衆應，遶場科，同唱〕

【正宮正曲·四邊静】涇原兵勁稱無敵（韻），六師精紀律（叶）。揮霍動風雲（句），黎民染鋒鏑（韻）。〔合見〕禁門咫尺（韻），搶瓊林頃刻（韻）。但要飽金帛（句），何曾論功績（韻）。〔衆吶喊，同從下場門下。净扮錢眼開，戴紗帽，穿圓領，急從上場門上。唱〕

【仙呂宮正曲·鐵騎兒】跑得快（韻），跑得快（疊），一步一踹（韻），奔到城兒外（韻）。〔合〕把頭摸了（句），在也還不在（韻）。〔白〕小子京兆尹錢眼開便是。正在堂上編保甲，不料涇原兵馬，突然殺進城來，

唬得我魂飛魄散。也不及退堂，疾忙鑽牆而出。遠遠望見亂兵又來了。〔內吶喊科。末扮源休，科頭，穿道袍，急從上場門上。唱〕

【雙調正曲・字字雙】向前狼狽快飛跑(韻)，一道(韻)。趕上同僚好同逃(韻)，熱鬧(韻)。〔作見科。錢眼開唱〕緣何頭上烏紗帽(韻)，落掉(韻)？〔源休唱合〕原來就是錢京兆(韻)，還好(韻)，還好(疊)。〔錢眼開白〕源少卿那裏來？〔源休白〕小弟正在街上拜客，亂兵殺來，只得棄轎而逃。身上公服，都被剥去了。〔錢眼開白〕如今怎麽好？〔源休白〕忠臣死難的事，是不能做的。走又没處走，那朱太尉與我相好，知他素蓄異志，如今我兩人速去投誠，勸他早正大位，我與你原是從龍之臣。〔錢眼開白〕有此妙路，不必多疑，就走罷。〔源休同唱〕

【黄鐘宫正曲・滴溜子】好重做(句)、好重做(疊)高官大員(韻)，再厚斂(句)、再厚斂(疊)低銅臭錢(韻)，爲人(讀)只圖榮顯(韻)。〔合〕落得潛身去(句)，救却眼前(韻)。倘得收留(讀)，謝天恩眷(韻)。〔同從下場門下。內吶喊科，副扮道士，戴道冠，穿道袍、法衣，持鈴，急從上場門上。唱〕

【中吕宫正曲・撲燈蛾】硃符都是謊(句)，硃符都是謊(疊)，咒語全無准(韻)，性命難卜存(韻)。叫聲救苦天尊(韻)也(格)，〔從下場門下。雜扮和尚，戴和尚帽，穿僧衣，急從上場門上。唱〕向虛空打箇問訊(韻)，只求着護法諸神(韻)。〔從下場門下。雜扮醫生，戴巾，穿道袍，繫鑾帶，背藥箱，持串鈴，急從上場門上。唱〕鬧嚷嚷冤魂成陣(韻)，〔合〕到今朝(讀)，神醫扁鵲怎全身(韻)？〔從下場門下。內吶喊科。雜扮衆難婦，各穿各色

衫、繫腰裙，急從上場門上。同唱〕

【又一體】無端禍忽來(句)，無端禍忽來(疊)，烽火驚闉闍(韻)，滿地盡風塵(韻)。却向何方逃奔(韻)也(格)，誑殺人鼓鼙聲震(韻)，由不得喪膽驚魂(韻)。前途去死生難問(韻)，〔合〕到今朝(讀)，桃源何處避嬴秦(韻)？〔衆小軍引姚令言，從上場門作殺上科。源休、錢眼開、道士、醫生、和尚同急從上場門上，虛白發諢，遶場科。姚令言、衆小軍同唱〕

【中呂宮正曲・紅繡鞋】任他遭劫黎民(韻)、黎民(格)，遇咱嗜殺將軍(韻)、將軍(格)。人屠戮(句)，舍燒焚(韻)，搶子女(句)，掠金銀(韻)。〔合〕這威名(句)，天下聞(韻)。〔吶喊作趕殺科，衆同從下場門下〕

第四齣　段秀實奮志誅奸（江陽韻）

〔淨扮朱泚，戴九梁冠，穿蟒，從上場門上。白〕叱咤江湖便倒流，揮戈日馭亦迴輈。如今冷笑王祥覽，腰下虔刀值幾籌。〔中場設椅，轉場，坐科。雜扮四軍卒，各戴將巾，穿蟒、箭袖、排穗，佩刀，從兩場門分上，侍立科。朱泚白〕俺朱泚，素負大志，結連外應，欲圖唐家天下。但這樁大事，須要相時而動。今喜涇原節度姚令言，引兵起事。他早晚定來迎我，商議而行便了。〔雜扮二小軍，各戴馬夫巾，穿蟒、箭袖、卒褂，引丑扮姚令言，戴荷葉盔，紥靠，從上場門上。白〕盧杞思量作相公，減糧吝賞惱元戎。不防一旦干戈起，宰相夫人在擄中。來此已是太尉門首。〔向小軍白〕外廂伺候。〔二小軍應科，仍從上場門下。姚令言白〕門上有人麼？〔一軍卒作出門科，白〕什麼人？〔姚令言白〕小將姚令言求見。〔軍卒白〕住着。〔作進門稟科，白〕姚令言求見。〔朱泚白〕着他進來。〔軍卒應，作出門科，白〕着你進去。〔引姚令言作進門跪見科。朱泚白〕節度請起。此來何事？〔姚令言起科，白〕小將昨蒙聖旨，着領兵往救襄城之困，值盧杞尅減衣糧，小將一時怒忿，立將使臣斬首。奈我官卑職小，不能服衆，今請太尉入朝，共成大事。〔朱泚白〕不可造次。有一源休，是俺心腹。且待他到來，細細斟酌。〔末扮源休，戴紗帽，穿圓領，束金帶，從上場門上。白〕瀾翻三寸舌，免校五車書。下官源休，有緊要事來見朱太尉。此間已是。門上有人麽？〔一軍卒作出門科，白〕是那箇？〔源休白〕相煩通報，説源休求見。〔軍卒白〕請少待。〔作進門禀科，白〕有源休在外求見。〔朱泚白〕吾正在此想他，快喚他進來。〔軍卒應，作出門科，白〕請進相見。〔引源休，作進門見科，白〕太尉近祉榮暢。〔朱泚白〕托庇粗安。少卿知道麽？此位乃姚節度。〔源休白〕此間就是姚節度？久仰！奉揖了。〔姚令言作陪禮科。朱泚白〕他特來請我入朝，共成大事，未知進退安出，少卿諒有高見。〔源休白〕目下唐德既衰，奸臣弄權於内，藩鎮擁兵於外，鑾輿播遷，宫殿空虚。太尉不乘此時正位，更待何時？〔朱泚白〕只怕人心不服。〔源休白〕這有何難？一面安慰中外，吩咐各官員，都要拘留城内，不許放出一人。還有那司農卿段秀實，老成重望，請他入朝，授一高爵，那些臣僚見段秀實既從，自然都來歸順了。〔朱泚白〕少卿明見，正合我意。快着人去請段司農到朝中相見。〔二軍卒應科，從上場門下。朱泚起，隨撤椅科。姚令言、源休隨朱泚遶場科。朱泚白〕正是：蛟龍豈是池中物，〔姚令言、源休白〕自有風雲際會時。〔作到朝門科。雜扮二武士，各戴卒盔，穿雁翎甲，同從下場門上。白〕什麽人？〔姚令言、源休白〕此乃朱太尉，特請入朝，議登大寶。〔二武士跪迎科。朱泚、姚令言、源休同從下場門下。二武士隨下。二軍卒引末扮段秀實，戴紗帽，穿圓領，束金帶，從上場門上。唱〕

【仙吕入雙角合曲·北新水令】乾坤正氣植綱常(韻)，抱丹誠霜清月朗(韻)。勤王由血性(句)，憤賊激剛腸(韻)。自古忠良(韻)，當此際偏神王(韻)。〔白〕下官司農卿段秀實是也。不料姚令言造逆，聖駕蒙塵。今早逆泚檄召衆朝臣議事，竟欲篡位。聞群奸盡皆阿附順從，方纔遣人請我。我且入朝，伺有空隙，當誅戮叛逆。否則以身殉難，報答國恩便了。來此已是金馬門，不免逕入。〔作進門科。二軍卒分立科。姚令言穿圓領，束金帶，執笏，仍從下場門上，作出迎見禮科。白〕司農公，今者唐室既壞，吾等共尊朱太尉爲主。敢望老司農同心協助，共力匡扶，以成大事。〔段秀實作怒科，白〕姚令言，休出此言。想你自幼立朝，豈不知綱常大義？你也是朝廷藩鎮重任，怎麽反與逆賊同謀？〔姚令言白〕俺等請朱太尉爲主，正是天時人事如此。司農公，你也不必十分的執拗。〔唱〕

【仙吕入雙角合曲·南步步嬌】正天命人心多相向(韻)，唐室應該讓(韻)。人歸天與之(句)，與晉宋梁齊(句)，一般無兩(韻)。〔合〕堪笑你一味莽忠良(韻)，須要回頭想(韻)。〔段秀實白〕你們休得這等亂道，總是這班逆賊呵，〔唱〕

【仙吕入雙角合曲·北折桂令】蓄奸謀跋扈强梁(韻)，上負君恩(句)，下替臣綱(韻)。陰結群奸(句)，一班猛虎封狼(韻)。〔白〕姚令言，你可知道君臣的大義麽？〔唱〕天日何曾有兩(韻)，何曾見好裙釵再嫁兒郎(韻)？大義昭彰(韻)，千古綱常(韻)。況是那心膂股肱(句)，怎忍輕忘(韻)。〔内奏樂，雜扮四刀斧手，各戴將巾，穿蟒、箭袖、排穗，佩刀。源休執笏，引朱泚戴九梁冠，穿蟒，束玉帶，從上場門上場。上設椅，朱泚坐科，白〕司農公到了。司農公，今日之舉，我也却無此意。只因衆人敦請，説道朝中不可一日無君，故爾權居此位。特請司農公到朝，共勷大事。〔段秀實作背立不語科。朱泚唱〕

【仙吕入雙角合曲·南江兒水】望你同心助(句)，協力匡(韻)，老臣重望人欽仰(韻)。一切朝綱君須掌(韻)，〔白〕老司農，若肯降心相從，〔唱〕管教你富貴在群臣上(韻)。休得氣高千丈(韻)，〔合〕你俯首投降(韻)，便是蕭曹尹望(韻)。〔段秀實作怒唾科。白〕我恨不能立斬渠魁，復整唐家社稷，那裏肯從你這夥亂臣賊子。〔唱〕

【仙吕入雙角合曲·北鴈兒落帶得勝令】【鴈兒落】〔全〕恨只恨群奸箇箇降(韻)，憐只憐宗社輕輕喪(韻)。痛只痛鑾輿下殿忙(韻)，慘只慘士卒流離狀(韻)。【得勝令】〔全〕呀(格)，淚眼問穹蒼(韻)，何事覆皇唐(韻)？〔白〕朱泚，你這負心的逆賊。〔唱〕你雖有曲折蛇心毒(句)，怎知俺崢嶸鐵骨剛(韻)。休商(韻)，俺烈性無偏向(韻)。非狂(韻)，吼秋風看劍鋩(韻)。〔朱泚白〕老司農，你休得惡語傷人，看你到那裏去？〔姚令言、源休白〕識時務者呼爲俊傑。主公今日應天順人，可稱義舉，還是順從的好。〔唱〕

【仙吕入雙角合曲·南僥僥令】勸君休悵怏(韻)，繞指本堅剛(韻)。只爲那忠佞千年同黄土(句)，〔合〕望猛省回頭及早降(韻)。〔段秀實白〕唗！教那箇降你？朱泚，你這班篡位的奸賊，不被人誅，定遭天戮。〔唱〕

【仙吕入雙角合曲·北收江南】呀(格)，惱得俺髮衝冠怒氣塞肝腸(韻)，豈肯落狡機關千古臭名揚(韻)。〔作奪姚令言笏，打朱泚面流血科。唱〕先教你血淋漓頭破面皮傷(韻)，〔姚令言、源休虚白發諢科，衆綁段秀實科。〔段秀實唱〕少不得押你赴雲陽(韻)，割你萬千創(韻)，還將你頭顱武庫謹收藏(韻)。〔朱泚白〕這老賊好生無理。刀斧手，將他立刻處斬。〔姚令言、源休白〕主公息怒，不怕他飛上天去，慢慢的處治他罷了。〔唱〕

【仙呂入雙角合曲·南園林好】管教伊須臾命傷(韻)，休只望能離羅網(韻)，便插翅也如何能颺(韻)。〔合〕休要你允投降(韻)，須把你試刀鋩(韻)。〔段秀實白〕妙嗄！俺段秀實今日這頭顱使得着也。〔唱〕

【仙呂入雙角合曲·北沽美酒帶太平令】【沽美酒】（全）試春風一霎涼(韻)，試春風一霎涼(疊)，灑碧血淡斜陽(韻)。俺不能彀鐵馬金戈手射狼(韻)，俺魂遊帝鄉(韻)。俺定要叩天閶(韻)，【太平令】（全）叩天閶誅除逆莽(韻)。粉碎你渠魁魍魎(韻)，方信我忠魂猶壯(韻)。俺呵(格)，掃淨了夔魍(韻)、獰蟒(韻)，志昂(韻)，氣揚(韻)，呀(格)，嘯泉臺風流跌宕(韻)。〔朱泚白〕快把他斬訖報來。〔衆應科。段秀實白〕聖上，老臣不能彀瞻天仰聖了。〔衆作推段秀實從下場門下。一刀斧手持段秀實首級，仍從下場門上，白〕獻首級。〔朱泚起，隨撤椅科，白〕段秀實，你方纔駡我，如今英雄那裏去了？〔作首級動科。朱泚作驚畏科。姚令言白〕快拿過了。〔刀斧手應科，仍從下場門下。姚令言、源休白〕請主公將息將息，另選吉日登基便了。〔朱泚、姚令言、源休白〕段秀實，〔唱〕

【南慶餘】教你須臾一命黃泉喪(韻)，說甚麽錚錚萬古樹綱常(韻)，〔姚令言、源休唱〕爭似我佐命從龍姓字香(韻)。〔衆同從下場門下〕

第五齣　查壽算嶽神迎使（齊微韻）

〔雜扮牛頭、馬面，各戴套頭，穿門神鎧，持叉。雜扮四鬼卒，各戴鬼髮，穿蟒、箭袖、虎皮、卒褂，持器械。雜扮四判官，各戴判官帽，穿圓領，束角帶，持筆、簿。雜扮金童，戴紫金冠，穿氅，繫絲縧，執旛。雜扮玉女，戴過梁額、仙姑巾，穿氅，繫絲縧，執旛。引淨扮東嶽大帝，戴冕旒，穿蟒，束玉帶。從上場門上。唱〕

【中吕宫正曲·太平令】秩晉天齊㊅，神秀潛鍾造化機㊅。〔合〕含生萬類蒙嘉惠㊅，紛羽衛列金扉㊅。〔場上設高臺、帳幔桌，隨虎皮椅轉場陞座科。衆各分侍科。東嶽大帝白〕吾乃東嶽大帝是也。五嶽名尊，三公爵貴。察人間之善惡，彰報應之無私。堪歎衆生，投坑落塹，一去永無回轉日，從來不識自家人。皆由你自作自受，總憑俺降禍降祥。今乃稽察善惡之期，恐有玉旨到來，須索恭候者。〔天官內白〕玉旨下。〔金童、玉女白〕啓大帝，玉旨下。〔東嶽大帝白〕快排香案。〔衆應科。雜扮四侍從，各戴卒盔，穿蟒、箭袖、排穗，執儀仗，引生扮天官大帝，戴冕旒，穿蟒，束玉帶，捧玉旨，從昇天門上。衆同唱〕

【又一體】叱馭風雷㊅，捧勑忙前迅速馳㊅。〔合〕霞旌霧轡祥光裏㊅，遵帝勑論青祇㊅。〔內奏樂。東嶽大帝作出門，迎天官大帝進門科。白〕玉旨到，詔曰：維人之性，有善無惡。維人之心，陷惡亡善。善者宜登極樂，惡者當受輪迴。今因南嶽啓奏，王舍城中傅相，廣修善事，普度衆生，特着東嶽大帝稽察確實，如果壽命將終，竟送天庭，無淹地獄。欽哉。謝恩！〔内奏樂。東嶽大帝白〕聖壽無疆。〔起，接旨付判官科。天官大帝、東嶽大帝相見科。東嶽大帝白〕有勞天官降臨，實切惶悚。〔天官大帝白〕遵奉帝勅，理當如此。〔東嶽大帝白〕請坐。〔場上設椅，各坐科。天官大帝白〕大帝，今奉玉旨，道那傅相呵，〔唱〕

【中吕宫正曲・駐馬聽】樂善名垂(韻)，作福施仁善行巍(韻)。羡他心地清潔(句)，周濟貧民(讀)，拯困扶危(韻)。成橋修路達中逵(韻)，檀那精進遵慈勅(韻)。〔合〕他一念修持(韻)，好將旛幢引領(讀)，早登天際(韻)。〔東嶽大帝白〕我這裏每逢朔望，常有王舍城城隍土地申奏，道那傅相呵，〔唱〕

【又一體】他暗室無虧(韻)，修善施仁無僞爲(韻)。〔白〕掌案判吏，〔判官應科。東嶽大帝白〕可將南耶王舍城中善人傅相壽數查看者。〔判官應，作查簿科。禀白〕啓上大帝：傅相壽延五十歲，今歲將終矣。〔東嶽大帝白〕原來如此，却也湊巧。〔唱〕今奉勅旨綸音(句)，恰許旌揚(讀)，天賜恩輝(韻)。有聲必響本相隨(韻)，善因福報平生遂(韻)。〔白〕金童、玉女，可將旛幢引導，好生護送傅相趨赴天庭，不得有悞。〔金童、玉女白〕謹遵法旨。〔同從下場門下。東嶽大帝唱合〕他一念修持(韻)，好將旛幢引領(讀)，早登天際(韻)。〔各起，隨撤椅科。天官大帝、東嶽大帝作拜別科。四侍從引天官大帝仍從昇天門下，衆鬼判擁護東嶽大帝從下場門下〕

第六齣　遇災荒傅相蠲租（齊微韻）

〔外扮傅相，戴巾，穿氅，帶數珠，從上場門上。唱〕

【仙呂宮引・番卜算】鄉裏苦流離(韻)，恰值饑荒歲(韻)。樂施本爲賑孤寒(句)，非市馮煖義(韻)。〔中場設椅，轉場，坐科。白〕我傅相，行善持齋，修因來世。目下年歲荒歉，米價騰貴。鄉農人家，貧乏者甚多。我想家資已過百萬也，富到極處了，還要錢財何用？那《太上感應篇》裏邊説道：「濟人之急，救人之危。」正是此時了。因此特把平日積下的米穀，五日一開倉，聽鄉鎮窮民支取。又於昨日查點賬目，現有許多文券。都是人亡家破，孤苦伶仃，今待他們來時，當面焚燬，也是一樁好事。〔生扮羅卜，戴巾，穿道袍，帶數珠，從上場門上。唱〕

【又一體】努力好修持(韻)，莫作中途廢(韻)。〔作拜見科。場上設椅，羅卜坐科。末扮益利，戴羅帽，穿屯絹道袍，繫鑾帶，帶數珠，從上場門上。唱〕好施不獨我東人(句)，合宅行仁義(韻)。〔傅相白〕今日是開倉賑饑的日期了。〔益利應科場上設桌、椅，上設文券、筆、硯科。傅相白〕益利，我想當此年歲饑荒，鄉民困苦。少頃，待那佃户、債户來時，查對明白，該租者概不取討，負債者悉行免追，把這些文券燒燬

了罷。諺語説的好：爲富之人，只該施恩，不可斂怨；只該積福，不可生災。〔入桌坐科。白〕這租簿、文券呵，〔唱〕

【仙呂宫正曲・解三酲】正是狠地煞降災的符水(韻)，却也是善天官賜福的旌旗(韻)。〔白〕那窮民呵，〔唱〕他身家性命相關係(韻)，全靠着這東西(韻)。〔羅卜白〕看這樣饑荒年歲，不若施些方便。孩兒的意念，正是如此。〔傅相白〕我行此事，不過免災息怨，並不敢起積福施恩的念頭。〔唱〕只要我公平寬厚心無忝(句)，休認做市義行權跡可疑(韻)。〔合〕焚殘契(韻)，念心誠爲善(讀)，毫髮無欺(韻)。〔雜扮衆男女百姓，各戴氈帽，穿各色道袍衫，繫腰裙，持布袋，從上場門上。同白〕我等鰥寡煢獨，命途多舛。值此荒年，衣食不充。幸得傅長者廣行仁德，將歷年積下的糧米，五日開倉一放，救了我們多少人的性命。今日又是放米之期，我等湊齊前去。衆位，我們受了傅長者如此大恩，不能報答，大家替他念佛，保佑福壽綿長便了。〔作到科。一百姓白〕來此已是。門上那位在？〔益利作出門科，白〕什麽人？衆位想是爲支米來的麽？〔衆同白〕正是。〔益利白〕員外在堂上，請進相見。〔衆同作進門見科，白〕員外在上，我們衆人行禮。〔傅相白〕罷了。〔傅相、羅卜出桌。中場設椅，各坐科。衆同白〕員外，你是我衆人的恩主，救人溝壑中性命，我等難以報答，只是背後替你老人家念佛。〔傅相白〕年歲荒旱，大家有無通融，理之常也。還有一説。今日衆位在此，内中也有欠我租的，也有少我債的，我今將租簿、文券，盡行焚燬，概不取討了。〔衆同白〕員外説那裏話。員外又不曾收我們的重租，

年歲略好些，我們少不得變賣償還。斷不敢昧却良心，欺你老人家。員外，如今世上的富家翁呵，〔唱〕

【又一體】他愛老憐貧能有幾（韻），不過是積利貪財仗勢威（韻）。誰似你拯危救困多仁義（韻）。〔傅相白〕我也非是要衆位説好。念傅相全無德能，安享世業，恐遭上天呵譴。〔唱〕因此上盡我力救人危（韻），這一心樂善非沽譽（句），休認做市義行權跡可疑（韻）。〔白〕取火來。〔益利應科，向下取火隨上。傅相取文券焚科。丑扮土地，戴巾，穿土地氅，繫絲縧，持拂塵，從上場門暗上，作接券科，仍從上場門暗下。傅相唱合〕焚殘契（韻），念心誠爲善（讀），毫髮無欺（韻）。〔衆同白〕好員外，難得。〔衆作叩謝科，同唱〕

【仙吕宫集曲・解醒歌】【解三醒】（首至合）這陰功行來不細（韻），願福壽嵩嶽崔巍（韻）。天公着眼須垂庇（韻），綿福壽更無危（韻）。〔傅相、羅卜唱〕今朝焚券原無意（韻），〔衆同唱〕可知道神鬼冥冥暗裏隨（韻）。【排歌】（合至末句）善功滿（句），行無虧（韻），心田世德永栽培（韻）。〔白〕員外呀，〔唱〕願你身康健（句），福禄齊（韻），百年眉壽樂熙熙（韻）。〔益利白〕你們衆人各自取米，那裏自有人照應。〔衆應科，同從下場門下。外扮李厚德，戴浩然巾，穿道袍，繫絲縧，帶數珠，持拄杖，從上場門上。白〕交友當忠告，持身在直躬。一鄉有善士，却喜性情同。老夫李厚德是也，與鄰比傅長者交好。今日閒暇，不免過訪。來此已是。有人麽？〔益利白〕是那箇？〔作出門見科，白〕原來是李公。〔李厚德白〕員外在家麽？〔益利白〕在堂上。〔李厚德白〕相煩通報。〔益利應，作進門禀科，白〕李公來了。〔傅相、羅卜、益利作出迎，引李厚德進門，各作見禮。場上設椅，各坐科。李厚德白〕與長者又有好幾日不會了。〔傅相白〕便是，不接教言，又將旬餘矣。〔李厚德白〕長者好善樂施之名，較前更著。老漢每每出遊里巷，聽那些拜惠之人頌聲載道。〔傅相白〕不敢。施捨一事，並非沽名，原是以天地間之有餘，補天地間之不足，行吾心之所安耳，何敢當大公如此美譽。〔衆男女百姓内念佛感謝科。李厚德白〕這歡呼之聲，是些什麽人？〔傅相白〕老夫因見年歲凶荒，人民饑饉，舍間偶有餘糧，五日一開倉，聽那些窮民支取。今日又是支領之期，人衆語稠，故有些喧鬧之聲。〔李厚德白〕原來如此。長者，你這陰功，積來非小也。〔唱〕

【又一體】值凶年似河東河内(韻)，有誰人把民粟相移(韻)。羡君家賑濟多高義(韻)，與那指困的不差池(韻)。〔傅相、羅卜唱〕想誼關鄉黨應周急(韻)，益寡裒多理所宜(韻)。〔衆男女百姓各負米，仍從下場門上，同唱合〕慚比顔魯公(句)，乞米時(叶)，揮將墨蹟達相知(韻)。好似魯仲由(句)，負米歸(韻)，煑將白粲奉親幃(韻)。〔作出門科，仍同從上場門下。李厚德白〕原來有這些人在此支領。這等看來，散去的米，却也不少了。〔傅相白〕也還不算甚多。〔李厚德白〕語云：「饑時一口，勝似飽時一斗。」這件陰德，比別樣更大。〔傅相白〕多蒙過譽了。〔李厚德白〕就此告辭了。〔各起，隨撤椅。李厚德作出門，傅相、羅卜、益利送出門科。同唱〕

【情未斷煞】任關支無留滯(韻)，荒年得此免啼饑(韻)，〔傅相白〕此時呵，〔唱〕不知有多少窮民餓肚皮(韻)。〔李厚德仍從上場門下。傅相、羅卜、益利作進門科，同從下場門下〕

第七齣　金童玉女接昇天（先天韻）

〔雜扮四皂隸鬼，各戴皂隸帽，穿箭袖，繫皂隸帶，持器械，從上場門上，跳舞畢，分侍科。雜扮判官，戴判官帽，穿圓領，束角帶，持筆、簿。雜扮鬼使，戴鬼髮，穿蟒、箭袖，軟紮扮，持鎗。引生扮城隍，戴幞頭，穿圓領，束金帶，從上場門上。唱〕

【仙呂宮引・奉時春】管轄名城萬井烟㊞，却不比人間南面㊞。天地無私㊀，陰陽有變㊞，請看業鏡人心見㊞。〔場上設公案、桌、椅，轉場，入坐科。白〕赫奕威靈正殿開，滿城誰不磕頭來。無窮乞福知何有，一種愚夫大可哀。小聖王舍城城隍是也。曾蒙玉帝勅旨，加封福德大王。爲善爲惡，人之存心不同；作福作災，神之所報無異。昭明有感，報應無差。手下的，但有投文掛號的，引他進來。〔衆應科。浄扮文星，戴文星髮，紮文星斗，穿文星衣，持號文，從上場門上。白〕太平文運自天開，五百英雄獨占魁。仙桂於人原有約，只從心地自栽培。吾乃梓潼帝君門下科目文星是也。今有善信秀才，學問優長，功名淹滯。數年以來，尊奉文昌帝君垂訓，竈司奏上玉皇，勅令文星主照，竟往城隍臺前掛號，到他香火堂中安住。此間便是，文星掛號。〔衆通報，城隍出座迎科。文星作

進門相見科。城隍白〕文星爲何下降？〔場上設椅，各坐科。文星唱〕

【仙呂宮正曲・風入松】有一箇書生才行兩般全韻，奈三條樺燭新煎韻。堅持陰隲終無倦韻，到今日文星纔現韻。〔合〕奉帝勑原非偶然韻，看蕊榜早登仙韻。〔城隍唱〕

【又一體】原來丹桂種心田韻，擅雕蟲只恐徒然韻。有才無命休嗟怨韻，争得那朱衣方便韻。〔合〕誰透起文光動天韻，〔白〕就此掛號前去。〔各起，隨撤椅，城隍入公案，作寫號文科，唱〕注一筆早掄元韻。〔文星作接號文，隨出門科，白〕莫道天梯容易上，全憑陰隲作扶持。〔從下場門下。雜扮送聖郎君，戴套頭，穿蟒、箭袖、卒褂，擔子孫袋，引老旦扮九天聖母，戴鳳冠、仙姑巾，穿蟒，束玉帶，抱麒麟兒，持號文，從上場門上，白〕人有善願天必隨，今來古往事無疑。孔子釋迦親保送，並是天上麒麟兒。吾乃九天聖母是也。今有賢夫賢婦，持齋積善，祈求子嗣。竈司啓奏玉皇，勑令賜他麒麟之子，須索抱送前去者。此間是城隍廟了，通報。〔送聖郎君白〕聖母到。〔衆通報，城隍出座迎科。九天聖母作進門相見科。城隍白〕聖母降凡，有何法旨？〔場上設椅，九天聖母坐科，唱〕

【又一體】擎將一顆掌珠圓韻，看充閭佳氣迴旋韻。〔白〕爲有那賢夫賢婦，廣積陰功，祈求子嗣。〔唱〕這根由早被神明眷韻，説甚麽入懷投燕韻。〔白〕竈司奏聞上帝，特賜佳兒。〔唱合〕把善念吹嘘送上天韻，教他瓜瓞樣永綿綿韻。〔城隍唱〕

【又一體】徵蘭好夢幾時圓韻，定霑他玉果犀錢韻。那神光照室明如電韻，識英物試啼聲遠韻

〔合〕知天上麒麟不浪傳(韻),〔白〕就此掛號前去。〔九天聖母起,隨撤椅科。城隍入公案,作寫號文科,唱〕教他爪瓞様永綿綿(韻)。〔九天聖母作接號文,隨出門科,白〕磽磽頭玉今朝識,纍纍腰金他日期。〔從下場門下,送聖郎君隨下。雜扮金童,戴紫金冠,穿氅,繫絲縧,持號文,執旛。雜扮玉女,戴過梁額、仙姑巾,穿氅,繫絲縧,執旛。從上場門上,同白〕玉女、金童對對,珠旛寶蓋飄飄。降臨凡世迓仙曹,永享長生不老。我們奉東嶽差遣,迎接傅相昇天,先見城隍掛號。此間便是,不免進去。〔作進門相見科。城隍白〕金童、玉女何來?〔金童、玉女白〕只爲傅相呵,〔唱〕

【又一體】長齋繡佛志金堅(韻),積陰功累百盈千(韻)。賑凶荒閭里恩沾遍(韻),更義效馮煖焚券(韻)。〔白〕喜他功行圓滿,南嶽奏聞上帝,特敕我等前來,迎接昇天。〔唱合〕早趨承玉皇案前(韻),教他去證位大羅天(韻)。〔城隍唱〕

【又一體】知伊功德浩無邊(韻),種根苗火裏生蓮(韻)。把恒沙世界香熏遍(韻),只一點菩提心現(韻)。〔白〕就此掛號前去。〔作寫號文科,唱合〕早趨承玉皇案前(韻),使他去證位大羅天(韻)。〔金童、玉女作接號文,隨出門科,白〕豈知天上神仙輩,原是人間善信人。〔同從下場門下。城隍出座,隨撤公案、桌、椅科。城隍唱〕

【慶餘】福因善慶緣非淺(韻),這人生樂事皆如願(韻),方顯得就裏陰功造化權(韻)。〔衆引同從下場門下〕

第八齣　花榭月亭逢祝聖（江陽韻）

〔雜扮金童，戴紫金冠，穿氅，繫絲絛，執旛。雜扮玉女，戴過梁額、仙姑巾，穿氅，繫絲絛，執旛。從上場門上，同白〕玉節飄颻下八埏，爲迎善士去昇仙。人間富貴塵如海，虚度清風白日天。〔金童白〕傳相在花園燒香，正好前去迎接。〔玉女白〕説得有理。〔同白〕正是：心存一念善，天與十分春。〔同從下場門下。外扮傅相，戴巾，穿行衣，帶數珠，從上場門上，唱〕

【仙吕宫引・鵲橋仙】烏飛兔走(句)，不停天上(韻)，又值春風蕩漾(韻)。〔中場設椅，轉場，坐科。生扮羅卜，戴巾，穿道袍，帶數珠，從上場門上，唱〕香紅濃緑好韶光(韻)，正院宇花梢月上(韻)。〔作拜見科。場上設椅，羅卜坐科。傅相白〕氤氲花氣透珠簾，倦蝶棲香夢自酣。老我百年過半百，感時三月又初三。我兒，碌碌無能何事有功世教；孜孜爲善，庶可默契天心。適見金烏西墜，又早玉兔東昇，已曾吩咐益利，安排香案在花園之内，禱告天地神明，上祈聖壽萬年，下保民安國泰。〔羅卜白〕爹爹義方之訓，孩兒敬仰。〔末扮益利，戴羅帽，穿屯絹道袍，繫鑾帶，帶數珠，從上場門上，白〕桃花亂落如紅雨，新月初生似玉鈎。〔作拜見科，白〕員外，香供齊備了，請員外起行。〔各起，隨撤椅科。傅相白〕春事九分九，〔羅卜白〕佳期三月三。〔益利白〕百花開已遍，〔同白〕又恐見花殘。〔作到科，場上設香几，上設爐、瓶。傅相拈香禮拜科，唱〕

【仙吕宫正曲·八聲甘州】月鈎新樣(韻)，寶爐内焚着(讀)一炷名香(韻)。花香馥馥(句)，和爐香直透穹蒼(韻)。願得皇王萬壽三才順(句)，天地無私品物昌(韻)。〔合〕安康(韻)，祝我皇福壽無疆(韻)。〔起科。羅卜拈香禮拜科，唱〕

【又一體】再上(韻)，香雲蕩蕩(韻)，遥瞻望清虚(讀)萬里茫茫(韻)。衷誠至願(句)，對蒼天一一敷揚(韻)。願得家家子孝親心樂(句)，箇箇臣賢國祚昌(韻)。〔合〕安康(韻)，祝君親福壽無疆(韻)。〔起科，隨撤香几，設椅，傅相坐科。金童、玉女從天井雲兜下。金童持公文，白〕善人請看來文。〔傅相起科，白〕知道了。〔金童、玉女仍隨雲兜上。傅相作昏跌科，白〕我兒，益利，適纔上香甫畢，忽見紅光映地，照人如晝。有金童、玉女手執來文，迎我昇仙。〔羅卜白〕爹爹，休出此言！〔傅相唱〕

【又一體】遥望(韻)，天曹下降(韻)，望天門詄蕩(讀)，帝闕蒼茫(韻)。〔羅卜白〕爹爹請回罷。〔羅卜、益利作攙扶，傅相起，隨撤椅科。傅相唱〕疾忙稽首(句)，中心悚懼兢惶(韻)。又只見金童玉女幢旛引(句)，我驀地心摇似旆揚(韻)。〔合〕參詳(韻)，笑吾生一旦無常(韻)。〔羅卜白〕爹爹怎麽樣？〔傅相白〕我多應不濟事也。〔羅卜白〕爹爹好自將息。〔傅相白〕想我爲人，心無雜念，積善施仁，但得有昇仙的日子，這就好也。我想人生在世，有生有死，誰人免得？益利，前往會緣橋，邀請僧、道、尼師，明日早來我家

有話説。〔益利應科，從下場門下。內打三更科。傅相唱〕

【慶餘】譙樓鼓送三更響㊅，杜宇聲聲夜未央㊅，〔羅卜唱〕且自寬心到畫堂㊅。〔同從下場門下。益利持燈籠從上場門上，白〕天有不測風雲，人有旦夕禍福。我東人在後花園燒香，忽然精神恍惚，筋力衰微。着我前去請僧、道、尼師，須索速往。但願佛天相感應，保佑東人福壽增。〔從下場門下〕

第九齣　苦叮嚀傅相囑妻（齊微韻）

〔場上設香案科。旦扮劉氏，穿鼇，帶數珠，從上場門上，唱〕

【南呂宮正曲・懶畫眉】年華駒隙去如飛（韻），暗裏回頭緑鬢非（韻）。〔白〕滿堂列聖，我夫妻二人呵（唱），長齋繡佛共皈依（韻）。願求百歲消災悔（韻），〔合〕清磬蒲團性不迷（韻）。〔作拈香禮拜科。生扮羅卜，戴巾，穿道袍，帶數珠，從上場門上，唱〕

【又一體】長娛白髮舞斑衣（韻），椿樹萱花兩影齊（韻）。〔作拜見科。劉氏白〕孩兒，我在此燒香，保佑你爹爹病好。你也該虔誠禮拜。〔羅卜作拈香禮拜科，唱〕願祈佛力大慈悲（韻），一朝頓令沉疴起（韻），〔合〕鶴健梳翎立翠微（韻）。〔白〕母親，今日天氣晴和，請爹爹出來行走行走，如何？〔隨撤香案科。劉氏、羅卜虛白，同扶外扮傅相，戴巾，紥包頭，穿行衣，繫腰裙，帶數珠，從上場門上。雜扮二梅香，小旦扮金奴，各穿衫、背心，繫汗巾，隨上。場上設桌、椅，傅相入桌坐科唱〕

【又一體】夕陽荏苒過牆西（韻），半覺莊園蝶夢非（韻），杜鵑聲裏落花飛（韻）。四山相逼寧由己（韻），〔合〕一句彌陀是玉梯（韻）。〔場上設椅，劉氏、羅卜各坐科，白〕員外，爹爹，容顔瘦了些。〔傅相白〕長江後浪催前浪，世上新人趲舊人。昨晚花園燒香，恍惚見金童、玉女，持寶蓋、珠旛，似接引我昇仙之意，只恐在人世不久的了。〔劉氏白〕員外休疑。想是神佛前來現形保佑你。〔浄扮僧明本，戴僧帽，穿僧衣，繫絲縧，帶數珠，持拂塵。生扮道貞源，戴道巾，穿水田道袍，繫絲縧，持拂塵。老旦扮尼貞静，戴僧帽，穿老旦衣，持拂塵。同從上場門上，白〕勿謂今日不修，而有來日；勿謂今年不修，而有來年。日月逝矣，歲不我延。嗚呼老矣，是誰之愆？〔末扮益利，戴羅帽，穿屯絹道袍，帶數珠，從上場門上，虛白，作出門見科，白〕衆師傅到了，待我通報員外。〔作進門科，白〕員外，衆位師傅到了。〔傅相白〕請進來。〔益利應，作出門科，白〕衆位師傅有請。〔引衆作進門相見，場上設椅，各坐科。傅相白〕昨夜花園中上香的時節，恍見金童、玉女前來接引。列位，吾是不久的了。〔明本、貞源、貞静白〕齋主休疑，還有百年長壽。〔傅相唱〕

【南吕宫正曲·香羅帶】死生我已知(韻)，塵緣盡期(韻)，禪師鍊師休更疑(韻)。〔白〕今日告辭了，〔唱〕念白雲結社共相依(韻)也(格)，撇下妻和子(句)，望提持(韻)，誦經念佛須教伊(韻)。〔合〕我此去擺將雙手恁遨嬉(韻)也(格)，看華表歸來還謝你(韻)。〔明本、貞源、貞静白〕齋主請保重，吉人天佑，我等替齋主念佛去。〔各起，隨撤椅科，同白〕正是：受恩深處休忘報，全仗看經念佛功。〔作出門科，同從上場門下。傅相白〕益利，看香案來，待我拜謝天地祖宗。〔益利應科，場上設香案，劉氏、羅卜扶傅相起，作拈香禮拜，衆隨禮拜科。傅相唱〕

【又一體】神靈感護持(韻)，精誠素知(韻)。〔各起，隨撤香案科。傅相白〕安人，常説我和你舉案齊眉，百年偕老，今日裏呵，〔唱〕拶開金鎖隻鸞飛(韻)。〔劉氏、羅卜扶傅相入桌各坐科。劉氏、羅卜白〕還望員外/爹爹病好。〔傅相白〕安人，我兒，生死到來，無常迅速。〔唱〕早安排香駕赴齋期(韻)也(格)，你母子煢煢影(句)，兩相依(韻)，何生何死我常是看着你(韻)。〔合〕好教我一絇絲斬斷萬絲齊(韻)也(格)，無處着人間苦海迷(韻)。〔白〕安人，我家祖上以來，三代持齋，七輩行善。我死之後，你可依舊持齋行善，休忘了花臺盟誓，你就是賢妻了。〔劉氏作悲科，白〕這箇自然。〔傅相白〕我兒，我若死後，你立心行事，仍前不改我志，你就是孝子了。〔羅卜作悲科，白〕孩兒謹依嚴命。〔傅相白〕我兒，這益利自幼小心隨我，〔益利作哭跪科。傅相白〕他年紀將及五十，也算得箇老義僕了。自今以後，你竟把他義兄看待。〔羅卜白〕孩兒知道。〔傅相白〕益利，我辭世以後，安人寡居，官人又年幼，家中内外一切事情，付托與你。會緣橋依舊布施齋僧，千萬不可荒廢。勿負我托。〔益利作哭應科，白〕小人怎敢有負。〔内奏樂。雜扮金童，戴紫金冠，穿氅，繫絲縧，執旛。雜扮玉女，戴過梁額、仙姑巾，穿氅，繫絲縧，執旛。從天井雲兜下，同白〕善人，時辰已屆，早辦起程。〔金童、玉女仍從天井上，傅相作昏跌科，劉氏、羅卜、益利扶喚科。羅卜白〕爹爹，爲何這樣光景？〔傅相白〕我方纔忽覺一陣香烟繚繞，仙樂悠揚，又見金童、玉女，幢旛寶蓋，前來迎接。此去應登極樂世界，倒也不苦。你們休得悲傷，看冠帶過來。〔衆梅香應科，向下取冠帶隨上，與傅相穿戴科。傅相唱〕

【又一體】笙簫雲外吹(韻),天香馥霏(韻),繡旛搖曳前導遲(韻)。更飄飄羽蓋碧空飛(韻)也(格),這路通霄漢(句),去無迷(韻),霞烘五色光陸離(韻)。〔白〕安人,我兒,我生本無生,有何來去？你們也不必悲哀,只是傅家屢代持齋奉佛,待我寫下遺囑,我今死後,你們依舊持齋奉佛,不得有違。〔劉氏、羅卜虛白,命衆梅香向下取紙筆隨上。傅相作寫遺囑科,白〕安人,我兒,你們須是謹守遺囑,不得有違。我今此去呵,〔唱合〕到瓊樓玉宇與瑤池(韻)也(格),化一朵兒彩雲來遥度你(韻)。〔白〕女菩薩,善男子,告辭了。〔作一笑氣絶科。衆跪哭科。明本、貞源、貞静仍從上場門上,同白〕悟徹無生憑石火,静談半字散天花。方纔聞得齋主病危,不知怎麽樣了。我等再去看看。〔作到科,白〕裏面有人麽？〔益利白〕是那箇？〔作出門見科,白〕原來是衆位師傅。我員外去世了。〔引衆作進門科。明本、貞源、貞静白〕老安人,小官人,且免悲啼。人死不能再生,待我們持誦神咒,願齋主早昇天界。安人,官人,快去料理後事要緊。〔劉氏、羅卜、衆同從下場門下。明本、貞源、貞静向上誦《大悲咒》。内奏樂,金童、玉女從兩場門分上。丑扮土地,戴巾,穿土地氅,繫絲縧,持拂塵,從上場門上,天井内下雲兜。金童、玉女扶傅相上雲兜,隨各上雲兜,從天井上。土地作送科,仍從上場門下。雜扮傅相替身,戴紗帽,穿圓領,束金帶,暗伏桌上科。劉氏、羅卜、益利、金奴,同雜扮八院子,各戴羅帽,穿屯絹道袍,繫鸞帶;雜扮八梅香,各穿衫、背心,繫汗巾,從兩場門分上,作哭科。明本、貞源、貞静白〕老安人和小官人,且自節哀,我等告辭。〔同作出門科,從上場門下。劉氏、羅卜作哭科,唱〕

【南呂宮集曲・學士解醒】【三學士】（首至合）一霎幽明兩地違(韻)，山崩梁木傾頹(韻)。爲甚芙蓉定欲迎城主(句)，夜月偏教犯少微。(韻)。【解三醒】（五至末）教人悲痛腸俱裂(句)，即使淚眼流枯天豈知(韻)。〔合〕騎箕尾(韻)，多應化光芒星斗(讀)，傳説齊輝(韻)。〔益利、金奴、衆院子、梅香作哭科，唱〕

【又一體】鶴去空山猿狖啼(韻)，主恩酬報何時(叶)。幾曾見康成怒遣泥中跪(句)，敢望那李善他年知遇奇(韻)。〔白〕我的員外呵，〔唱〕帝鄉竟自乘雲去(句)，石槨應教駟馬悲(韻)。〔合〕彈珠淚(韻)，把那些樵青鼓柮(讀)，風月休提(韻)。〔劉氏、羅卜唱〕

【慶餘】人間離別傷心地(韻)，況又是一去千秋更不回(韻)，〔益利、金奴白〕安人，官人，且免悲傷，員外此去，〔唱〕也儘受用瑶草瓊花天上奇(韻)。〔衆扶傅相替身作哭科，同從下場門下〕

第十齣　悲哽噎羅卜哭父（古風韻）

〔場上設傅相靈桌、魂旛科。丑扮齋童，戴羅帽，穿屯絹道袍，繫鑾帶，從上場門上，白〕①東人差遣，蓋不由己。自家齋童是也。小官人着我伺候香茗，恐老安人出來拈香，只得在此伺候。〔從下場門下。末扮益利，小生扮安童，各戴羅帽，穿屯絹道袍，繫鑾帶，扶生扮羅卜，戴巾，穿素道袍，從上場門上，唱〕

【黄鐘宫引・玉女步瑞雲】昊天不弔（韻），痛靈椿棄我何早（韻），從此把蓼莪廢却（韻）。〔白〕我羅卜，年未及立，學不通宗，不幸爹行辭世，使我痛心欲絶。今已入殮，不免設齋供養，聊盡子情。齋童那裏？〔齋童仍從下場門上，白〕來了。聽得官人喚，忙步到跟前。官人有何吩咐？〔羅卜白〕齋供可曾齊備？〔齋童白〕齊備了。〔羅卜白〕伺候了。〔齋童應科。旦扮劉氏，穿素衫，從上場門上。小旦扮金奴，雜扮四梅香，各穿衫、背心，繫汗巾，隨上。劉氏唱〕

【南吕宫引・哭相思】只見靈位不見夫（韻），空教留我一身孤（韻）。〔作到靈前，一梅香送茗，劉氏奠

---

① 「白」，原作「唱」。

茗，衆隨行禮科。劉氏唱〕可憐你未滿六旬喪(句)，痛斷肝腸淚眼枯(韻)。〔各守靈坐科。雜扮衆女鄰，各穿各色衫，捧紙帛，從上場門上，唱〕

【雙調正曲·普賢歌】人生若箇免無常(韻)，死別生離最可傷(韻)。辭世隔冥陽(韻)，骨肉空淚汪(韻)，〔合〕都做莊周夢一場(韻)。〔齋童作出門見科，白〕衆位鄰里少待。〔作進門禀科，白〕禀安人，鄰廂女客，都來作弔。〔劉氏白〕道有請。〔齋童應，作出門引衆進門科。一老女鄰拈香，衆女鄰隨行禮，劉氏、羅卜陪禮科。衆女鄰同唱〕

【仙呂宮正曲·桂枝香】堪嗟人世(韻)，死歸生寄(韻)。可憐一夢黃粱(句)，死去再無回日(韻)。心酸淚垂(韻)，心酸淚垂(疊)，家私拋棄(韻)，妻兒拋離(韻)。〔合〕好傷悲(韻)，人人要積家緣大(句)，命盡渾如一局棋(韻)。〔劉氏唱〕

【又一體】多蒙鄰里(韻)，來相弔慰(韻)。老身感戴無涯(句)，深情如同姐妹(韻)。痛亡夫逝矣(韻)，亡夫逝矣(疊)，魂歸何地(韻)，魄歸那裏(韻)？〔合〕好傷悲(韻)，人人要積家緣大(句)，命盡渾如一局棋(韻)。〔衆女鄰白〕相勸安人，員外已故，不能再生，我等特來寬解，少要煩惱。〔劉氏白〕亦知死別難逢，只是閃得我母子好苦也。〔衆女鄰白〕若論壽數，半百之年，正當棄世。此乃天命註定，安人還當自解。〔劉氏白〕多承枉顧，慰我母子，銘感不盡。〔衆女鄰白〕安人耐煩，我等告回。〔劉氏白〕喪事畢了，使小兒叩謝。〔衆女鄰作出門科，仍同從上場門下。羅卜扶劉氏，衆隨從下場門下〕

第十一齣　孝子修齋建道場（古風韻）

〔雜隨意扮二鋪排，從上場門上，虛白發諢科。場上設道場桌，供佛像，設法器科。雜扮一大和尚、二副和尚，各戴僧冠，穿僧衣，披袈裟。雜扮二十六僧衆，各戴僧帽，穿僧衣，披袈裟。同從上場門上，唱〕

【南吕宫引・生查子】我佛起西天(句)，超度人無際(韻)。仗此意虔誠(句)，懺悔能消罪(韻)。〔丑扮齋童，戴羅帽，穿屯絹道袍，繫鑾帶，從上場門上，作出門見科，白〕衆位師傅到了。〔作進門科，白〕官人有請，衆位師傅到了。〔末扮益利，小生扮安童，各戴羅帽，穿屯絹道袍，繫鑾帶，扶生扮羅卜，戴巾，穿素道袍，作出門迎科，引衆僧進門，向佛前禮拜畢，各坐，吹打法器。益利、安童扶羅卜，向佛前拈香禮拜科。衆僧同詠〕

【香讚】旃檀海岸(句)，爐爇名香(韻)。耶瑜子母兩無殃(韻)。火内得清涼(韻)，至心謹將(韻)，一炷遍十方(韻)。〔佛號〕南無香雲蓋菩薩摩訶薩。〔三稱。衆僧吹打法器畢，大和尚持遺子簿，向靈前念科，白〕佛法廣無邊，功圓滿大千。有水千江月，無雲萬里天。南贍部洲，大唐國僧録司，秉教佛事沙門，今爲奉佛修齋孝子傅羅卜、孝妻劉氏、孝僕益利，暨闔家孝眷人等，是日焚香，拜干洪造，具詞爲薦傅府君之靈，早昇天界，永脱輪迴。孝奉鮮茗，茶斟三奠。〔二鋪排虛白，引羅卜向靈前奠茶科。衆僧同詠〕見聞如幻翳，三界若空華。聞佛翳根除，塵消覺圓浄。〔衆僧吹打法器畢，隨撤佛像法器桌并靈桌科。羅卜從下場門下。益利捧靈牌，安童執魂旛，齋童持手爐，隨衆僧同從下場門下。右臺口設東方木德神君牌位、香案，左臺口設南方火德神君牌位、香案，左場門口設西方金德神君牌位、香案，右場門口設北方水德神君牌位、香案，中場設中央土德神君牌位、香案科。大和尚持手爐，引衆僧吹打法器，從上場門上。益利捧靈牌，安童執魂旛，齋童持手爐，隨上。遶場至東方桌前，益利等跪科，衆僧同詠〕東方世界主，持國大天王，流演妙伽陀，結成金剛界。金剛界菩薩摩訶薩，摩訶般若波羅蜜，南無薩哆喃，三藐三曼陀，俱知喃，怛知他，唵，折哩主哩，準提娑婆訶。〔衆僧吹打法器，遶場至南方桌前，益利等跪科，衆僧同詠〕南方世界主，增長大天王，流演妙伽陀，結成灌頂界。灌頂界菩薩摩訶薩，摩訶般若波羅蜜，南無薩哆喃，三藐三曼陀，俱知喃，怛知他，唵，折哩主哩，準提娑婆訶。〔衆僧吹打法器，遶場至西方桌前，益利等跪科，衆僧同詠〕西方世界主，廣目大天王，流演妙伽陀，結成蓮花界。蓮花界菩薩摩訶薩，摩訶般若波羅蜜，南無薩哆喃，三藐三曼陀，俱知喃，怛知他，唵，折哩主哩，準提娑婆訶。〔衆僧吹打法器，遶場至北方桌前，益利等跪科，衆僧同詠〕北方世界主，多聞大天王，流演妙伽陀，結成羯摩界。羯摩界菩薩摩訶薩，摩訶般若波羅蜜，南無薩哆喃，三藐三曼陀，俱知喃，怛知他，唵，折哩主哩，準提娑婆訶。〔衆僧吹打法器，至中央桌前，益利等跪科，衆僧同詠〕中央世界主，大梵大天王，流演妙伽陀，結成瑜伽界。瑜伽界菩薩摩訶薩，摩訶般若波羅蜜，南無薩哆喃，三藐三曼陀，俱知喃，怛知他，唵，折哩主哩，準提娑婆訶。〔衆僧吹打法器，大和尚領衆作轉五方科，同從下場門下。隨撤五方香案，設金橋科。大和尚持手爐，引衆僧吹打法器，從上場門上。益利等隨上。衆遶場至橋邊科。大和尚白〕金橋窈窕，如結搆之初成，寶旛飄颻，若神魂之自在。欲到如來之法會，先登般若之法橋。此橋乃佛國之通衢，是人間之正路。到者無非快樂，達者總遂逍遥。兹辰受薦傅府君靈魂，奉禮慈尊，以伸引導。〔衆僧同詠〕

【金橋讚】阿彌陀佛(句)，無上醫王(韻)，巍巍金相放毫光(韻)。苦海作舟航(韻)，九品蓮邦(韻)，同願往西方(韻)。〔佛號〕南無引魂王菩薩摩訶薩。〔三稱。衆僧吹打法器，一副和尚執旛，引益利捧靈牌過橋。大和尚領衆過橋畢，隨撤金橋科。衆同從下場門下〕

第十二齣　高僧施法度焰口 (古風韻)

〔場上設施食高臺。雜扮一大和尚、二副和尚，各戴僧冠，穿僧衣，披袈裟。雜扮十僧衆，各戴僧帽，穿僧衣，繫絲絛。同從上場門上。吹打法器畢，大和尚向法座參禮科，詠〕

【焰口讚】瑜珈會啓(句)，甘露門開(韻)，沙界孤魂聽法來(韻)。敬信莫疑猜(韻)，永脱塵霾(韻)，幽暗一時摧(叶)。〔衆僧吹打法器，大和尚陞座科，白〕會啓瑜珈最勝緣，覺王垂範利人天。顯密並陳開障礙，事理雙彰解倒懸。〔首座僧白〕請大和尚拈香。〔大和尚作拈香科，白〕此一瓣香，根盤宇宙，葉覆崑崙。于真如藏裏拈來，從妙覺海中流出。闡佛祖之真心，開人天之正眼。爇向爐中，專申供養。〔衆僧同詠〕

【香讚】爐香乍爇(句)，法界同芬(韻)，諸佛海會悉遥聞(韻)。隨處結祥雲(韻)，誠意方殷(韻)，諸佛現全身(韻)。〔佛號〕南無香雲蓋菩薩摩訶薩。〔三稱。首座僧白〕請大和尚灑水。〔大和尚作灑水科，白〕夫此水者，如來藏裏，循業發現。寶華池内，應念出生。真空性水，性水真空。清浄本然，而周遍法界；汪洋無際，而潤澤大千。〔衆僧同唱〕

【水讚】楊枝浄水(句)，遍灑三千(韻)，性空八德利人天(韻)。餓鬼開鍼咽(韻)，滅罪消愆(韻)，火焰化紅蓮(韻)。〔佛號〕南無甘露王菩薩摩訶薩。〔三稱。大和尚白〕登瑜珈之座，六度齊修；開濟物之門，三壇等施。法不孤起，仗境方生。道不虛行，隨緣即應。阿難習定事非常，夜見巍巍一鬼王。聲似破車喉似線，面燃大士降壇場。唵啞吽。〔三稱。衆僧吹打法器。雜扮城隍，戴紮紅幞頭，穿圓領，束金帶，執笏。雜扮土地，戴紮紅紗帽，穿圓領，束金帶，執笏。同從上場門上，至酆都門，作迎候科。雜扮鬼王，戴套頭，穿鬼王衣，執旛，從酆都門上。城隍、土地引鬼王遶場，對法座參禮科。場上設平臺虎皮椅，鬼王、城隍、土地各坐科。雜隨意扮地方鬼，從右旁門上，向鬼王叩頭科，隨作查簿召衆鬼科。大和尚白〕爲憐幽冥之苦，薦拔十類孤魂。凡面燃所統，侯王將相，三教九流，士農工商，佳人才子，併一切水火漂焚、縊梁服毒、九横孤魂，此夜今時，俱臨法會。〔衆僧同詠〕

【佛讚】觀音菩薩大慈悲(韻)，〔咒語〕唵嘛呢吽，〔再稱〕救度衆生無盡期(韻)。〔咒語〕唵嘛呢吽，〔再稱〕有人念彼觀音力(韻)。〔咒語〕唵嘛呢吽，〔再稱〕火坑化作白蓮池(韻)。〔咒語〕唵嘛呢吽，〔再稱。大和尚白〕天下孤魂聞法語，速臨壇場享施食。〔衆僧同詠〕

【歎孤調】將相公卿(句)，武備兼文事(叶)。戡亂經邦(句)，勳烈轟天地(韻)。壯去老來(句)，難説無生死(叶)。臣宰英靈(句)，來受甘露味(韻)。〔雜扮三文臣魂，各戴紗帽，搭魂帕，穿圓領，束金帶。雜扮三武臣魂，各戴貂盔，搭魂帕，穿蟒，束玉帶。同從酆都門上，遶場，對法座禮拜科，仍從酆都門下。衆僧同詠〕

【又一體】祝髮披緇（句），熏修圖出世（韻）。聽法參禪（句），學道非容易（韻）。未徹真空（句），難免無常至（叶）。出俗覺靈（句），來受甘露味（韻）。〔雜扮六僧衆魂，各戴僧帽，搭魂帕，穿僧衣，繫絲絛，從酆都門上，遶場，對法座禮拜科，仍從酆都門下。衆僧同詠〕

【又一體】訪道修真（句），瓊島瑶池地（韻）。煉汞還丹（句），講習長生理（韻）。神仙難學（句），四大終抛逝（韻）。求道羽靈（句），來受甘露味（韻）。〔雜扮六道士魂，各戴道巾，搭魂帕，穿道袍，繫絲絛，從酆都門上，遶場，對法座禮拜科，仍從酆都門下。衆僧同詠〕

【又一體】鐵馬金戈（句），三軍浮殺氣（韻）。兩陣爭鋒（句），人命輕如屣（韻）。勝敗何常（句），多少沙場死（叶）。戰死孤魂（句），來受甘露味（韻）。〔雜扮六陣亡將士魂，各戴陣亡切末盔，搭魂帕，穿陣亡切末衣，從酆都門上，對法座禮拜科，仍從酆都門下。衆僧同詠〕

【又一體】麝月蛾眉（句），綽約羞花麗（韻）。翠袖銀箏（句），氤氲滿羅綺（韻）。露電光陰（句），青春同水逝（韻）。賣笑孤魂（句），來受甘露味（韻）。〔雜扮六妓女魂，各搭魂帕，穿衫、背心，繫汗巾，從酆都門上，對法座禮拜科，仍從酆都門下。眾僧同詠〕

【又一體】無食無衣（句），時刻憂貧死（叶）。帶索操瓢（句），歌唱沿都市（叶）。少年猶可（句），老病難存濟（韻）。乞丐孤魂（句），來受甘露味（韻）。〔雜隨意扮六乞丐魂，各搭魂帕，從酆都門上，對法座禮拜科，仍從酆都門下。大和尚白〕四生登於寶地，三有脱化蓮池。河沙餓鬼證三賢，萬類有情登十地。施食功德殊勝行，無邊勝福皆回向。普願沉溺諸有情，速往無量光佛刹。十方三世一切佛，一切菩薩摩訶薩。摩訶般若波羅蜜。〔作散施食科，衆鬼魂同從酆都門上，受施食科。鬼王、城隍、土地下座。鬼王引衆鬼魂仍從酆都門下，地方鬼仍從右旁門下。城隍、土地從下場門下。益利捧䚃錢從下場門上，衆僧下座，各取䚃錢科，同從上場門下，益利仍從下場門下〕

第二本卷下

第十三齣　證善果仙辭濁世（蕭豪韻）

〔雜扮金童，戴紫金冠，穿氅，繫絲縧，執旛。雜扮玉女，戴過梁額、仙姑巾，穿氅，繫絲縧，執旛。引外扮傅相，戴紗帽，穿圓領，束金帶，從上場門上，同唱〕

【南呂宮正曲·梁州序】霞天雲路(句)，徘徊瞻眺(韻)，九點烟鬟微小(韻)。一彈指頃(句)，罡風突過層霄(韻)。〔傅相白〕我，傅相，自離家庭，蒙二位引領，得遊天界。且喜身心安泰，氣爽神清，只覺雲路翩躚，行蹤杳渺。〔金童、玉女白〕傅長者，皆是你慈祥豈弟，得此福因善果，所以來遊天界。〔傅相白〕原來如此，只是有勞二位，何以克當。〔金童、玉女白〕好説。再請同往前邊遊覽。〔傅相唱〕兩腋華香馡馥(句)，下視東瀛(讀)，約略蓬萊島(韻)。祇須一詘臂(讀)，萬程遥(韻)，碧落瓊宮任意遨(韻)。〔合〕雲蕩蕩(讀)，風裊裊(韻)。〔同從下場門下。雜扮伽陵、頻迦二鳥，各穿戴伽陵、頻迦二鳥切末，引生扮焰摩天帝、末扮忉利天帝、浄扮鬘持天帝、小生扮兜率天帝，各戴冕旒，穿蟒，束玉帶，從上場門上，同唱〕

【又一體】纔離這有影山椒(韻)，又過了金剛帶表(韻)。〔分白〕吾乃焰摩天帝是也，吾乃忉利天帝是也，吾乃曼持天帝是也，吾乃兜率天帝是也。〔同白〕今蒙如來開講《楞伽》、《寶積》、《金光》等經，爲此同詣靈境，恭同前往聽講一番。請。〔唱〕聽頻迦宛轉(句)，命命和韶(韻)，彩地香天來到(韻)。〔金童、玉女引傅相從上場門上，唱〕百億莊嚴(讀)，目眩心驚跳(韻)。〔金童、玉女白〕看祥光繚繞，瑞靄繽紛，欣遇諸天大帝馭雲來至，傅善人可上前參禮。〔傅相作參見四天帝科，白〕衆位天帝在上，愚民傅相參叩。〔唱〕虔誠禮拜罷(讀)，寶光摇(韻)，希有心將疑怖招(韻)。〔四天帝白〕這傅姓黎民，有何德行，能得引領天宫遊翫？〔金童、玉女白〕啓上天帝：我等奉東嶽大帝法旨，因蒙玉帝勅諭，道他虔修善行，積德無邊，以此特命我等引他遊翫天宫。〔四天帝白〕原來如此，却也難得有此善人。〔唱合〕誰似你(讀)，功夫到(韻)。〔伽陵、頻迦二鳥引四天帝，從昇天門下。金童、玉女白〕再請善人前往。〔傅相唱〕

【南吕宫正曲·三换頭】淩虚路遥(韻)，淩虚皆到(韻)。虹霓駕橋(韻)，輕身登眺(韻)。幾陣天風料峭(韻)，耳邊廂只聽得(讀)，一派的仙音飄渺(韻)。〔雜扮四侍從，各戴將巾，穿蟒、箭袖、排穗，執龍旗，捧冠帶，引外扮太白金星，戴紥紅金貂，穿蟒，束玉帶，捧玉旨，從昇天門上，唱〕欽奉虚皇也(句)，丹書出九霄(韻)。〔合〕爲妙行無爲(句)，菩提無作只這同天造(韻)。〔内奏樂。傅相作迎接跪科。太白金星白〕玉旨到，跪，聽宣讀。詔曰：兹爾王舍城傅相，心發皆慈，心澄即慧，四生胥被，三有均霑，特封爾爲勸善太師。欽哉謝恩！〔内奏樂。傅相謝恩科。太白金星白〕取冠服過來。〔衆侍從應科，隨與傅相换冠服畢，傅相接旨科。太白金星白〕就此相送勸善太師到天府去。〔衆應，繞場科，同唱〕

【南呂宫正曲・劉潑帽】上清帝勑恩榮到㊀，居玉宇快樂逍遥㊀。佇看雲霞靄靄分前導㊀，

〔合〕裊篆氤氲㊁，斜界神光皛㊀。〔同從昇天門下〕

第十四齣　進巧言姊厭清齋（庚青韻）

〔小旦扮金奴，穿衫、背心，繫汗巾，從上場門上，唱〕

【中呂宮正曲・駐雲飛】春暮堪驚（韻），欲説無情煞有情（韻）。打扮多端正（韻），再把雲鬢整（韻）。嗏（格），〔白〕我金奴，自幼伏侍安人，今已長成（唱）。青鳥信無憑（韻），佳期難定（韻）。〔白〕況我家主人長齋布施（唱），只顧好善修行（讀），曾不來思省（韻），〔合〕把錦片韶光看得輕（韻）。〔從下場門下。副扮劉賈，戴巾，穿道袍，從上場門上，唱〕

【又一體】堪歎浮生（韻），碌碌奔波不暫停（韻）。這幾時貿易留他省（韻），爲覓利多奔競（韻）。嗏（格），昨日轉家庭（韻），聞知我姐夫殞命（韻），可憐他母子無依（讀），一旦成孤另（韻），〔合〕好慰問聊敦手足情（韻）。

〔白〕來此已是，不免竟入。〔作進門虛白科。金奴仍從下場門上，與劉賈相見科，白〕老員外不在了。〔劉賈白〕我昨日回家纔知道，安人好麽？〔金奴白〕安人好，只是連日痛苦傷心，身子勞倦得緊。這時候睡還未起。〔劉賈白〕你去看一看，説我來了。〔金奴應科。場上設椅，劉賈坐科。金奴白〕劉舅爺來了。〔劉氏内白〕快看茶，待我梳洗畢就來。〔金奴應科，白〕安人在那裏梳洗，着我先去看茶。〔劉賈白〕不用看茶，惟有喪事，極勞煩的。〔金奴白〕舅爺，金奴有一事相煩。〔劉賈白〕住了，你一開口，我就知道了。〔金奴白〕舅爺知道些甚麽來？〔劉賈虛白發諢科，金奴白〕只爲我家老安人呵(唱)，

【又一體】齋道齋僧(韻)，一意清修不自省(韻)。老員外持素熬成病(韻)，老安人塵夢還難醒(韻)。嗏(格)，煩舅爺勸取用葷腥(韻)，好娛晚景(韻)。〔滚白〕三杯美酒，一朵花新，〔唱〕正好遣興陶情(讀)，行樂終天命(韻)，〔合〕何用癡心去念經(韻)。〔劉賈白〕知道了。我自有分曉。〔旦扮劉氏，穿氅，從下場門上，唱〕

【又一體】弟到門庭(韻)，止不住汪汪雨淚零(韻)。〔劉賈起，相見科。劉氏滚白〕兄弟，往常到此，姐夫早早相迎，陪話中堂。今日裏冷冷清清，叫之不應，視之無形。兄弟，〔唱〕今日裏不見他蹤影(韻)，空想生前景(韻)。嗏(格)，〔劉賈唱〕勸你莫傷情(韻)，且休悲哽(韻)。常言道聚散由天(讀)，生死皆由命(韻)，〔白〕人死若還哭得轉，我亦千愁淚萬行。〔唱合〕這的是一死須知不再生(韻)。〔場上設椅，各謙遜坐科。劉氏白〕金奴看茶來。〔金奴應科，向下取茶，隨上，各送茶科。劉氏、劉賈各接茶盞，飲畢，金奴接茶盞，仍從下場門下。劉賈白〕我和姐姐説了這一會話，怎麽外甥竟不出來見我，却是爲何？〔劉氏白〕前日作齋，多蒙鄰里相助，作謝去了。〔劉賈白〕哦，外甥没在家。〔劉氏白〕正是。〔劉賈白〕姐姐，命好不用乖，心好不用齋。只有你家，生前持齋，死後作齋，終日離不得「齋」字，却齋得不好。〔劉氏白〕怎見得不好？〔劉賈白〕我見那遊方的和尚、道士，盡喫齋，巉巖熬得骨如柴，一朝倒在中途裏，没有棺材散土埋。〔劉氏白〕兄弟差矣。佛語云：勸你修時急急修，持齋茹素是根由。生前享盡千般

味，死後惟添幾點油。持齋方好。〔劉賈白〕持齋的好，喫肉的不好，但看古往今來，那箇好漢不喫肉。〔唱〕

【南吕宫正曲・紅衲襖】論人爲萬物靈(韻)，論人資萬物生(韻)。肥從口入言堪聽(韻)，培養精神是犧與牲(韻)。那牛與羊堪作家常食用羹(韻)，〔白〕文王之政，使民五母鷄、二母彘。〔唱〕那鷄與彘都是聖人養老政(韻)。〔白〕曾子養曾晳，每食必有酒肉；曾元養曾子，每食必有酒肉。〔唱〕雖曾元難與曾參相並(韻)也(格)，都在於酒肉肥甘致敬誠(韻)。〔劉氏白〕兄弟差矣。〔唱〕

【又一體】論芻豢可養生(韻)，論齋戒可養性(韻)。〔白〕古人云：齋戒以神明其德。〔唱〕齋戒可與神明並(韻)，〔白〕孟子云：雖有惡人，齋戒可以祀上帝。〔唱〕又道是齋戒能教上帝憑(韻)。〔白〕口腹之人，則人皆賤之矣。〔唱〕養口腹人所輕(韻)，〔白〕從其小體爲小人，從其大體爲大人。〔唱〕養心志人所敬(韻)。〔白〕人能無以饑渴之害爲心害，則不及人不爲憂矣。〔唱〕能無饑渴爲心病(韻)也(格)，那不及人言載聖經(韻)。〔劉賈白〕尊姐之言，皆是古人齋戒，豈今人可比。〔劉氏白〕如何比不得？〔劉賈唱〕

【又一體】論齋戒今與古同一名(韻)，究根源古與今兩樣情(韻)。古人齋戒心存敬(韻)，近世長齋念未誠(韻)。〔白〕古人惟存誠信，所以敬鬼神而遠之。〔唱〕見既定心自寧(韻)，〔白〕今人惟諂瀆鬼神，則行險以徼幸。〔唱〕怎比得君子人惟俟命(韻)。〔白〕我且不説古人，只説眼前。姐夫終日喫齋，未滿六旬而喪，行善持齋，中甚麽用？〔唱〕我勸你自今飲酒茹葷(句)也(格)，那口福修來的理要明(韻)。〔金奴仍從下場門上，侍立科。劉氏唱〕

【又一體】想往日如醉醒(韻)，到今朝似夢醒(韻)。〔劉賈白〕如今醒了還不爲遲。〔劉氏白〕就依賢弟之言。〔唱〕從今三寶何須敬(韻)，自此深知佛不靈(韻)。〔劉賈白〕這纔是會享用，就是兄弟來，也沾其口味。〔劉氏作悲科。劉賈白〕一面説話，又哭起來。〔劉氏白〕但你姐夫臨終之際，留下遺囑，教我母子依舊持齋，切不可違。今聽賢弟之言，一旦開了五葷，〔唱〕怎説得兒夫話何足聽(韻)？〔劉賈白〕人死如燈滅，你叫他一聲，若活得轉來，我就不敢來勸你。〔劉氏白〕又有一説。〔劉賈白〕又有何説？〔劉氏白〕你外甥雖則年幼，善孝能全，況有他父遺囑存留，我若開了五葷，倘然他説起來，〔唱〕怎説得兒曹語不可憑(韻)。〔劉賈白〕子無制母之理。〔劉氏唱〕待從容説與孩兒(句)也(格)，〔各起，隨撤椅科。劉賈白〕姐姐，外甥回來，切不可説是我勸你開葷。〔劉氏白〕這些事，我豈不曉得。我説道：兒，古語云：口腹乃軀命所關，年老之人，非帛不暖，非肉不飽。〔唱〕你須把美酒肥甘養我生(韻)。〔劉賈白〕姐姐，外甥見聽，留他在家一同享用。〔劉氏白〕如不見聽呢？〔劉賈白〕如不見聽，教他離家做買賣去，豈不得箇自在。〔劉氏白〕這却使不得。〔劉賈白〕怎麽使不得？〔劉氏白〕自幼不曾經商，難以放心，使不得。〔劉賈白〕可着益利伴隨，但自放心。〔劉氏白〕只待兒歸説事因。〔金奴白〕老安人，自今以後，開齋飲酒更茹葷。〔劉賈白〕逢人謾説三分話，〔同白〕未可全抛一片心。〔劉氏作送劉賈出門科，從兩場門各分下〕

第十五齣　饕餮母遣子經商（古風韻）

〔場上設香案，上供佛像科。生扮羅卜，戴巾，穿道袍，帶數珠，從上場門上，唱〕

【南呂宮引·一剪梅】人生一夢總南柯(韻)，朝淚滂沱(韻)，暮淚滂沱(韻)。吾親遺囑說如何(韻)，敬奉彌陀(韻)，我尊奉彌陀(韻)。〔白〕羅卜自從父親亡後，只守靈柩，未曾看經奉佛。今喪事少暇，不免在佛前添上爐香，看經片時，也好超度我那亡親。〔作拈香禮拜科，唱〕

【中呂宮正曲·駐馬聽】香滿金爐(韻)，瑞擁團團色相殊(韻)。誦幾句阿彌陀佛(句)，㗪唎娑婆(讀)，三昧哆哪(韻)。〔桌旁設椅，坐科，唱〕木魚敲動萬靈扶(韻)，金經誦處群仙護(韻)。〔合〕災障消除(韻)，出門便是菩提路(韻)。〔旦扮劉氏，穿氅，從上場門上。小旦扮金奴，穿衫、背心，繫汗巾，隨上。劉氏唱〕

【又一體】痛念兒夫(韻)，血淚流殘兩眼枯(韻)。可憐我形容憔瘦(句)，筋力衰微(讀)，鬢髮蕭疎(韻)。

〔白〕昨聽兄弟之言，勸兒開葷，依從便罷，若不依從，遣他出外經商。金奴，小官人在那裏？〔金奴白〕在佛堂看經。〔劉氏白〕隨我來。〔作進佛堂科。羅卜作拜見科。劉氏白〕我兒，你在此做甚麼？〔羅卜白〕在此看經。〔劉氏白〕再不要看經了。〔滚白〕想你爹爹在日，洗心焚香，誦念多少經典，齋濟了多少貧寒，因甚的未滿六旬身喪？ 可見得看經無用、賑濟無功了。兒，那陰陽神鬼，無些蹤影。〔唱〕倒不如肥甘滋味易虀蔬(韻)，莫使我桑榆暮景成虛度(韻)。〔羅卜白〕老娘休出此言。〔劉氏滾白〕兒，你未能事人，焉能事鬼兒(唱)，〔合〕你不用躊躕(韻)，那秦皇漢武成差誤(韻)。〔羅卜唱〕

【又一體】我父將殂(韻)，親寫遺言囑付吾(韻)。教兒看經奉佛(句)，戒酒除葷(讀)，持齋茹素(韻)。〔劉氏白〕那都是迂談，不要聽他。〔羅卜唱〕休言我父語多迂(韻)，娘兒一體承遺囑(韻)。〔合〕父有嘉謨(韻)，〔白〕老娘，豈不聞孔子云：〔唱〕三年無改於其父(韻)。〔劉氏白〕兒，你但知三年無改，豈不聞「知其道，終身無改可也；如其非道，何待三年」？〔唱〕

【又一體】你父敬浮屠(韻)，那佛如何不救取(韻)。我欲待暫開葷酒(句)，趁此餘年(讀)，且自歡娛(韻)。〔羅卜白〕老娘，佛像在堂，休出此言。〔劉氏白〕兒，你娘立心已定，說下斷頭話來。〔丑扮土地，戴巾，穿土地氅，持拂麈，從上場門暗上，作聽科。劉氏白〕諸佛神像在上(唱)，若要我持齋茹素似當初(韻)，〔滾白〕除非是鐵樹開花(唱)，水乾楊子江心渡(韻)。〔土地作怒科，仍從上場門暗下。劉氏唱合〕你不必躊躕(韻)，我立心已定毋絮語(韻)。〔作設椅背佛坐科。羅卜唱〕

【商調正曲・黃鶯兒】聽說淚交流(韻)，不由人不怨尤(韻)。〔白〕不知母親聽信那箇言語，頓欲開起葷來。是了，昨日娘舅到此，一定是他的攛掇了。娘舅，〔滾白〕你與我母手足之情，合將良言相勸。又道是各人自掃門前雪，休管他人瓦上霜。〔唱〕你爲何勸娘開葷酒韻？〔劉氏作起立潛聽科。羅卜唱〕爹曾囑付句，娘曾罰咒韻，〔滚白〕今日裏開了葷酒呵，〔唱〕怕神天鑒察如何救韻？〔向劉氏跪科，唱合〕苦哀求韻，〔劉氏虚白科。羅卜唱〕容兒分剖句，休學那郗后韻。〔劉氏白〕勸娘「休學那郗后」，那郗后之言，如何解説？〔羅卜白〕昔日梁武帝有皇后郗氏，不信神明，死後變爲毒蛇。武帝代爲懺悔，方纔得還人身。老娘請自詳省。〔劉氏白〕武帝既能度其妻，吾兒必能度其母。〔羅卜白〕老娘，還當見賢思齊，爲何學那不賢之輩？〔劉氏作色喜科，白〕原來我兒志不可回，好，適纔所言，並非勸你開葷。自從你父亡故，恐你道心不定，特來試你如何。〔羅卜白〕如此多謝老娘。〔起科。金奴暗唆劉氏遣羅卜出外科。劉氏白〕我兒，看的是什麼經？〔羅卜白〕《金剛經》。〔劉氏白〕這箇。還有一事，母子商量。〔羅卜白〕有何事情？〔劉氏白〕只今齋僧布施，費用浩大，你可出外做些買賣，趁些利息，則前功可繼，後用無虧。嗄，我兒，是不是？〔羅卜白〕稟告母親，孩兒自幼膝下，不慣經商，怎生去得？〔劉氏白〕你若去，我着益利伴隨，料應無妨。〔羅卜白〕孩兒捨不得老娘。〔劉氏白〕我今身幸未衰，你正當勇往向前。不必如此。金奴，唤益利過來。〔金奴應科。劉氏仍背佛坐科。羅卜代設椅科，劉氏復坐桌旁科。金奴白〕益利哥，老安人呼唤。〔末扮益利，戴羅帽，穿屯絹道袍，繫鑾帶，帶數珠，從上場門上，白〕來了。佛殿燒香猶未畢，高堂呼唤又忙來。老安人，有何使令？〔劉氏白〕益利，聽我道。〔唱〕

【又一體】佛事慮難周(韻)，竟遣官人出外州(韻)。〔滚白〕令你與東人遠行貿易，覓利歸來，以爲長遠之計。〔唱〕這生財有道方能久(韻)。你把行囊早收(韻)，同伊遠遊(韻)，庶經營不落他人後(韻)。〔合〕願來秋(韻)腰纏萬貫(句)，得意早回頭(韻)。〔益利跪白〕老安人年老在堂，小官人經營不慣，伏望思忖，莫遣遠行。〔劉氏白〕經營，人之長情，有何不可。金奴，隨我收拾行李去。〔金奴隨劉氏從下場門下。羅卜白〕益利，安人慈命，少不得順從前去。〔益利應科。羅卜白〕燒起香來，待我辭别神聖。〔作焚香禮拜科，唱〕

【中呂宫正曲·好事近】辭佛離故里(韻)，萱親命怎敢辭推(韻)。我經商貿易(韻)，家庭事仗佛護持(韻)。程途迢遞(韻)，歎此行(讀)難定歸來日(韻)。〔合〕在異鄉平安覓利(韻)，但願得無是無非(韻)。〔劉氏仍從下場門上，金奴持行李隨上，付益利科。羅卜作拜别科，唱〕

【又一體】一旦别慈幃(韻)，不由人不苦痛傷悲(韻)。況我無兄無弟(韻)，親衰老誰與扶持(韻)。心中思憶(韻)，〔劉氏白〕我兒，思憶何來？〔羅卜滚白〕老娘，孩兒、益利在家，齋僧布施，依舊施行。孩兒、益利遠去他鄉，猶恐違却父志，荒廢前功。〔唱〕願老娘(讀)遵守先人意(韻)。〔合〕散金資普濟僧尼(韻)，誦寶懺禮念阿彌(韻)。〔劉氏唱〕

【又一體】叮嚀我嬌兒(叶)，寬心前去不用憂疑(韻)。〔白〕我兒，且莫説供養神圖佛像，〔唱〕就是那齋僧布施(叶)，娘在家依舊一一施爲(韻)。心中思憶(韻)，〔白〕我兒孝心如是，去到他鄉，必然牽掛老娘。

金奴，看鍼線過來。〔金奴應科，向下取針線，隨上。羅卜跪科。劉氏白〕我兒，揭起衣襟來，待老娘縫上幾行，早晚見此衣線，免兒思母。〔作與羅卜縫衣科，滚白〕慈母手中線，遊子身上衣。臨行密密縫，意恐遲遲歸。兒今此去，娘心思憶。〔唱〕只怕你在途中(讀)早晚有誰調理(韻)。〔白〕益利，〔益利作跪科。劉氏滚白〕你須當仔細。〔白〕小官人年幼，自小未曾遠行。你是年長之人，能知異鄉風景。〔滚白〕此去逢橋過渡，須要小心着意。在旅店安歇，遲行早宿。一路與他相伴同行，不可離了左右。益利，你謹記我的言詞，你須當仔細。〔羅卜作悲科。劉氏滚白〕兒，老娘止生你一人，若不爲着利息，焉能捨得你去遠行。與益利去到他鄉，年節之時，倘有微資，須念我膝下無兒，打疊行囊，早辦回程，是必不可遲滯。兒，〔唱合〕免娘親倚定門兒(叶)，數着你萬里歸期(韻)。〔羅卜作拜別科，唱〕

【慶餘】匆匆拜別登程矣(韻)，惟願康健無危(韻)。〔劉氏作送羅卜出門科，唱〕願你得意早回歸(韻)。〔羅卜、益利同從上場門下。劉氏作悲科，白〕金奴，我見小官人去得可憐，使我心中疼痛起來。〔金奴白〕有益利相伴，安人放心。〔劉氏唱〕

【南呂宮引・哭相思】自古人生多別離(韻)，嬌兒一去好傷悲(韻)。〔白〕兒嗄。〔唱〕你明朝回首家山遠(句)，一片白雲空自飛(韻)。〔作進門科。金奴白〕老安人，明日就要開葷了。〔劉氏虛白，同從下場門下〕

第十六齣　採訪使勅龍拿賊（真文韻）

〔雜扮四將吏，各戴將巾，穿蟒、箭袖、排穗，執旗。雜扮二判官，各戴判官帽，穿圓領，束角帶，持筆、簿。引雜扮採訪使者，戴嵌龍幞頭，穿蟒，束玉帶。從上場門上，唱〕

【黄鐘宫引・西地錦】梁燕不知禍及（句），井蛙妄欲稱尊（韻）。奸雄創業開新運（韻），須教喪膽驚魂（韻）。〔白〕吾神採訪使者是也。可恨那朱泚，反叛朝廷，竟欲覬覦神器。今日陞殿坐朝，可着殿上金龍神，將他推下御牀，明示報應，死後地獄自有分明。金龍神何在？〔雜扮金龍神，穿金龍切末，從天井躍下，跳舞畢，一旁侍立科。採訪使者白〕逆賊朱泚，今日僭稱大號，陞殿坐朝。待他登御座時，你可將他推下御牀，明示衆人，不得有違。〔金龍神應科，從下場門下。採訪使者白〕衆神將，就此再往各處巡查一番。〔衆應科，同唱〕

【黄鐘宫正曲・神仗兒】人當忠順（韻），人當忠順（疊），那福源禍本（韻），在伊方寸（韻）。世人（讀）直須喫緊（韻），昭昭天道（讀），由來甚近（韻）。〔合〕看果報只逡巡（韻），看果報只逡巡（疊）。〔同從下場門下〕

第十七齣　朱泚落齒跌御座（古風韻）

〔内奏樂。雜扮四内侍，各戴太監帽，穿貼裏衣。雜扮四宫娥，各戴過梁額，穿圓領，繫絲縧，執符節。引浄扮朱泚，戴王帽，穿蟒，束玉帶，從上場門上，唱〕

【越調正曲·梨花兒】我做皇帝果受用（韻），一般御殿受呼嵩（韻）。龍樓早見曙色動（韻），〔合〕嗏（格），只恐怕榮華是大夢（韻）。〔中場設椅，轉場，坐科，白〕我朱泚，久蓄異謀，果然得了長安。今日稱爲皇帝，好不快活也。吩咐設朝。〔衆應科，起隨撤椅，後場設平臺，隨虎皮椅。衆引朱泚遶場科。一内侍白〕已到前殿，請官家登座。〔朱泚陞座科。末扮源休，戴幞頭，穿蟒，束玉帶，執笏。丑扮姚令言，戴荷葉盔，穿蟒，束玉帶，執笏。雜扮二文官，各戴紗帽，穿蟒，束玉帶，執笏。雜扮二武官，各戴八角冠，穿蟒，束玉帶，執笏。從兩場門分上，作朝參科。雜扮金龍神，穿金龍切末，從下場門暗上，後場立科。朱泚作忸怩科，唱〕

【仙吕宫正曲·清江引】我是皇帝果瀟灑（韻），南面朝天下（韻）。曈曨曉日紅（句），照耀琉璃瓦（韻）。〔合〕看了這（讀）好風光，豈非快活煞（韻）。〔金龍神作推朱泚下座科，仍從下場門下。朱泚作落齒科，白〕不好了！方纔陞座之時，忽見藻井中金龍，張牙舞爪，將寡人嚇得下來，磕損一齒，怎麽好？〔姚令言

白〕源丞相，可進吉言。〔源休白〕臣啓陛下，這叫做主德無涯，又道是先賢者而後樂齒。〔朱泚唱〕

【又一體】今朝僭號非虛假㊄，豈料喫驚詫㊄。汗流身上寒㊁，齒落心中怕㊄。〔合〕莫不是㊅早晚間，有人圖害咱㊄？〔雜扮報子，戴鷹翎帽，穿箭袖、卒褂，從上場門急上，白〕報：今有大唐元帥李晟，會同渾瑊馬燧，三路勤王。李晟大兵，已到渭橋了。〔朱泚白〕知道了。再去打聽。〔報子應科，仍從上場門下。朱泚白〕如何是好？〔姚令言白〕無妨，待臣率領一枝兵馬，攩絶外應。主公親督大軍，陣於渭橋，與李晟決戰。勝則進，不勝退而堅守。〔朱泚白〕如此甚好。將軍小心在意，不得有違。〔姚令言應科。四内侍、四宮娥隨朱泚從下場門下，四文武官從上場門下。姚令言白〕源丞相，那外事在我，内事在你。〔源休、姚令言各虛白發諢科，從兩場門各分下〕

第十八齣　渾瑊奮身戰渭橋（古風韻）

〔雜扮四軍士，各戴馬夫巾，穿蟒、箭袖、卒褂，執旗。雜扮八將官，各戴紮巾額，紮靠，執標鎗。引生扮李晟，戴帥盔，紮靠，紮令旗，襲蟒，束玉帶，從上場門上，唱〕

【正宫引·新荷葉】禾黍離離滿目悲㊣，盼迴鑾未知何日㊣。〔末扮渾瑊，戴帥盔，紮靠，紮令旗，襲蟒，束玉帶，從上場門上，唱〕聞鷄起舞著戎衣㊣，渠魁滅後纔朝食㊣。〔場上設椅，各坐科，分白〕兵甲長驅道路難，烽烟一望滿長安。王師大舉清奸逆，定見都人載道歡。下官神策行營節度使李晟是也。下官兵馬使渾瑊是也。〔李晟白〕兵馬使，那朱泚僭號，天子播遷，故國黍離，風塵滿目，正君父卧薪嘗膽之日，臣子枕戈泣血之秋。下官與兵馬使，同受國恩，義均討賊，今當身先士卒，共建忠謀，誓滅逆賊，志不返顧。只是計將安出？〔渾瑊白〕節度使，賊衆雖强，然惟苟圖目前，都無深謀遠慮。奸邪淫穢，四方之蓄忿已深。暴虐貪殘，人心之思唐亦切。今觀士馬之精鋭，加以主將之雄威，賊不足平也。〔李晟白〕兵馬使所見極是。全仗足下智勇，下官何能之有。愚意朱泚方恣荒淫，將士亦習奢侈，賊氣既盈，其强易弱，須多用間謀，益張疑兵，佯北以驕其志，設伏以擒其虛，破賊必矣。〔渾瑊白〕元帥妙算，深合機宜，可賀可賀。〔雜扮探子，戴鷹翎帽，穿箭袖、卒褂，持令旗，急從上場門上，白〕報：朱泚、姚令言，領賊兵十萬出城，前來迎敵。望老爺速起大兵征進。〔李晟白〕知道了。再去打探。〔探子應科，仍從上場門下，各起，隨撤椅科。李晟白〕大小三軍，聽吾號令。〔衆應，各聽令科。李晟白〕爾衆軍，可分頭埋伏在前面山下叢薄之處。吾與兵馬使親統大兵去戰，佯敗奔北。賊必乘勢追逐。待賊至設伏之所，爾等從背後突出截殺，吾與兵馬使勒轉兵馬，可一舉盡殲。爾衆軍士俱要奮勇當先。退縮不進及專擅不用命者斬。〔衆應科。李晟白〕就此起兵。〔衆應，吶喊科。李晟、渾瑊各卸袍帶科。雜扮二執纛人，各戴馬夫巾，穿蟒、箭袖、卒褂，執纛，從兩場門分上。衆吶喊遶場科，同唱〕

【正宮正曲·四邊静】王師勇氣吞强敵(韻)，神機實難測(叶)。一戰滅渠魁(句)，漂杵血流赤(韻)。〔合〕掃清宫掖(韻)，敉寧社稷(韻)。萬姓奉迴鑾(句)，中興紀勳績(韻)。〔同從下場門下。雜扮四小軍，各戴馬夫巾，穿蟒、箭袖、卒褂，執旗。雜扮八小軍，各戴打仗盔，穿打仗甲，持鎗。引丑扮姚令言，戴荷葉盔，紥靠，持鎗，雜扮執纛人，戴馬夫巾，穿蟒、箭袖、卒褂，執纛，隨從上場門上。衆遶場科，同唱〕

【又一體】大秦國運方隆赫(韻)，雄兵實無敵(韻)。他大廈已將傾(句)，一木豈能立(韻)。〔姚令言白〕吾乃姚令言是也，統兵來戰唐兵。大小三軍，奮力向前，論功行賞。〔衆應科，同唱合〕我如虎添翼(韻)，他似卵當石(韻)。斬將復搴纛(句)，邊烽霎時息(韻)。〔衆軍士引渾瑊從上場門上，與姚令言衆相見對敵科。衆軍士、小軍從兩場門分下，渾瑊與姚令言相戰。渾瑊作佯敗科，從下場門下，姚令言作追下。八軍士、八小軍從兩場門分上對敵科。八軍士作佯敗科，從下場門下，八小軍作追下。衆小軍引姚令言從上場門上。〔衆小軍白〕唐兵大敗。〔姚令言白〕吩咐衆軍，努力追殺，須教他片甲不存，全軍盡沒。〔衆應，遶場吶喊科，同從下場門下。雜扮八軍士，各戴紮巾，穿小紮扮，執旗。雜扮八將官，各戴紮巾、額，穿小紮扮，持雙刀。從兩場門分上，作布陣埋伏科。姚令言引衆小軍從上場門上，渾瑊引衆軍士從下場門上，作對敵科。衆埋伏軍士齊發，姚令言衆小軍作大敗科，從兩場門分下，衆軍士引渾瑊、李晟從上場門上。衆軍士白〕賊將已敗。〔李晟白〕吩咐大小三軍，乘勢入城，不許遲緩。〔衆應，遶場科，同唱〕

【中呂宮正曲・紅繡鞋】鞭敲金鐙歡聲(韻)，歡聲(格)，人人奮勇爭能(韻)、爭能(格)。殲賊將(句)，殪賊兵(韻)。清故國(句)，復神京(韻)。〔合〕指日裏(句)，慶昇平(韻)。〔探子從上場門急上，白〕報：朱泚帶領人馬，同姚令言西走去了。〔李晟白〕再去打探。〔探子應科，仍從上場門下。李晟白〕事勢至此，破竹何疑？兵馬使，可引兵追趕窮寇，共建大功。〔渾瑊白〕有理。大小三軍，就此殺上前去。〔衆應，吶喊科，八執雙刀軍士引渾瑊從下場門下。李晟白〕大小三軍，就此入長安，須要嚴遵紀律，毋得騷擾民間。〔衆應，遶場吶喊科，擁護李晟同從下場門下〕

第十九齣　濟窮途壯士知恩（古風韻）

〔丑扮店小二，戴氈帽，穿喜鵲衣，繫腰裙，從上場門上，唱〕

【仙呂宫正曲・大齋郎】柳陰碧（韻），花片赤（韻），門前活活河流急（韻）。好景慣能招主顧（句），〔合〕客來莫把杖頭惜（韻）。〔白〕自家秦淮河邊店小二的便是。俺這裏乃吴楚會合之區，六代繁華之地。高樓楊柳，斗酒千錢；畫檻芙蓉，嬌姬十五。往來過客紛紜，南北經商絡繹。雖是那旗亭酒肆，何止百千，似我這香茗清齋，百無一二。因此開了箇小小的素飯店兒，過客之中，常有持齋好善的，喜得我家潔淨，時來起坐，倒不寂寞。今日天色晴明，夥計，把那板兒下了，上起紗窗來。〔作收拾鋪面、擦抹桌椅科。生扮羅卜，戴巾，穿道袍，繫鑾帶，從上場門上。末扮益利，戴羅帽，穿屯絹道袍，繫鑾帶，持傘隨上。羅卜唱〕

【仙呂宫引・劍器令】寧爲利名牽（韻），來外地非吾所願（韻）。想垂白倚閭慈母（句），多應望眼懸懸（韻）。〔白〕益利哥，今日貪早行了些路程，此時腹中饑餓，你看前面可有素飯店麼？〔益利白〕那壁廂有一箇素飯鋪，倒也潔淨。小官人，可在此少息。〔同作進店科，益利白〕小二哥，你這裏是素飯店麽？〔店小二白〕正是素飯鋪。〔羅卜白〕既如此，益利，可將車子推進店中。〔益利白〕曉得。衆車夫，快將車兒推上來。〔雜隨意扮四車夫，各推小車從上場門上，各虛白發諢，同作進店科。益利白〕你們各把車兒放在這裏，大家進去喫了飯出來，再當推車趲路。〔四車夫應科，同從下場門下。益利白〕可有素飯菜送上來。〔場上設桌椅，羅卜、益利各坐科。店小二向下取素飯菜隨上，羅卜、益利作午飯科。羅卜唱〕

【仙吕宫集曲·玉山頽】【玉胞肚】（首至合）青莎庭院韻，白板扉簾遮曉烟韻。把紗窗隔斷囂塵句，且向匡牀暫息勞肩韻。〔店小二白〕我看這位客官，正在少年，如何不到那秦樓楚館去遊翫遊翫，倒來我這裏喫素飯？你看那隔河一帶，擺列多嬌，憑你老成人到此，恐亦不能自主了。〔唱〕

【五供養】（五至末）只見些金釵翠鈿韻，抵死把情魂勾戀韻。〔合〕一朵如花貌句，向樽前韻，早難道淺傾低唱不堪憐韻。〔羅卜、益利白〕我們持齋人，自有樂地。〔店小二白〕有何樂地？〔羅卜、益利唱〕

【又一體】我心心爲善韻，遠嗜慾不牽世緣韻。〔店小二白〕客官，也不要説道學話。〔唱〕迢遥路寂寞魂銷句，狹邪地繾綣情牽韻。〔益利白〕你只管取素飯來，閒話休講。〔羅卜唱〕只是我操持念堅韻，從今後更當加勉韻。〔合〕一任如花貌句，美嬋娟韻，好做箇閉門不納魯男賢韻。〔浄扮張佑大，戴氊帽，穿破補衲衣，繫腰裙，從上場門上，白〕無術送將窮鬼去，有愁引得病魔來。自家張佑大，本係失職邊將，流落在此，貧病相兼，衣食不周，無可奈何，只得求乞。你看那邊素飯鋪裏，有兩人在那裏喫飯。饑餓不過，不免上前去，求討些喫喫。〔作進店乞食科。店小二虛白作攔阻科，羅卜、益利白〕不要如

此，我看你這人面貌，頗覺魁梧，不像箇求乞的，你且說爲什麼到得如此。〔張佑大白〕爺爺嘎，〔唱〕

【仙吕宫正曲・玉胞肚】我一身卑賤(韻)，臉含羞欲言怎言(韻)。〔羅卜白〕你且說是何等樣人。〔張佑大白〕小子姓張名佑大，原是幹過一番事業的。〔唱〕也曾定河東智勇人誇(句)，那知滯秦淮貧病誰憐(韻)。〔羅卜、益利白〕這等說，爲何狼狽至此？〔張佑大白〕異鄉久病，好漢空拳。〔唱合〕比不得韓侯垂釣困河壖(韻)，竟做了伍相吹簫乞市廛(韻)。〔羅卜白〕可憐！將這飯食送與那漢子喫。〔店小二應科，取飯食與張佑大食科。羅卜白〕益利哥，我看這人一表人才，諒不落魄，況且聞言慘切，意欲助他盤費，使還故鄉。不知你意下如何？〔益利白〕落難之人，正該救拔。〔唱〕

【又一體】看他精神雄健(韻)，況且難中人誰不見憐(韻)。〔白〕走來，我官人看你狼狽，意欲助你盤費，歸還故鄉，不知你意何如？〔張佑大白〕若得如此，生死感恩不淺。〔唱〕處污泥自恨時乖(句)，戴高厚願報他年(韻)。〔羅卜白〕我不過一時惻隱，誰望你日後報答。益利哥，你可付與他。〔益利起，作取道袍銀兩付張佑大科，唱合〕你綈袍蔽體便可向人前(韻)，白鏹隨身免得滯客邊(韻)。〔張佑大白〕敢問官人，尊姓大名，我張佑大若有相逢之日，不敢忘報。〔羅卜白〕我是王舍城傅羅卜。〔張佑大白〕是傅官人。〔羅卜白〕義合千金重，〔益利白〕人貧一命輕。〔張佑大白〕相逢不下馬，各自奔前程。〔作出店科，從下場門下，店小二從上場門下，四車夫同從下場門上，衆同作出店科。羅卜唱〕

【慶餘】一飯問心展轉(韻)，想堂上朝餐誰勸(韻)，遥望那天際孤雲又無奈親舍遠(韻)。〔同從下場門下〕

第二十齣　逞長技奸人設騙（古風韻）

〔副扮張焉有，戴氈帽，穿窄袖，繫搭包，從上場門上，唱〕

【雙調正曲·普賢歌】平生手段與天齊韻，賺殺人時總不知韻。呆人任我欺韻，癡人着我迷韻，〔合〕都教落在圈套裏韻。〔白〕自家張焉有便是，生來伶俐，負包天羅地之胸襟；遇事機關，擅捉虎拿龍之手段。任他心明日月，伶俐無雙，則我才捷風雷，施爲有法。今聞王舍城傅相之子傅羅卜，爲去經營，打此經過。他性好布施，一路來修橋補路，廣積陰功。如今黄沙渡口造橋未成，豈不是件奇貨。我不免假寫一箇化緣疏簿，寫着某老爺捨多少，某財主施若干，抄化他幾百兩銀子，有何不可。妙！我又想起來了，我有箇朋友，名喚段以仁，慣造假銀。與他商議，拿假銀百兩，再兑換他些紋銀入手，豈不是箇小富貴。不免前去見段兄。迤邐行來，此間已是。段兄在家麽？〔丑扮段以仁，戴氈帽，穿窄袖，繫搭包，從上場門上，唱〕

【又一體】昨宵飲酒醉如泥韻，日出三竿睡未起韻。忽聽叫聲低韻，慌忙起著衣韻。〔合〕未審何人到這裏韻。〔作出門相見，同作進門，場上設椅，各坐科。段以仁白〕哥，數日生意如何？〔張焉有白〕

撑船裝太陽。〔段以仁白〕怎麽説？〔張焉有白〕度日。段兄，你可好麽？〔段以仁白〕大風渡江。〔張焉有白〕怎麽講？〔段以仁白〕難過。〔張焉有白〕我有一樁巧勾當，特來邀你。〔段以仁白〕老哥，請快説。〔張焉有白〕今聞王舍城傅相之子傅羅卜，爲去經營，打此經過。他性好布施，一路來修橋補路，廣積陰功。如今黄沙渡口，造橋未成，豈不是件奇貨。我不免假寫一箇化緣疏簿，寫着某老爺捨多少，某財主施若干，抄化他幾百兩銀子，有何不可？〔段以仁白〕此計甚高，只是傅羅卜乃一修善之人，不當騙他。〔張焉有白〕兄弟，〔唱〕

【仙吕宫正曲・皂羅袍】歎舉世昏昏醉夢(韻)，好看經念佛(讀)，積甚陰功(韻)。豈知道天高視遠聽朦朧(韻)，那裏能錙銖較量人心孔(韻)。〔合〕那騙人的倒富(句)，安分的守窮(韻)。聰明的夭死(句)，奸詐的壽終(韻)。區區本分成何用(韻)？〔段以仁白〕小弟愚見，與尊兄不同。〔張焉有白〕怎的不同？〔段以仁唱〕

【又一體】我有過心常自訟(韻)，怕玷宗辱祖(讀)，敗壞門風(韻)。〔各起，隨撤椅科。張焉有白〕你的宗祖也不足法，人言也不足恤。〔段以仁白〕人道得不好。拐子拐子，天雷打死。〔唱〕怕皇天報應不相容(韻)，〔白〕我今改了這箇買賣。〔唱〕從今心不生驚恐(韻)。〔張焉有白〕兄弟，你那裏知道？〔唱合〕那騙人的倒富(句)，安分的守窮(韻)。聰明的夭死(句)，奸詐的壽終(韻)。區區本分成何用(韻)？〔白〕兄弟，和你只去這一遭，以後洗手不遲。〔段以仁白〕只去這一遭？也罷，隨你走走。莫笑商量用歹心，〔張焉有白〕世情宜假不虚云。〔段以仁白〕何用再三親囑咐，〔張焉有白〕想來都是會中人。〔各虚白，同從下場門下〕

第廿一齣　一奴隨主喜同心（寒山韻）

〔生扮羅卜，戴巾，穿道袍，繫鸞帶，帶數珠，持拂塵，從上場門上。末扮益利，戴羅帽，穿屯絹道袍，繫鸞帶，帶數珠，持傘隨上。羅卜唱〕

【雙角套曲·新水令】青山一路水潺湲(韻)，〔內作鳥鳴科。羅卜唱〕聽枝頭黃鸝睆睍(叶)。拂征鞍楊柳綠(句)，烘遊袂火榴丹(韻)。回首家山(韻)，惹起我愁無限(韻)。〔白〕首夏尚清和，思親客夢多。〔益利白〕竹疎風韻細，荷静露香過。〔羅卜白〕益利哥，我奉母命，往外經商，一路行來，飽覽山川風土，倒也不覺寂寞。只是遠離膝下，定省久疎，不知母親可安好麽？〔益利白〕吉人天佑，定獲康寧。官人，且自寬懷趲路。〔羅卜唱〕

【雙角套曲·駐馬聽】椿樹摧殘(韻)，椿樹摧殘(疊)，繼志無能心自赧(韻)。萱花景晚(韻)，高堂知否果平安(韻)？ 路迢遥遊子歷關山(韻)，倚門閭白髮勞凝盼(韻)。從未慣(韻)，怕慈闈魂夢風霜犯(韻)。〔益利唱〕

【雙角套曲·折桂令】涉長途努力加餐(韻)，遊子身康(句)，慈母心安(韻)。膝下暌違(句)，承歡暫隔親顏(韻)。此去腰纏十萬(韻)，儘歡娛速早辦歸鞍(韻)。〔白〕官人免愁煩，早些趲路。〔唱〕行遍青山(韻)，繞遍溪灣(韻)。休負了嫩柳長堤(句)，新緑堪看(韻)。〔羅卜唱〕

【雙角套曲·鴈兒落】雖則是盈囊及早還(韻)，也經年夢裏家園幻(韻)。試看那攢峰鎖別愁(句)，更聽那峽水含離怨(叶)。〔副扮和尚，戴僧帽，穿僧衣，繫絲縧，從上場門上，作睡醒科，敲木魚念佛，從下場門下。羅卜唱〕

【雙角套曲·川撥棹】理不了亂愁煩(韻)，忽聽得木魚蕭寺晚(韻)。〔益利唱〕松竹幽閒(韻)，不是人間(韻)。〔羅卜滾白〕正是：山寺日高僧未起，算來名利不如閒。我怎學得那山僧？〔唱〕斷紅塵碧水青山(韻)，一味的雲凝和鶴懶(韻)。〔益利虛白，羅卜同坐地科。浄扮漁翁，戴草圈，穿喜鵲衣，繫腰裙，持釣竿，從上場門上，隨意唱漁歌，從下場門下。益利唱〕

【又一體】暢好是柳陰間(韻)，點綴漁翁江上晚(韻)。〔羅卜唱〕碧月彎彎(韻)，緑水閒閒(韻)。〔滾白〕正是：醉卧沙汀呼不醒，半竿釣破一溪花。我怎學得那漁翁？〔唱〕釣絲風嫋嫋長竿(韻)，〔唱〕一隻歌兒腔脱板(韻)。〔丑扮牧童，戴草圈，穿喜鵲衣，繫腰裙，從上場門騎牛上，吹笛隨意唱山歌，從下場門下。羅卜、益利同起科。羅卜唱〕

【又一體】又只見遠村間(韻)，吹笛的牧童歸去晚(韻)。〔益利唱〕天許癡頑(韻)，大地蕭閒(韻)。〔羅卜滾白〕真箇是：今朝馬上看山色，争似騎牛得自由。怎及得那牧童？〔唱〕插花兒雙髻彎環(韻)，伴的箇

斜陽眠犢懶㊎。〔白〕益利哥，你看這山僧，和那漁父、牧童，逍遥世外，何等灑樂，把我名利之心頓灰了。〔同唱〕

【煞尾】論人間仙佛非虚幻㊎，但肯把俗累閒緣一筆删㊎，便立地裏跨鶴乘鸞霄漢間㊎。〔同從下場門下〕

第廿二齣　二拐賺金誇得計（古風韻）

〔副扮張焉有，戴道巾，穿道袍。丑扮段以仁，戴僧帽，穿僧衣，持擊子。托盤内設佛像、疏簿，從上場門上，同詠〕

【頌子】急急修來急急修(韻)，茫茫陸海幾沉浮(韻)。都將名利爲香餌(句)，搭上牽人一釣鉤(韻)。

〔佛號〕南無阿彌陀佛。〔生扮羅卜，戴巾，穿道袍，繫鑾帶。末扮益利，戴羅帽，穿道袍，繫鑾帶。負包同從上場門上。張焉有、段以仁作見羅卜科，白〕施主稽首。〔羅卜白〕二位少禮。〔段以仁白〕敢問施主高姓貴表？〔羅卜白〕姓傅名羅卜。〔段以仁白〕原來就是傅官人，有眼不識泰山。〔張焉有白〕久聞潭府好善樂施，今爲黄沙渡口橋造未成，正要到施主府上抄化結緣。幸喜偶遇，分明是天假良緣，望乞樂助樂助。〔羅卜白〕既然如此，拿疏簿來。〔張焉有付疏簿科。羅卜作寫疏簿科，白〕王舍城中傅羅卜，樂助白金一百兩，祈保家母劉氏福壽康寧。〔段以仁白〕阿彌陀佛，福有攸歸。〔益利付銀，張焉有接銀科，白〕多謝施主。還有一事，昨日得一箇元寶，不好零用，求施主換些碎銀。〔羅卜白〕這箇使得。益利哥，換與他就是了。〔益利應，作换與銀科。張焉有、段以仁唱〕

【仙呂宮正曲·好姐姐】現今㊦橋傾歲深㊥，功程大誰能獨任㊥。君家作福㊦，傾囊捨百金㊥。〔合〕須詳審㊥，你發心的涓滴無從滲㊥，我經手的絲毫不敢侵㊥。〔同白〕多謝官人布施。〔羅卜白〕不必多謝。請了。〔羅卜、益利同從下場門下。張焉有白〕一飲一啄，莫非前定。我們正要尋他，他便來此布施一百兩。假銀又換了五十兩，美哉！若非好妙計，何處得來？正是：不施萬丈深潭計，〔段以仁白〕怎得驪龍頷下珠。〔各虛白發諢科，同從下場門下〕

第廿三齣　滅天理逆子咆哮（古風韻）

〔外扮張老，戴氈帽，紮包頭，穿道袍，繫腰裙，持拄杖，從上場門上，唱〕

【商調正曲・山坡羊】歎孤煢(讀)時乖不利(韻)，苦伶仃(讀)身無所倚(韻)，痛亡妻(讀)中道分捐(句)，生一子(讀)不孝還不義(韻)。苦痛悲(韻)，似浮萍水上隨(韻)。生前衣食不能備(韻)，死後誰人壘墓堆(韻)。〔合〕傷悲(韻)，料殘生不久矣(韻)。思維(韻)，這情由訴向誰(韻)。〔中場設椅，轉場，坐科，白〕貧乏苦哀哉，年高力又衰。家無生活計，草履賣錢財。老漢不幸，先妻早喪，只有一子，名喚張三，忤逆不孝，每日在外喫酒賭錢，回來時開門遲了，還要喫打、喫罵。噯，老天，你怎的就没箇報應？家下没有柴米，不免打草鞋一番。〔起，隨撤椅科，作坐地打草鞋科。淨扮張三，戴氈帽，穿窄袖，繫搭包，作醉狀，從上場門上，唱〕

【雙調正曲・字字雙】自幼生來情性剛(韻)，不讓(韻)。借衣借帽上街坊(韻)，遊蕩(韻)。三盃兩盞醉言狂(韻)，無狀(韻)。〔合〕歸家尋事打爹行(韻)，停當(韻)，停當(疊)。〔白〕自家張三的便是。自幼爹娘没有積下家私與我，上無兄，下無弟，又無妻室，好難撐持。且喜我那娘已死了，還有一箇不成才的老子，他偏不死，每日問我要飯喫。我想有錢米，我不會嫖賭，肯供養他。今日贏了幾文，上酒店喫醉了，這一到家，他問我要柴米。我且進去，先給他一箇下馬威。開門。〔張老白〕那箇蠢畜生回來了。〔作開門，張三進門科，白〕三叫四不應，裝憨打癡的。〔張老白〕流星開門，還説我的不是。〔場上設椅，張三坐科，白〕看茶來。〔張老白〕茶，水在那裏。〔張三白〕拿飯來。〔張老白〕飯，米在那裏。〔張三白〕你在家裏做甚麽？不備飯我喫。〔張老白〕我在家打草鞋，自己管不過來，那裏還顧得你。〔張三虛白，作打張老科，唱〕

【中吕宫正曲・駐雲飛】老賤猖狂（韻），每日叨叨説短長（韻）。〔白〕問你，你今年多少年紀了？〔張老白〕我七十二歲。〔張三白〕你有七十二歲，也不少了。〔唱〕你倚老做愁模樣（韻），叫苦裝窮形狀（韻），嗏（格），惱得我惡氣滿胸膛（韻）。〔白〕看你這箇模樣兒，生得我這樣一箇好兒子，也不知虧了那一箇。我那娘親死了，你也該替我娶房媳婦，也是你的門面。你若死了，我也捨副棺材與你。〔滚白〕自己無能，埋怨兒行，惱得我惡氣滿胸膛。恨難當，不曾與我娶得妻房。〔唱〕又不曾置下田莊（韻），絮絮叨叨（讀），還把言語來衝撞（韻），〔合〕這頓拳頭要你當（韻）。〔作醉困椅上科。張老唱〕

【又一體】蠢子無知（韻），不敬爹行敬重誰（韻）？豈不聞父母如天地（韻），怎把良心昧（韻）。嗏（格），你髮膚與身體（韻），來從那裏（韻）？那曾見子打親幃（讀），只恐天理難容你（韻），〔白〕也罷，〔唱合〕且到鄰家躲是非（韻）。〔作出門科，從下場門急下。張三作酒醒，虛白，起尋張老科，白〕他跑了，待我趕上他再打。〔作出門科，從下場門下。雜隨意扮四車夫，推車同從上場門上，隨意唱山歌，遶場，從下場門下。生扮羅卜，戴巾，穿道袍，繫鑾帶，帶數珠。末扮益利，戴羅帽，穿屯絹道袍，繫鑾帶，帶數珠，持傘。同從上場門上。羅卜唱〕

【又一體】客路驅馳(韻)，〔白〕益利，自那日離了家鄉，一路而來，〔滚白〕轉瞬之間，春去夏來，鳴禽聲變，緑暗紅稀。〔唱〕早是首夏清和景最宜(韻)。喜得風光麗(韻)，那管身勞瘁(韻)，嗏(格)，行處每依依(韻)。〔滚白〕益利，我自出外經商，離親日遠，見此景物，觸目思親。温凊誰代，出入誰扶？好教我行處每依依，故遲回，我這裏望雲思親。〔唱〕親在那裏(韻)？惟有柳絮隨風(讀)，故撲人衣袂(韻)，〔合〕日日身行圖畫裏(韻)。〔張老從上場門急上，唱〕

【南呂宮正曲·金錢花】父子直恁無緣(韻)、無緣(格)，終朝打罵堪憐(韻)、堪憐(格)。見他追趕又來前(韻)，〔合〕忙逃避(讀)，苦熬煎(韻)。遭滑跌(讀)，受顛連(韻)。〔張三從上場門上，作趕打張老。羅卜、益利作勸解科。羅卜白〕這漢子，爲甚麽打這老人家？〔張老唱〕

【中呂宮正曲·駐馬聽】就裏難云(韻)，若説非親却是親(韻)。〔羅卜白〕這是你什麽人？〔張老白〕是我親生的兒子。〔羅卜白〕親生的兒子？阿彌陀佛！〔張老唱〕不幸的生成逆子(句)，惡勝强賊(讀)，狠賽兇神(韻)。他欺心逆理背人倫(韻)，不知報本反忘本(韻)。〔合〕將我暮打朝嗔(韻)，恁般苦楚(讀)，望君憐憫(韻)。〔羅卜白〕那漢子，天倫父母，你如何打他？〔張三唱〕

【又一體】説甚麽天倫(韻)，他是現世人前業障身(韻)。似這等老而不死(句)，生也何爲(讀)，蠢爾堪嗔(韻)。〔羅卜、益利白〕天下無不是的父母，你如何打得。〔張三白〕豈不聞「有法治得邪，有理打得爺」？〔唱〕笑伊行古語未曾聞(韻)，將他人家務强來問(韻)。〔作趕打張老，羅卜、益利作勸解科。張三唱合〕你那裏閒話休論(韻)，如何是忤逆(讀)，如何是孝順(韻)？〔白〕各處鄉風不同，我打這老子只當耍。〔羅卜白〕可憐這老人家。益利，可與他些須，以爲周濟，也與那漢子些。〔益利應科，羅卜向張三白〕那漢子，你再如此，天理不容，自有惡報。〔益利向張老付銀科，白〕這是二兩銀子周濟你。〔張老白〕謝爺賞賜。〔益利向張三付銀科，白〕五錢銀子與你。〔張三白〕我打我的老子，何勞官人送我杖錢。〔羅卜白〕今後改過，再不要如此。〔張三白〕我改過就是了。〔羅卜、益利從下場門下。張三白〕老子，方纔二位官人好言勸我，以後再不打你了。〔張老白〕你若再打我，你就不是人養的了。〔張三白〕不識敬的老東西，兒子和你説好話，你倒罵我，快把二位官人送你的銀子，拿來與我。〔張老白〕二位官人周濟我的，難道你没有麽？〔張三白〕我有五錢，你必定有五兩，快拿來。〔張老白〕没有五兩，二兩是實。我要買件衣服穿，不與你了。〔張三虛白作打倒張老搶銀科，從下場門下。張老唱〕

【雙調集曲·孝南枝】【孝順歌】（首至七）忤逆子(句)，毆老親(韻)，推咱跌仆在路塵(韻)。你忘了生身養育恩(韻)，竟不把親心順(韻)，怨恨怎伸(韻)？〔白〕老天，你怎的不開眼？雷公爺爺，你難道睡着了不成！〔唱〕我這裏含淚告天(讀)，天如不聞(韻)。【鎖南枝】（四至末）只恨我身命蹇(句)，不敢把天恨(韻)。〔合〕我低頭拜(句)，拜告過往神(韻)：願得正人倫(韻)，定名分(韻)。〔從下場門下〕

第廿四齣　快人心雷公霹靂（古風韻）

〔旦扮十電母，各戴包頭，紥額，穿宮衣，紥袖，持鏡，從兩場門分上，走勢舞科，從下場門下。雜扮四判官，各戴判官帽，穿圓領，束金帶，插笏，從兩場門分上，走勢舞科，從下場門下。雜扮十雷公，各戴雷公髮，繫套翅、雷公鼓，紥靠，持錘、鑿，從兩場門分上，走勢舞科。雜扮十雨師，各戴竪髮，穿蟒、箭袖，繫肚囊，執旗，從兩場門分上，走勢舞科。老旦扮風婆，戴包頭，紥額，穿老旦衣，繫腰裙，負虎皮，從上場門上。十電母、四判官復從兩場門分上，衆合舞，遶場，各分立科，分白〕人間私語，天聞若雷。暗室虧心，神目如電。〔浄扮九天大帝，戴九天磕腦，披髮，穿蟒，束玉帶，乘雲兜，從天井下，白〕雷部諸神聽令。〔衆應科。九天大帝白〕吾奉上帝玉旨，彰善罰惡，報應無私。諭爾諸神，須要謹遵十擊者。〔衆同白〕不知那十擊。〔九天大帝白〕一擊不孝不弟，二擊不忠不良，三擊陷人酷吏，〔衆遶場科，同白〕該擊。〔九天大帝白〕四擊妖言惑衆，五擊毒藥害人，六擊欺心賊盜，〔衆遶場科，同白〕該擊。〔九天大帝白〕七擊謀死親夫，八擊行使假銀，九擊調唆鎮壓，十擊賄賂貪官。〔衆遶場科，同白〕該擊。〔九天大帝白〕此其大略，其餘自有社令一一詳察。就此施行，以彰天教。爾等欽此。〔衆同白〕領法旨。〔九天大帝乘雲兜，仍從天井上。十雷公、十電母白〕我等就此施行便了。〔衆遶場科，同唱〕

【雙角隻曲·沽美酒帶太平令】【沽美酒】〔全〕俺可也怒轟轟下九天(韻),怒轟轟下九天(疊),行天討奉皇宣(韻)。都則爲塵世兇人惡不悛(韻),昭報應何嘗遠(韻),明誅殛曾無舛(韻)。【太平令】〔二至末〕勸世人須行良善(韻),論天神最爲靈顯(韻)。恁呵(格),爲造下生冤(韻),死愆(韻),到今朝遭貶(韻)、受譴(韻),呀(格),看天網疎何曾漏免(韻)。〔同從下場門下。末扮社令,戴紮紅幞頭,穿圓領,束角帶,持黃黑紙旗,從上場門上,白〕世間善惡不同流,禍福皆因自己求。天把惡人誅幾箇,使人警省早回頭。小神社令是也。昨者玉旨下在城隍處,轉委小神,檢察一方善惡。善者插一黃旗,天公佑之;惡者插一青旗,天雷擊之。人心分黑白,旗色別青黃。〔副扮張焉有,丑扮段以仁,各戴氈帽,穿窄袖,繫搭包,同從上場門上,分白〕兩京大棍張焉有,四遠馳名段以仁。我二人正要尋羅卜,他便前來撞我們。〔社令各與插黑旗,內作雷聲科。段以仁白〕天變了,銀子是騙了來了,你我如今家裏分去罷。〔同唱〕

【南吕宫正曲·金錢花】拐兒手段稱奇(韻)、稱奇(格),呆人心信無疑(韻)、無疑(格),白金容易賺將歸(韻)。〔合〕布作地(讀),聽伊爲(韻);視如土(讀),任咱揮(韻)。〔同從下場門下。旦扮孝順婦,穿衫,從上場門上,白〕心慌覺路遠,事急盼家遲。〔社令與插黃旗科。孝順婦白〕我丈夫從軍去了,婆婆一病十分沉重,少不得自己出來,覓一良醫調治。願得藥醫無礙病,但祈佛度有緣人。〔從下場門下。净扮張三,戴氈帽,穿窄袖,繫搭包,從上場門上,白〕不顧承歡養父母,但知好勇是男兒。〔社令與插黑旗科。張三白〕我那不才的老子,被我打急了,一徑逃走,路中遇了兩箇客人,周濟了我老子二兩銀子,又送我五錢，我那老子不與我，我將他推倒在地，奪將過來，又踢了幾脚。我也不管他死活，我且拿去喫酒受用。〔内作雷聲科，張三白〕天變了，我且趲行幾步。〔唱〕

【又一體】何須孝敬雙親(韻)、雙親(格)，不妨蔑絶人倫(韻)、人倫(格)，天公冥漠少知聞(韻)。〔合〕行善的(讀)，受災迍(韻)；作惡的(讀)，有金銀(韻)。〔從下場門下。雜扮惡婦李氏，戴磕腦，穿衫，繫汗巾，從上場門上，白〕殺人可恕，情理難容。〔社令與插黑旗科。李氏白〕前日到右鄰張大娘家，那些酒飯，不與我喫也罷了，反來譏誚我。我如今到他婆婆跟前，説他短處。待他婆婆打他一頓，送了他的殘生，方消此恨。張氏，只教你閉門家中坐，禍從天上來。〔唱〕

【又一體】奴奴貌賽嫦娥(韻)、嫦娥(格)，一張口利如梭(韻)、如梭(格)，終朝兩脚走奔波(韻)。〔合〕與我喫(讀)，笑呵呵(韻)；没得喫(讀)，奈他何(韻)？〔從下場門下。内作雷聲，四判官、風婆從兩場門分上，後場立科。張三、張焉有、段以仁、李氏同從上場門上，虚白，遶場，從下場門下。雜扮奸臣甯爲仁，戴紗帽，穿道袍，持扇子。雜扮酷吏包可達，戴書吏帽，穿圓領，繫鑾帶。雜扮妖道温清虚，戴巾，穿道袍。雜扮貪官錢茂選，戴紗帽，穿圓領，束金帶。雜扮惡婦强氏，戴箍幗，穿衫。雜扮惡婦賈氏，穿衫。同從上場門上，虚白，遶場科。十電母、十雷公、十雨師從上場門上，遶場，同從下場門下。外扮張老，戴氈帽，穿道袍，繫腰裙，持拄杖，從上場門急上，白〕你看前面雷電交加，莫非我兒子被天雷打死？老天，我兒子雖然不孝，還是我老夫一點骨肉。〔作叩頭科，白〕雷神爺，饒他這一次，教他改過罷了。可憐我孤老伶仃，寧使子不孝，我爲父的豈忍不

慈！〔社令與插黃旗科。張老白〕雷雨越大了，我趕上前去看看。〔唱〕

【又一體】九天赫赫雷轟(韻)、雷轟(格)，四山靄靄雲濛(韻)、雲濛(格)，行行不辨路西東(韻)。〔合〕打驟雨(讀)，捲狂風(韻)。心急急(讀)，意忡忡(韻)。〔從下場門下。生扮羅卜，戴巾，穿道袍，繫鑾帶。末扮益利，戴羅帽，穿屯絹道袍，繫鑾帶，持傘。同從上場門上，分白〕在家千日好，出外一時難。〔社令各與插黃旗科，從下場門下。羅卜白〕益利哥，到此途中，忽然雷雨交加，你我趲行幾步，前投歇店便了。〔益利應，執傘與羅卜遮雨科，同唱〕

【又一體】風狂雨驟難行(韻)、難行(格)，雷奔電激堪驚(韻)、堪驚(格)，漫天聲勢忒縱橫(韻)。〔合〕必變色(讀)，倍欽承(韻)。恍惚惚(讀)，戰兢兢(韻)。〔從下場門下。內作雷聲科，十電母、十雷公、十雨師作追十惡人，從兩場門分上，遶場科。十雷公作擊十惡人畢，十電母、十雷公、十雨師各分立科。四判官各作批寫十惡科，分白〕不孝不弟張三，不忠不良甯爲仁，陷人酷吏包可達，妖言惑衆温清虛，毒藥害人賈氏，欺心賊盜張焉有，謀死親夫强氏，行使假銀段以仁，調唆鎮壓李氏，賄賂貪官錢茂選。〔羅卜、益利同從上場門上，益利白〕官人，原來打死十人在這裏。〔羅卜白〕阿彌陀佛。〔唱〕

【中呂宮正曲·駐雲飛】這纔是赫赫天威(韻)。堪歎世人總不知(韻)，作惡豈知悔(韻)，百計貪財利(韻)。嗏(格)，他謾自道便宜(韻)，天眼低(韻)。愚者求財(讀)，到此成何濟(韻)。〔合〕須信天公不可欺(韻)，須信天公不可欺(疊)。〔羅卜作見張焉有所持銀科，白〕益利，可將這銀子，買幾口棺木，收了他們的屍首。

我在前面等你。〔從下場門下。益利隨取張焉有所持銀科，從下場門下。雜扮土地，戴巾，穿土地氅，繫絲絛，持拂塵，從上場門上，白〕造惡之人，例不容收屍。乞求風神，發一陣狂風，吹在河内去。〔仍從上場門下。風婆白〕風曹將吏何在？〔雜扮八風曹將吏，各戴竪髮，穿蟒、箭袖，繫肚囊，執風旗，從兩場門分上，旋舞科。十惡人作隨風旋繞，暗從地井下。風曹將吏仍從兩場門分下，衆同白〕諸惡已擊，吾等回覆玉旨便了。〔唱〕

【越調正曲·水底魚兒】善惡分明(韻)，今朝報應靈(韻)。善人獲福(句)，〔合〕惡者受天刑(韻)，惡者受天刑(疊)。〔衆遶場，從兩場門各分下〕

第三本卷上

第一齣　遊戲神何曾遊戲（家麻韻）

〔佛門上換「雷音寺」匾。雜扮八將吏，各戴將巾，穿蟒、箭袖、排穗，執旗。雜扮四功曹，各戴功曹帽，穿雁翎甲，掛年月日時牌。雜扮二判官，各戴判官帽，穿圓領，束角帶，持筆、簿。引雜扮採訪使者，戴嵌龍幞頭，穿蟒，束玉帶，從上場門上，唱〕

【雙角套曲·沉醉東風】朗帝座暉暉日華韻，襯天衢葉葉雲葩韻。鈞天樂欲終句，閶闔朝初罷韻。乍辭了芙蓉闕下韻，路轉星垣踏曙霞韻，疾馳着雷車風馬韻。〔場上設平臺、虎皮椅，轉場陞座，衆侍從各分侍科。採訪使者白〕原始維皇本降衷，人心無那不相同。何當風俗咸歸厚，萬物熙熙聖化中。小聖採訪使者是也。太上以好生之心，集成《太上感應篇》，無非欲人去惡從善之意。爭奈迷惑的人頗多，解悟的人甚少，不能省得感應之理。爲此上帝又差我巡察人間，明彰善惡之報。是故以善惡之報，而施之於感應者，太上好生之盛心也。以賞罰之權，而措之於政令者，乃朝廷之上以太上好生之心而爲心者也。惟爾黎庶，可不知所警誡哉。遊戲神何在？〔丑扮遊戲神，戴花神帽，穿鞾，繫絲縧，從上場門上，白〕三界尊崇居世外，半天遊戲察人間。〔作參見科，白〕遊戲神稽首。使者有何法旨？〔採訪使者白〕茲者王舍城中傅相，七代修因，已登正果。其妻劉氏，聽信伊弟劉賈之言，意欲背却前盟，開齋行惡。你可潛到彼處，與他家家宅之神多示怪異，或者警誡得劉氏畏懼悔過，仍了善因，亦未可定。〔遊戲神應科。採訪使者白〕那傅姓呵，〔唱〕

【雙角套曲·水仙子】原是箇積功累行善人家(韻)，〔白〕就是那劉氏，〔唱〕也不失繡佛長齋好女娃(韻)。都則爲旁多宵小施欺詐(韻)，平白地信讒言一念差(韻)，種下了冤禍根芽(韻)。早則是饕餮欲無涯(韻)，把向日功行成虛話(韻)。〔白〕可念彼祖功宗德，〔唱〕恁好去示怪異警誡於他(韻)。〔白〕我還有靈丹一粒，你可將去埋在傅羅卜住居之處。倘日後劉氏怙惡不悛，自有五瘟降災，那時此丹瑞氣氤氳，除劉氏之外，可以保護得不侵邪氣。〔作付丹，遊戲神接科，白〕領法旨。〔採訪使者白〕這丹呵，〔唱〕

【雙角套曲·太平令】休覷做一丸不大(韻)，也抵得九還無價(韻)。掩不住金氣騰霞(韻)，煥不了珠光散華(韻)。恁呵(格)，好寶做黃芽(韻)不差(韻)，還比那丹砂(韻)更佳(韻)。呀(格)，入土時縱千年不化(韻)。〔下座，隨撤平臺、虎皮椅科，採訪使者白〕遊戲神就此前往，吾當向下方巡察去也。〔遊戲神白〕領法旨。〔採訪使者白〕衆將吏，就此擁護前行者。〔衆應科。採訪使者白〕清颷高引霓旌蕩，紫靄低扶電轂馳。〔衆擁護採訪使者，同從下場門下。遊戲神白〕不免竟往南耶王舍城走遭也。〔唱〕

【雙角套曲·清江引】飛身空際多瀟灑㊟，笑把流雲駕㊟。休言道里遐㊟，那覺寰區大㊟，去來趁天風剛一霎㊟。〔作到科，白〕傅宅土地何在？〔丑扮土地，戴巾，穿土地氅，持拂塵，從上場門上，白〕來了。〔作參見科，白〕尊神到此何幹？〔遊戲神白〕我奉採訪使者之命，説劉氏背誓，將要開齋，特命我前來，相同本宅家宅，必須多示怪異，警誡於他，或者悔悟，亦未可知。又有仙丹一粒，吩咐埋在傅羅卜住居之處。設使劉氏不改，必令五瘟降災，有此護持，傅羅卜就可不侵邪氣矣。〔土地白〕奉採訪使者法諭，就同尊神遵行此事便了。〔遊戲神白〕就此同往。〔土地同唱〕

【又一體】仙丹一粒深埋下㊟，再把浮塵壓㊟。靈物果足誇㊟，沴氣全不怕㊟，也則是善緣施救拔㊟。〔遊戲神白〕我等俱在他家堂之中，伺劉氏來時，即示顯應便了。〔土地白〕尊神説得有理。〔同從下場門下〕

第二齣　經營客不爲經營（真文韻）

〔生扮羅卜，戴巾，穿道袍，繫鸞帶，從上場門上。末扮益利，戴羅帽，穿屯絹道袍，繫鸞帶，隨上。羅卜唱〕

【雙角套曲・新水令】冒炎蒸奔走客中身（韻），歷長途幾多勞頓（韻）。川原相繚繞（句），車馬逐紛紜（韻）。撲面風塵（韻），行路難誰來問（韻）？〔白〕思慮萱親當暮年，何時效學綵衣斑？〔益利白〕只因欲覓蠅頭利，暮宿朝行不憚煩。〔羅卜白〕前面是什麽所在了？〔益利白〕前面就是蘇城，到那裏先投牙行，以便置取貨物。〔羅卜白〕使得。益利哥，向聞江南風景，蘇城爲最，果是佳勝之區，與別處大不相同。〔益利虛白科。雜隨意扮四車夫，各推車，從上場門上，隨行科。羅卜唱〕

【雙角套曲・步步嬌】果然是土俗繁華稱名郡（韻），那財貨多充牣（韻）。看朱明景可人（韻），曲岸風來（句），荷香遞引（韻）。高柳覆城闉（韻），鬧紛紛闤闠行來近（韻）。〔作到科，益利白〕這裏有箇牙行在此，裏面有人麽？〔丑扮店小二，戴氊帽，穿喜鵲衣，繫腰裙，從下場門上，作出門見科。益利白〕我們來投牙行的，請你主人出來。〔店小二白〕主人有些小事在後面，官人且請進内少坐，待我去請他出來。〔作引羅卜、益利、衆車夫同進門科，虛白，引車夫同從下場門下。場上設椅，羅卜坐科，白〕這店中的房舍，倒也潔浄。

〔唱〕

【雙角套曲・慶宣和】這些時客途多苦辛(韻)，到此地且權教安頓(韻)。〔益利虛白，從下場門下。羅卜唱〕想人生踪跡類浮雲(韻)，曾没有箇定准(韻)、定准(疊)。

【雙角套曲・喬牌兒】我閒中還自忖(韻)，因何事趨奔(韻)。今日裏向客窗一榻兒聊安穩(韻)，先拂拭了這衣上塵(韻)。〔外扮王店主，戴氊帽，穿道袍，從下場門上，白〕主因信實千金託，客爲公平萬里投。客官，有失迎候了。〔羅卜起，作相見，各虛白科。場上設椅，各坐科。王店主白〕請問官人，尊姓大名，家鄉何處？〔羅卜白〕小生姓傅名羅卜，南耶王舍城人氏。請問賢主人高姓大名？〔王店主白〕小子姓王名茂。敢問官人，到此有何貴幹？〔羅卜白〕容禀。〔唱〕

【雙角套曲・折桂令】謹奉着慈命諄諄(韻)，作經商遠離洛下(句)，特向吴門(韻)。〔王店主白〕來路甚遠，也着實勞苦。〔羅卜唱〕行盡了幾多道路(句)，渡過了數處關津(韻)。深愧我資本輕微(句)，只望伊價值停勻(韻)。湖海孤身(韻)，異地相親(韻)。多感恁管顧周詳(句)，接待殷勤(韻)。〔王店主白〕不敢，多承官人下顧，小店就要叨光獲利了。〔羅卜白〕豈敢。〔唱〕

【雙角套曲・鴈兒落】可正是客來投主人(韻)，怎説得財旺交亨運(韻)。雖然的貨殖擬陶朱(句)，也難道豪富誇猗頓(韻)。〔各起，隨撤椅科。王店主白〕吩咐快備洗塵酒席，要豐盛些。〔羅卜白〕賢主人不用費心，小生從幼長齋，並不飲酒，只須蔬食菜羹足矣。〔王店主白〕原來如此。這也難得。〔羅卜唱〕

【雙角套曲·得勝令】用不着烹鮮膾鯉宴嘉賓（韻），也不索光浮琥珀倒金樽（韻）。只要得三餐精潔隨時用（句），一室兒清幽避俗塵（韻）。〔王店主白〕既是這等，請至後面，備素饌奉敬。〔羅卜白〕賢主人，〔唱〕可知這饔飧（韻），但尋常休過分（韻）。便是那晨昏（韻），要勞伊管顧頻（韻）。〔同從下場門下〕

第三齣　奮軍威令言受縛（庚青韻）

〔雜扮八軍士，各戴馬夫巾，穿蟒、箭袖、卒褂，執標鎗。雜扮八將官，各戴將巾，穿蟒、箭袖、排穗，持刀。雜扮四將官，各戴帥盔，穿門神鎧，持鎗。引末扮渾瑊，戴帥盔，紥靠，紥令旗。雜扮執纛人，戴馬夫巾，穿蟒、箭袖、卒褂，執纛，隨從上場門上。渾瑊唱〕

【正宮引·破陣子】人面朝衝積雪（句），馬蹄夜踏層冰（韻）。到此方知征戰苦（句），好仗才猷事遠征（韻）。何時奏蕩平（韻）？〔中場設椅，轉場坐科，白〕强藩跋扈逞么麽，遍處嚴防夜枕戈。欲向長空洗兵氣，不辭隻手挽天河。下官兵馬元帥渾瑊是也。自從渭橋大破朱泚、姚令言之後，與李令公分兵追趕。叵耐姚令言那廝，晝夜西奔，若到涇原，如虎歸穴，那時擒之難矣。因此不辭勞苦，兼程而進。但不知他虛實如何，已曾撥哨馬前去打探，怎的還不見到來？〔淨扮報子，戴鷹翎帽，紥包頭，穿劉唐衣，繫肚囊，負包，從上場門急上，唱〕

【中呂宮正曲·鼓板賺】偵探軍情（韻），健體如飛兩足輕（韻）。將軍令（韻），宛同雷厲與風行（韻）。敢消停（韻），馳來但見黃塵影（韻）。已過迢迢百里程（韻），忙覆取軍中命（韻）。向柳營稟報元戎聽（韻），兀自喘吁不定(韻)。〔作進門叩見科。渾瑊白〕探子，你回來了麽？〔報子白〕是，回來了。〔渾瑊白〕把賊人的虛實，仔細講來。〔報子白〕將軍聽稟。〔唱〕

【又一體】敵勢衰凌(韻)，聽見了鶴唳風聲皆是兵(韻)。〔渾瑊白〕他却還剩有多少人馬？〔報子唱〕他那裏多不競(韻)，只有殘兵一旅非嚴整(韻)。一路上噪軍聲(韻)，他敗奔形狀言難罄(韻)。只辦得鼠竄狼奔趲去程(韻)，早早掃欃槍影(韻)。我這裏官軍若去他就無遺剩(韻)，似入了無人之境(韻)。〔渾瑊白〕探子，看他日行多少路，夜宿幾更天，飲酒不飲酒，貪眠不貪眠，何處安營寨，幾人斷後先？再當急去探聽，不得延遲。〔報子作出門科，急從下場門下。渾瑊起，隨撤椅科，白〕傳令各營將領，一齊披掛，就此起兵前去。〔場上作下雪科，衆行又止科，白〕稟老爺，雪大難行。〔渾瑊白〕爾等不知，正借這一天大雪，好立奇功。若待天晴，大事去矣。急急起行，違令者斬。〔衆應，遶場科，同唱〕

【中呂宫正曲·駐環着】把軍威再整(韻)，把軍威再整(疊)，計日兼程(韻)。破釜沉舟(讀)，加鞭敲鐙(韻)。休懼風寒露冷(韻)，雪颺鵝翎(韻)。若非仗天威(讀)，怎操全勝(韻)。寒侵弩愈增神勁(韻)，風送箭更加捷應(韻)。〔報子從上場門急上，白〕〖西江月〗探得叛軍消息，日行二百程途。不眠不醉不呼盧，晝夜奔馳途路。今夜安營下寨，三軍痛飲豪呼。非關今日戀歡娱，止爲紛紛雪阻。〔渾瑊白〕再去打探。〔報子應科，從下場門下。渾瑊白〕我料他遇了大雪，不辨程途，一定安營下寨。他的人馬晝夜兼行，到了住馬時，自然兵疲力倦，好酒貪眠，與死人無異了。乘此時去劫寨，可以一鼓就擒。大小三軍，聽我吩咐。〔衆應科。渾瑊白〕齊換了白旗、白幟、白甲、白冑，務使與雪色相同。雪光相映，銜枚疾走，不露軍聲。到了賊寨，一齊隱在雪中，只聽砲聲爲號。砲聲一響，齊入賊營，斬將擒兇，就在此舉。大家都要勉力建功，不得委靡取究。就此前去。〔衆應，遶場科，同唱合〕軍容盛(韻)，將令行(韻)，佇看靖掃烽烟(讀)，四方寧静(韻)。〔同從下場門下。雜扮四小軍，各戴卒盔，穿箭袖、卒褂，持鎗，引丑扮姚令言，戴荷葉盔，紥靠，從上場門上，同唱〕

【越調正曲·水底魚兒】晝夜兼行(韻)，馳來千里程(韻)。再拚幾日(句)，〔合〕好到涇原城(韻)，好到涇原城(疊)。〔姚令言白〕喒姚令言是也。自從渭橋被李晟大破之後，只得兼程逃遁。不上數日，趕了千里程途。若到涇原，便有接濟，再圖大舉。來到此處，忽然下起大雪來，不便行走，只得在此下寨。軍士們，如今天色晚了，且到帳房裏面去，穩睡一宵。〔衆小軍白〕多承元帥吩咐，我們各歇息便了。聽得一聲令，偷安半夜眠。〔同從下場門下。雜扮四小軍，各戴鷹翎帽，穿箭袖、卒褂，佩刀，引末扮源休，戴幞頭，穿蟒，束玉帶，從上場門上，同唱〕

【又一體】掠地攻城(韻)，惟憑奇計能(韻)。將軍握法(句)，〔合〕號令任施行(韻)，號令任施行(疊)。〔作到科，衆小軍白〕源丞相到。〔衆小軍引姚令言從下場門上，作出門，引源休進門科，白〕源丞相，此時天色已晚，到此有何貴幹？〔源休白〕方纔奉主公之命，令我前來，催將軍連夜進兵，兼程而遁。未知將軍意下如何？〔姚令言白〕丞相，主公所言雖是，但今晚又下這等大雪。況且自遭渭橋大戰，這些衆軍兵，每日兼程而走，甚是辛苦。不如暫且休息一宵，以待來日進兵，未爲遲也。〔源休白〕既如此，同往後營去，歇息一宵，明日回覆主公便了。軍士們，你們連日却也辛苦，今晚暫且歇息一宵，以備來日進兵，務要小心防禦。切不可貪睡，有悮軍機。如違重究。〔衆應科。源休、姚令言唱〕

【仙吕宫正曲·清江引】涇原若到果然是邀天幸(韻)，急急傳軍令(韻)。今宵且暫眠(句)，各要驚心聽(韻)。〔合〕怕的是敵悄來(讀)，乘着這天氣冷(韻)。〔同從下場門下，衆小軍白〕走了幾日，人馬不停。今幸大雪，且去安眠一晚。快去熱起酒來，喫醉了好睡。〔唱〕

【又一體】今宵穩睡果然是邀天幸(韻)，各各遵軍令(韻)。何時到涇原(句)，免得心耿耿(韻)。〔合〕斷没有敵悄來(讀)，他也怕天氣冷(韻)。〔各隨意發諢科，同從下場門下。衆軍將引渾瑊，齊換白盔、白甲、白旗，從上場門上，遶場科，同唱〕

【中吕宫正曲·駐環着】羨軍威强勁(韻)，羨軍威强勁(疊)，疾似雷霆(韻)。電製星移(讀)，仗雪光輝映(韻)。我這裏奔馳俄頃(韻)，建旆前征(韻)。試看奮雄師(讀)，頓除梟獍(韻)。馬到處旗開得勝(韻)，勦叛逆邀天之幸(韻)。〔合〕軍容盛(韻)，將令行(韻)，佇看靖掃烽烟(讀)，四方寧靜(韻)。〔衆白〕已到賊營了。〔渾瑊白〕有一座山坡在此，我不免上去一望便了。〔作登山科，白〕不出下官所料，聽他鼾聲似豹，鼻息如雷，一毫准備也無。不趁此時擒拏賊人，更待何時？吩咐軍中，快些放砲。〔衆應科，同從下場門下，内放砲吶喊科。源休、衆小軍作棄甲曳兵，急從下場門上，遶場科，從上場門下。衆小軍引姚令言從下場門急

上，同唱〕

【越調正曲・水底魚兒】夜半三更(韻)，誰來劫我營(韻)？尋衣不見(句)，〔合〕黑地怎逃生(韻)，黑地怎逃生(疊)？〔姚令言白〕不好了，被他漫天塞地，殺進營來，嚇得夢魂顛倒，刀鎗都摸不着，馬匹又没處尋。罷了，這也是我們謀反的下場頭了。〔衆小軍白〕你要謀反作大事，帶累我們受這樣苦。〔内吶喊科。姚令言白〕你看他的兵馬，密密層層，料想是走不脱了，怎麽處？〔衆軍將從兩場門分上，作圍賊營、擒獲姚令言科，白〕姚令言擒獲了。〔渾瑊從上場門上，白〕快將他上了囚車。〔衆應科。雜扮五推囚車人，各戴鷹翎帽，穿箭袖、卒褂，推囚車，從下場門上，將姚令言上囚車科。渾瑊白〕大小三軍，就此班師。〔衆應，遶場科，同唱〕

【雙角隻曲・玉環清江引】【對玉環】（首至合）帷幄神謀(句)，千群面縛成(韻)。貔貅勇力(句)，三軍氣倍生(韻)。旌旗颭風輕(韻)，干戈耀日明(韻)。靖掃烽烟(句)，王師復帝京(韻)。【清江引】（全）今朝奏捷只俄頃(韻)，從此把妖氛靖(韻)。人人唱凱聲(韻)，箇箇敲金鐙(韻)。〔合〕指日裏慶班師(讀)，鞏金甌賀寧静(韻)。〔同從下場門下〕

第四齣　逢劍俠朱泚遭誅（家麻韻）

〔雜扮八軍卒，各戴將巾，穿蟒、箭袖、排穗，引淨扮朱泚，戴九梁冠，穿氅，從上場門上，唱〕

【越調引·霜天曉角】威名空大(韻)，戰敗躭驚怕(韻)。妄自稱孤道寡(韻)，人應笑井中蛙(韻)。〔中場設椅，轉場坐科，白〕《霓裳》驚破二都焚，遂至中原有戰塵。鹿失嬴秦還共逐，高材捷足定何人？自家朱泚，創業開基，心願頗遂。可奈李晟那廝，統兵勤王，與姚令言戰於渭橋之上，被他殺得大敗，因此棄城而遁，逃往涇原，再圖進取之機。已差源休催姚令言，先從小路速行進發。只是李晟追趕得緊，晝夜未曾停歇，連日雪大，道路不分，且暫住此間，等源休回話。正是：成則爲王敗則寇，退能保守進能攻。〔起，隨撤椅，從下場門下，衆軍卒隨下。末扮源休，戴幞頭，穿蟒，束玉帶，從上場門急上，白〕勝敗兵家未可期，一朝挫刃苦難支。莫教說出偷營事，釜底殘生魂已飛。〔作到科，白〕門上有人麽？〔二軍卒從下場門上，作出門見科，白〕丞相來了麽？請少待。〔作進門科，白〕主公有請，源丞相到了。〔朱泚內白〕着他進來。〔二軍卒應，作引源休進門，二軍卒仍從下場門下。雜扮四内侍，各戴内侍帽，穿貼裏衣，繫絲縧，引朱泚從上場門上，場上設椅，坐科。源休作參見科，白〕主公，源休見。〔朱泚白〕源丞相，你去催姚令言先往涇原，他必然進兵了？〔源休白〕主公，不好了，那姚令言統領兵馬，行至中途，遇了大雪，被渾瑊半夜偷營，將姚令言生擒而去。臣躲在雪中，逃來報信。〔朱泚作驚科，白〕有這等事？罷了，大事去矣。我且問你，那姚令言怎麽不加小心，以致如此？〔源休白〕主公有所不知。〔唱〕

【越調正曲·五般宜】都則爲急奔逃（讀），三軍困乏（韻），因此上暫偷安（讀），一宵駐劄（韻）。正遇着雪壓路丫叉（韻），不隄防將軍魆至（讀），疑從天下（韻）。他那裏兵不厭詐（韻），我這裏人難禁架（韻）。〔合〕把一箇善戰鬬（的）將軍（句），生生價擒過了馬（韻）。〔朱泚白〕原來姚令言偷懶躭安，以致中了敵人之計。如今大勢已去，如何是好？〔唱〕

【越調正曲·江神子】諕得我如瘖啞（韻），歎已成基業似風飄瓦（韻）。恨他行曾不知兵法（韻），〔合〕往日稱强誇勇嘴喳喳（韻），都是假（韻）。〔起，隨撤椅，場上設帳幔牀科，朱泚白〕事既到此，且待明日整理殘兵，往投李希烈營寨，再圖後舉便了。〔源休同唱〕

【越調正曲·蠻牌令】虎視奈何他（韻），鼠竄可憐咱（韻）。飄零如捲籜（句），散亂似飛花（韻）。撫劍視難禁感慨（句），枕戈眠空自嗟呀（韻）。〔合〕羞難忍（句），恨轉加（韻）。心搖似旆（讀），意亂如麻（韻）。〔內打三更科，朱泚白〕夜已深了，源卿且退，待寡人少睡片時。可吩咐軍士們，用心把守營門。巡更的不要絶了鑼聲，打更的不要斷了鼓聲。〔源休應科，作出門虛白傳令科，從下場門下。朱泚卸冠帶，內侍接科。

朱泚白〕內侍們，爾等可少息片時。〔四內侍應科，從兩場門分下。末扮段秀實魂，戴紗帽，搭魂帕，穿圓領，束金帶，暗坐帳幔牀上科。朱泚作掀帳幔，見段秀實魂，驚退科，段秀實魂從左旁門下，朱泚白〕方纔明明看見段秀實在我帳中，怎麽不見了？我且不要大驚小怪，擾亂軍心。〔作入帳睡科。內打四更科，雜扮四更卒，各戴鷹翎帽，穿箭袖、卒褂，持梆鑼，同從上場門上，虛白作偷睡科。生扮韓旻，戴小頁巾，穿箭袖，繫鸞帶，佩劍，從上場門上，唱〕

【越角套曲·鬭鵪鶉】並不是故弄虛花(韻)，也非關甘爲奸詐(韻)。信心胸中正無差(韻)，論形跡强梁是假(韻)。既然的心許皇家(韻)，〔合〕當要志安天下(韻)。白刃刀手內拿(韻)，青鋒劍腰間掛(韻)。怎聽取城上吹笳(韻)，忍見得朝前勒馬(韻)。〔白〕自家韓旻是也。昔年爲盜綠林，曾劫王舍城中傅相之家。是我們將他的白馬馱金帛而回，却也奇怪，那白馬口吐人言，明説報應，因此我們回心向善。又蒙那傅長者勸我報効朝廷，立志向上，所以刻刻不能忘他言語。近日投入涇原，授爲偏將。不料朱泚這厮做出這般大事，傷害多少百姓。我不免做箇刺客，把朱泚結果了。倘成其事，上可以報朝廷之恩，下可以雪生民之恨。若還謀事不成，也只害我自身一命而已。但行此事，全賴君民福分，天地鬼神默助。不免悄往他營中行刺者。〔唱〕

【越角套曲·調笑令】且潛踪瞷他(韻)，可有那支更卒緊巡查(韻)？呀(格)，喜得箇刁斗無聲静不譁(韻)，步向那中軍帳內輕輕跨(韻)。你那裏恁地狡猾(韻)，自不容人來卧榻(韻)，今夜裏怎不防咱(韻)？〔作

到營悄望科，白〕朱泚，你這賊子。〔唱〕

【越角套曲·禿厮兒】恁、恁、恁竟擅敢背叛天家㊔，恁、恁、恁又待要割據天涯㊔，犯着那滔天罪惡當折罰㊔。製寶劍㊀，閃霜華㊔。看命掩黃沙㊔。〔作進門科。朱泚虛白，作出帳被韓旻刺殺，朱泚從下場門下，隨撤帳幔牀科。四更卒作驚醒科，白〕是何人刺殺大王？〔韓旻白〕朱泚背叛朝廷，既是亂臣賊子，人人得而誅之。我韓旻，今日爲百姓除此大害，爾等原係出於無奈，大家若肯改邪歸正，免受刀劍之苦。〔四更卒白〕情願跟隨壯士。〔内吶喊科，韓旻白〕你看李令公追兵將到，我等就此取了逆賊的首級，快去投誠便了。〔四更卒白〕説得有理。〔韓旻向下取朱泚首級隨上科，衆同唱〕

【收尾】從今後普天臣服咸歸化㊔，烽烟銷盡少征伐㊔。也不用挽天河洗甲兵㊀，只須是向華山歸戰馬㊔。〔同從下場門下〕

第五齣　傅羅卜月夜思親（齊微韻）

〔生扮羅卜，戴巾，穿道袍，持燈，從上場門上，唱〕

【正宮引·喜遷鶯】凄凉客邸(韻)，聽夜雨瀟瀟(讀)，鄉心滴碎(韻)。虎鬭龍争(句)，魚沉鴈杳(句)，〔場上左右設桌椅，羅卜置燈左邊桌上科，唱〕高堂未審安危(韻)。花間玉露微零(句)，〔内作風聲科，羅卜唱〕樹杪金風初起(韻)。凝望眼(句)，正江城摇落(讀)，節序相催(韻)。〔中場設椅，轉場坐科，白〕〖踏莎行〗家在中州，身留茂苑，雲山萬疊空迷眼。異鄉客况歎蕭條，高堂親鬢愁衰短。主簿祠邊，貞娘墓畔，斜陽衰草情無限。家山何處路漫漫，一望天涯魂欲斷。〔唱〕

【正宮集曲·鴈漁錦】【鴈過聲】（首至二）天涯孤客猶未歸(韻)，〔起科，白〕母憶子倚遍門閭，子念母望斷鄉關。似這等朝朝暮暮、切切悲悲，〔滚白〕那日不動思歸之念？〔唱〕我歎萍踪何事多留滯(韻)，〔白〕奉着母命，來此經商。〔滚白〕身攜資本，跋涉山川。幾度梳風并櫛雨，有時戴月與披星。〔唱〕【鴈翀天】（三至四）我何苦奔道途欲覓蠅頭利(韻)。〔坐科，白〕到如今甘旨不能侍奉，温凊之禮有缺，却爲着何來？〔唱〕恨無端抛閃下白髮老慈幃(韻)。〔滚白〕想我老娘，支持家務，華髮漸添。〔唱〕【攤破地錦花】（第四句)暮年人近來安否難知(韻),〔白〕我倒忘了,前日聞得店主人説,朱泚造逆,逼走乘輿。李希烈跋扈,稱兵犯順。豫省一帶地方，多有遭了兵火的。我一聞此言,驚魂無定。〔唱〕【鴈翀天】(第六句)我家鄉知道是安與危(韻)?〔滾白〕我那老娘,年高之人,且謾説身羅鋒鏑,便是耳聽金鼓之聲,目見旌旗之影,也索驚惶無措了。天!我家鄉知道是安與危?〔唱〕【鴈過沙】(末二句)慮的是遭亂離却向何方避(韻),〔起科,白〕縱欲逃躲,奈没有箇親兒在旁,誰箇扶持回護?就有那些家人僕婦,焉能盡心爲主?況見了這些避亂的,扶老攜幼,兒啼女哭,豈不驚心駭目也!〔滾白〕聽鼓鼙聲沸,那裏去避秦?〔唱〕兵戈遍野愁滿地(韻)。〔作脱衣見衣上線跡科,白〕看此線跡,當初老母遣我出外之時,説道:兒嗄,將你衣服縫上幾線,見此免兒思母。娘!豈知兒因此越想你了。〔唱〕

【二段】【鴈過聲】(首至二)思之(叶),無限傷悲(韻),【漁家傲】(第四句)恨分抛南北兩下裏相牽繫(韻)。〔白〕我想凡爲人子者,必須要及時行孝。〔滾白〕似我這逗留旅邸,蹉跎歲月,〔唱〕【鴈過聲】(六至七)可知道光陰曾是無幾(韻),縱然是百歲如波逝(韻)。〔坐科,唱〕【漁家燈】(第三句)論朝夕須問起居(叶),【山漁燈】(第三句)論寒暑須當護持(韻),【一機錦(第五句)】論奉養要甘肥(韻)。【錦纏道】(第四句)因貿易(讀)把親幃撇却行缺名虧(韻),【山漁燈】(第七句)這怨苦(讀)他人怎知(韻)?【鴈過聲】(七至末)我這裏每日間望白雲天際思親遠(句),他那裏鎮終朝看碧樹平蕪望子歸(韻)。

【三段】【鴈過聲】(首至二)因知(韻),難卜歸期(韻),〔起科,滾白〕從來説「烽火連三月,家書抵萬金」,

似這等兵戈擾攘，道途阻塞，天，〔唱〕【漁家傲】（四至五）報平安一緘書信無由寄(韻)(疊)(疊)。雲山鄉關何處(叶)，【山漁燈】（第二句）烟樹千重(讀)，目斷魂迷(韻)。【鴈翀天】（第六句）何日把歸裝整理(韻)？【錦海棠】（四至五）故園松菊(句)，唔，這些時總成拋棄(韻)。【鴈過聲】（七至末）原不爲貨財欲阜心腸切(句)，却怎的菽水承歡志願違(韻)。〔白〕你看霎時雨止天晴，好一天月色也。〔唱〕

【四段】【鴈過聲】（首至二）滿窗皓月照人不寐(韻)，【山漁燈】（第二句）幾番要夢魂歸去(讀)，奈雙眼兒何曾閉(韻)。【錦纏道】（八至合）且披衣起坐挑燈無語(句)，聽寒蛩四壁聲亂啼(韻)。【漁家傲】（第四句）想這愁山悶海知何際(韻)？【漁家燈】（三至四）尪羸體便擔承不起(韻)，也索盡力支持(韻)。【鴈過聲】（七至末）愁睹那霜清籬落黃花綻(句)，怕見這風急林臯紅葉飛(韻)。〔末扮益利，戴羅帽，穿道袍，繫鑾帶，從上場門上，白〕小官人，這樣時候，也該進去安置了。〔羅卜唱〕

【五段】【錦纏道】（首至七）漬羅衣(韻)，這都是思親淚垂(韻)。〔益利持燈，隨撤桌椅科。羅卜唱〕何事苦羈棲(韻)，歎年來怎不(讀)早賦歸兮(韻)。算人生年華甚疾(韻)，便而今歸去猶遲(韻)。這就裏只心知(韻)，【鴈過聲】（七至末）正是孤身作客三千里(韻)，一日思親十二時(叶)。〔同從下場門下〕

第六齣　鄭賡夫春朝侍宴（魚模韻）

〔外扮鄭尚義，戴巾，穿道袍，從上場門上，唱〕

【黃鐘宮引・西地錦】老景休嗟遲暮韻，芳時且盡歡娛韻。春花秋月難長遇韻，人生不飲何如韻。〔中場設椅，轉場坐科，白〕心樂休嫌居室小，身安何用積金多。吾生須是長知足，凡事還宜隨分過。老夫姓鄭名尚義，不幸前妻棄世，遺下一子，名曰賡夫。朝夕勤讀，功名可望。老夫復娶繼室王氏，去年得生一子。二子傳家，暮景有望。當此春光明媚，已曾吩咐整治酒筵賞翫。書童那裏？〔丑扮書童，戴網巾，穿道袍，繫鑾帶，從上場門上，白〕時時添硯水，日日伴書齋。員外有何吩咐？〔鄭尚義白〕請安人上堂，書房內請大相公出來。〔書童向內請科。旦扮王氏，穿衫，從上場門上。雜扮四梅香，各穿衫、背心，繫汗巾。副扮乳母，穿老旦衣，繫包頭，抱嬰兒隨上。王氏唱〕

【黃鐘宮引・傳言玉女】驚心節序韻，眼見春光如許韻，看繁花遍開庭宇韻。〔場上設椅，各坐科，小生扮鄭賡夫，戴巾，穿道袍，從上場門上，唱〕螢窗十載句，敢畏憚下帷勤苦韻。他年得意句，青雲平步韻。〔作拜見科，白〕一年始有一年春，〔鄭尚義白〕又見東風景物新。〔王氏白〕能向花前幾回醉，〔同白〕十千沽酒莫辭頻。〔鄭尚義白〕安人，常言道無官一身輕，你我有子萬事足。今見春光明媚，景物融和，吩咐整治酒筵，夫妻、父子，一同翫賞。〔王氏白〕員外，良辰美景，休教虛度。〔鄭尚義白〕我兒把盞。〔場上設席，鄭賡夫定席畢，各坐科，衆同唱〕

【黄鐘宫正曲·啄木兒】金樽注綺席鋪（韻），喜勝日銜杯景趣殊（韻）。過牆頭蝶趁飛花（句），點池面魚吹輕絮（韻）。囑東皇莫遣花無主（韻），挽斜暉欲使春留住（韻），〔合〕把不謝的芳菲長翫取（韻）。

【黄鐘宫正曲·三段子】花開幾樹（韻），亂紅飛令人暗吁（韻）。酒傾百壺（韻），玉山頽倩人漫扶（韻）。對風光佳麗難輕負（韻），看韶華穠艷休虛度（韻）。〔合〕想迅速的流年（讀），似過隙駒（韻）。〔各出席科，衆同唱〕

【慶餘】喜一門眷屬欣團聚（韻），坐春風正多笑語（韻），早不覺砌轉花陰日又晡（韻）。〔王氏白〕員外，我的酒量不加，我要進去了。〔鄭尚義白〕丫鬟，伏侍安人進去罷。〔梅香扶王氏從下場門下，乳母隨下。鄭尚義白〕我兒，撤過了筵席。〔鄭賡夫應科，隨撤桌椅科。鄭尚義白〕歲歲筵開莫暫違，臨風把酒賞芳菲。〔鄭賡夫白〕人生對景須行樂，眼看春來春又歸。〔同從下場門下〕

第七齣　施毒計擻蜂殺子（古風韻）

〔旦扮王氏，穿衫，從上場門上，唱〕

【南呂宮引·生查子】無計展雙蛾（句），有事縈方寸（韻）。拔去眼中釘（句），始解心頭悶（韻）。〔中場設椅，轉場坐科，白〕粧臺獨倚自沉吟，暗地籌將巧計深。謾道裙釵心太毒，從來最毒婦人心。妾身王氏，前夫亡過，復嫁鄭門。我丈夫填房娶我，他前妻遺下一子，我也得生一子。我想這家私，都該我兒承受，只是前妻之子居長，我兒年幼，後來必落他手。我丈夫出門踏青去了，我如今心生一計，待丈夫回來，只説此子屢屢調戲於我。若是丈夫不信，着他在高樓上往下偷看。那時我帶了此子，往花園遊翫，却將蜂蜜梳頭，那蜂聞蜜味，自然擁聚頭上。他又是箇孝順的，待他攘蜂之時，我却抱住了他，高聲喊叫「調戲繼母」！他父親知道，豈肯容情，必然將他處死，這家私豈不獨是我兒的了。丫鬟那裏？〔雜扮梅香，穿衫、背心，繫汗巾，從上場門上，白〕翠飾雙鬟主婦妬，紅粧一面外人誇。安人有何吩咐？〔王氏白〕我心中思想蜂蜜喫，你可取些來。〔梅香應科，從上場門下，場上設桌椅，桌上設粧奩科。王氏白〕好妙計。教他金風未動蟬先覺，斷送無常死不知。〔梅香持蜜盞，從上場門上，白〕蜂蜜到。〔王氏白〕拿來，你自迴避。〔梅香應科，白〕推尋花朵常偷懶，代整雲翹慣獻勤。〔從下場門下。王氏白〕待我梳起頭來。〔作入桌將蜜梳頭科，唱〕

【南呂宮正曲・一江風】整烏雲(韻)，梳掠飛鴉鬢(韻)，比往日還淹潤(韻)。這計如神(韻)，任爾心聰(句)，也被咱瞞隱(韻)。〔合〕我私心暗喜欣(韻)，私心暗喜欣(疊)，柔腸閒忖論(韻)，這大家緣再没有他人分(韻)。〔外扮鄭尚義，戴巾，穿道袍，從上場門上，唱〕

【又一體】杏花村(韻)，楊柳深遮隱(韻)，風外青帘引(韻)。翫芳辰(韻)，買醉花間(句)，休把餘錢吝(韻)。〔合〕看芳堤碾畫輪(韻)，芳堤碾畫輪(疊)，晴郊多麗人(韻)，那春遊的來往忙成陣(韻)。〔作進門相見科，白〕安人，我今日郊外閒遊，果然好景也。〔王氏白〕好就罷了，告訴我做甚麽。〔鄭尚義唱〕

【中吕宫正曲・駐馬聽】何事生嗔(韻)，出語無端奚落人(韻)？一霎裏興雷作電(句)，抹月勾風(讀)，覆雨翻雲(韻)。〔白〕想是丫鬟衝撞了你？〔王氏白〕不是。〔鄭尚義白〕想是鄰家有甚是非？〔王氏白〕也不是。〔鄭尚義白〕好奇怪。〔唱〕想從無憂戚到家門(韻)，何由氣惱生閨閫(韻)？〔合〕你明白云云(韻)，把衷情細剖(讀)，不須藏隱(韻)。〔王氏唱〕

【又一體】我衷曲難陳(韻)，又是羞慚又是嗔(韻)。〔白〕你道我爲何事煩惱？〔鄭尚義白〕你不説，我怎麽知道？〔王氏白〕只爲你那前妻之子，〔唱〕他竟是枉居名教(句)，空列衣冠(讀)，不顧彝倫(韻)。〔鄭尚義白〕大孩兒平昔是箇孝順的，怎麽説「不顧彝倫」？〔王氏白〕我不説，你怎得知道？ 他每日學館回來，遇你不在家，時時調戲於我，你道此事該不該？〔鄭尚義白〕有這様事？ 還了得！〔王氏白〕我一向當他親子一般看待，〔唱〕只道他堂前問寢的意兒勤（韻），〔白〕那裏知道，〔唱〕却想我房中侍寢的心兒忍（韻）。〔合〕説與伊聞（韻），望早爲作主（讀），消除我恨（韻）。〔鄭尚義白〕安人，事雖如此，常言耳聞是虚，目覩是實，我未曾親眼看見，難道就把箇孩兒處死了罷？〔王氏白〕你不信，今日就與你箇眼見。你上高樓看定，我帶了此子，到花園中故意翫花，舉止動静，便見虚實。〔鄭尚義白〕説得有理。〔王氏白〕你先上樓去，待我叫他出來。〔鄭尚義白〕有理，要識其中故，只在望中看。果有調母意，難留在世間。〔從下場門下。王氏白〕千般惡計施將中，一分家私占得成。丫鬟，書房中請大相公出來。〔小生扮鄭廣夫，戴巾，穿道袍，從上場門上，白〕事親要是有愉色，爲子自應無怨言。小生不幸，生來命蹇，不料親娘早喪，我父復娶繼——〔作住口顧視科，白〕我父復娶繼母。數年以來，並無二心。只因去年添了兄弟，後母慈心頓改，屢屢嗔嫌。咳！ 爲人子者，理當逆來順受，豈敢怒嗔。正是：常辦一心孝父母，自有神明鑒察知。〔王氏白〕我兒，你父踏青未回，你可隨我到花園遊翫一番。〔鄭廣夫白〕母親請行，孩兒隨後。〔同作進園科，王氏唱〕

【商調正曲・黄鶯兒】春景日遲遲（韻），趁東風步屧移（韻）。看千紅萬紫争妍麗（韻），燕兒正飛（韻），鶯兒又啼（韻），想這些有情花鳥也似知人意（韻）。〔合〕謾低回（韻），怕封姨無賴（句），偏向五更吹（韻）。〔場上

設樓，鄭尚義暗立樓上科。鄭賡夫唱〕

【又一體】母氏命追隨(韻)，向名園偶一窺(韻)。見百花熏得遊人醉(韻)，〔白〕呀，怎麽有這些蜂兒，〔唱〕喧喧競飛(韻)，紛紛亂集(韻)，都來簇母烏雲髻(韻)。〔合〕我怎避嫌疑(韻)？想嫂溺手援(句)，事要用權宜(韻)。〔作攘蜂科，王氏抱科，白〕好嗄！長子調戲繼母。〔鄭尚義急下樓，隨撤樓科，鄭尚義白〕安人不要高言，我看見了。〔王氏作怒，虛白，從下場門下。鄭尚義作打鄭賡夫科，白〕好畜生，我往日耳聞，未嘗實信。今在高樓，親眼見你調戲繼母。〔鄭賡夫跪白〕孩兒怎敢！〔鄭尚義白〕唗！既讀詩書，豈不知三父八母？如此所爲，實乃禽獸了。〔鄭賡夫唱〕

【仙吕宫正曲·桂枝香】嚴親聽啓(韻)，容兒剖理(韻)。既忝在達禮知書(句)，又豈敢傷倫敗義(韻)。〔鄭尚義白〕既不傷倫敗義，爲何抱住繼母？〔鄭賡夫唱〕爲蜂簇母髻(韻)，爲蜂簇母髻(疊)，兒行孝意(韻)，欲將蜂攘退(韻)。〔合〕請思維(韻)，父母恩難報(句)，敢將名行虧(韻)？〔鄭尚義唱〕

【又一體】畜生無理(韻)，不思孝意(韻)。〔鄭賡夫白〕孩兒舉手攘蜂，爹爹錯疑了。〔鄭尚義白〕依你之言，蜂擁母頭，舉手攘蜂，那群蜂怎的不擁你，單擁你繼母？你還要强辯麽？〔唱〕算將來重罪難逃(句)，早一死無他可避(韻)。〔鄭賡夫白〕冤屈孩兒了。〔鄭尚義唱〕我越加怒起(韻)，我越加怒起(疊)，難容在世(韻)，污名怎洗(韻)？〔合〕試將伊(韻)，早辦無常路，免人說是非(韻)。〔鄭賡夫唱〕

【又一體】這都是驪姬譖毁(韻)，申生無罪(韻)。兒縱然一死何辭(句)，猶恐怕陷親不義(韻)。〔鄭尚義白〕這是我親眼見的，你還叫哭甚麽？〔鄭賡夫白〕爹爹發怒，孩兒不得不説。娘親前番原有慈心，自去年生下兄弟，慈心頓改，只疼親兒，謀害孩兒，怕占家私。〔鄭尚義白〕他纔生下幾箇月的孩子，就起這樣毒心？斷無此事。〔鄭賡夫滾白〕爹爹不信，又道是畫虎畫皮難畫骨，知人知面不知心。爹！〔唱〕你休得怒起(韻)，你休得怒起(疊)，恐人聞談議(韻)，將這臭名遺世(韻)。〔白〕還有一説，〔唱合〕怕瓜稀(韻)，而今一摘還猶可(句)，屢摘應愁抱蔓歸(韻)。〔鄭尚義作擲刀、繩科，白〕也罷！這是刀一把，繩一條，憑你怎麽死。任伊早赴無常路，切莫貪生戀世間。〔作怒科，從下場門下。鄭賡夫作哭科，白〕老天！原來父母一樣心腸，只要我死。常聞人言：有繼母就有繼父了。差矣！父教子死，兒有何辭？爹爹，只是孩兒死在不明之地了。〔唱〕

【南呂宮正曲·紅衲襖】都則爲我嚴親聽信了繼母言(韻)，頓把箇没罪兒一霎裏性命捐(韻)。痛念親娘喪在前(韻)，〔滾白〕親娘生兒命蹇，不幸你早亡。若留得你在，孩兒焉有此禍？怎奈我繼母心毒，設計暗害，到如今父聽讒言，兒遭枉死。你在地府陰司，知不知時曉不曉？我的娘！〔唱〕你這苦命孩兒有誰保全(韻)？兒今一死無他戀(韻)，〔白〕我爹爹聽了繼母一面之詞，不肯細察情由，一怒將兒逼死。〔滾白〕虧你下得，爹，兒今一死無他戀，〔唱〕誰奉嚴親衰暮年(韻)？可憐我負屈含冤死訴無門也(格)，除是排空告上天(韻)。〔白〕且住。既教我死，還在此啼哭怎的？爹，娘，孩兒就此拜別了。〔作拜別科，唱〕

【慶餘】兒今縱死心無靦（韻），這冤情自有蒼蒼知見（韻），新添箇屈死冤魂滯九泉（韻）。〔作刎死科。丑扮書童，戴網巾，穿道袍，繫鸞帶，從上場門上，白〕大相公往花園内去了，特來請他喫飯。〔作進花園，被鄭賡夫絆跌科，白〕不好了，大相公不知爲何，自刎死了。老員外有請。〔鄭尚義從上場門上，白〕怎麼説？〔書童白〕大相公不知爲何，自刎而死了。〔鄭尚義白〕大相公自刎而死了？咳！我思之可恨。〔作悲科，白〕抑且可憐。過來，買口棺槨，殯殮了他，悄地擡出去埋了。若有人問，就説急病而亡，不可多言。如違重責。〔書童應科，從上場門下。鄭尚義白〕兒〔作住口，顧視復哭科，白〕兒嗄！我爲父的豈不念父子之情？皆因你作事差池。〔書童引雜扮院子，戴羅帽，穿道袍，繫鸞帶，虛白，從上場門上，同扛鄭賡夫屍從下場門下。鄭尚義白〕這箇畜生，一身縱死有餘辜，何用傷心多歎吁。過後不禁雙淚墮，誰憐暮景入桑榆？〔作痛哭科，從下場門下〕

第八齣　遇良長對燕思兒（齊微韻）

〔小旦扮金奴，穿衫、背心，繫汗巾，引旦扮劉氏，穿氅，從上場門上，唱〕

【雙調引・夜行船】寒暑相催人老矣（韻），歎年華一去無回（韻）。暗裏思維（韻），閒中算計（韻），有事心頭縈繫（韻）。〔中場設椅，轉場，坐科，白〕日落西山又東起，人生命盡不能回。長江流水滔滔去，堪憐往事竟成非。向日聽我兄弟之言，勸兒開葷，兒若依從，母子一同享用；若不依從，遣他出外經商。一時之間，追悔不及。倏忽端陽節至，好傷感人也。〔唱〕

【中呂宮正曲・駐雲飛】夫主臨危（韻），也曾謹戒叮嚀子與妻（韻）。又有遺囑存留記（韻），教我母子們是必休違背（韻）。嗏（格），〔起，隨撤椅科，唱〕立誓對神祇（韻）。〔滚白〕夫妻已在五倫，可憐易別難逢。彼時見他言詞激切，精神恍惚，説道：當日午時，就要辭世。頓使我柔腸百結，心眼昏矇。我與他骨肉夫妻，分離頃刻，那時節痛苦無休，還顧得甚麽後事？我只得立誓對神祇。〔唱〕娘兒共意（韻），我説道若有開葷（讀），瞞不過天和地（韻）。〔白〕今聽兄弟之言，一旦違却前盟，〔唱合〕好教我反覆思量意似癡（韻）。〔同從下場門下。副扮劉賈，戴巾，穿道袍，持扇，從上場門上，唱〕

【又一體】歲月遷移(韻)，又見天中節序催(韻)。照眼的榴花麗(韻)，插鬢的釵符媚(韻)。㗧(格)，遊賞莫相違(韻)。人生有幾(韻)，豪飲千杯(讀)，拚得沉沉醉(韻)。〔合〕那獨醒的三閭終是癡(韻)。〔作到叩門科，金奴從上場門上，虛白，向內請科。劉氏從上場門上，作出門，引劉賈進門，場上設椅，各坐科。劉賈白〕端陽佳節，正是女歸母宅之節。父母雖然雙亡，你只有一箇兄弟，我只有一箇姐姐，前日遣人相接，爲何不回家去走走？〔劉氏白〕你外甥貿易去了，家下没人，如何去得？〔劉賈白〕正是，外甥不在家，這就難怪了。〔向外白〕家童，將節禮擡進來。〔劉氏白〕多承厚意。〔雜扮家童，戴氊帽，穿窄袖，挑盒，從上場門上，作進門，金奴虛白，引從下場門下，隨上，家童作出門科，仍從上場門下。劉賈白〕知道姐姐還未開葷，送的是各樣鮮果茶食，望乞笑納。〔劉氏白〕生受了。金奴，看香茗、筵席。〔金奴應科，場上設席，各坐科。劉賈白〕這樣好時節，不喫葷，倒喫起清茶來。〔金奴向下取茗、盞隨上定席科。劉氏白〕端陽佳節實堪賞，日到中天美景長。〔劉賈唱〕

【仙呂宮集曲・甘州歌】【八聲甘州】〔首至六句〕中天景麗(韻)，看菖蒲杯泛(讀)，角黍盤堆(韻)。良辰歡宴(句)，好是連枝同氣(韻)。〔白〕向日聽聞外甥經商去了，使我大喜，不消說了，姐姐一定大開五葷。前日人來，回去報道，姐姐還嚼麵觔。不要錯過，再莫發獃。〔唱〕中山酒多千日醉(韻)，塵世人無百歲期(韻)。【排歌】〔合至末句〕覺今是(句)，悟昨非(韻)，及時歡樂是便宜(韻)。須深信(句)，莫更疑(韻)，隨時享用好施爲(韻)。〔劉氏唱〕

【又一體】春光已早歸(韻)，歎夏回秋盡(讀)，冬寒雪飛(韻)。痛想我那嬌兒在外(句)，不知他身體安危(韻)。〔劉賈白〕我只道姐姐爲甚麽不展眉頭，原來憂慮外甥。你在閨閫之中，那知外面光景。但見官道之上，來來往往，人如蜂簇；大江之中，上上下下，船似尾銜。那些人家中，豈無父母？只因士農工商，各治一業，若是都在家中坐守，成箇甚麽世界？俗語云：男兒往外，一出一貴。你且放心享用。常言道：兒孫自有兒孫福，莫爲兒孫作遠憂。〔唱〕要曉得逢時對景應當喜(韻)，何苦的懷遠思兒又復悲(韻)。〔合〕覺今是(句)，悟昨非(韻)，及時歡樂是便宜(韻)。須深信(句)，莫更疑(韻)，隨時享用好施爲(韻)。〔劉賈起科，白〕收了罷。〔金奴應科，隨撤席，設椅，各坐科。劉賈白〕姐姐，我有一樁事情，要與姐姐商議。〔劉氏白〕有何事情説來。〔劉賈白〕姐夫在日，多蒙借銀三百兩，竟不要利息。自從販買木科來家，未曾賣盡，困住本銀。是我攢積了三百兩，正要送還姐姐。怎奈目下，有人邀我前往金陵販買羅緞。我自己懶去渡江涉水，欲遣僕人前去。只存這箇三百兩銀子，不彀運轉買賣，欲求姐姐再借二百。兄弟寫得有五百兩文約在此，貨物回來就還。但不知姐姐意下如何？〔劉氏白〕但不知幾時要？〔劉賈白〕就是今日，請收文約。〔劉氏白〕不收文約。金奴，你去取來。〔金奴應科，從上場門下。劉賈白〕多蒙姐姐看顧兄弟，無可報答，只勸姐姐早開五葷，朝朝享用，這就是兄弟一點敬心。〔劉氏白〕兄弟好言相勸，若非姐弟之情，誰肯爲我。〔金奴持銀從上場門上，白〕銀子有了。〔付劉賈科。劉氏白〕好生收下。〔劉賈白〕是，告辭了。〔劉氏同唱〕

【慶餘】光陰迅速似東流逝(韻)，及早開葷莫待遲(韻)。須信道佛老虛無，從今後休再提(韻)。〔劉賈作出門，劉氏、金奴作送科，虛白，從兩場門各分下〕

第九齣　李幫閒害命謀財（蕭豪韻）

〔末扮黃彥貴，戴巾，穿道袍，繫鑾帶，從上場門上。丑扮興兒，戴網巾，穿窄袖，繫搭包，負包，持傘，隨上。黃彥貴白〕貿易他鄉絶故交，登山涉水豈辭勞。只因爲覓蠅頭利，歷盡風霜途路遥。老漢姓黃名彥貴，河南歸德府人氏，貿易營生。自從去年，與夥計李文道，往南昌府販賣貨物，且喜財源茂盛，獲利數倍。如今着夥計李文道，押着貨物在後面，我先到前面來，找尋客店安歇。不想行到這裏，忽然下着這等大雨，將我滿身衣服盡皆淋濕，如何是好？〔興兒白〕老爹，且作緊行幾步，倘能尋得一箇所在，避雨一回纔好。〔黃彥貴白〕遇此傾盆大雨，淋得滿身皆濕，如何是好？〔唱〕

【黃鐘調套曲·醉花陰】無奈這驟雨盆傾勢非小(韻)，一霎裏渾身寒峭(韻)。我盼宿店似天遥(韻)，看烟靄遠鎖林皋(韻)。濕淋淋偏是這衣單薄(韻)，這苦況最難熬。一步步行泥淖(韻)，〔作跌倒科，興兒扶起科。黃彥貴唱〕又不防滑跌了(韻)。〔興兒白〕這雨下得越大了。有箇小廟，待我叫開廟門，且進去避避雨，再作道理。〔黃彥貴白〕快些叫門。〔興兒作叩門科，白〕裏面有人麽？〔雜扮廟祝，戴道巾，穿道袍，繫絲縧，持拂塵，從上場門上，白〕古廟無人至，荒村少客臨。〔作開門相見科，白〕這般大雨，却是那裏來的？〔黃彥貴、興兒作進門科，白〕我們是遠方到此，爲因遇這大雨，難以前行，特地驚動，借此避雨的。〔廟祝白〕原來爲此。〔興兒放包裹、傘科。黃彥貴白〕此處雖能避雨，但我渾身盡被雨淋透，有些增寒負冷起來了，怎麽處？〔廟祝白〕想是着了雨了，待我燒些熱水起來，與你老喫些就好了。請坐坐，待我去燒來。〔黃彥貴虚白科。廟祝從下場門下。場上設椅，黃彥貴坐科，白〕我這一會好難禁受也。〔興兒白〕且耐煩些。〔黃彥貴白〕我想萬一病倒了，怎麽處？〔唱〕

【黃鐘調套曲·喜遷鶯】客途中倩誰人醫療(韻)，倍凄凉古廟蕭蕭(韻)。量也波度(韻)，端只爲風寒感冒(韻)。不由人心中添煩惱(韻)，不由人不雨淚拋(韻)。喘吁吁魂飛膽落(韻)，撲騰騰肉顫身搖(韻)。

【黃鐘調套曲·出隊子】似這等病魔纏擾(韻)，越教人没着落(韻)。一會價陰陰的腹内似錐刀(韻)，一會價烘烘的渾身似火燒(韻)，一會價栗栗增寒似水澆(韻)。〔興兒白〕你老人家又是寒冷，又是發燒，莫不是瘧疾？〔黃彥貴作悲科，唱〕

【黃鐘調套曲·刮地風】嗳呀(格)，病裏有何人來治調(韻)，妻和子水遠山遥(韻)。〔白〕興兒，此時的雨可不下了？〔興兒白〕雨已住了。〔黃彥貴白〕你可扶我到廟門口去望一望。〔興兒應科，作扶黃彥貴出廟門科。黃顔貴唱〕我欲待慢悄悄步出古神廟(韻)，我與你把夥計盼著(韻)。且轉過簷角(韻)，覺昏沉剛鬧閧(句)，把門兒靠(韻)。〔作跌倒科，唱〕只道門兒緊閉着(韻)，原來是不堅牢(韻)。靠着時呀的開了(韻)，滴溜撲生生的喫一跤(韻)。〔廟祝持茶從上場門上，白〕老人家，怎麽跌倒了？待我幫你扶起來。〔同興兒扶黃彥貴起，進門坐科。廟祝白〕小哥，你可好生看守着這老人家。我到後村裏去，將化下的米糧取了來。〔興兒白〕你可就回來。〔廟祝虛白，作出門科，從下場門下。黄彦貴白〕這一回更加難過，如何是好？

〔唱〕

【黄鐘調套曲·四門子】這的是嚴霜偏打枯根草(韻)，正跌着我這殘病腰(韻)。一會價疼(句)，一會價焦(韻)，心兒裏不住的多煩躁(韻)。願疾病兒除(句)，災禍兒消(韻)，我向神靈前禱告(韻)。〔起作拜叩科。興兒虛白，作扶起，仍坐科。副扮李文道，戴氊帽，穿窄袖，繫搭包，從上場門上，白〕欲圖生富貴，須下死工夫。自家李文道，一向與黄彦貴做幫手夥計。近日在南昌生意，賺取十倍之利，好不眼熱。我只賺他些少勞金，何年發跡？我今思想在這路途中害了他的性命，豈不是好？他如今着了雨，想必在這小廟中等我。有了，我如今不免將馱子打發過去，備得砒霜在此，正好下手。騾夫，快將馱子趕上。〔雜隨意扮四騾夫，牽馱，同從上場門上。李文道白〕你們可催着馱子，在前面新豐鎮蔣家店裏等我。〔騾夫應科，同從下場門下。李文道白〕不免逕入。〔作進門科。黄彦貴作顛狂科，白〕不好了，催命鬼來了，我是不跟你去的。〔李文道白〕財東，是我在此，特來尋你，一同前去做生意，休得胡言亂語。

〔黄彦貴唱〕

【黄鐘調套曲·水仙子】呀呀呀(格)，祆神廟(韻)，諕、諕、諕(格)，諕得我戰戰驚驚魂蕩摇(韻)。您、您、您(格)，您可將紙錢兒忙來弔(韻)，莫、莫、莫(格)，莫不是催命鬼來到(韻)，慌、慌、慌(格)，慌的俺躲藏着(韻)。

〔李文道白〕財東，你怎説這些諢話？　我因馱子走得慢了，落在後面，如今來看你。〔黄彦貴唱〕他、他、他(格)，他走將來展脚舒腰(韻)，俺、俺、俺(格)，仔細的(讀)審覷觀容貌。(韻)〔作見李文道科，唱〕是、是、是(格)，是夥計(讀)落後今來到(韻)，請、請、請(格)，請免拜波李文道(韻)。〔白〕夥計，我方纔行來，遇了大雨，感冒風寒，身子不爽，怎麽處？　〔李文道白〕財東，敢是連日行路辛苦了麽？〔黄彦貴唱〕

【黄鐘調套曲·寨兒令】也不是昨宵(韻)，則這今朝(韻)，〔李文道作背科，白〕妙嗄！　正好下手。〔黄彦貴唱〕被風寒雨濕侵着(韻)。〔李文道白〕我前者在南昌，恐怕路途間風寒感冒，贖得一服藥在此。〔作向懷中取藥科，向興兒白〕我在此照看着財東，你可去催取後面馱子，快些來罷。〔興兒白〕曉得。你可好生照看老人家。〔李文道白〕不妨，有我在此。〔興兒白〕一心忙似箭，兩脚走如飛。〔作出門科，仍從上場門下。　李文道作調藥科。　黄彦貴白〕夥計，我不喫藥罷。〔李文道白〕喫些藥，發散發散，就好了。〔黄彦貴作飲藥發躁科，唱〕我嚥將下去似熱油澆(韻)，烘烘的燒五臟(句)，滚滚的燎三焦(韻)。〔白〕夥計，〔唱〕敢不是風寒藥(韻)？〔作腹痛散髮撲跌氣絶科。　李文道白〕好了，且喜將他藥死，此時興兒想尚未到，我且收拾他身邊的東西便了。〔作搜取包裹銀兩科。　廟祝負米，仍從上場門上，白〕心慕柱史，行同仲由。〔作進門科，白〕阿呀，方纔這箇老人家，爲何七孔流血而死，莫非中了毒藥了麽？〔李文道白〕廟祝，不要驚慌，有箇緣故。〔廟祝白〕你是何人，因何到此？〔李文道白〕不要説起。　我是他的夥計，爲他冒雨前行，我在後面押着貨物，方纔找尋到此，那知他就七孔流血，跌倒在地。　廟祝，你來得正好，幫我將他擡過一邊。〔廟祝同李文道扛黃彥貴屍從下場門下，隨上，廟祝白〕他方纔還有一箇家人，往那裏去了？〔李文道白〕他催駄子貨物去了，就來的。〔廟祝白〕如今這屍首在我這廟中，怎麽樣處？〔李文道白〕廟祝，我今急去買口棺木盛殮，但是遭遏你廟中，自當相謝，決不有累。〔廟祝白〕既是這等，快去買口棺木，就來。〔李文道白〕這箇自然。〔作出門科，白〕這宗財物已曾竊取，此時不走，更待何時？雙手劈開生死路，一身跳出是非門。〔從下場門急下。廟祝作出門看科，白〕好奇怪，這箇人若是他的夥計，爲何這等慌張而去？不好，這箇意思，竟是他把這老頭兒藥死了。他只説去買棺木，想必是逃走去了。且住，倘然那箇家裏人轉來，看見他主人七孔流血而死，我將何抵對他？罷，我這小廟，總是一無所有，我躲到親戚家住着，打聽事情完畢了，再到廟中來便了。正是：晴乾須走路，莫待雨臨頭。〔從下場門下。興兒仍從上場門上，白〕事不關心，關心者亂。可笑李文道使我空走許多道兒，我迎上有十數里，不見駄子踪影。問問人，都説見有四箇駄子，早已往前面新豐鎮去了。我且回到廟中去，看取主人可好些麽。這裏是了。〔作進門科，白〕我主人那裏去了？〔作見黃彥貴屍科，白〕爲何我老主人七孔流血，竟死在這裏？好奇怪。廟祝。廟祝也不見了。是了，這分明是李文道將毒藥藥死，先將駄子貨物打發過去了。李文道，你這狗男女，好生狠毒也。我如今暫將主人屍骸遮蓋。〔急下作遮蓋屍科，隨上白〕待我趕上去，叫破地方，告到官司，不怕他不替我主人償命。〔作出門科，白〕地方聽者：李文道藥死我主人，不要放走了兇身。〔雜扮地方、總甲，各戴氈帽，穿道袍，從上場門上，分白〕地方攬事鬼，總甲賺錢精。〔興兒叫屈科。地方、總甲白〕小哥，你主人是何姓名，今被何人謀死？ 我們乃是此處的地方、總甲，快快説明始末情由。〔興兒白〕我主人叫做黄彦貴，被夥計李文道謀財害命，將毒藥藥死了。〔地方、總甲白〕你主人既被那李文道害死了，你就不該將李文道放走纔是，如今到那裏去拿他？〔興兒白〕我方纔打聽説駄子在前面新豐鎮上，想他打點駄子上財物，再不往别處去的。〔地方、總甲白〕既是這等，我們一同前去，拿取這厮便了。〔各虚白科，同從下場門下〕

第十齣　臧通判因事納賄（家麻韻）

〔雜扮二皂隸，各戴紅氈帽，穿箭袖，繫皂隸帶，持刑杖。小旦扮門子，戴小兒巾，穿道袍。引丑扮臧霸，戴紗帽，穿圓領，束金帶，從上場門上，唱〕

【越調正曲·趙皮鞋】我做府三衙㊙，三載清官只做得半萬的家㊙。堂尊比我更堪誇㊙，〔合〕捲盡地皮只消年半把㊙。〔場上設公案、桌椅，轉場入坐科，白〕自家姓臧名霸，河南府通判是也。到任三年，且喜財星高照，官運亨通，也算得會賺銅錢銀子勾哉。箇是囉哩説起，新來介一位堂尊，比我更兇十倍，箇箇地方上有利息勾事務，没得一件瞞得過哩。我哩姜要下手，咈想道銅錢銀子已經到子哩箇靴桶裏去哉。故此城裏勾事務，直頭輪我勾衙門咈着，只得借箇題目，下鄉去走走，收幾張狀子，賺點七銅八鐵，也是好勾。我箇大像踱到隔哩，竟冷静得勢，並没得有儕人來告狀。噲，你去做衙役勾，也該拿勾放告牌扛出去，到各處去兜攬兜攬，弄幾張狀紙，我好出票差你去，作成你去發點小財。〔二皂隸白〕告狀的倒有，只是題目大些。〔臧霸白〕是椿儕勾事體？〔二皂隸白〕是一椿謀財害命事。〔臧霸白〕你去且說來我聽聽看。〔二皂隸白〕有一箇做客商的，來到這裏五道廟中避雨，被同行夥計藥死了他，將他的財物取去。有跟隨家人興兒，叫破地方，就要到堂上去出首了。〔臧霸白〕啐，你去才是喫糧勿管事勾。我老爺此來，所爲何也嗄？既有箇樣好事體，你去就該去兜攬哉。只要賺一注大大的肥錢，管渠倽勾人命勿人命。只是一說，勿要不拉太爺得知子，亦要切子我勾稻枝頭去。〔二皂隸白〕老爺放心，太爺往省城去見上司去了。這注肥錢，是老爺穩穩賺的。〔臧霸白〕妙！我老爺若發子大財，自然也要賞你勾。〔作出票科，白〕你快點拿子牌票去捉兇身，勿要不拉地方、總甲弄子鬼，勿來遞狀紙。〔一皂隸接票科，白〕小人聽得地方、總甲，同興兒俱在新豐鎮蔣家店裏，説合此事。專候老爺出票，以便前去拘拿到來，自然有孝敬的。〔臧霸白〕既然是介，即速拿來要緊。〔二皂隸應科。臧霸白〕你聽我説。〔唱〕

【正宮正曲・四邊静】見他莫把威風謊(韻)，鄉民易驚怕(韻)。騙得那錢財(句)，狀詞且放下(韻)。〔合〕題目要大(韻)，虚詞要架(韻)。只説伸冤枉(句)，又莫説實話(韻)。〔二皂隸應科，白〕我們竟到新豐鎮蔣家店裏去，拘拿兇身便了。〔同作出門科，從下場門下。臧霸起科，白〕但願金銀入我袖，明朝準備祭財神。〔從下場門下，門子隨下。雜扮地方、總甲，各戴氈帽，穿窄袖，繫搭包。丑扮興兒，戴網巾，穿窄袖，繫搭包。同從上場門上。地方、總甲白〕李文道快走出來。〔副扮李文道，戴氈帽，穿窄袖，繫搭包，從上場門上，白〕我已經被你拿住了，還怕我逃走麽？〔地方、總甲白〕李文道，你好不曉事。我們用情，不把繩來套住你，由你自在，你可知道這箇意思麽？〔李文道白〕我知道。〔作付銀科，白〕這是白銀四兩，送與各位買杯茶喫。若是完了官司，還要重謝。〔地方、總甲接銀，虛白科。興兒白〕這是箇兇身，你們不要得錢賣放了。〔李文道白〕小哥，你與我結什麽冤家？你若不去告，我情願送你銀子，做些生意，豈不快活？〔興兒白〕説那裏話來。〔二皂隸持票，從上場門上，白〕緝獲兇身犯，官法豈容情。來此已是蔣家店。夥計，我們一同進去。〔作進門科，白〕那箇是李文道？〔地方白〕他就是。〔二皂隸作鎖李文道科。李文道白〕二位不必如此，若得容情，我自有道理。只是興兒在此，不好講話。〔興兒白〕你們既是奉公差遣來捉兇身，怎麽交頭接耳？我是斷斷不肯干休的。〔二皂隸白〕他是箇謀財害命的重犯，我們怎敢容情。只是你既要去告，那狀子可曾寫下麽？〔興兒白〕我又不會寫字，如今這狀子教我煩誰去寫？〔二皂隸白〕一些也不難。如今我們三府臧老爺，現在鄉中察訪民情。你可同地方、總甲先去告，我們鎖了兇身，隨後就來聽審便了。〔興兒白〕既如此，全仗二位。〔向地方、總甲白〕就煩各位領我去告狀。〔地方、總甲、興兒各虛白，作出門科，同從下場門下。二皂隸白〕如今興兒去了，你有甚麽話講？〔李文道白〕這樁事，我夥計黄彦貴，原是風寒病死的，與我無干。若得臧老爺做主，二位扶持，我情願將銀一千兩孝敬老爺；你們二位，各人二十兩，如今就送。〔唱〕

【仙吕宫正曲·六幺令】將銀兑下韻，到晚來擡進官衙韻。足平足色敢争差韻，〔白〕你們二位呵，〔唱〕四十兩讀不虛花韻。〔二皂隸白〕既然如此，就將銀子擡到老爺那裏。我們老爺見了銀子，自然替你出力。〔李文道白〕銀子現有，就請二位到寓中去。〔二皂隸白〕這事在我二人身上。〔唱合〕

管教免究情由罷(韻),管教免究情由罷(疊)。〔各虛白,作出門科,同從下場門下。門子引臧霸，仍從下場門上,白〕做官莫愁小,只要錢到腰。我爲五道廟裏箇椿人命,已經差子皂隸去兜攬哉。且喜地方、總甲,先將原告興兒送到;亦説兇身李文道,已經不拉皂隸拿住哉,隨後就來聽審。眼見得箇宗公案,落拉我手裏,這注肥錢是穩穩裏要裝入我的皮廂内勾哉。我方才將興兒押拉去班房裏,且等皂隸居來,再作道理。〔入坐科。二皂隸同從上場門上,虛白,作進門科。臧霸白〕你去所幹勾事務那亨哉?〔二皂隸白〕老爺在上,皂隸們去捉兇身李文道。他説夥計病亡,不過是風寒感冒。情願孝敬老爺白銀一千,只求免究情由。老爺豈不是財星入照。〔臧霸白〕住子!你去説偖一千兩銀子,難間拉去囉哩。〔二皂隸白〕現放在班房中。那李文道已在外廂,聽候發落。〔臧霸白〕妙!銀子已經到子手哉。好會幹事。介没帶勾興兒、李文道過來,讓我老爺當堂明斷。〔二皂隸應科,白〕老爺吩咐,帶興兒、李文道當堂聽審。〔地方、總甲帶興兒、李文道,同從上場門上。興兒白〕爲主報深讐,〔李文道白〕全憑白鏹求。〔地方白〕地方與總甲,〔總甲白〕都要覓蠅頭。〔同作進門,興兒、李文道跪科。臧霸白〕地方、總甲,外頭去伺候。〔地方、總甲應科,作出門科,仍從上場門下。臧霸白〕帶興兒上來。〔二皂隸白〕興兒當面。〔臧霸白〕興兒,我看你狀紙上勾情由,竟有點勿實,説話裏也有點緯腔。到底你去主人那亨死勾,從實説答來。〔興兒白〕老爺,我主人黄彦貴,與李文道合夥經商。那日天色傍晚,李文道在後面管押馱子,我主人先往前行,找尋客店。一霎時傾盆大雨。我主人呵,〔唱〕

【仙呂宮正曲・玉胞肚】難禁雨打(韻),濕衣衫寒增冷加(韻)。五道廟權作棲身(句),可憐他命掩黃沙(韻)。〔臧霸白〕或者你主人受子點風寒,只怕是烏沙脹列死勾。〔興兒白〕老爺,我主人雖然有病,未必就死。只因李文道來到廟中,見我主人有病,他就哄我出去催趕後面的駄子。小的即時往後面迎去,走了半日,並不見駄子,只得沿途打聽。誰知那四箇駄子,他先已打發過去了。小的仍回廟中來看主人,只見七竅流血,死在地下,身邊財物竟被李文道竊取而逃。老爺嗄,〔唱合〕分明毒藥將主人殺(韻),把駄子金銀一剗拿(韻)。〔臧霸白〕你勾説話,是一面之詞,到底含糊。且下去。〔興兒應科。臧霸白〕帶李文道上來。〔一皂隸白〕李文道當面。〔臧霸白〕李文道,那興兒告你謀財害命,你可有什麽辨?〔李文道白〕老爺,小的與黃彥貴合夥經商,情同管鮑。那日途中遇雨,黃彥貴感冒風寒而死。不想興兒誣陷小的謀財害命。〔唱〕

【又一體】恩官細察(韻),這虛詞憑空頓加(韻)。念小人是本分經商(句),焉敢將夥計謀殺(韻)。〔臧霸白〕是哉,箇箇黃彥貴死拉廟裏,只有興兒跟拉去。箇箇興兒,恐怕人命重情,連累着子渠,爲此誣告你哉,阿是?〔李文道叩頭科,白〕好箇青天老爺,實是片言折獄。〔臧霸白〕帶興兒上來。〔二皂隸帶興兒跪科。臧霸白〕興兒,我看你小小里勾年紀,只要出脱自家勾干係,竟勿管入人家勾死罪勾。也罷,且喜遇着我箇樣明見萬里勾好老爺,讓我做箇方便,只斷你主人因病身亡,與你無干。箇是我老爺愛民息訟勾好意思。〔唱合〕訟庭無事莫輕踏(韻),這息訟的清官你要感激咱(韻)。〔興兒白〕

老爺，這明明是李文道將毒藥謀死的，如何不叫他償命？〔臧霸白〕哇！箇小奴才，介可惡，我老爺好意出脱你勾干係，你反要興詞涉訟。拉下去，重打三十。〔二皂隸作打興兒科。臧霸白〕若再要放肆，這黄彦貴，一定是你謀殺的。我姑不深究。李文道，你與他夥計一場，買口棺木，同地方、總甲去殯殮了他，你也離了此地，往别處去罷。〔李文道白〕多謝老爺天恩。〔二皂隸作帶興兒、李文道出門科，興兒、李文道虚白科，同從下場門下。二皂隸白〕老爺今日審事，比前越明白了。〔臧霸白〕也罷了，箇是鐵案如山，斷獄勾手段。你去到班房裏去，擡子銀子來。〔二皂隸應科，向下扛銀隨上。臧霸起，虚白，取銀作看科。二皂隸白〕恭喜老爺發財，這宗銀子呵，〔唱〕

【仙吕宫正曲・皂羅袍】不比尋常財發(韻)，若將來置産(讀)，有一世豪華(韻)。〔白〕小的們呵，〔唱〕無功不敢擅争誇(韻)，但憑恩主全收納(韻)。〔臧霸白〕箇星奴才，説勾好巧話。我弗全納，難道分點拉⿰口五去弗成。〔唱合〕我生財妙手(句)，從來會抓(韻)。豈仗犬牙鷹爪(句)，纔能作家(韻)，不須占得求財卦(韻)。〔白〕説便是介説，也匾子你。讓我拿點出來，賞勞一賞勞。〔作取銀欲咬科，二皂隸虚白科，臧霸白〕每人一塊飛邊，有一錢多重，拿去買烟喫子罷。〔二皂隸白〕忒重了，小的受不起，繳還老爺。〔臧霸白〕我箇一次出手，原重子點，只是難爲子你，過意弗去，故此破子箇例。也罷，拿子一塊來，拿一塊賞拉⿰口五，使受者不致傷廉，與者也不致傷惠。箇叫做君子愛人以德。〔二皂隸白〕無功不敢受禄，繳還老爺。〔臧霸白〕是介説嘿，我竟從直哉，介嘿讓我歸入原封。噲，皂隸，我今日斷事，

可謂明見萬里。〔二皂隸白〕實是利析秋毫。〔各隨意發諢科，二皂隸同從上場門下。臧霸、門子作扛銀，同從下場門下〕

第十一齣　饞嫗垂涎動殺機（齊微韻）

〔旦扮劉氏，穿鼇，從上場門上，白〕坐覺殘春一擲梭，槐風天氣正清和。年年嘗盡清齋淡，渴想人間美味多。〔場上設桌椅，轉場，入坐科，白〕老身終日持齋念佛，是何了期？吾想人生世上，真如白駒過隙，須要及時尋樂。偏是老身佛門清苦，孩兒又不見回來，寂寞晨昏，誰供甘旨？想起來好悶人也。〔唱〕

【黄鐘宫正曲·絳都春序】庭槐影裏韻，見呢喃燕兒讀，樓陰掠尾韻。出壘將雛句，舉翅飛翔渾自喜韻。忽然引我愁懷起韻，堪自惜韶華憔悴韻。〔合〕膝前兒去句，閒依佛子讀，有何滋味韻？

〔小旦扮金奴，穿衫、背心，繫汗巾，捧素食，從上場門上，白〕香飯盛來鸚鵡粒，清茶擎出鷓鴣斑。安人請用早膳。〔劉氏白〕金奴，依常茶飯，我那裏去想他。你自拿去便了。〔金奴作送下素食科，隨上，白〕安人，爲何這樣愁悶？〔劉氏唱〕

【又一體】堪悔韻，伊休提起韻，我淚點先流讀，心兒都碎韻。〔金奴白〕安人，畢竟爲着那一件來？〔劉氏唱〕爲子母經年句，阻隔雲山魂夢繫韻。晨昏若箇供甘脆韻，我難受僧厨風味韻。〔合〕

昔年何事(句)，盲修苦行(讀)，把人憔悴(韻)。〔金奴白〕老安人既是這般憂悶，何不到庭前閒步一回。〔劉氏出桌，隨撤科，白〕金奴，隨我來。爲憶嬌兒日夜啼，王孫一路草萋萋。杜鵑聲裏緑陰滿，〔内作響聲科，劉氏白〕甚麽東西落將下來？〔金奴白〕是老燕引雛飛去，落下的燕泥來也。〔劉氏白〕又見空梁落燕泥。燕兒，我那裏及得你母子雙飛，這等灑樂？〔唱〕

【黄鐘宫正曲·出隊子】門閭空倚(韻)，盼斷嬌兒甚日回(韻)？空羡他靈禽母子共巢棲(韻)，不解人間愁别離(韻)，〔合〕怎不教人(讀)日夕怨悲(韻)？〔場上設椅，劉氏坐科。金奴唱〕

【又一體】安人休憶(韻)，那飛鳥同群也有别離(韻)。〔白〕老燕呵，〔唱〕銜泥哺子幾多時(叶)，〔白〕小燕呵，〔唱〕長大毛乾各自飛(韻)。〔白〕老安人請自細思。〔唱合〕要解愁煩(讀)，須是劇飲數杯(韻)。〔劉氏白〕金奴，好箇「劇飲數杯」。吾原知念佛持齋，有何好處？只是花園立誓，更兼員外臨終囑咐，教我母子持齋，不可違誓。言猶在耳，今日飲酒開葷，雖是小事，怎敢有違員外之命。〔金奴白〕安人，有甚麽不敢？員外已經去世，那箇來責備你？據婢子看來，菩提明鏡，總是虚幻。難道世間喫齋念經的，箇箇做活佛不成？只怕西天也着落不得許多菩薩。倒不如及早歡娛，現前受用。千歲藏，百藥長，要覓取天上仙醪；白鳳臛，青龍羹，廣搜那人間異味。真箇快心適口，却病延年，這不是享生人的真福麽？清茶淡飯裏許多窮漢，未見白日昇天，只落得一味苦楚。老安人，請自三思。〔劉氏白〕金奴，吾聽你這篇説話，真是一聲棒喝，立地回頭，把我滿天愁霧，掃得風

清月朗了。〔唱〕

【黄鐘宫正曲・侍香金童】今日夢纔醒(句)，往事真無謂(韻)。念盡南無大悲(韻)，嬴得兒夫年壽摧(韻)。佛龕中一盞琉璃(韻)，鉢盂間幾斷酸虀(韻)，這便是苦海疑城愁塊壘(韻)，〔金奴同唱合〕金經束起(韻)，木魚丟起(韻)，向花前滿泛金巵(叶)。〔金奴唱〕

【又一體】攜酒向花前(句)，消遣愁滋味(韻)。迅速流光箭飛(韻)，新綠池塘紅又稀(韻)。儘歡娱弄盞銜杯(韻)，謾蹉跎落月斜暉(韻)。〔白〕況小官人呵，〔唱〕少不得指日征鞍歸故里(韻)。〔劉氏同唱合〕將憂變喜(韻)，逢場作戲(韻)，命東厨切膾烹鰲(韻)。〔劉氏白〕金奴，今日當真要飲酒開葷了？〔作喜科，白〕既如此，唤安童來，多買些犧牲蓄養，好備割烹進膳。〔金奴應，唤科。小生扮安童，戴羅帽，穿屯絹道袍，繫鑾帶，從上場門上，白〕終日清齋難度日，一壺濁酒又賒來。金奴姐，安人唤我，有何吩咐？〔金奴白〕安人今日開葷了，唤你買犧牲去。〔安童作喜科，白〕好也。怪道五臟神，今朝在肚子裏亂跳起來，少不得殘杯冷炙，我和你兩箇受用的了。〔劉氏白〕安童快來。〔安童應科。劉氏白〕金奴取銀子來，交與安童去買犧牲。〔金奴應科，向下取銀，隨上，付安童科。劉氏白〕你去快來。〔安童應科，作出門科，從上場門下。劉氏起，隨撤椅科，唱〕

【慶餘】年年喫盡酸辛味(韻)，〔金奴唱〕今日花前拚醉(韻)，〔劉氏白〕金奴，〔唱〕我與你要换那斷菜殘虀瘺肚皮(韻)。〔同從下場門下〕

第十二齣　讐人結果消冤忿（古風韻）

〔生扮陳榮祖魂，戴巾，穿道袍，從右旁門上，白〕善惡終須報，只爭早與遲。自家陳榮祖，被張捷謀死獄中，煢煢怨鬼，告理陰司。閻君吩咐，説有証方可審理。我不免拘了張捷的魂靈，去對理便了。凡事勸人休碌碌，舉頭三尺有神明。〔從左旁門下。雜扮二兵丁，各戴鷹翎帽，穿箭袖、卒褂，同從上場門上，分白〕家貧生浪子，世亂出兇人。爲這李希烈、朱泚作亂，奸細甚多，奉李老爺之命，教俺們沿途訪緝。哥，我與你或在人烟鬧處，或在荒僻地方，用心訪察便了。〔同從下場門下。浄扮張捷，戴紗帽，穿圓領，束金帶，從上場門上，唱〕

【高大石調正曲·雙勸酒】本爲細民㊖，一朝投順㊖。今爲大人㊖，十分親信㊖。算當初行兇紮囤㊖，〔合〕到如今出類超群㊖。〔白〕禍福無常，窮通不定。我張捷，家資百萬，遠近聞名。因李希烈擁兵叛了朝廷，要拿富民助餉，我只得捐助了他十萬銀子。那李希烈被我一陣局哄，他説我堪宜重用，便授我參謀之職。不知我張捷命裏竟該做這箇反叛的官呢，又不知反叛的官還容易得做。怎麽平白地，就這樣紗其帽而圓其領，腰其帶而皂其靴？列位請看：我戴紗帽，著圓領，腰束帶，足登靴，好不樂殺我張捷也。只是一件，我那十萬銀子，也不知窮了多少人家，害了多少陰隲，豈是容易挣來的。且住，我如今奉了軍令，到靈武打探大唐信息，又有私書與李懷琳，教他看便殺了主將，以爲内應。只是還有可慮之處，我那汴州鄉民，連年被我逼得窮苦萬狀，都去投充招募當兵，萬一遇見，如何是好？不妨，想我既做了官，自有神明保佑。也顧不得許多，只得探望消息，以立軍功。正是：欲求生富貴，須下死工夫。〔從下場門下。丑扮周大，戴氊帽，穿喜鵲衣，繫腰裙，從上場門上，唱〕

【又一體】身無半文(韻)，誰來親近(韻)？要去投軍(韻)，又無引進(韻)。只爲咱一時命窘(韻)，〔合〕到如今進退無門(韻)。〔白〕我周大好好一箇人家，被張捷那厮一陣盤算，弄得精光，我的妻子被他都占去了。那曉得他竟在李希烈處，助取餉銀十萬兩，竟做了箇參謀。目下聞得差他潛往靈武，探聽軍情，被我一路跟他到此，等他到得城市之中，那時叫破地方，將他拿住，方消我向日之恨，兼爲進身之路，有何不可。遠遠望見張捷來了，我且躲在一邊，等他來時，再作道理。〔作暫避科。張捷換氊帽、窄袖，繫鸞帶，從上場門上，白〕狼顧多疑慮，狐行更怯驚。〔周大作捉住張捷科，白〕有賊，地方快來。〔張捷白〕周大哥，你爲何這樣大驚小怪起來？〔周大唱〕

【南呂宫正曲·恁麻郎】恨殺你行爲太忍(韻)，恨殺你心腸忒狠(韻)。向顯爲剥民的惡人(韻)，今僞授從賊的參軍(韻)。〔合〕我冤當雪(句)，屈要伸(韻)，和你向當官去理論(韻)。〔張捷白〕周大哥，〔唱〕

【又一體】我和你同鄉最親(韻)，我和你交情甚殷(韻)。又何苦冤屈我好人(韻)，又何苦誣陷我平民(韻)。〔周大白〕你現做叛賊的奸細，還説是冤屈你。〔唱合〕我冤當雪(句)，屈要伸(韻)，和你向當官去理論(韻)。〔各虛白科，同從下場門下。生扮裨將，戴小頁巾，穿箭袖，繫鑾帶，佩刀，從上場門上，唱〕

【雙調引・夜行船】夢裏依然落魄形(韻)，頓生歡美滿前程(韻)。〔中場設椅，轉場，坐科。雜扮四軍士，各戴鷹翎帽，穿箭袖，繫鑾帶，佩刀，同從上場門上，唱〕無限淒涼(句)，幾番悲哽(韻)，總是當場幻境(韻)。〔場上設椅，各坐科。雜扮四兵丁，各戴鷹翎帽，穿箭袖、卒褂，從兩場門分上。裨將白〕自家係汴州百姓，爲年荒歲歉，不能過活，只得投軍。恰有李希烈反叛，只因俺屢建軍功，蒙李令公題爲裨將之職。我想一介孤貧，自分永無見天之日，誰知頓拔污泥之中，竟致青雲之上。〔四軍士白〕主將，我們受盡汴州張捷凌辱，如今雖得安身之所，只是家中妻子尚然凍餒，難以度日，如何是好？〔裨將白〕我們且自勉力功名，上天自然與我們好處。〔雜扮兵丁，戴鷹翎帽，穿箭袖、卒褂，從上場門上，白〕有事忙傳報，移步進軍營。〔作進門科，白〕稟老爺，有奸細二名，現在門外。〔裨將白〕既係奸細，事關重大，快帶進他來。〔兵丁應，作向下喚科。雜扮兵丁，戴鷹翎帽，穿箭袖、卒褂，帶張捷、周大從上場門上，作進門跪科。二兵丁隨從上場門下。裨將作見張捷怒科，白〕原來就是你這狗頭，可見天網恢恢，疎而不漏。今日也有狹路相逢的時節麽？〔唱〕

【中呂宮正曲・尾犯序】一見怒懷增(韻)，當年受你(讀)無限欺淩(韻)，巨浪驚波(讀)比我恨難平(韻)。

畢竟(韻)，你道我黃泉下等(韻)，那曉我青雲上騁(韻)。〔合〕思量起(句)，心酸悲痛不覺淚盈盈(韻)。〔張捷白〕將軍，小的那時，原不要準折你的家財，都是我家的惡奴張旺不好。〔四軍士白〕狗才，那時我們到你家糴米，你親自開倉，十兩一石，一斗只穀八升，動不動還要打。那一方的百姓，誰不恨你？還有那陳秀才，你要謀他妻子，將他誣陷爲李希烈奸細，送入獄中害死。可憐他母老家貧，妻兒無靠，若不是傅長者救援，你還要逼他妻子爲妾。〔周大白〕我周大，聽得衆位言到此處，不覺酸心起來。將軍，想我們那數村之中，爲他吞噬，至今這些居民逃散。將軍，他助李希烈餉銀十萬兩，做了參謀，要去打探軍中信息，被我一路跟到此處，叫破地方，拿來見將軍。不想都是一州的被害之人，可見天網恢恢也。〔裨將白〕張捷，你這狗才，向日誣陷陳秀才是李希烈奸細，你今日果然自做李希烈奸細也。〔四軍士白〕主將，我們若解他到元帥處去，恐怕途中有失。他既做李希烈的奸細，這周大是証見，不如就在此處，將他剥去衣服，弔在樹上，用彈打死便了。周大哥後面少待。〔周大應科，從下場門下。裨將白〕夜不收，此間有一顆大樹，將此賊弔在樹上，用彈打死便了。〔衆兵丁應科，各起，隨撤椅科。裨將、四軍士向下，取彈弓，佩彈囊，隨上。衆兵丁作捉張捷剥衣，作弔起樹上科。衆同唱〕

【黃鐘宮正曲・三段子】惡貫滿盈(韻)，怎輕輕放過殘生(韻)？角弓亂鳴(韻)，看彈發似一天曉星(韻)。奸徒枉把機謀逞(韻)，今朝斷送爭俄頃(韻)。〔合〕得報雪深讐(讀)，怒氣稍平(韻)。〔作打死張捷科。四兵丁解繩，扛張捷屍從下場門下。陳榮祖魂捉雜扮張捷魂，戴氊帽，搭魂帕，穿喜鵲衣，繫腰裙，從下場門上遶場從右旁門下。裨將白〕奸賊已死，忽然一陣旋風，想是怨鬼，拿他魂魄去了。我們將此事詳明上司，並帶周大去作証便了。鐃你窮兇奸似鬼，〔四軍士白〕難逃王法凜如霜。〔同從下場門下〕

第二本卷下

第十三齣　退善心先拋佛像（古風韻）

〔旦扮劉氏，穿氅，從上場門上。小旦扮金奴，穿衫、背心，繫汗巾，隨上。劉氏唱〕

【仙呂宮正曲・皂羅袍】檻外蜂喧蝶攘(韻)，那緑陰深處(讀)，鶯語聲長(韻)。荷花鮮艷滿池塘(韻)，遊魚戲水紛來往(韻)。〔合〕長江後浪(韻)，催前甚忙(韻)。人生世上(韻)，新舊更張(韻)。須知老去無回向(韻)。〔中場設椅，轉場，坐科。小生扮安童，戴羅帽，穿屯絹道袍，繫轡帶，從上場門上，虛白，作進門科，白〕告稟安人，安童到街市上去，買得猪、羊、鷄、鵝等物，俱已齊備了。〔劉氏白〕知道了。〔安童從下場門下。中場設香案、帳幔，桌上掛「三官堂」匾；左邊設香案、帳幔，桌上掛「觀音堂」匾；右邊設香案、帳幔，桌上掛「樂善堂」匾。劉氏起，隨撤椅科，白〕金奴，既是開葷，家中神圖佛像，須要捲起。〔金奴白〕正該捲起來，省了安人每早焚香，多少是好。〔劉氏白〕隨我來。〔作到樂善堂科。丑扮土地，戴巾，穿土地氅，繫絲絛，持拂塵，從上場門上。劉氏白〕樂善堂，何謂樂善？那些樂善，樂善人往那裏去了？若留得樂善人在，

我決不開五葷。拆掉了。〔金奴作拆匾科，隨撤樂善堂桌、帳科。劉氏唱〕

【正宮正曲·四邊静】樂善何曾添壽紀(韻)，人死似東流逝(韻)。撇下子與妻(韻)，要會無由會(韻)。〔合〕樂善撤矣(韻)，將香滅燈熄(韻)。設宴開五葷(句)，此樂誰堪比(韻)？〔作到觀音堂科。劉氏白〕觀音菩薩，聞你曾救八難，世上多少遭難之人，如何不救？捲起他來。〔金奴作拆匾、卸琉璃科。土地作怒指、潑油污劉氏衣科，從下場門下，隨撤觀音堂桌、帳科。劉氏白〕好不仔細，灑我這一身油。〔金奴白〕不妨事。今日只由得安人，由不得神佛菩薩。〔劉氏白〕會説話。〔唱〕

【又一體】明知佛法事無益(韻)，主定開葷意(韻)。只憑自心爲(韻)，有誰敢談議(韻)？〔合〕觀音捲起(韻)，將香滅燈熄(韻)。設宴開五葷(句)，此樂誰堪比(韻)？〔作到三官堂科。劉氏白〕天官菩薩，你爲上元賜福，世間貧富不等，如何賜禄不均？地官菩薩，你爲中元赦罪，世間許多囚犯，如何不行赦免？水官菩薩，你爲下元解厄，世間災病之人，如何不解其厄？捲起他來。〔金奴作拆匾科，隨撤三官堂桌、帳科。劉氏唱〕

【又一體】不信陰陽與神祇(韻)，報應無靈意(韻)。光陰去如飛(韻)，遇酒莫辭推(韻)。〔合〕三官捲起(韻)，將香滅燈熄(韻)。設宴開五葷(句)，此樂誰堪比？(韻)〔場上設椅，轉場，坐科，白〕先前滿堂神圖佛像，非僧非俗，成甚麽雅相？此時纔像箇人家。金奴，可將春、夏、秋、冬四景畫圖張掛起來。〔金奴應科，白〕齋童，把四景畫圖拿來。〔丑扮齋童，戴羅帽，穿屯絹道袍，繫鑾帶，捧四景畫圖，從上場門上，白〕來了。拆去神圖安畫景，果然家道一時新。安人，畫圖有了。〔劉氏白〕掛起來。〔金奴、齋童作向四面掛畫科，劉氏起作看畫，白〕原來是春景柳絮池塘、夏景曲院荷香、秋景東籬秀色、冬景歲寒三友。這四軸畫圖，乃是員外遺留之物，到今日物在人亡，員外夫，你往那裏去了？〔齋童虛白，仍從上場門下。劉氏坐，作悲科，唱〕

【仙呂宫集曲・二集傍粧臺】【傍粧臺】（首至四）痛夫亡㊀，一朝永别歸泉壤㊀。驀然問覩物關情意轉傷㊀，抛妻子悠然往㊀。【八聲甘州】（五至六句）九嶷含痛竟茫茫㊀，〔白〕我那員外，若留得你在，〔滚白〕只願夫婦齊眉，那想五輩美味？孩兒也得在家，怎肯遣他遠離。可憐我孀居寡婦，四十以上，五十將來，若不趁時享用，生我何爲，在世何益？提起心傷。員外夫，你陰靈畢竟在何方？〔唱〕枉教我哭損柔腸淚萬行㊀。【皂羅袍】（五至六）自思自想㊀，終有無常㊀，【傍粧臺】（末一句）我且隨時消遣度韶光㊀。〔起，隨撤椅科，白〕吩咐備辦祭禮，明日親到員外墳上拜祭一番，以盡在生之意。〔金奴應科。劉氏白〕紅輪西邊墜，次早又東昇。堪憐人在世，生死總難憑。〔同從下場門下〕

第十四齣　調美味大鬧厨人（古風韻）

〔小生扮安童，戴羅帽，穿屯絹道袍，繫縧帶，從上場門上，唱〕

【中呂宮正曲·剔銀燈】老安人心明事矣（韻），享肥甘終須養體（韻）。論人生葷酒何須忌（韻），且高歌快樂是便宜（韻）。〔合〕歡喜，（韻）頓使我心中歡喜（韻），去喚臧厨顧不得脚高步低（韻）。〔作到科，白〕臧厨在家麽？〔内白〕是那裏來的？〔安童白〕我是傅員外家安童。我安人看破佛老，要開葷酒，叫他去置辦酒席。〔内白〕不在家了，張老爺家擺筵席去了。〔安童白〕怎麽處？再尋别人。〔内白〕不要叫别人，我使孩子去尋他去。〔安童白〕知他來早來遲，豈不悮了我家的事？安人開葷心盛，今晚落桌，明早就要坐席。也罷，我叫毛厨去罷。〔虚白，遶場作到科，白〕毛厨在家麽？〔丑扮毛厨，戴氊帽，穿喜鵲衣，繫腰裙，從上場門上，唱〕

【雙調正曲·字字雙】我做厨子手段精（韻），乾浄（韻）。爐頭鐵杓響連聲（韻），高興（韻）。安排素饌與葷腥（韻），豐盛（韻）。〔合〕嘴饞却像餓牢鷹（韻），毛病（韻）、毛病（疊）。〔作出門科，白〕原來是安童哥。想是你家上供，叫我去幫助。〔安童白〕我家自後再不上供、再不喫齋了。我老安人大開葷酒，叫你去整辦筵席。〔毛厨白〕臧厨是你家門下，我怎麽去得？〔安童白〕不妨，我叫你去怕甚麽。〔毛厨白〕是了，你叫我去，我不怕他。待我拿了傢伙就走。拿刀、杓來。〔向下取刀、杓隨上，虚白科。安童白〕走罷。〔毛厨白〕住了，説便是這等説，我有點子怕他來争奪。〔安童白〕有我擔當，怕他怎麽？〔毛厨虚白科，唱〕

【越調正曲·水底魚兒】不必挨遲(韻)，即去辦筵席(韻)。鷄鵝羊肉(句)，〔白〕着實多買些。〔安童白〕怎麽多買些？〔毛厨唱合〕事事我先喫(韻)，事事我先喫(疊)。〔安童白〕料你能喫多少。〔毛厨白〕寬打窄用。〔作到、進門科，場上設桌科，毛厨白〕買的甚麽東西，都盤出來我看。作料東西要緊。〔安童白〕都是有的。〔安童向下取葷素菜蔬，隨上，放桌上科。毛厨作繫油裙，隨意發諢科，安童白〕你且不要頑，不知你的手段如何？〔毛厨作切菜蔬科，唱〕

【中吕宫正曲·駐馬聽】手段堪誇(韻)，葷食調和滋味佳(韻)，不論蒸煎烹炒(句)，白煮清蒸(讀)，爊爛麻辣(韻)。包餡韭菜與葱花(韻)，小合饟腸全憑鲊(韻)。〔合〕湯水無差(韻)，椈椒加上(讀)，辣的他汗流雨下(韻)。〔副扮臧厨，戴氊帽，穿喜鵲衣，繫腰裙，持刀、杓，從上場門上，唱〕

【又一體】奔走波查(韻)，終日慌忙不顧家(韻)。只爲生涯緊急(句)，若論手段(讀)，誰敢欺咱(韻)。完了東家又西家(韻)，細膾常餐何須價(韻)。〔合〕包攬生涯(韻)，看看來到(讀)，傳家門下(韻)。〔作到科，白〕來此已是。安童哥。〔安童白〕門外誰叫？待我看來。〔作出門科，白〕原來是臧厨。〔臧厨白〕聽得老安人開葷，我丟了别人家的活，特地而來。〔安童白〕説你不在家中，我叫了别人了。〔臧厨白〕是誰？〔安童白〕是毛厨。〔臧厨白〕毛厨？ 他敢做我的活？ 你去説了我來，他聞了我的大名，自然連忙就讓了。〔安童作進門科，白〕毛厨，臧厨來了。〔毛厨隨意發諢科。安童白〕怪不得他説你，你若聞了他的大名，自然連忙就讓了。〔毛厨白〕他是這般説，我偏不讓，看他怎麽奈何我。〔安童作出門虚白科，臧厨作進門，二厨隨意發諢，作打鬧科。臧厨唱〕

【又一體】叵耐無知(韻)，恨殺狂徒無道理(韻)。將我主顧奪去(句)，絶去咽喉(讀)，斷我衣食(韻)。我命你命兩相虧(韻)，我霎時教你成乖戾(韻)。〔安童作勸科。臧厨唱合〕勸我難依(韻)，定要經官控告(讀)，將伊處置(韻)。〔毛厨唱〕

【又一體】老狗無知(韻)，出語傷人把我欺(韻)。分明是倚老欺少(句)，昧己瞞心(讀)，强霸胡爲(韻)。將我這般苦禁持(韻)，教人怒向心頭起(韻)。〔合〕藝業高低(韻)，如何賣老(讀)，欺咱小輩(韻)。〔安童作唤，雜隨意扮衆家人，各持棍棒，同從上場門上，虚白，作趕打二厨出門科。安童、衆家人同從上場門下。毛厨、臧厨各隨意發諢科，從下場門下〕

第十五齣　青松墳上列珍饈（古風韻）

〔雜扮四梅香，各穿衫、背心，繫汗巾，同從上場門上，唱〕

【仙呂宫正曲・風入松】花飛逐處亂紛紛（韻），迅光陰減却殘春（韻）。飄殘柳絮成一瞬（韻），歎已往韶華休論（韻）。〔合〕争誇羨紫陌紅塵（韻），空辜負似浮雲（韻）。〔白〕今日安人要到員外墳上祭掃，回來大開葷酒，我等在此伺候。〔旦扮劉氏，穿氅，從上場門上。小旦扮金奴，穿衫、背心，繫汗巾，隨上。劉氏白〕景物當春偏助恨，肥甘養體且消時。〔中場設椅，轉場，坐科，白〕昨聽兄弟之言，勸我開葷，今日不免先到員外墳前拜祭一番，以盡在生之意。員外，〔唱〕

【南吕宫引・哭相思】曾記臨終語慘悽（韻），再三囑咐子與妻（韻）。言語雖在人何在（句），只落得滿眼蓬蒿土一堆（韻）。

【又一體】非我違却從前誓（韻），所爲夫妻兩拆離（韻）。因你未滿六旬喪（句），茹素持齋心已灰（韻）。

〔雜扮二梅香，各戴梅香箍，穿衫、背心，繫汗巾。雜扮四院子，各戴羅帽，穿屯絹道袍，繫縧帶。雜扮車夫，戴草帽圈，穿喜鵲衣，繫腰裙，推車。同從上場門上。二梅香白〕請安人前去拜祭。〔劉氏白〕金奴，你在家中，好生看守。〔金奴應科，仍從上場門下。劉氏起，隨撤椅，同作出門科。雜扮老蒼頭，戴氈帽，穿道袍，從下場門上，作關門科，仍從下場門下。劉氏作乘車，衆隨行科。劉氏唱〕

【黃鐘宫正曲·啄木兒】人和物天地生(韻)，萬物之中人最靈(韻)。富貴的享用輕肥(句)，貧乏的苦楚伶仃(韻)。這都是生成造化皆由命(韻)，榮枯得失天排定(韻)。〔合〕且享肥甘看甚經(韻)？〔作到科。小生扮安童，戴羅帽，穿屯絹道袍，繫鑾帶。雜扮看墳人，戴氈帽，穿喜鵲衣，繫腰裙，同從下場門上，作接科。場上設傅相碑碣，前設矮桌，上設祭物科。看墳人白〕看墳人叩頭。〔起科，隨從下場門下。劉氏白〕擺下祭禮。〔一梅香遞香，劉氏作拈香科，白〕員外夫，只隔三尺黃土，不能見你一面。〔作奠酒，衆隨叩拜科，劉氏唱〕

【又一體】呈薄奠(句)，表慇懃(韻)，你辭世的陰靈聞不聞(韻)？〔白〕員外，請用香茗，請用素齋。〔唱〕進素食供獻墳前(句)，把舉案的意念聊申(韻)。〔劉氏白〕員外夫，今日妻子誠心誠意，特來墳前，聊具薄奠，拜你幾拜。〔滚白〕既不信神，焉能信鬼？ 員外夫，〔唱〕我把修行善念今灰盡(韻)，晨昏好把肥甘進(韻)，〔合〕一任韶光秋復春(韻)。〔隨撤祭物科，衆梅香同唱〕

【黃鐘宫正曲·滴溜子】勸開懷(句)，勸開懷(疊)，不須思忖(韻)。請回歸(句)，請回歸(疊)，把閒愁莫問(韻)。〔安童白〕看車。〔衆應科。劉氏作乘車，衆隨行科，同唱〕聽取(讀)笙歌雅韻(韻)。〔合〕大張葷酒筵(句)，佳餚美醖(韻)，且賞翫良辰(讀)，花枝正新(韻)。〔作到科，安童叩門，蒼頭從上場門上，作開門科。劉氏作下車，衆隨進門，虚白，從兩場門各分下〕

第十六齣　白日堂中呈怪異（庚青韻）

〔丑扮遊戲神，戴花神帽，穿氅，從上場門上，白〕明鏡當頭放過誰，昭昭天鑒果無私。善惡到頭終有報，只爭來早與來遲。吾奉採訪使者之命，警戒劉氏，不令開葷。不免喚出土地，商議一番。土地有請。〔丑扮土地，戴巾，穿土地氅，繫絲縧，持拂塵，從上場門上，白〕一家之事憑吾掌，兩字公平不敢欺。〔相見科，白〕上神稽首了。〔遊戲神白〕叵耐惡婦，竟欲開葷。吾等當現種種惡境，使他回心轉意。不知在於何處爲妙？〔土地白〕當在他祖先堂中。〔遊戲神白〕既如此，喚出魑、魅、魍、魎四鬼來。〔土地應，作喚科。雜扮魑、魅、魍、魎四鬼，各戴套頭，穿道袍，同從右旁門上。遊戲神白〕爾等可潛在傅家祖先堂內，俟劉氏到來，現出種種怪異之狀，使彼驚見，或能阻其惡念，亦未可知之事。〔四鬼應科。遊戲神、土地同從下場門下。場上設帳幔，桌上掛祖先堂匾，桌上設冥器、冠服科。小旦扮金奴，穿衫、背心，繫汗巾，從上場門上，唱〕

【南呂宮引・一剪梅】祖堂中何事鬧嚶嚶（韻）？響徹花鈴（讀），聲在窗櫺（韻）。幾番欲往看分明（韻），身未曾行（讀），心自先驚（韻）。〔白〕我正在房中做女工，老安人叫我到祖先堂上香，須索走遭。〔作驚疑科，白〕我每日來此，只是如常，今日爲何覺得陰森怕人？ 啐！ 這家堂中是日日走的，有何可怕之處？ 待我進去。〔作開門進科。二鬼各穿冥衣作行科，金奴作驚科，白〕好奇怪，這兩件衣服又無人穿，他自己直竪起來，在此行走。〔作出門科，白〕老安人快來。〔旦扮劉氏，穿氅，從上場門上，白〕這丫頭，爲何在此大驚小怪？〔金奴白〕我纔到家堂上香，忽見兩件衣服，又無人穿他，竟會在那裏行走。〔劉氏作驚科，白〕有這樣事？ 待我去看來。〔同作進門，二鬼復行科，劉氏作驚科，唱〕

【南呂宮正曲·賺】瞥見心驚(韻)，這的是鬼魅無端他不現形(韻)。俄思省(韻)，剛剛觸着我心頭病(韻)。想多應(韻)，近來不把神天敬(韻)，見怪空中鬼物憑(韻)。〔白〕好奇怪，兩件衣服，又無人穿，竟自己直竪起來。〔二鬼作旋近前，劉氏作驚科，白〕你看他旋得好快，撲了人來了。〔唱〕只見斜還整(韻)，男衣女袖時相並(韻)，這般行徑(韻)，這般行徑(疊)。〔二鬼從地井下，又二鬼各戴冥冠、冥巾作行科，金奴作驚科，白〕那供的頭巾，忽然飛起去了。〔劉氏唱〕

【又一體】皂帽飛騰(韻)，我員外如何也把我驚(韻)？ 你陰靈聽(韻)，我添香換水時加敬(韻)。〔白〕金奴，你再細看，只怕是我眼花了。〔金奴唱〕甚分明(韻)，樁樁件件堪奇警(韻)，那裏有没脛的衫兒獨自行(韻)？〔同唱〕只見斜還整(韻)，男衣女袖時相並(韻)，這般行徑(韻)，這般行徑(疊)。〔二鬼從地井下。 雜扮大頭鬼，戴套頭，從地井暗上，伏桌下科。 劉氏白〕金奴，你同我在這堂中，仔細再看，還有甚麽踪跡。〔劉氏指桌下，命金奴看科，金奴白〕我害怕。〔劉氏白〕有我在，不妨。〔金奴掀桌圍，大頭鬼作攛出科，劉氏、金奴作

撲倒科，同唱〕

【南呂宮正曲・紅衲襖】你看他竪雙眉怒目睁韻，你看他哭啼啼疑悲哽韻。你看他滿腮窩惱怒生韻，還疑是口兒中多恨聲韻。閃陰風一霎兒冷氣腥韻，細端詳鬼魅形實可憎韻。怪殺這軒庭闃静並没人來句也格，有一箇山精兒晝現形韻。〔大頭鬼仍從地井下。金奴白〕好古怪，青天白日，這樣見起鬼來。〔劉氏唱〕

【又一體】莫不是死多年魂魄靈韻？莫不是受沉冤怨鬼形韻？莫不是傳家的宗祖憑韻？莫不是天有意降災眚韻？似這般怪異事真罕經韻，諕得我戰篤速魂難定韻。自不曾有昧己瞞心害理傷天句也格，爲甚的家堂中事不明韻？〔白〕金奴，我明日要——〔作住口科，白〕我明日要開葷，莫不是傳家祖宗，警戒於我？這葷不開也罷。〔金奴白〕老安人。〔劉氏作驚科，白〕又是怎麽了？〔金奴白〕老安人，好不明白，天下喫葷的人不知多少，那曾見鬼？〔劉氏白〕啐！這丫頭，又諕我一驚。〔金奴白〕若是傳門祖先有靈，保佑的員外不死了，如今落得口腹受用。〔劉氏白〕這丫頭説得也是。自古道：見怪不怪，其怪自壞。且不必理他。〔同作出祖先堂科，隨撤冥器、冠服，并帳幔桌科。劉氏、金奴同唱〕

【慶餘】明朝快與開筵慶韻，謾自的猶夷不定韻，且細向小閣紗窗醉醁醽韻。〔同從下場門下。遊戲神、土地同從上場門上。遊戲神白〕凡人心不昧，處處有神靈。我等做出怪異之事，要使劉氏回心，誰知他竟不知省，只得回覆採訪使者去罷。〔土地白〕是他自作自受。那地獄重重，劉氏，恐怕你不能逃也。須知禍福由人召，〔遊戲神白〕報應分明早共遲。〔同從下場門下〕

第十七齣　姑强媳淫圖塞口(古風韻)

〔副扮劉賈，戴巾，穿道袍，從上場門上，白〕半載江湖受苦辛，情牽風月更勞神。歸來先訪多嬌女，不作區區薄倖人。我劉賈，往外生理回來，理該先到家中，怎奈心中思想情人沈氏，且到他家瀟灑一回，有何不可？小的，隨我到沈大娘家裏去。〔雜扮家人，戴氊帽，穿窄袖，繫搭包，牽驢，從上場門上。劉賈騎驢科，唱〕

【中呂宫正曲·駐馬聽】跋涉關山(韻)，歷盡崎嶇到此間(韻)。怎得佳人一會(句)，萬想千思(讀)，寤寐難安(韻)。這相思兩地恨緣慳(韻)，此時此際情無限(韻)。〔合〕緑鬢紅顔(韻)，别來許久(讀)，令人嗟歎(韻)。〔作到下驢科，白〕小廝，你在前面等我。〔家人應科，牽驢，從下場門下。劉賈白〕來此已是，沈大娘開門來。〔老旦扮沈氏，穿衫，繫汗巾，從上場門上，唱〕

【又一體】幽會無期(韻)，想憶情人意似癡(韻)。每日裏倚門凝望(句)，目斷行雲(讀)，雁絶音稀(韻)。愁懷鬱鬱鎖雙眉(韻)，心中只爲他牽繫(韻)。〔劉賈叩門科。沈氏唱合〕你是阿誰(韻)？〔作開門見科，唱〕原來是情人來至(讀)，恰似天緣相濟(韻)。〔劉賈作進門科，白〕沈大娘拜揖。我出外生意半載，家下之事，毫無掛心，時刻只是想着你。〔沈氏白〕我老了，不是那年幼時節了，你想我怎麽？〔劉賈白〕你年紀雖大我幾歲，這些風流興致甚高。我今日纔回來，没有到家，竟來看你，我豈不是有情之人？〔沈氏白〕有勞費心，待我備酒接風。〔場上設桌椅，各坐科，沈氏白〕媳婦，看茶來。〔旦扮陳桂英，穿衫，捧茶盤，從上場門上，作見劉賈，將茶盤置地下，即從上場門下。沈氏取茶盤，劉賈接飲科。沈氏白〕快收拾酒餚出來。〔陳桂英白〕婆婆自來取罷，媳婦不得閒。〔沈氏白〕你看我叫他不動。〔劉賈白〕既叫他不動，你自己去取罷了。〔沈氏向下取酒，隨上，唱〕

【又一體】薄酌迎風㊆，兩意相投情頗濃㊆。忽見情人來到㊄，撇却憂心㊇，喜上眉峰㊆。尤雲殢雨兩心同㊆，恰如一對鸞和鳳㊆。〔合〕暢飲杯空㊆，前生結就㊇，今生歡共㊆。〔劉賈唱〕

【又一體】舉酒談心㊆，兩下相偎情意深㊆。我與你三生留笑㊄，兩意相投㊇，一刻千金㊆。半年間別換光陰㊆，今朝拚把杯深飲㊆。〔合〕不用沉吟㊆，休教閒却㊇，鴛衾鳳枕㊆。〔白〕沈大娘，今朝暫别，明晚再來。〔沈氏白〕我和你相與這一場，其實情意相投。怎奈我媳婦，倒拿我的把柄，叫來不來，叫去不去，凡事執拗。你替我設箇區處，使他説不得我，我纔心中受用。〔劉賈白〕待我想來。〔各起，隨撤桌椅科。劉賈白〕有了。我這裏與你一錠銀子遞與他，故意説你老了，教他與我交好交好。他再也説不得嘴了。〔作付銀，沈氏接銀科，白〕恐你往後，若是戀着他，竟將我忘了。我那時節斷不與你干休的。〔劉賈白〕我與你舊情難忘。若是棄了你戀着他，我定遭蛇傷虎咬而亡。

〔沈氏白〕改禍成祥。你請回，我今日就對他説便了。〔劉賈作出門科，白〕得他心肯日，你我久長時。請了。〔從下場門下。沈氏白〕媳婦快來。〔場上設椅，坐科。陳桂英從上場門上，唱〕

【仙呂宮引・探春令】兒夫一旦遠分離(韻)，使朝夕縈繫(韻)。婆婆作事多違背(韻)，恐被那旁人議(韻)。〔沈氏白〕媳婦快來。〔陳桂英作拜見科。沈氏白〕方纔叫你，爲何不理我？〔陳桂英白〕婆婆，若是骨肉之親到此，便好近前。他是外人，成甚麽規矩？怎好相見？〔沈氏白〕世情如此，分甚麽清濁，隨方就圓些也索罷了。〔陳桂英白〕婆婆差矣。〔唱〕

【仙呂宮正曲・桂枝香】綱常倫理(韻)，頗能知會(韻)。〔白〕若論婦人之道呵，〔唱〕夜來時以火隨行(句)，事姑嫜蘋蘩中饋(韻)。那工容德性(句)，那工容德性(疊)，三從須記(韻)，四知當畏(韻)。〔合〕告婆知(韻)，休貪分外錢和鈔(句)，謹守閨門堅自持(韻)。〔沈氏起科，唱〕

【又一體】人生在世(韻)，光陰無幾(韻)。我孩兒遠去他鄉(句)，可惜你青春嬌媚(韻)。〔陳桂英白〕婆婆，人家丈夫亡故，尚且守節，婆婆何出此言。〔沈氏白〕我兒，男子漢離家久了，還有小娘散悶。你我女人在家，離夫久了，少不得要偷嫖偷嫖。〔陳桂英白〕婆婆，這是什麽説話！〔沈氏白〕兒，何公無私，何水無魚？只爲我那心上人，嫌我老了，心下想你，怕你不肯。〔作付銀科，白〕如今有五兩銀子送與你，還要打副釵環，做套衣服送與你。兒，你從了他罷。〔陳桂英白〕婆婆，這樣言語，虧你開得口、啓得齒，羞也羞殺人。〔沈氏白〕我兒，〔唱〕想眼前光景(句)，眼前光景(疊)，流年水逝(韻)，似白

駒過隙(韻)。〔合〕且隨宜(韻)，何妨急早從人願(韻)，樂以忘憂效倡隨(韻)。〔坐科。陳桂英唱〕

【又一體】婆婆休罪(韻)，容奴跪啓(韻)。任憑他將財物餌人(句)，奴自守閨門節義(韻)。況公公家教(句)，公公家教(疊)，也曾把倫常教誨(韻)，家門整理(韻)。〔合〕告婆知(韻)，休貪分外錢和鈔(句)，免被旁人說是非(韻)。〔沈氏作怒科，唱〕

【南呂宮正曲·大迓鼓】無知小賤才(韻)，將婆言違背(讀)，意亂心歪(韻)。〔白〕人家不才的婆婆，還要管了媳婦不許偷漢子，我這樣賢慧的婆婆，勸你如此，你倒偏不如此。有甚麽難爲着你？我好恨！〔唱〕教人怒發難寧耐(韻)，恨裝喬作勢恁狂乖(韻)。〔合〕打死伊行(讀)，有何妨礙(韻)？〔作起持家法打科。陳桂英唱〕

【又一體】休將語亂歪(韻)，教人悲慽(讀)，感歎傷懷(韻)。〔沈氏白〕你若不依從，我只是的打。〔陳桂英白〕媳婦早晚侍奉不周，受婆婆打罵，理所當然。因爲此事不從，打罵媳婦也是枉然。〔滚白〕曾記你孩兒出門之際，叮嚀囑咐，教媳婦勤侍萱堂，閨門莫出。我若是苟爲此事，違却夫言，人心何在，禮義何存？婆婆老娘——〔唱〕這般打罵忒毒害(韻)，寧甘一死赴泉臺(韻)。〔合〕痛斷柔腸(讀)，珠淚盈腮(韻)。〔沈氏唱〕

【慶餘】無知潑賤多作怪(韻)，〔陳桂英唱〕猛拚身喪赴泉臺(韻)，決不貪生把名行乖(韻)。〔作進房閉門科，從下場門下。沈氏白〕好賤人！你閉了門不過在房裏，難道就飛上天去不成？且住，我方纔許他明晚來的，他若是再不依從，便試試我，活活打死這賤人。啐！我只圖眼前樂，那管身後名。〔從下場門下〕

第十八齣　鬼爭人替待超生（古風韻）

〔丑扮自縊鬼，散髮，搭魂帕，穿衫，拴自縊切末，從天井跳下，唱〕

【高大石調正曲·窣地錦襠】我是陰司縊死鬼㊎，只因量小不忍氣㊎，皆緣閒事惹閒非㊎，〔合〕一時自縊身遭斃㊎。〔從左旁門下。副扮水鬼，穿水鬼切末，從地井跳上，唱〕

【又一體】我是陰司一水鬼㊎，只因爲利他鄉地㊎，被人見財來起意㊎，〔合〕將身推在水波裏㊎。〔從左旁門下。末扮藥死鬼，戴巾，搭魂帕，穿道袍，繫腰裙，從右旁門上，唱〕

【又一體】我是陰司藥死鬼㊎，只因爲財遭毒計㊎，異鄉一命生生斃㊎，〔合〕魂魄飄流不得歸㊎。〔從左旁門下。旦扮戳死鬼，搭魂帕，穿衫，繫腰裙，繫剪刀切末，從右旁門上，唱〕

【又一體】我是陰司戳死鬼㊎，只因傷命血淋漓㊎。心頭疼痛有誰醫㊎？〔合〕教人提起好傷悲㊎。〔從左旁門下。四鬼同從右旁門上。自縊鬼白〕你們這些都是甚麽鬼？〔水鬼白〕我名喚段有義，乃販賣紗羅客人是也。前往杭城買賣而歸，遇一同船兇徒，見我囊金五百兩，頓起不良之心，推我溺水而死。今經十年，尚無替身。〔藥死鬼白〕我乃黄彦貴是也。南昌販賣回來，多有利息，被李文道在途間用藥藥死，將我資本取去。又遇贓官得賄賣放，未經抵償。已曾告在陰司，尚未對理。〔戳死鬼白〕自家耿氏，因爲夫婦不和，一時短見，把剪刀戳在心窩裏死了。陰府茫茫，好不孤苦。〔水鬼白〕你是甚麼鬼？〔自縊鬼白〕我乃邵門金氏，因與公婆嘔氣，自不深省，一時短見，縊死高梁。今經二十年，還没有尋着箇替身替替。〔四鬼同唱〕

【仙呂宫正曲·清江引】自恨當初見識小(韻)，無端把一命夭(韻)。到今悔是遲(句)，這冤苦有誰知道(韻)。〔合〕細思量(讀)，悔當初自家尋苦惱(韻)。〔陳桂英内作哭科。自縊鬼白〕這村子裏有婦人啼哭，想必要尋自縊。我且悄悄前去，惑亂他惑亂，倘得替得我身，也未可知。〔從下場門下。三鬼虚白，同從下場門下。自縊鬼從上場門上，三鬼隨上。自縊鬼白〕你們都來做什麼？〔三鬼白〕聽得此處有人啼哭，我們來尋替身。〔自縊鬼白〕這是我的地方，你該往水邊去尋那害你的人，你該尋那藥死你的人，你該去尋刀傷的替身，怎麽在此處攪擾？還不快走。〔三鬼各虚白争替身科。自縊鬼唱〕

【雙調正曲·孝順歌】你們休胡説(句)，莫亂爲(韻)，陽世陰間無二理(韻)。藥死的怨鬼你應知(韻)，你是水底含冤鬼(韻)。你二人疾去休遲(韻)。女該女代(讀)，男當男替(韻)。〔合〕去爲厲他方(句)，任伊家立人啼(韻)。〔戳死鬼白〕他們是男鬼替不得，我是女人，讓我替了罷。〔自縊鬼白〕啐！你是女人，難道我是男人不成？各有地方，你們這些不知理的，再不去我就打了。〔水鬼白〕你打，我們不會打麽？〔四鬼作相打科。三鬼唱〕

【又一體】賊潑賤㊀句，太無知㊀韻，絮絮叨叨把我欺㊀韻。雖然此處有人啼㊀韻，知他命終未㊀韻？你好忒煞無禮㊀韻，要强逼生人㊀讀，替伊死鬼㊀韻。〔合〕古語相傳㊀句，弄人鬼待時衰㊀韻。〔自縊鬼作趕打三鬼，同從左旁門下。自縊鬼復從上場門上，水鬼復隨上。自縊鬼白〕這些鬼，都被我打跑了。〔水鬼白〕我還在這裏。〔自縊鬼白〕你到底去不去？〔水鬼白〕我偏不去，你到那裏，我也到那裏。〔自縊鬼唱〕

【又一體】賊兇漢㊀句，没道理㊀韻，口口聲聲來替你㊀韻。你本是水底含冤鬼㊀韻，反來與我閙争氣㊀韻，使我心中怒起㊀韻。你受沉冤㊀讀，當向河頭水際㊀韻。〔合〕何得歪纏㊀句，與咱苦苦争持㊀韻？〔作趕水鬼，從地井下，自縊鬼從下場門下〕

第十九齣　陳氏女守節投繯（古風韻）

〔場上設香案、佛龕科，旦扮陳桂英，穿衫，從上場門上，唱〕

【中呂宮正曲·駐雲飛】珠淚盈眸（韻），薄命紅顔苦更憂（韻）。婆狠生僝僽（韻），逼勒難禁受（韻），嗏（格），夫去在他州（韻）。〔白〕妾身陳氏桂英，自嫁胡門，公公早喪，婆婆在堂，丈夫出外生涯，未得歸家。只因婆婆平昔爲人不正，常與外人來往，有玷家門，幾番諫勸，反觸他發怒生嗔，只得含忍在心。我想婆婆如此所爲，〔滚白〕若是我丈夫在家，男子漢必會撑持。正是：男兒無妻家無主，婦人無夫身無主。只因我夫去在他州，〔唱〕事成掣肘（韻）。我待學烈女賢姬（讀），一心心要把芳名守（韻），〔合〕怎肯貪歡作下流（韻）。〔白〕方纔婆婆説道，明早不從，定要打死。且往鄰家躲避躲避，等我婆婆性回，我再回來。〔作出門欲行科。丑扮自縊鬼，散髮，穿衫，拴自縊鬼切末，從上場門上，作攔住科。雜扮陳桂英遊魂，搭魂帕，穿衫，從地井内上，與自縊鬼相見科。陳桂英白〕不好，此去鄰家，婆婆尋我不見，道我私奔，必然又是苦打。若是被婆婆打死，不如自己尋箇自盡罷。〔作進門，隨閉門科，自縊鬼、陳桂英遊魂隨進科。陳桂英唱〕

【又一體】長夜悠悠(韻)，〔內打五更科，陳桂英唱〕忽聽譙樓頻送籌(韻)。不如早喪離塵垢(韻)，免受婆僝僽(韻)。嗏(格)，思量結髮意綢繆(韻)，〔滚白〕夫，非是你妻子不等你回來，也只爲婆婆逼勒不過，事不由己，今生今世，不得與你相見，只得望空拜你幾拜。夫，思量結髮意綢繆，〔唱〕難分難剖(韻)。若要相逢(讀)，只好在三生後(韻)，〔作取繩科，唱合〕夫去天邊妾命休(韻)。〔作上桌向佛龕下拴繩，自縊氣絶科。自縊鬼與陳桂英搭魂帕，陳桂英遊魂旋從右旁門下。自縊鬼唱〕

【又一體】喜上雙眉(韻)，攛哄你做了含冤負屈鬼(韻)。我死了虧伊替(韻)，你死了尋誰縊(韻)？嗏(格)，今日可憐伊(韻)，幽冥永滯(韻)。我得逍遥(讀)，又復生人世(韻)，〔合〕我自欣欣你自悲(韻)。〔從左旁門下。老旦扮沈氏，穿衫，繫汗巾，持家法，從上場門上，白〕好賤人，你執性只是不肯依從，今日再説箇不依從，試試我麽。〔作推門進，見陳桂英屍，驚倒，急作出門科，白〕鄰舍人家快來，我媳婦縊死了。〔雜扮衆鄰居，各戴氊帽，穿各色道袍，從兩場門分上。沈氏白〕我媳婦縊死了。〔衆鄰居白〕你媳婦縊死了？我們大家看來。〔同作進門，虚白，解下陳桂英死屍科。沈氏作僞哭科，唱〕

【又一體】一見傷悲(韻)，止不住汪汪雨淚垂(韻)。你節烈人難比(韻)，錯把伊凌逼(韻)。嗏(格)，是我自差池(韻)，亂作胡爲(韻)。强把箇賢孝貞姫(讀)，逼勒他一命歸泉世(韻)。〔合〕悔却無端釀禍危(韻)。〔衆鄰居白〕嬸嬸不要哭，你的事，我們四鄰八舍都是知道的。陳娘子兄弟是皮匠，在街口子上做生意去了。快去叫他回來，事大事小，憑在他就是了。〔沈氏白〕全仗衆位調停料理。〔衆鄰居白〕這箇自然，看你的造化便了。〔同作出門科，白〕老陳快來。〔丑扮陳皮匠，戴氊帽，穿喜鵲衣，繫腰裙，挑皮匠擔，從上場門上，白〕來了。皮匠作生涯，終日苦波踖。衆位，怎麽這樣齊集在此，唤我做什麽？〔衆鄰居白〕有一樁異樣的兇事，你可知道麽？〔陳皮匠白〕什麽異樣的兇事呢？〔衆鄰居白〕你姐姐被婆婆苦打，自縊死了。〔陳皮匠白〕怎麽説？我的姐姐死了！〔作隨衆鄰居進門，見陳桂英死屍，哭打沈氏科。沈氏白〕大舅，你也不須吵鬧，但憑衆位吩咐，家中只剩這五兩銀子在此，一併送與你罷。〔作付銀科，白〕一應棺木發送，家中還有幾件衣服，將他當取，可即發送就是了。〔衆鄰居白〕老陳，這也罷了。死者不能復生，就算婆婆逼死媳婦，却也問不得什麽大罪。〔陳皮匠白〕罷是罷了，只苦了我的姐姐，死得慘切。罷，我看這五兩銀子分上，饒了他罷。〔衆鄰居白〕我們且擡過一邊。〔同作扛陳桂英死屍，從下場門下〕

第二十齣　傳相妻開華背誓（古風韻）

〔小生扮安童，雜扮八院子，各戴羅帽，穿屯絹道袍，繫鑾帶，同從上場門上。安童白〕安人心厭喫長齋，今向華堂綺席開。一醉渾忘天地老，何須供佛拜蓮臺。昨奉安人之命，整辦酒席，我們須擺列齊備，不免請安人出來。安人有請。〔小旦扮金奴，雜扮八梅香，各穿衫、背心，繫汗巾，引旦扮劉氏，穿氅，從上場門上，唱〕

【越調引・桃李争春】雨過南塘(韻)，羅衣漸覺生凉(韻)，應憐晴霽風光(韻)。〔場上設席，轉場，入坐科。安童、金奴向下取餚饌、酒壺、杯盤隨上，送酒科，衆同唱〕

【仙吕宫集曲・甘州歌】【八聲甘州】（首至六句）風清天爽(韻)，把珠簾掛上(讀)，池館生凉(韻)。葵榴争放(韻)，炎炎夏日偏長(韻)。閒歌樊素誇紅粉(句)，笑舞蠻腰泛紫觴(韻)。〔衆跪作勸酒科，同唱〕【排歌】（合至末句）風光好(句)，景物良(韻)，凭欄十里芰荷香(韻)。波紋動(句)，摇碧窗(韻)，樓臺倒影入池塘(韻)。〔雜扮衆戲耍人，各戴氊帽，穿各色道袍，同從上場門上，唱〕

【高大石調正曲・窣地錦襠】鮑老當年笑郭郎(韻)，笑他舞袖太郎當(韻)。若教鮑老舞當場(韻)，

〔合〕更覺郎當舞袖長(韻)。〔分白〕處處相逢是戲場，眼前傀儡爲誰忙？幾人識得箇中趣，忙裏偷閒耍一場。衆兄弟，如今劉老安人大開五葷，我們前去撮弄把戲。來此已是，門上有人麽？〔一院子作出門科，白〕你們是做什麽的？〔衆戲耍人白〕我們是撮弄把戲的。聞知老安人大開五葷，特來搬演奉酒。〔院子作進門稟科。劉氏白〕着他們進來。〔院子應，作出門引衆戲耍人進門科，同白〕安人，我們衆人見禮。〔安童虛白，命衆戲耍人隨意唱曲，劉氏虛白，命金奴作賞錢科。衆戲耍人作出門科，同從下場門下。副扮劉賈，戴巾，穿道袍，從上場門上，白〕爲圖利己營謀事，相勸開葷啓玳筵。〔作進門科。院子白〕舅爺到了。〔劉氏出坐見禮科。劉賈白〕恭喜姐姐，今日開葷，大排筵席，家庭樂事，做兄弟的特來奉賀。〔劉氏白〕多謝兄弟美意。來得正好，和你共飲數杯，以取其樂。〔各坐科，安童、金奴作各送酒科。劉賈白〕待兄弟奉敬姐姐一杯。〔劉氏白〕生受兄弟。〔雜扮衆乞兒，戴各色氈帽，穿各色破爛乞丐衣，繫腰裙，同從上場門上，唱〕

【又一體】當年豪富似虛花(韻)，此日貧窮枉歎嗟(叶)。只得沿門乞丐做生涯(韻)，〔合〕隨分隨緣度歲華(韻)。〔白〕來此已是。門上大爺，〔一院子作出門科，白〕你們是什麽人？〔衆乞兒白〕我們特來唱詞，奉安人的酒。〔院子作進門稟科，劉氏白〕叫他們進來。〔院子應，作出門引衆乞兒進門科，安童、金奴白〕你們有甚麽詞曲唱上來。〔衆乞兒隨意唱曲。劉氏虛白，命金奴作賞錢科。衆乞兒作出門科，同從下場門下。安童、金奴作各送酒科，衆同唱〕

【仙呂宮集曲·甘州歌】【八聲甘州】（首至六句）金烏玉兔忙(韻)，且躭風翫月(讀)，對景持觴(韻)。淺傾低唱(韻)，且開懷暢飲何妨(韻)。輕搖紈扇思班妤(句)，笑看蓮花似六郎(韻)。【排歌】（合至末句）風光好(句)，景物良(韻)，凭欄十里芰荷香(韻)。波紋動(句)，搖碧窗(韻)，樓臺倒影入池塘(韻)。〔浄扮僧明本，戴僧帽，穿僧衣，繫絲絛，持拂塵。生扮道貞源，戴道巾，穿水田道袍，繫絲絛，持拂塵。同從上場門上，分白〕天可度，地可量，惟有人心不可防。齋公辭世纔週歲，孀婦開葷不忖量。而今老安人在堂飲酒，我們特來勸解，就此前去。門上有人麽？〔一院子作出門科，白〕是那箇？〔明本、貞源白〕我們是會緣橋衆僧道。聞知老安人開葷，我等特來勸解。〔院子作進門稟科。劉氏白〕安童，你去説員外在日，被他們悮了一世，安人豈可再悮？叫他們不消相見。〔劉賈白〕姐姐講得極是，不必着他們相見。〔安童作出門科，白〕衆位師傅，安人説：員外在日，被你們悮了一世，安人豈可再悮？着你們不消相見。〔明本、貞源白〕既不容相見，有幾句言語回覆安人。〔安童白〕你講來。〔明本、貞源白〕勸君莫愛口頭肥，惡業冤家步步隨。汝食他時他食汝，何能成就佛菩提。〔安童作進門科，白〕稟安人，僧道有言稟上：勸君莫愛口頭肥，惡業冤家步步隨。汝食他時他食汝，何能成就佛菩提。〔劉氏白〕這些歪僧邪道，好生無理。不看我的顔面，也念員外情分，他就如此譏誚！將這畜生們快快打去。〔衆院子作出門趕打科，明本、貞源仍同從上場門下，衆院子仍作進門科。劉氏、劉賈各作出席，隨撤桌椅科。劉氏唱〕

【商調正曲·黄鶯兒】僧道忒無知(韻)，出狂言肆訕譏(韻)，不由人怒氣填胸臆(韻)。〔衆同唱〕善不足喜(韻)，惡不足累(韻)，勸安人休把閒愁繫(韻)。〔合〕且倒金罍(韻)，高歌暢飲(句)，休得論閒非(韻)。〔劉氏作怒科，從下場門下，衆隨下。劉賈作出門科，白〕咳！這是那裏説起。今日是我姐姐開葷之日，此乃一天好事，誰想被這些僧道到來胡言亂語，唐突了一番。我姐姐心中甚是惱怒，爲此多着家人將他趕逐而去。〔唱〕

【慶餘】怪無知僧道來此生閒氣(韻)，出語傷人没道理(韻)，幸得我解勸修全免是非(韻)。〔從下場門下〕

第廿一齣　爲勸修持尼受辱（家麻韻）

〔旦扮劉氏，穿氅，從上場門上，唱〕

【仙呂入雙角合曲・北新水令】歎浮生虛度數年華韻，消萬慮惟憑杯斝韻。夫君辭世上句，孤子去天涯韻。歲月交加韻，頓使俺朝夕間多牽掛韻。〔小旦扮金奴，穿衫、背心，繫汗巾，從上場門上，白〕後堂酒宴齊備，請安人寬飲一杯。〔劉氏虛白，同從下場門下。老旦扮尼貞静，戴僧帽，穿老旦衣，繫絲縧，帶數珠，持拂塵，從上場門上，白〕無始從前怨結深，輪迴六道自相侵。要免披毛並戴角，勸君休使害人心。小尼乃清浄庵庵主是也。規範清嚴，道風遠播，所有那些縉紳婦女，無不接踵相從。多感龍天護持，近來香火頗盛。向爲傅長者一門好善，以此常往他家走動，又承老安人相待甚厚。今因傅長者棄世，聞説安人聽信讒言，開葷飲酒，頓改初心，爲此我今前去，將言勸化一番，有何不可。迤邐行來，此間已是，裏面有人麽？〔丑扮齋童，戴羅帽，穿屯絹道袍，繫鑾帶，從下場門上，白〕忽聞聲剥啄，未審是何人。〔作出門科，白〕原來是清浄庵女師傅，到此何幹？〔貞静白〕聞知安人新近開葷，特奉言詞勸酒。〔齋童白〕我家安人，正在内堂小飲，恰爲無人消遣。既承光顧，且請少待，待我禀過安人，再來相請。〔貞静白〕如此就煩通禀一聲。〔齋童作進門科，從下場門下。貞静作進門科，白〕但願持求心不亂，管教袪退意貪婪。〔劉氏從下場門上，金奴隨上，劉氏白〕金奴，請進尼師來。〔金奴應科。貞静白〕交談言勸酒，相敘話開葷。〔金奴白〕女師傅有請。〔貞静白〕安人在上，小尼稽首。〔劉氏白〕女師傅，往常相見，曾有師生之稱。我今看破佛門，盡皆虚謬，自今相見，只行賓主之禮。〔貞静白〕安人見教得極是。〔劉氏白〕金奴，看坐過來。〔金奴應科，場上設椅，各坐科。劉氏白〕久别以來，甚爲想念，今幸降臨，有何見教？〔貞静白〕小尼久矣未曾趨候，今聞安人開葷飲酒，甚爲恭喜。〔劉氏白〕好説。〔貞静白〕我看老安人臉暈微霞，似入醉鄉之意。況酒能養性，所以仙家飲之。又道酒能亂性，佛家戒之。自古有酒學仙，無酒學佛，此之謂也。〔劉氏白〕未審還有何事見教。〔金奴白〕待我去看茶來與庵主喫。〔從上場門下。貞静白〕安人，我想宅上呵，〔唱〕

【仙吕入雙角合曲·南步步嬌】善行修持功德大(韻)，頂禮維摩法(韻)，咸知積善家(韻)。信奉虔瞻(句)，諸佛菩薩(韻)。〔劉氏白〕如今却也難以信奉了。〔貞静唱合〕齋戒誦楞伽(韻)，善名是處堪稱訝(韻)。

〔劉氏唱〕

【仙吕入雙角合曲·北折桂令】聽伊行説起情芽(韻)，想人世浮踪(句)，一派虚花(韻)。自夫君撇我孤單(句)，俺無心向善(句)，意念争差(韻)。〔各起科。劉氏唱〕命吾子去經商路遐(韻)，鎮日裏守孤幃愁緒如麻(韻)。〔貞静白〕聞説安人曾經有何貴恙，小尼有失問候。〔劉氏唱〕無奈俺染病嗟呀(韻)，兀自難以撐

達韻，若非這葷酒甘肥句，險些兒命染黃沙韻。〔貞靜唱〕

【仙吕入雙角合曲・南江兒水】總是善惡惟心造句，莫教一念差韻，可惜這一門善念都撇下韻。記得長者仁慈臨終話韻，他叮嚀囑咐心牽掛韻。如今一旦開葷瀟灑韻，〔合〕他雖在幽冥句，心意怎能甘罷韻。〔各坐科。金奴捧茶，仍從上場門上，白〕茶在此。〔劉氏作怒科，白〕誰教你拿茶，不許，快拿回去。〔金奴送下，隨上。劉氏白〕女尼，你却好生無理，如何竟將這惡言語來傷觸我麽？〔貞靜白〕小尼忝在相好，故敢直言也。〔劉氏白〕哇！還要胡講。〔金奴白〕安人，不須動氣，不是當耍的。庵主，你也不該這等胡言亂語。〔各起，隨撤椅科。劉氏唱〕

【仙吕入雙角合曲・北鴈兒落帶得勝令】【鴈兒落】（全）輒敢的話荒唐語亂喳韻，向吾行没禮義無高下韻。怪伊家恁胡言閒磕牙韻，好教俺怒生嗔無明發韻。〔金奴白〕安人省些氣罷。〔劉氏唱〕【得勝令】（全）呀格，恁是箇誘人犯法臭歪刺韻，〔貞靜白〕竟罵將起來了，豈有此理。〔劉氏唱〕猶兀自嘴喳喳韻。恨無端言不遜句，我氣填胸忿恨加韻。〔白〕怪道，不差。〔唱〕想人家韻，禁僧尼不許來門下韻。聽咱韻，信非誣果不差韻，信非誣果不差疊。〔白〕金奴，唤齋童快來。〔金奴應，作唤科。齋童從上場門上，白〕安人有何吩咐？〔劉氏白〕快同金奴將這女尼恥辱他去。〔齋童、金奴白〕是。你這女僧，既在門下往來，如何行這没禮之事，成何體統。〔貞靜白〕我在門下往還，也没有什麽差處。〔齋童、金奴白〕還要多講。〔唱〕

【仙呂入雙角合曲・南僥僥令】怪伊閒兜搭(韻)，信口亂如麻(韻)。〔貞靜白〕我何曾説什麼歹話，都是解勸之言。〔齋童、金奴唱〕把夙昔交情做閒戲耍(韻)，〔各作推貞靜科，唱合〕好向他處葛藤作別樹花(韻)。〔劉氏唱〕

【仙呂入雙角合曲・北收江南】呀(格)，則教恁認得俺是狠羅刹(韻)，你懷藏着俐口更伶牙(韻)。〔貞靜白〕安人，你把我做什麼人看待？〔劉氏白〕你麼，唔，〔唱〕覷恁似池塘雨後亂鳴蛙(韻)，〔貞靜白〕竟將好意反成惡意。可笑！〔劉氏唱〕擅兀自盤非較是逞嘈雜(韻)。恁狂言亂喳(韻)，〔貞靜白〕一發破口罵起來了。〔劉氏唱〕恁狂言亂喳(疊)，〔白〕齋童、金奴過來。〔齋童、金奴應科。貞靜白〕這是那裏説起。我是爲相與交情，以此將言勸解，反將我如此毆辱起來。可惱！〔劉氏唱〕快與我驅離免使肆喧譁(韻)。〔白〕快快趕出他去。氣死我也。〔仍從下場門下。貞靜白〕安人轉來，我還有話説。〔齋童、金奴白〕你這不識時務的蠢尼，快些去罷，不許延遲在此。〔唱〕

【仙呂入雙角合曲・南園林好】嗔怪殺禍胎孽芽(韻)，〔各作推貞靜科，唱〕誰許你狂言亂喳(韻)。〔白〕快快的走，若要遲延，就要給你箇没體面了。〔貞靜唱〕我爲好反遭辱駡(韻)，〔合〕憑空惹這波查(韻)，造罪孽且由他(韻)。〔作出門科，仍從上場門下。齋童、金奴白〕安人有請。〔劉氏仍從下場門上，場上設椅，坐科，白〕那惡尼去了麼？〔齋童、金奴白〕被我們一番驅逐，他自知慚愧而去了。〔劉氏白〕我想那些僧道尼姑，都是些無情無理的人。他焉能自家追悔？我今實是懷恨在心。你二人必須設一計較，務要破了他的齋戒，使他説不的嘴，方消我恨。〔齋童白〕齋童愚蠢，無計可施。還是金奴乖巧，可以用計而行。〔金奴白〕有了，我有一計在此。明日乃是齋僧的日期了，今晚將犬一隻，投入甕中，用滚水泡死，剜肉爲丸，分做饅頭的餡兒，明日俵散。衆人一齊的喫了，豈非墮我計中。然後即便搶白他一場，免得他下次又來談論是非，豈不是好？〔齋童白〕好，此計甚妙。〔劉氏起，隨撤椅科，白〕好計。就此依你所行便了。金奴，吩咐安童，明日早去。〔金奴應科，衆同唱〕

【仙吕入雙角合曲·北沽美酒帶太平令】【沽美酒】(首至四)共籌量計甚佳(韻)，共籌量計甚佳(疊)，恨歪尼挺撞咱(韻)。將犬肉烹調一甕酢(韻)，做饅首去齋他(韻)。【太平令】(全)食取時當場話靶(韻)，恁破綻一手兒全拿(韻)。至其間一場笑話(韻)，頓恥辱難鑽地罅(韻)。俺呵(格)，巧機關陷他(韻)、污他(韻)，指實處羞他(韻)、罵他(韻)，呀(格)，那時節報雪俺深讐纔罷(韻)。

【南慶餘】把齋僧且説三分話(韻)，這暗室機關怎解咱(韻)？赤緊的恥辱僧尼，竟開葷非是假(韻)。

〔同從下場門下〕

第廿二齣　欲欺僧道犬遺烹（古風韻）

〔雜扮監齋使者，戴套頭，穿鬼衣、排穗，軟紮扮，持旛，從上場門上，跳舞科，場上設平臺、虎皮椅，轉場，陞坐科，白〕物我齊將寶筏登，監齋到處有威靈。世人莫道佛仙幻，報應全憑心上行。自家乃監齋使者是也，原居陽世，茹素心堅，蒙玉皇勑旨，封爲監齋使者。世上人家誰無烟火，吾神遍能照察。只因傅家三代喫齋，今傅相之妻劉氏一朝遽改，因恨僧尼進諫，聽信金奴之言，夜來殺狗炊做饅頭，欲送至會緣橋，與僧道尼姑喫了，然後笑駡他。哦，有了，我今不免前去，變作瘋狂道人，點化那些僧道尼姑，有何不可？〔下座，隨撤平臺、虎皮椅科，從下場門下。〕浄扮監齋使者化身，戴頭陀髮、道巾，穿補衲衣，繫腰裙，帶椰瓢，持鉢盂、樱箒，從下場門上，白〕凡事勸人休碌碌，舉頭三尺有神明。〔仍從下場門下。〕雜扮院子，戴羅帽，穿屯絹道袍，繫縧帶，持賑濟旛，從下場門上，設場上科，仍從下場門下。浄扮僧明本，戴僧帽，穿僧衣，繫絲縧，持拂塵。生扮道貞源，戴道巾，穿水田道袍，繫絲縧，持拂塵。同從上場門上，分白〕苦海茫茫無際，浮生擾擾堪悲。把忠言當做惡言，將好意翻成歹意。〔監齋使者化身作顛狂狀，從上場門上，白〕南無無量壽佛。〔明本、貞源白〕道長從何處來？〔監齋使者化身白〕列位，〔唱〕

【仙呂調隻曲·青哥兒】俺來自蓬萊仙島(韻),〔明本、貞源白〕到此何幹?〔監齋使者化身唱〕向伊行特來傳報(韻)。〔明本、貞源白〕所報何事?〔監齋使者化身唱〕都只爲傳門劉氏奸計巧(韻),〔明本、貞源白〕他有何奸計?〔監齋使者化身白〕他昨晚與金奴計較,將狗肉包做饅頭,拿來齋你們,要破了你們的戒,便不好説嘴了。〔明本、貞源白〕原來有這等事。這便何以待之?〔監齋使者化身白〕不妨,你們先將素饅頭一箇,藏在袖中,到那喫齋時,暗暗換取,待他們説什麽,便取出狗肉饅頭,與他看,以示不墮他的奸計。〔明本、貞源白〕這等甚好。只是劉氏爲着何事行此惡計?〔監齋使者化身唱〕他嗔怪伊曹(韻),戒律清高(韻),總爲前朝(韻)。〔明本、貞源白〕原來爲此。〔監齋使者化身白〕還有一説。〔唱〕猶恐他另設計千條(韻),先當揣度(韻)。〔明本、貞源白〕這箇自然要防他。〔監齋使者化身白〕南無無量壽佛。〔同從下場門下。小生扮安童,丑扮齋童,各戴羅帽,穿屯絹道袍,繫鑾帶。雜扮二院子,各戴羅帽,穿道袍,繫鑾帶。扛盒内盛饅頭,同從上場門上,唱〕

【仙呂宫正曲·不是路】齋會良辰(韻),忙步趨來法海門(韻)。〔作到科。齋童白〕衆位師傅有請。〔明本、貞源、監齋使者化身仍同從下場門上,作相見科。安童白〕我等奉老安人之命,送得饅頭在此,供養衆位。妙嗄!今日又有新來一位師傅。〔明本、貞源唱〕心思忖(韻),愧無能屢屢叨齋䞋(韻)。〔場上設桌椅,明本、貞源、監齋使者化身各坐科。安童奉饅頭科,唱〕老安人(韻),道齋儀菲薄休相哂(韻),仗此區區表意肫(韻)。〔明本、貞源唱〕多心信(韻),就中真假難明問(韻),〔白〕既蒙老安人見賜,我等拜領就是了。〔唱〕

不須虛遜(韻)，不須虛遜(疊)。〔白〕往日的齋都先供佛，今日莫供罷。〔作將饅頭納袖中，換袖內素饅頭各喫科。安童、齋童、院子各作輕笑科，同唱〕

【中呂宮正曲·駐馬聽】把柄擒來(韻)，似睡夢昏昏眼不開(韻)。昨日裏假裝道學(句)，喬講經文(讀)，訕謗開齋(韻)。〔白〕今日裏呵，〔唱〕肉饅頭喫盡無留在(韻)，黑漆桶全沒些光和彩(韻)。〔合〕堪笑伊儕(韻)，從今休得將乖賣(韻)。〔明本、貞源出座科，白〕你道我們不知此事麽？〔唱〕

【又一體】此事堪哀(韻)，説起令人淚滿腮(韻)。忍得把犬來烹死(句)，將肉作饅頭(讀)，今日將來(韻)。〔白〕我等已先知覺，因此不敢供佛。〔唱〕素饝先向袖中懷(韻)，〔白〕喫了素的，〔唱〕肉饅頭箇箇都留在(韻)。〔監齋使者化身出座，隨撤桌椅科，白〕原來將肉饅頭與我們喫，〔明本、貞源白〕老安人怪我等去諫他開葷，故此將狗肉作饅頭，要破我們的戒。〔唱合〕裝此喬乖(韻)，要將我等清名壞(韻)。〔監齋使者化身唱〕

【又一體】潑賤裙釵(韻)，蛇蝎心腸甚是歪(韻)。好向袖中倒出(句)，狗肉饅頭(讀)，當面分開(韻)。〔明本、貞源將肉饅頭放監齋使者化身鉢盂內科，監齋使者化身唱〕須知此事禍胚胎(韻)，〔作擲肉饅頭於地下，隨化犬從地井內出科。安童等虛白，急從上場門下。監齋使者化身唱〕變成犬走令人駭(韻)。〔合〕他日泉臺(韻)，你終當果報還他債(韻)。〔白〕列位，那厮既不信神佛，必然別生計較。好鳥擇樹而棲，君子見幾而作。爾等色斯舉矣，正在此時了。〔明本、貞源白〕道長説得有理。〔監齋使者化身白〕你看東廊下，又有一道人來了。〔從下場門隱下。明本白〕道長不見了，敢是神靈點化，我等就此依他行罷。〔貞源白〕有理。〔各向下取衣鉢、行囊隨上，作拜别科，同唱〕

【慶餘】論人生會合自有安排在(韻)，今日裏雲水飄蓬各一涯(韻)，〔白〕劉氏，〔唱〕你那造惡的心腸也忒煞歹(韻)。〔從兩場門各分下〕

第廿三齣　念金蘭李公進諫（古風韻）

〔外扮李厚德，戴浩然巾，穿道袍，繫絲絛，持拄杖，從上場門上，白〕山中有直樹，世上無直人。老夫李厚德，幼與傅兄相處，誠爲莫逆。從他喪後，羅卜往外經商，聞知他老安人開了五葷，造下許多惡業，把那念佛齋僧之心盡皆廢了。老夫不忍，忝在通家，特來勸諫一番。〔作到科，白〕門上有人麼？〔小生扮安童，戴羅帽，穿屯絹道袍，繫鑾帶，從下場門上，作出門科，白〕原來是李爺。〔李厚德白〕特來拜望安人。〔安童白〕李爺少待，待我通報。〔作進門科，白〕金奴姐。〔小旦扮金奴，穿衫、背心，繫汗巾，從下場門上，白〕有何事情？〔安童白〕今有李公，特來拜望安人。〔從下場門下。金奴白〕安人有請。〔旦扮劉氏，穿氅，從下場門上，白〕何人到此？〔金奴白〕善友李公，特來拜望。〔劉氏白〕李厚德公公，曾與員外是善友，既來我處，吩咐厨下，仍備素齋相待。〔金奴應科，劉氏作出門迎科，白〕李公公請。〔作引李厚德進門科，李厚德白〕安人拜揖。〔劉氏白〕大伯萬福。小兒不在家中，早晚有失問候，望乞恕罪。〔場上設椅，各坐科，李厚德白〕老夫多有驚動，今日到此，一來探問，二來有椿事情，不得不説。〔劉氏白〕有事請道，看茶來。〔金奴應科，從上場門下。李厚德白〕老安人，自古道：婦人之德，莫大於三從。

〔劉氏白〕敢問何謂三從？〔李厚德白〕在家從父，出外從夫，夫死從子。今安人受夫遺命，違夙願而開葷。〔劉氏白〕我説爲此。〔李厚德白〕拒子善言，使離家而遠去，又趕逐僧道尼師，恐前功盡廢，後報難逃，老夫托在鄰居，特來進諫。〔劉氏白〕不敢相瞞，人生在世，有生來必有死去，亦當隨時消遣，何苦熬淡怎的？〔李厚德白〕非也。〔唱〕

【仙呂宫正曲・桂枝香】安人聽啓(韻)，善功莫替(韻)。傳家三代持齋(句)，遺囑猶然堪記(韻)。聞安人近日(韻)，安人近日(疊)，把誓盟相背(韻)，將五葷開矣(韻)。〔合〕請思維(韻)，只怕臨崖勒馬收繮晚(句)，恐船到江心補漏遲(韻)。〔劉氏白〕感承厚意，舍弟劉賈，向日有言。〔李厚德白〕他有何言？〔劉氏唱〕

【又一體】他特來相訪(韻)，勸言頗當(韻)。又道我丈夫供佛多年(句)，未滿六旬身喪(韻)。可見得浮屠幻妄(韻)，浮屠幻妄(疊)，謾遭他欺罔(韻)，當把肥甘自享(韻)。〔合〕請思量(韻)，各人自掃門前雪(句)，休管他人瓦上霜(韻)。〔李厚德白〕老安人，你不可如此説，還要修行。〔劉氏白〕還是享用。〔李厚德白〕豈不聞佛經云：來也空，去也空，貧富不離三界中。勸君早上修行路，莫到臨時路不通。還要修行。〔劉氏白〕豈不知風隨氣，氣隨風，一片黄皮裹臭膿。不信但看桃李樹，花開能有幾時紅。還是享用。〔李厚德白〕豈不聞佛語云：人人知道有來年，家家盡種來年穀。人人知道有來生，何不種取來生福？還要持齋。〔劉氏白〕就如佛語云：牡丹落盡樹枝空，來年枝上依前紅。如何人似桃花老，紅顔一去無回踪。還是享用。〔李厚德白〕老安人，你口口只説享用，豈不知殺生不可？〔劉氏白〕怎見得不可？〔李厚德白〕古語云：『西江月』鱗甲羽毛無數，悟來物性皆同。鋼刀宰割血飛紅，碎砍爛煎可痛。奉勸世人醒悟，休教惱犯閻公。輪迴改换霎時中，一様爾身苦痛。還是修行。〔劉氏白〕老身也記得古詞云：『西江月』世事短如春夢，人情薄似秋雲。何須計較苦勞神，萬事從來命分。幸遇三杯酒美，喜逢一朵花新。暫時歡笑且相親，明日陰晴休論。還是享用纔是。〔李厚德白〕老安人差矣。〔各起，隨撤椅科。李厚德唱〕

【雙調正曲・鎖南枝】你也曾設盟誓（句），告上天（韻），夫君兒子皆在前（韻）。今日裏頓相違（句），怎見你夫君面（韻）？〔白〕若問前世因，今生受者是。〔滚白〕你今違却夫言，一朝惡報，悔之晚矣。〔白〕老安人，〔唱合〕怕只怕天降災（句），伊怎免（韻）？莫若是早回頭（句），好行善（韻）。〔劉氏唱〕

【又一體】你休絮語（句），莫亂言（韻），天堂地獄誰能見（韻）？多少持齋茹素人（句），那曾見閻羅放轉（韻）？〔金奴捧茶，仍從上場門上，劉氏作嗔科，白〕誰教你拿茶來？〔金奴送下，隨上。劉氏滚白〕況人一死，身既朽壞，魂亦飄散，可見得陰陽無報。〔唱合〕那報應事（句），語浪傳（韻），〔白〕金奴，〔唱〕可將他推出門（句），免得他恁般强辯（韻）。〔金奴作推李厚德出門科。李厚德白〕不聽吾言便罷，爲何將我推出？〔劉氏白〕老狗忒無知，叨叨説是非。〔金奴虚白勸劉氏，同從下場門下。李厚德白〕出言何太易，後悔也應遲。〔從上場門下〕

第廿四齣　證慈祥大士談因（先天韻）

〔雜扮四金剛，各戴金剛冠，紮背光，紮靠，持劍、蛇傘、琵琶，從佛門上跳舞畢，仍從佛門下。雜扮三十二揭諦，各戴揭諦冠，穿門神鎧，持杵，從佛門上跳舞畢，仍從佛門下。雜扮八執旛揭諦，各戴揭諦冠，穿門神鎧，執旛。引旦扮觀音菩薩，戴觀音兜，穿蟒，披袈裟，帶數珠；生扮地藏菩薩，戴地藏髮，穿蟒，披袈裟，帶數珠；末扮文殊菩薩，戴文殊髮，穿蟒，披袈裟，帶數珠；外扮普賢菩薩，戴普賢髮，穿蟒，披袈裟，帶數珠；雜扮四揭諦，各戴揭諦冠，穿門神鎧，執幢旛，隨從上場門上。衆遶場科，同唱〕

【仙呂調套曲·點絳唇】慧日高懸(韻)，慈雲洪展(韻)。金剛眼(叶)，光爍三千(韻)，滿月如來面(韻)。

〔四菩薩分白〕花開世界起，果熟自然紅。道有夢中夢，言無風裏風。吾乃觀音菩薩是也。吾乃地藏菩薩是也。吾乃文殊菩薩是也。吾乃普賢菩薩是也。〔同白〕今乃四月八日，我等特來瞻仰佛光。道猶未了，我佛陞座來也。〔十二執旛揭諦從兩場門分下。内鳴鐘鼓奏樂，四金剛、三十二揭諦仍同從佛門上，各分侍科。雜扮十六侍者，各戴僧帽，穿僧衣，披袈裟。雜扮十六菩薩，各戴僧帽，紮五佛冠，穿蟒，披袈裟。雜扮阿難，迦葉，各戴毘盧帽，穿道袍，披袈裟。引浄扮如來佛，戴佛髗腦，穿蟒，披袈裟；雜扮大鵬鳥，戴套頭，紮飛翅，紮靠；小生扮韋馱，戴帥盔，紮背光，紮靠、捧杵，隨從佛門上。如來佛唱〕

【又一體】鷄足山前(韻)，須彌峰畔(叶)，恒沙遍(韻)，日月迴旋(韻)，完不盡如來願(韻)。〔場上設高臺、金蓮寶座，後設大圓鏡科，轉場，陞座，衆各分侍科。如來佛白〕若以色見我，以音聲求我，是人行邪道，不能見如來。何以故？文殊是佛成所作智，普賢是佛平等性智，觀音是佛妙觀察智，地藏菩薩透天透地，救拔諸苦，佛是諸菩薩大圓鏡智。過去心不可得，現在心不可得，未來心不可得。大衆當於何處見如來？又當於何處不見如來？承佛威神，我爲慈氏補處，接引人天。今日佛成道日，法筵龍象，可將夜摩天宫妙偈，宣誦一番者。〔衆同白〕若人欲了知，三世一切佛，應觀法界性，一切由心造。〔如來佛唱〕

【仙吕調套曲·混江龍】只這是能仁方便(韻)，却不道空生大覺一漚圓(韻)。憑空轉四生六道(句)，依空住十地三天(韻)。妙澄澄萬劫毗嵐吹不動(句)，光艷艷一團大火傍無緣(韻)。這便是三十二種(讀)，調御丈夫真實相(句)；說甚麽一花五葉(讀)，菩提寶所火薪傳(韻)。把那五龍氏、燧人氏(讀)、庖犧氏、神農氏(讀)，宇宙洪荒(句)，皇王帝霸(句)，五萬餘年宵與晝(句)，收入小羅綿一彈指裏(句)；把那若卵生、若胎生(讀)、若濕生、若化生(讀)，色空明暗(句)，地水火風(句)，恒河沙數知與識(句)，咸歸大般若卍字胸前(韻)。因此上一塵破處契經翻(句)，一花拈起閻浮顫(韻)。只者箇如如不動(句)，你看那朗朗常懸(韻)。〔内鳴鐘鼓奏樂，場上布天花科，大圓鏡内作現出張佑大等綁羅卜、益利欲殺，觀音菩薩雲中救度景象。觀音菩薩下座科，白〕天花飛舞，六種震動，我佛如來，當有開示。〔如來佛唱〕

【仙呂調套曲・油葫蘆】只見那縱目豺狼攫噬便(韻)，走侁侁顔靦靦(韻)。〔白〕那張佑大呵，〔唱〕好似那深山荒廟食人祅(韻)，〔白〕那傅羅卜主僕呵，〔唱〕好似那飛蛾投火蠶投繭(韻)。怎能彀身生雙翅排空免(韻)？想他那慈悲心方便多(句)，想他那諧二親該萬善(韻)忍教他刀兵湯火相蒙纏(韻)？〔白〕張佑大，你七世修行，豈得今生迷謬至此？少不得也要救他。〔唱〕待俺灑與你楊柳上洗心泉(韻)。〔觀音菩薩作拜叩科，白〕蒙佛垂光指示，弟子就此濟度去也。正是：降伏鏡裏魔軍，大作夢中佛事。〔從下場門下，内鳴鐘鼓奏樂，場上布天花科。大圓鏡内作現出劉氏遊地獄、羅卜西天求佛景象。地藏菩薩下座科，白〕呀，你看鐵山摇動，泉路光生，這是孝子心燈，我佛當有開示。〔如來佛白〕傅羅卜呵，〔唱〕

【又一體】你一點肫誠徹上天(韻)，念劬勞栝共棬(韻)。〔白〕怎知你母親劉氏呵，〔唱〕三千年裏業風搧(韻)，只爲那百般污濁陽間濺(韻)。總有那旃檀香水，怎向陰間洗(韻)？投至到焰摩天頒赦條(句)，阿鼻城天光現(韻)。早認不得了他生母子今生面(韻)，因此上勸迴向法王前(韻)。〔地藏菩薩作拜叩科，白〕蒙佛開示，弟子就此指引去也。正是：隨緣赴感靡不周，而恒處此菩提座。〔從下場門下。衆同白〕我佛今日開方便門，説未來法，實上與諸佛同一慈心，下與衆生同一悲仰也。〔唱〕

【煞尾】大華嚴(句)，金剛變(韻)，有萬疊雲臺遍滿(叶)。弟子年來少一員(韻)，摩訶大目犍連(韻)。别金仙(韻)，遊戲小乘禪(韻)，普度沉迷出九淵(韻)。〔内奏樂，如來佛下座科，衆同唱〕妙圓音遍演(韻)，精進幢高建(韻)。因此上釋迦文(讀)，分勅大慈船(韻)。〔衆擁護如來佛，同從佛門下〕

第四本卷上

第一齣　慧眼一雙分善惡（庚青韻）

〔雜扮十六雲使，各戴雲，紮巾，穿雲衣，持綵雲，從兩場門分上，合舞布雲畢。雜扮八沙彌，各戴僧帽，穿僧衣，披袈裟，帶數珠，執旛。雜扮八侍者，各戴僧帽，穿僧衣，披袈裟，帶數珠。小生扮善才，戴綫髮，軟紮扮，持淨水瓶。小旦扮龍女，戴過梁額，穿宫衣，臂鸚哥。旦扮觀音菩薩，戴觀音兜，穿蟒，披袈裟，帶數珠，持拂塵。外扮罔明和尚，戴毘盧帽，穿道袍，披袈裟，帶數珠。末扮娑羅樹神，戴巾，穿行衣，持鏡。生扮地藏菩薩，戴地藏髮，穿蟒，披袈裟，帶數珠，持拂塵。從兩場門分上，衆同唱〕

【仙吕宫正曲·步步嬌】歎閻浮迷夢幾時醒（韻），墮地來便已母訾省（韻）。蠅頭蝸角忙一生（韻），是非人我（句），紛紛争競（韻）。〔觀音菩薩、地藏菩薩分白〕大地由來一隻眼，不聞聞處可觀觀。若教眼底雷音震，方信原無心可安。一星智火鐵山鎔，滅火其如有業風。若得業風消歇盡，鐵山智火一齊空。吾乃大慈大悲觀音大士是也。吾乃幽冥教主地藏菩薩是也。〔觀音菩薩白〕我等奉佛法旨，往南贍部洲度化衆生。〔地藏菩薩白〕就此躡雲前去。〔衆應，遶場科，同唱合〕業識不曾停（韻），苦芽徹底無甜性（韻）。〔雜扮二僧衆，各戴僧帽，穿僧衣，帶數珠，繫絲縧，捧佛，持拂塵，同從上場門上，白〕南無十方佛。今有普光寺，佛像朽壞，募化十方居士，共結良緣。南無阿彌陀佛。〔唱〕

【越調正曲·水底魚兒】跪諷皇經（韻），琉璃佛殿燈（韻）。一齊施捨（句），〔合〕福德更高增（韻），福德更高增（疊）。〔虛白，同從下場門下。觀音菩薩白〕遥觀此僧募化金銀，莊嚴佛像，不過思量錢鈔以給口腹。雖然佛門廣大，借此養活貧民，其如戒律森嚴，現彼已成業果。〔地藏菩薩白〕只要募得錢來，不造餘業，只養餘生，也就不計較他了。但恐未然耳。〔衆同唱〕

【仙吕宫正曲·江兒水】如來示圓鏡（韻），普救這群生（韻）。返髻珠全要你真修實證（韻），誰知那賣菜傖父迷真性（韻）。汨泥帶水無餘剩（韻）。點污了旃檀靈境（韻）。〔合〕倒成了別種生涯（句），真箇是迷頭認影（韻）。〔丑扮牧童，戴草帽圈，穿喜鵲衣，繫腰裙，持鞭，牽牛，從上場門隨意唱山歌上，白〕我家主人，天纔昏亮，就叫我起來放牛。我心裏只想要睡。這牛喂不飽，又要打，怎奈他肚子裏空空的。我且把田禾扯起一把，將牛牽到那樹林之内，將他喂飽，我好偷睡片時。〔作拔田禾喂牛，牛不食科。牧童白〕我想這瘟牛呵，〔唱〕

【越調正曲·水底魚兒】雙角崢嶸（韻），頑然實可憎（韻）。駕犂耕種（句），〔合〕痛打莫消停（韻），痛打莫消停（疊）。〔牽牛從下場門下。觀音菩薩白〕遥觀牧童，牽牛食草，損壞禾苗。幼年不惜五穀，長大定

行不善。〔地藏菩薩白〕牧童損壞禾苗喂畜，耕牛尚然不食，堪歎人而不如畜也。〔衆同唱〕

【仙呂宫正曲・皂羅袍】雖是無分凡聖韻，只爲那貪嗔癡念讀，無刻留停韻。殺生淫盜恁相争韻，錬的箇聖慧無些剩韻。〔合〕泥彌頑性韻，猶誇智能韻。當前業鏡韻，恁的分明韻，那知穀寶和牛命韻。〔雜扮二强盜，各戴棕帽，紮包頭，穿劉唐衣，繫肚囊，掖刀斧，同從上場門上，分白〕人無横財不富，馬無夜料不肥。兄弟，你我不要在這裏斷路，前面那汴河橋頭，趙家店裏，有箇客人的頭口，駝了兩馱子銀子。想他五更出店，你我劫將來，豈不是一場富貴？說得有理，就此前去。〔同唱〕

【越調正曲・水底魚兒】躡足前行韻，先爲挖土坑韻。一刀殺却句，〔合〕唾手富翁成韻，唾手富翁成疊。〔同從下場門下。觀音菩薩白〕遥觀兇惡之人，不良如此，圖財害命，可恨，可恨！〔地藏菩薩白〕這兩箇兇惡之徒，劫掠行商，以充慾壑，死已隨之。正乃漏脯救饑也。〔衆同唱〕

【仙呂宫正曲・好姐姐】狰獰讀那怕血風腥韻，未劫財先斷頭頸韻。窮兇極惡讀，惟思白鏹盈韻。〔合〕不管青天冏韻，生生斷絶了菩提性韻，今方知阿堵堪憎直寧馨韻。〔衆擁護觀音菩薩、地藏菩薩，同從下場門下〕

第二齣　孝心再四却婚姻（古風韻）

〔生扮羅卜，戴巾，穿道袍，繫鸞帶，從上場門上。末扮益利，戴羅帽，穿屯絹道袍，繫鸞帶，隨上。羅卜唱〕

【商調引·高陽臺】爲覓蠅頭㊀，遠違烏養㊀，難禁旅邸傷懷㊁。夢斷慈幃㊀，醒時月滿庭堦㊁。縱然鶴背腰纏足㊀，怎比得負米歸來㊁。到如今㊀，恩輕利重㊀，意亂情乖㊁。〔中場設椅，轉場，坐科，白〕羊羔能跪乳，反哺羨慈烏。每滴思親淚，飄零在客途。自從父親辭世，喪葬已畢，理當守墓三年。爲因老母説道，齋僧布施，費用浩大，難以接濟，爲此特遣我出來，經商貿易。自到蘇城，只爲貨物羈身，不能回家省視萱堂，如何是好？天嗄！但願貨物早早發完，即便捆載而歸，承歡膝下，方遂吾意。正是：覓利慚無子貢術，思親徒望狄公雲。〔益利從下場門下。丑扮媒婆，穿老旦衣，繫包頭，從上場門上，唱〕

【仙吕宫正曲·勝葫蘆】撮合全憑兩片唇㊁，開口便説美姻親㊁。只要局成兩姓諧秦晉㊁，〔合〕花紅酬謝㊂，還圖一箇醉醺醺㊁。〔白〕來此已是。王店主在家麽？〔外扮王店主，戴氈帽，穿道袍，從下場門上，白〕成家當儉約，作事要公平。〔作出門科，白〕媒婆來了，所言之事如何了？〔媒婆白〕

有了。洪巷内張家，恩養一女，年已十五歲，美貌端莊，願與傳家客人爲側室。〔王店主白〕如此却好，同我進去。〔作引媒婆進門相見科，場上設椅，各坐科。王店主白〕傳官人，這是我本坊一箇媒婆，這裏張家有箇女兒，特來與官人作伐。〔媒婆白〕傳官人恭喜賀喜。這張家女兒，年方十五，美貌娉婷，情性又好，鍼線又好，願與官人爲側室。只要官人應許，即便送來成親。〔羅卜白〕原來爲此，且不必多言，聽我道來。〔唱〕

【商調正曲·高陽臺】勞攘風塵(句)，經營財貨(句)，因遵母命而來(韻)。客邸思親(句)，時時珠淚盈腮(韻)。〔媒婆白〕做親乃是喜事，爲何掉下淚來？〔羅卜唱〕這襟懷(韻)，偶然提起便增悲也(句)，又何忍背慈親聘納裙釵(韻)？〔合〕我勸冰人把婚姻簿籍(句)，一筆勾裁(韻)。〔王店主、媒婆唱〕

【又一體】聽解(韻)，這段姻親(句)，真堪匹配(句)，請君休得疑猜(韻)。〔媒婆唱〕果然是玉骨冰肌(句)，温柔不比凡儕(韻)。〔王店主白〕傳官人，〔唱〕你自揣(韻)，這客窗寂寞無伴侶(句)，恐長漏迢迢難捱(韻)。〔媒婆同唱合〕勸君家速宜許諾(句)，便當納采(韻)。〔羅卜唱〕

【又一體】休再(韻)，把艷麗頻提(句)，語言相誘(句)，徒爲惱亂人懷(韻)。怎知我孝義持身(句)，難將倫理輕乖(韻)。〔白〕二位有所不知，我今遠别慈幃，刻刻念想，那有心情論及姻事。況且先君在日，曾聘曹宅之女爲妻，目今尚未過門，豈可在此别娶。〔唱〕莫怪(韻)，我言詞瑣瑣來峻拒(句)，辜負了美情相愛(韻)。〔各起，隨撤椅科。王店主、媒婆唱合〕這般説鸞凰難配(句)，連理難諧(韻)。〔益利仍從下場門上。羅卜白〕益利，取五錢銀子，送與媒婆折茶。〔益利向下取銀，隨上，作付銀科。媒婆白〕親事不成，倒要官人破鈔。〔羅卜白〕有慢了，心中常憶我慈幃，〔王店主白〕客貨羈身不得回。〔媒婆作出門科，白〕空言旅邸婚姻事，〔仍從上場門下。羅卜白〕一任楊花作雪飛。〔從下場門下。王店主白〕益利哥，你們這位官人，果是正人君子。方纔那媒婆呵，〔唱〕

【又一體】①把少艾(韻)，似玉如花(句)，甜言蜜語(句)，千般説合將來(韻)。〔白〕官人呵，〔唱〕匪石心腸(句)，分毫不惹情懷(韻)。〔益利唱〕他長齋(韻)，虔心奉佛兼孝母(句)，遠嗜慾不近裙釵(韻)。〔王店主同唱合〕似這等正心持敬(句)，真箇奇哉(韻)。〔同從下場門下〕

① 「又一體」，原脱，據上下文及曲譜補。

第三齣　真金銀早資佛力（古風韻）

〔副扮寒山，丑扮拾得，各戴頭陀髮，紮金箍，穿氅，繫絲絛，帶太平錢，從兩場門分上，跳舞科，同唱〕

【越調正曲・豹子令】我是蓬頭赤脚仙(韻)赤脚仙(格)，瀟瀟灑灑半青天(韻)、半青天(格)。世人供奉盡誠虔(韻)，管取今年勝舊年(韻)。〔合〕嬉遊人世播金錢(韻)。

【又一體】我是招財利市仙(韻)、利市仙(格)，行行步步踹金錢(韻)、踹金錢(格)。好與人間結善緣(韻)，管取財利湧如泉(韻)。〔合〕隨人祈望使歡然(韻)。〔分白〕自家寒山是也。自家拾得是也。曾在人間，獲財源之數倍；偶來天上，現神通於四方。人見蓬頭赤脚，都稱利市招財；我却混俗和光，假號寒山拾得。似二而一，任從分別由他；你即是我，不必明言説破。正是：月落烏啼霜滿天，江楓漁火對愁眠。姑蘇城外寒山寺，夜半鐘聲到客船。〔小生扮善才，戴線髮，軟紮扮，持净水瓶，從上場門上，白〕謹領慈悲旨，傳與二神仙。〔作相見科，白〕二位大仙稽首了。〔寒山、拾得白〕洪善哥從何而來？〔善才白〕我奉觀音菩薩之命，今有商人傳羅卜，思親甚切，只爲貨物停留，羈身旅邸，請二位大仙變作凡人，可即點石爲金，將他貨物照數買盡，使他早早歸家。不得有悮。〔寒山、拾得白〕就煩回覆菩薩，我等理會得。請了。〔善才白〕請了。傳遞二仙語，回覆大士知。〔從下場門下。寒山、拾得白〕這商人，乃是天官勸善太師傅相之子，他的善根不淺。你我變爲弟兄，再化出些銀子，到彼買貨便了。〔作誦咒科，地井内變出聚寶盆科，寒山、拾得白〕我想這銀子呵，〔唱〕

【南吕宫正曲・紅衲襖】他本是乾坤内濟世丹韻，人爲你夜忘眠晝失餐韻。無了你世人難做施爲漢韻，要了你士夫難爲清正宦韻。義當取得了你用得安韻，義當辭貪了你招禍患韻。歎世人身旁一旦無君句也格，開口求人難上難韻。〔寒山白〕你我趁早到店中，以完其事便了。只是你我二人，如何帶這許多銀兩前去？再當變些僕人、車輛，方好前去。堪羡慈祥行孝道，〔拾得白〕須知佛力慧恩施。〔同從下場門下。雜扮寒山、拾得化身，各戴巾，穿道袍。雜扮二家人，各戴羅帽，穿屯絹道袍，繫鑾帶。雜隨意扮四車夫，各推車。同從下場門上，各作取金銀載車内科，隨撤聚寶盆科。寒山、拾得化身白〕我等就此前去。〔衆同唱〕

【慶餘】論錢財原不許人謀幹韻，歎舉世求財不得安韻。豈知道致富根源只在方寸間韻。〔作到科，寒山、拾得化身白〕裏面有人麽？〔外扮王店主，戴氊帽，穿道袍，從上場門上，白〕纔送客商成貿易，又聞剥啄叩門聲。是那箇？〔作出門相見科，白〕原來是二位客官，到此何事？〔寒山、拾得化身白〕聞得貴行内，有箇傅官人，儘有綾羅紬緞，在此發賣，特來與他交易。〔王店主白〕二位既來交易買賣，待我請出傅官人來，當面講價便了。〔作進門科，白〕傅官人有請。〔生扮羅卜，戴巾，穿道袍，繫鑾帶，從上場門上，白〕主人呼唤語，未審有何言。〔王店主白〕有二位客官，特來與傅官人講論買貨交易。〔羅卜白〕既如此就請相見。〔王店主作出門科，白〕請到裏面看貨。〔作引衆進門，各虛白相見科，場上設椅，各坐科。寒山化身白〕主人家，傅官人乃忠厚君子，他的貨物也不消看得，只憑主人定價，算該多少銀子，兑了就是了。〔王店主白〕二位這等豪爽，自當領命。〔寒山、拾得化身向二家人白〕你們到後面去撿點貨物，算明價值，該是多少，即兑銀兩。天平要兑得準準的。〔二家人應科，同四車夫作推車進門科，從下場門下。寒山化身白〕幸遇傅官人少年英俊，敢邀到小娘兒家去一敘罷。〔羅卜白〕戒之在色，不敢。〔拾得化身白〕既然如此，敢邀到酒樓一坐如何？〔羅卜白〕卑人從不飲酒茹葷，不敢奉命。〔寒山、拾得化身白〕原來如此，少年老成，客中少有。〔王店主白〕傅官人，果然不近酒色，請到後堂，兑準了銀子，一面發貨便了。〔各起，隨撤椅科，同從下場門下。二家人同四車夫作推車載緞疋，仍從下場門上，寒山、拾得化身隨上，同作出門科，寒山、拾得化身白〕總緣傅羅卜孝善雙修，所以感動菩薩，令我們幻化前來，使他獲利早歸，成全孝念。我們要這緞疋何用？〔衆虛白發諢科，同從下場門下〕

第四齣　僞將相同耀軍威（蕭豪韻）

〔丑扮鄭賁，戴幞頭，穿蟒，束玉帶，從上場門上，唱〕

【中呂調套曲·喜春來】范雲曾比朝聞道韻，創業元勳可倖邀韻。指揮今定失蕭曹韻，新國老韻，拭目賀新朝韻。〔白〕自家大楚皇帝駕前謀臣鄭賁是也。我主上自破汴城之後，王師到處，無不投降，眼見唐室江山不保。争奈朱泚竊據長安，負固不服，因此吾與衆文武，勸吾王先登大寶，早定國號，以收天下民望。今日是操演發兵日期，只索在此伺候。〔從下場門下。雜扮八小軍，各戴馬夫巾，穿蟒、箭袖、卒褂，執旗。雜扮八軍卒，各戴卒盔，穿蟒、箭袖、排穗，執標鎗。丑扮周曾，戴荷葉盔，紥靠，持旗。小生扮李克誠，戴八角冠，紥靠，持旗。各乘馬。雜扮二馬夫，各戴馬夫巾，穿箭袖、卒褂，各牽馬。引浄扮李希烈，戴王帽，穿蟒，束玉帶，乘轎，從上場門上。雜扮八轎夫，各戴紅氈帽，穿箭袖、轎夫衣，擡轎。雜扮執纛人，戴馬夫巾，穿蟒、箭袖、卒褂，執纛，隨上。衆遶場科，同唱〕

【中呂調套曲·石榴花】陣容嚴整肅鳴鑣韻，列旆動雲旓韻。按陰符祕策辨分毫韻。領軍的將校韻，逐隊齊儦韻。千麾萬騎隨呼召韻，喜孜孜賈勇矜豪韻。烏蛇龍虎天然造韻，誰似俺玉帳練戎韜(韻)。〔作到科，場上設平臺、虎皮椅科，鄭賁持旗，仍從下場門上，作迎接科。李希烈下轎，周曾、李克誠下馬，轎夫、馬夫從兩場門各分下。李希烈陞座，衆各分侍科。李希烈白〕傳令，各營將佐齊到臺前，聽孤面諭。〔鄭賁白〕領旨。聖上有旨，命各營將佐，齊到臺前，聽萬歲面諭。〔衆應科。李希烈白〕蒙衆位推孤爲天王之位，國號大楚，協於圖讖，上合天心。爾文武諸將，務體孤意，努力建功。平定之後，富貴共之，決不失信。今日操演出師，以安天下。聽孤道來。〔衆應科。李希烈唱〕

【中吕調套曲·滿庭芳】須索要持麾振鐸(韻)，心專步伐(句)，令戒喧囂(韻)。六花排就旌旗耀(韻)，好一片蔽日干霄(韻)。重擐鎧犀文金較(韻)，鬭雄鋒强弩長稍(韻)。佇聽得歡聲鬧(韻)，功成這遭(韻)，英氣溢金鐃(韻)。〔衆應科。李希烈白〕吩咐開操。〔周曾、李克誠白〕吩咐開操。〔衆應吶喊科，從兩場門各分下。雜扮八小軍，各戴紮巾，穿蟒、箭袖，繫肚囊，持鎗，從兩場門各分上，跳舞科。雜扮八小軍，各戴紮巾，穿蟒、箭袖，繫肚囊，持刀，從兩場門各分上，合舞科。衆同唱〕

【中吕調套曲·紅芍藥】忽剌剌駿馬揚鑣(韻)，謾延延停轡鳴鞘(韻)。陣勢常山似蟠蛟(韻)，還仗那玉斧親操(韻)。好一似行車熟(句)，布棋高(韻)，太乙奇文共曉(韻)。有日裏兩敵相交(韻)，獨運心標(韻)，管教他萬騎奔逃(韻)。〔同從下場門下。李希烈白〕你看衆軍兵，雄威似虎，勇猛如彪，試看踴躍奔騰，果然擺得好陣圖也。〔雜扮八小軍，各戴紮巾，穿採蓮衣，繫戰腰，持雙刀，從兩場門各分上，跳舞科。雜扮八小軍，各戴紮巾，穿採蓮衣，繫戰腰，持棍，從兩場門各分上，合舞科。衆同唱〕

【中呂調套曲・攤破喜春來】旋身盤舞風翻纛（韻），撩眼光明電掣刀（韻）。排金甲錦雲鋪（句），躍威弧花雨驟（句），衝戰壘鼓音高（韻）。沸沸的驚海濤（韻），轟轟的撼嶺島（韻），簇擁着牙帳裏影飄颻（韻）。〔同從下場門下。李希烈白〕你看衆將好勇略也。〔唱〕

【中呂調套曲・喬捉蛇】旗影陣雲飄（韻），劍色霜花耀（韻）。〔白〕鄭賁，孤拜你爲丞相。〔唱〕全仗你留侯帷幄定幾先（句）。〔白〕周曾、李克誠，孤拜你二人爲大將。〔鄭賁、周曾、李克誠同作拜謝科。李希烈唱〕全仗你建瓴之勢如振槁（韻）。麟閣上（句），雲臺上（句），奇勳千載表（韻）。將聚米圖擺就把塵氛掃（韻）。〔衆軍卒從兩場門各分上。李希烈白〕周曾、李克誠，來日提兵進取。天色已晚，就此擺駕回宮。〔衆應科，李希烈下座。轎夫擡轎，馬夫牽馬，從兩場門各分上。李希烈上轎，鄭賁、周曾、李克誠各乘馬，遶場科，衆同唱〕

【煞尾】聽烏烏畫角起麗譙（韻），看沉沉殺氣幾層罩（韻）。矯鴻龍（讀），蟠玉狗（讀），軍昌兆（韻），好奏俺大楚軍中破陣樂（韻）。〔同從下場門下〕

第五齣　姊弟同謀甘作孽（古風韻）

〔旦扮劉氏，穿氅，從上場門上。小旦扮金奴，穿衫、背心，繫汗巾，隨上。劉氏唱〕

【正宫引·繞山月】異類肆狂顛(韻)，一味逞胡言(韻)，想無端(讀)輕信悔當年(韻)。笑終無成就(句)，何須持戒(讀)，那用參禪(韻)。〔中場設椅，轉場，坐科，白〕易漲易退山溪水，易翻易覆小人心。當初僧道尼姑，老身待他甚厚，豈知前日皆出狂言相識。昨日肉饅首機事不密，被他參破。已曾着人去請兄弟商議，將異類一概逐去，方稱吾心。想必來也，金奴，看酒伺候。〔金奴應科。副扮劉賈，戴巾，穿道袍，從上場門上，白〕心内未能知皂白，眼中曾不辨賢愚。成家只用千般計，教子何須萬卷書。〔作到進門相見，劉氏起迎科，場上設椅，各坐科。劉賈白〕姐姐，凡此異端，不忠不孝，削髮而無君親；遊手遊食，異服以逃租税。聖賢鄙之爲異端，叱之如禽獸。當時聽其迷惑，空望長生；今日肆爲狂言，自行短計。何不吩咐家人，委令各莊佃户，各持乾柴一把，將齋房燒燬；各執大鋤一柄，將橋梁拆掉。則倒其樹而群鴉自散，焚其居而異類自逃。義所當爲，何疑之有。〔劉氏白〕兄弟之言，正合我意。就煩賢弟走一遭。〔劉賈白〕兄弟當得與姐姐除恨。〔劉氏白〕快看酒來。〔金奴應科，各

起，隨撤椅，場上設桌椅，各坐科，金奴送酒科。劉氏唱〕

【正宮正曲・刬鍬兒】淫詞汎濫稱仁義(韻)，今當放逐又何疑(韻)。須迸諸四夷(韻)，豈容中國(韻)。〔合〕常言道祭非其鬼(韻)，是爲諂矣(韻)。見義當爲(讀)，聖人道理(韻)。〔劉賈唱〕

【又一體】聖賢道炳如星日(韻)，異端爲害去宜亟(韻)。屏逐使遠離(韻)，此心方已(韻)。〔合〕常言道祭非其鬼(韻)，是爲諂矣(韻)。是義當爲(讀)，聖人道理(韻)。〔劉氏唱〕

【正宮正曲・四邊静】想吾家施捨無窮際(韻)，伊何自違背(韻)。今日罹災危(韻)，噬臍亦何及(韻)。〔合〕異端既闢(韻)，正道斯立(韻)。雖使聖人興(句)，吾言豈能易(韻)。〔劉賈唱〕

【又一體】那異端無事食人食(韻)，須當感恩德(韻)。伊今不三思(叶)，反説人過失(韻)。〔合〕異端既闢(韻)，正道斯立(韻)。雖使聖人興(句)，吾言豈能易(韻)。〔各起，隨撤桌椅科，同唱〕

【慶餘】笑他鼓舌摇唇輩(韻)，果然是操戈入室(韻)，只教他禍起蕭牆總不知(韻)。〔劉賈作出門，劉氏、金奴作送科，同從下場門下。劉賈唱〕

【高大石調正曲・窣地錦襠】尼姑僧道忒心歪(韻)，口出狂言惹禍胎(韻)。教他閉户坐家宅(韻)，〔合〕禍起須臾天上來(韻)。〔白〕來此已是各莊了。其實僧道與我無讐，因他不敬我家姐姐，我也顧不得了。衆佃户那裏？〔雜扮衆佃户，各戴氊帽，穿各色道袍，喜鵲衣，繫腰裙，從上場門上，分白〕負耒耕春畝，荷鋤撅夏渠。但求秋有望，快活過冬時。〔同白〕原來是舅爺，有何吩咐？〔劉賈白〕有一事相煩你們。〔衆佃户白〕但不知舅爺有什麽事情，我們當得効勞。〔劉賈白〕不是我的事，老安人有命，着你們各持乾柴一把，將齋房燒燬；各執大鋤一柄，將橋梁拆掉。則倒其樹而群鴉自散，焚其居而異類自逃。〔衆佃户白〕人家還要修橋補路，倒教我們燒房拆橋。這却不敢從命。〔劉賈白〕你們這些奴才好可惡，老安人怎麽相待你們？你們若是不肯去，作速搬去。〔衆佃户白〕我們就搬。〔一佃户向衆佃户白〕列位，我們商量商量。他教我們燒齋房、拆橋梁，罪作與他自己，與我們什麽相干？如今只問他要犒賞便了。〔衆佃户白〕説得有理。舅爺，我們依從了。煩舅爺在安人面前討些犒賞如何？〔劉賈白〕你們依從了，待等交納秋糧時，每石少交一斗便了。〔衆佃户白〕多謝舅爺。〔劉賈白〕你們快取出鍬钁火把來，以便銃倒橋梁，燒燬齋房。〔衆佃户應科，向下各取鍬钁，隨上。劉賈、衆佃户同唱〕

【越調正曲・豹子令】佃户聽我説事因(韻)。説事因(格)，一人一把燥柴薪(韻)、燥柴薪(格)。橋梁拆倒齋舍焚(韻)，教他頃刻化灰塵(韻)。〔合〕各人須索要辛勤(韻)。〔同從下場門下〕

第六齣　莊佃奉命肆行兇(庚青韻)

〔雜扮二小鬼，各戴鬼髮，穿箭袖、卒褂，引末扮社令，戴紮紅幞頭，穿圓領，束角帶，從上場門上，白〕職位雖卑法力尊，糾查善惡究根因。縱教智巧公輸似，難出恢恢鐵網門。小聖，社令之神，管理一方之保障，巡察善惡之分明。今有傅門劉氏，開葷以來，造下許多惡事。如今又與兄弟劉賈商議，令各莊佃户人等各持鐵钁、乾柴，竟要燒燬齋房，並將橋梁銃倒。可憐這齋房内，有多少殘疾僧道，盡遭傷害，共受其殃？劉氏，我把你這些造惡之事，樁樁詳察，若然逃得陽世之報，却也難免陰府之愆。正是：善惡到頭終有報，只争來早與來遲。〔唱〕

【正宫正曲·四邊静】傅公積善登仙境(韻)，天府列台鼎(韻)。劉氏忽開葷(句)，戕賊生靈命(韻)。

〔合〕陰司報應(韻)，神明作證(韻)。善者降嘉祥(句)，惡者冤相證(韻)。〔同從下場門下。場上設會緣橋科，副扮劉賈，戴巾，穿道袍，領雜扮衆佃户，各戴氊帽，穿各色道袍、喜鵲衣，繫腰裙，持鍬钁、火把，同從上場門上，唱〕

【高大石調正曲·窣地錦襠】忙持鍬钁共同行(韻)，拆毀橋梁不暫停(韻)。齋房頃刻火光熒(韻)，

〔合〕管取須臾一坦平(韻)。〔作到科，劉賈虛白，命衆佃户拆橋放火科。雜扮衆僧道尼，各戴僧帽、道巾，穿僧

衣、道袍，從兩場門分上，隨意發諢，遶場，從兩場門分下。衆佃户作搶衣物科，向劉賈白〕稟知舅爺，我們搶下這些衣服、法器，任憑舅爺將好些的揀幾件，剩下的，好待我們拿去便了。〔劉賈白〕我舅爺豈是愛這些東西的，你們拿去均分，買酒喫罷。〔衆佃户白〕多謝舅爺。〔同唱〕

【又一體】虎威狐假也堪驚㊒，燒燬齋房没半星㊒，橋梁拆斷更誰登㊒，〔劉賈唱合〕這番顯我大威名㊒。〔衆同從下場門下〕

第七齣　老忠臣捐軀賊境（江陽韻）

〔雜扮二武士，各戴卒盔，穿雁翎甲，執金瓜，同從上場門上，分白〕文昌新入有光輝，紫界宫牆白粉闈。曉日鷄人傳漏箭，春風侍女護朝衣。〔同白〕我等乃大楚王爺殿下值殿將軍是也。今早御朝已畢，此時將至便殿議事，須索伺候者。〔同從下場門下，雜扮四小軍，各戴馬夫巾，穿蟒、箭袖、卒褂。雜扮四軍卒，各戴卒盔，穿蟒、箭袖、排穗，佩刀，引净扮李希烈，戴王帽，穿蟒，束玉帶，從上場門上，唱〕

【中吕宫引·菊花新】統兵百萬逞强梁（韻），眼看中原作戰場（韻）。展土與開疆（韻），平天下易如翻掌（韻）。〔中場設椅，轉場，坐科，白〕推戴天心順，謀猷賴衆臣。建元初御極，自此掌乾坤。孤家李希烈，世受唐恩，本不當興兵作亂。深承衆將推舉，猶如矢在弦上，不得不發耳。所以勉從衆議，僭號大楚，虎踞襄城，似非盛德之事。罷嗄！男子漢不能流芳百世，亦當遺臭萬年也。昨遣周曾、李克誠，領兵前進。孤家不日之間，便當親往督戰便了。快宣鄭丞相上殿議事。〔一軍卒應科，白〕王爺宣鄭丞相，上殿議事。〔丑扮鄭賁，戴幞頭，穿蟒，束玉帶，執笏，從上場門上，唱〕

【商調引·接雲鶴】從龍此日喜非常（韻），頭廳宰相効劻勷（韻）。〔白〕下官鄭賁是也。蒙主公寵卷，言聽計從。只爲顔真卿那老兒，抗志不降，今日當與主公定計，必要斷送他便了。〔作進門參見科，白〕主公，鄭賁參見。〔李希烈白〕丞相，近日可聞得外邊傳揚之事麽？〔鄭賁白〕那外邊皆言主公應天順人，建立大統，遠邇無不歸心。惟有顔真卿那老兒，好生倔强，口出狂言，惑亂人心。主公必須早爲剖决纔是。〔李希烈白〕那顔真卿頗有聲名，孤家不忍將他加害。〔鄭賁白〕主公，如今一些也不難。今日唤他到來，一面擺下金珠玉帛，一邊設着斧鉞鼎鑊。他見利害分明在眼前，不怕他不降順。他若决意不降，即便加以誅戮，這也不爲過也。〔李希烈白〕丞相言之有理。人來，快請顔尚書上殿議事。〔一軍卒應，作出門科，從上場門下。李希烈白〕唤刀斧手兩旁伺候。〔衆應科，雜扮四刀斧手，各戴將巾，穿蟒、箭袖，排穗，佩刀，從兩場門分上，侍立科。一軍卒引外扮顔真卿，戴紗帽，穿蟒，束玉帶，從上場門上，唱〕

【仙吕宫正曲・風入松】平生實用在綱常(韻)，也曾把彝倫細講(韻)。擔一肩重任言非妄(韻)，今日裏把蘇卿節仗(韻)。〔白〕下官刑部尚書顔真卿是也。奉旨宣慰李希烈，諭以順逆之道，被他羈留二十餘月。不道他竟自稱爲大楚皇帝，有那無知奸黨，昧絶天理，附從叛逆。今日相見，當以大義曉之，使他反正。他若萬一不從，我惟一死而已。〔唱合〕憑着我心堅志剛(韻)，去消頑梗化强梁(韻)。〔一軍卒作進門科，白〕顔尚書到。〔顔真卿作進門背立科。李希烈白〕顔尚書，寡人被文武衆官逼迫不過，只得勉登大寶，以順天心。今日特請尚書到來，問以治平天下之道。〔顔真卿白〕節度使差矣。

公受國恩，自當盡忠報國，克全大義，豈可突起邪謀，自取滅亡之禍。〔李希烈白〕一派無稽之談。〔顏真卿唱〕

【又一體】你榮膺節鉞鎮封疆㊀，當仰報天恩高廣㊀。如何反把戈相向㊀，却學那亂臣操莽㊀。〔合〕少不得一朝敗亡㊀，千萬載臭名揚㊀。〔鄭賁白〕老尚書，還該順從纔是，那不遜之言，不必多講罷。〔李希烈白〕你豈不知，天下者乃天下人之天下，非李氏之天下。昔舜禹受禪，湯武應天，於我有何不可？〔唱〕

【又一體】我躬膺圖籙坐明堂㊀，誰箇不傾心尊仰㊀？獨伊出語多無狀㊀，口雌黄故相違抗㊀。〔合〕似當車不知忖量㊀，逞怒臂學螳螂㊀。〔顏真卿白〕李希烈，你説的話，好不識羞。昔者文王，三分天下有其二，以服事殷。你今德非文王，豈可妄爲？請自三思。〔李希烈白〕哇！庸才不識大體，反把言語來挺撞與我。今日之勢，執子嬰於咸陽，殪商辛於牧野，誰能攩我？快將登極之後應行事宜，一一細寫出來，庶可轉禍爲福。〔鄭賁白〕老尚書，須要趁此依從，可圖爵禄。〔顏真卿白〕胡説！你且歷數自古篡逆之人，能保首領者有幾？你今速速回兵請罪，復修臣節，則天下生民皆沾福庇，足下身家亦得保全。我今無過一死，何足懼哉！但可惜汝以垂白之年，將來懸首高竿，永爲悖逆之鬼矣。〔李希烈白〕這老賊好生無理，快把他綁起來。〔衆應作綁顏真卿科。李希烈白〕你若不降，我即將汝斬首。〔顏真卿白〕反賊！〔唱〕

【又一體】我如歸視死姓名香(韻)，怒轟轟罵賊身亡(韻)。看一腔正氣充天壤(韻)，昧不了千秋靈爽(韻)。〔滾白〕我乃是忠肝義膽之漢，心如鐵石堅剛。生前仗節，死後名揚。誰似你欺君叛國，一旦背主忘恩。賊！〔唱合〕滔天罪難逃法網(韻)，要剖腹更屠腸(韻)。〔李希烈白〕可惱！快將這老賊推出斬首。〔衆應科，顏真卿作大笑科，白〕奸賊！你把死來嚇誰？你把死來嚇誰？〔唱〕

【中呂宮正曲・撲燈蛾】貞良烈士心(句)，貞良烈士心(疊)，慷慨無多讓(韻)。視死若含飴(句)，俺待笑歸泉壤(韻)也(格)。我忠魂義魄(句)，做一箇陰空厲鬼肆披猖(韻)。早晚間災生禍降(韻)，〔合〕難輕放(讀)，把生前殺賊的志兒償(韻)。〔四刀斧手作推顏真卿出門科，從下場門下，內白〕開刀。〔李希烈白〕好一箇不怕死的忠臣。〔鄭賁白〕果然好箇不怕死的忠臣，實是難得。〔李希烈白〕丞相，你可學得他來？〔鄭賁白〕臣要學他，萬不及一。〔一刀斧手持首級仍從下場門上，作進門科，白〕獻首級。〔鄭賁白〕拿過了。〔刀斧手作出門科，仍從下場門下。生扮採訪使者化身，戴道巾，穿道袍，繫絲縧，持拂塵，從上場門上，白〕凡屬吾曹採訪事，未曾舉意已先知。〔作進門相見科，白〕貧道見禮了。〔李希烈白〕道者何來？〔採訪使者化身白〕貧道雲遊到此，見大王屈斬忠良，還該修省，莫貽後悔。〔李希烈白〕無知妖道，輒敢胡言，軍校拿去砍了。〔衆應，作捉採訪使者化身科。採訪使者化身作出門科，從下場門下，衆軍卒作趕下，隨持衣服上，作進門科，白〕啓大王，那道人化一陣清風，忽然不見了。〔李希烈白〕化一陣清風而去了，這也奇怪。〔鄭賁白〕主公不必驚恐，這就叫清風道人嗄。〔雜扮採訪使者，戴嵌龍幞頭，穿蟒，束玉帶，從天井乘雲兜下，白〕李希烈。〔李希烈作驚起，隨撤椅科。採訪使者白〕汝久領節鉞，身受國恩，竟不思盡忠報主，遽然叛逆稱王，殺害忠臣義士，誅戮黎庶人民，不計其數。吾當奏聞天聽，將來報應昭彰，難逃果報也。〔仍乘雲兜從天井上。李希烈白〕原來有此奇異之事。如今怎生是好？〔鄭賁白〕主公，這叫做一不做，二不休，索性整頓人馬，協同周曾、李克誠，督兵前去，立取長安，豈不是好？〔李希烈白〕丞相言之有理。傳諭衆將，准定來日進兵便了。〔衆應科，同唱〕

【慶餘】看天神般師旅多雄壯(韻)，映日華的金鋒雪亮(韻)，笑你那唐室君臣怎生樣來抵擋(韻)。〔衆同從下場門下〕

第八齣　衆仙侶把臂天庭（齊微韻）

〔雜扮金童，戴紫金冠，穿氅，繫絲絛，執旛；雜扮玉女，戴過梁額、仙姑巾，穿氅，繫絲絛，執旛。引外扮顔真卿，戴紮紅紗帽，穿蟒，束玉帶，從右旁門上，唱〕

【南吕宫引·生查子】浩氣凌霄結(句)，丹心化碧飛(韻)。一朝盡臣節(句)，萬古把名題(韻)。〔白〕隻身赢得許多强，濺血能噴辱跳梁。却怪人臣皆怕死，那知一死姓名香。我顔真卿，豈不知僥倖圖生？只是堂堂天地間，没有一種正氣流行，還成什麽世界？我想人生無百年之富貴，而有萬載之忠良。那身家性命，一時看得太重，日後就落得太輕了。今日身歸陰府，蒙玉帝收録仙曹，閻君差金童、玉女相送，竟上天堂。正是雖死猶生矣。爾等可回陰府，多多致意閻君。〔金童、玉女作拜别科，仍從右旁門下，内奏樂科，顔真卿白〕你聽仙樂畢奏，瑞氣翔空，不知有何神聖來也。〔雜扮張巡、許遠、南霽雲、雷萬春，各戴紮紅紗帽，穿蟒，束玉帶，同從昇天門上，分唱〕

【正宫引·三疊引】丹誠皎皎碧天齊(韻)，充塞乾坤正氣(韻)。南八喜垂名(句)，留得英風遺世(韻)。〔分白〕吾乃張巡是也。吾乃許遠是也。吾乃南霽雲是也。吾乃雷萬春是也。〔作相見科，同白〕顔公請了。〔顏真卿白〕請了。相逢一笑，恰會三生。〔張巡等白〕玉帝知公將到，特命我等恭候已久。就請起行。〔顏真卿白〕列位，我想，〔唱〕

【羽調正曲·勝如花】千秋業皆自期（韻），臨難致身有幾（韻）。〔張巡等同唱〕總則爲怕死貪生（句），做盡了藏頭露尾（韻），抹却那綱常名義（韻）。〔合〕誰箇不堅剛素持（韻），幾人得忠貞不移（韻），視死如歸（韻）？這關頭休畏（韻），博得箇鬚眉無愧（韻）。〔顏真卿白〕咳！爲子死孝，爲臣死忠，死得其所，豈非慶幸乎？〔唱〕報君恩分所當爲（韻），〔張巡等白〕我們再往前行。〔內奏樂科，雜扮八仙，各戴八仙巾，穿八仙衣，持八仙切末。生扮福星，戴福星帽，穿福星衣，持手卷。末扮禄星，戴禄星帽，穿禄星衣，持如意。副扮壽星，戴壽星頭，穿壽星衣，捧太極圖。同從昇天門上，遶場，場上設平臺科，八仙、福禄壽三星同上平臺立科。顏真卿、張巡等作觀望科，同唱〕

【中呂宮正曲·千秋歲】躡丹梯（韻），身喜來天際（韻），幾陣陣香靄烟霏（韻）。那天上神仙（句），那天上神仙（疊），覿面處（讀）笑相看宛同夙契（韻）。〔八仙、福禄壽三星仍從昇天門下，隨撤平臺科。顏真卿、張巡等同唱合〕謾步入（讀）羅天地（韻），暫立向（讀）紅雲內（韻），俯瞰塵寰世（韻），看齊州九點（讀）城郭依微（韻）。〔內作風雷聲科。雜扮四電母，各戴包頭，紥額，穿宮衣，紥袖，持鏡。雜扮四雷公，各戴紫金冠、髮，紥靠，紥套翅、雷公鼓，持錘鑿。雜扮雨師，戴竪髮，穿蟒、箭袖，繫肚囊，執旗。老旦扮風婆，戴包頭，紥額，穿老旦衣，繫腰裙，負虎皮。同從昇天門上，遶場科，仍從昇天門下。顏真卿、張巡等作觀望科，同唱〕

【中呂宫正曲·越恁好】雨師風伯（句），雨師風伯（疊），看紛紛天半馳（韻）。丹霄裏隱現（句），掣疾電響奔雷（韻）。影輝輝彩霓（韻），影輝輝彩霓（疊），曲彎彎飛梁兒（讀）駕得恁巍（韻）。整齊齊擺開（句），整齊齊擺開（疊），蕩悠悠龍蛇般（讀）幾隊繡旗（韻）。〔合〕雲中奏風外吹（句），一派仙音沸（韻）。去瞻依玉座（讀），朝參丹陛（韻）。

【慶餘】天堂只在人心裏（韻），説與伊行知不知（韻），願臣子箇箇丹衷皆似咱共你（韻）。〔同從昇天門下〕

第九齣　幸乘機朝紳出走（古風韻）

〔外扮朱紱，戴巾，穿道袍，從上場門上，唱〕

【仙呂宮引·風入松慢】蕭蕭白髮已盈頭（韻），課督弓裘（韻）。杜門盡日躭詩酒（韻），惟將花竹忘憂（韻）。每思静坐焚香（句），怎奈亂離時候（韻）。〔中場設椅，轉場，坐科，白〕老去無妻陸地仙，悠悠歲月任留連。烽烟四起誰爲主？無事安能保百年。老夫姓朱名紱，字艷前，原籍陳州人也。幼叨甲第，曾任隴州司馬。因見世路紛紛，以此棄職歸家，逍遥自適。只是一件，老夫年過六旬，不幸院君早喪，止生一子，名曰朱紫貴，曾聘華家之女，尚未完婚。值此亂離時候，朝不保暮，老夫又景入桑榆，如何是好？日間聞得李希烈叛兵沿途抄掠，已到陳州。這城中好事少年，紛紛攘攘，共相團聚，要去獻城降賊。我想這箇時候，人心思亂。俗諺云：大亂居鄉，小亂居城。不免唤孩兒出來，商議一番。孩兒那裏？〔小生扮朱紫貴，戴巾，穿道袍，從上場門上，唱〕

【商調引·接雲鶴】撫時悲切黍離憂（韻），干戈滿地甚時休（韻）？〔作拜見科，場上設椅，坐科。朱紱白〕我兒，你只知閉户讀書，那曉得外邊時勢。目今兵戈四起，滿城中百姓驚慌，我與你還要這樣

聚首安居，只怕就不能彀了。〔朱紫貴白〕孩兒爲此，也正憂惶。〔唱〕

【仙呂宮正曲·惜奴嬌序】遍地戈矛(韻)，怕安危未卜(讀)，家園難守(韻)。煢煢父子(句)，却向何方奔走(韻)？颼颼(韻)，一派烽烟來斥堠(韻)，路途中多僝僽(韻)。〔合〕年尚幼(韻)，怕是天涯海角(讀)，骨肉分儔(韻)。〔朱紱白〕你自幼讀書，不識路徑。我又年過六旬，不堪奔走。如何是好？〔唱〕

【又一體】還愁(韻)，白髮蒙頭(韻)，況四郊戎馬(讀)，亂離時候(韻)。似浮萍靡定(句)，如哀鴻嘹嚦滄州(韻)。休休(韻)，相對不禁眉雙皺(韻)，看淚濕羅衣透(韻)。〔合〕年尚幼(韻)，怕是天涯海角(讀)，骨肉分儔(韻)。〔内吶喊，各作驚起，隨撤椅科。朱紱白〕你聽這喧嚷之聲，想必是賊兵臨境了。我與你快些收拾行囊，大家出城去。〔朱紫貴白〕爹爹言之有理。〔各作負包裹，繫縧帶科。朱紱白〕我們就此出北門去便了。〔同作出門科，唱〕

【小石調正曲·駡玉郎】失火城門魚受殃(韻)，你看兵戈列(讀)，劍戟張(韻)，聲聲武耀與威揚(韻)。我淚珠汪(韻)，難脱(讀)離亂悲傷(韻)。〔朱紱白〕我兒，來到北門，却又城門緊閉，如何是好？〔雜扮四軍卒，各戴將巾，穿蟒、箭袖、排穗，佩刀，引副扮伊官鍾，戴帥盔，紥靠，佩劍，從上場門上，唱〕看奔竄遑遑(韻)，看奔竄遑遑(疊)，休想着(讀)遠遁潛藏(韻)。〔朱紱白〕老先生，是學生父子，要出城去的，望開放一開放。〔伊官鍾白〕甚麽老先生？你不曉得大楚周元帥兵馬到此，立取關中？我們獻了此城，如今是箇現任參謀，命我把守這北門。一概人民，不許擅自放出。你如何輒敢亂言？本該把你軍法從事，姑念你是桑梓，免加究治，快去罷。〔仍從上場門下。朱紫貴白〕爹爹，如今怎麼處？〔朱紱白〕没奈何，只得再和你往東門去罷。〔同作遶場科，唱〕且疾行那方（韻），且疾行那方（疊），博得箇拽尾而藏（韻），免做了觸網而傷（韻）。〔朱紱白〕你看東門又早已閉在此，如何是好？〔雜扮四小軍，各戴馬夫巾，穿蟒、箭袖、卒褂，佩刀，引末扮魯守才，戴帥盔，紥靠，持令旗，從下場門上，唱〕恁兩人如醉如狂（韻），恁兩人如醉如狂（疊），疐尾跋胡（讀），似竄豺奔狼（韻）。〔白〕你兩箇敢是奸細麼？〔朱紱白〕我們是要出城去的。〔魯守才白〕我學生助餉守城，蒙周老爺加陞守備，在此盤詰東門。若放了你出去，是我狗私而廢公了。〔唱合〕受乃職（讀），盡乃心（句），恩劄難忘（韻）。怎做得順人情（讀），把居民齊放（韻）。〔内喝道科，雜扮報事人，戴鷹翎帽，穿窄袖，繫肚囊，從上場門上，白〕禀爺，張老爺到來查勘。〔魯守才白〕知道了。〔報事人仍從上場門下。魯守才白〕快將他二人押過一邊。〔衆應科，雜扮四小軍，各戴卒盔，穿蟒、箭袖、卒褂，執標鎗，引净扮張佑大，戴帥盔，紥靠，佩劍，持馬鞭，從上場門上，唱〕

【又一體】井底居蛙自稱强（韻），仗着雙鋒劍（讀）、丈八鎗（韻），更有朱旗畫戟顯威揚（韻）。好風光（韻），恰便是（讀）蟻陣蜂王（韻）。〔作下馬科。魯守才白〕守備接老爺。〔場上設椅，張佑大坐科。朱紱、朱紫貴作虛白跪求科。張佑大白〕你兩箇是甚麼人？〔朱紱白〕我們是要出城去的。〔唱〕望大人細詳（韻），望大人細詳（疊），當權（讀）做箇周方（韻）。〔白〕老夫叫做朱紱，是本處鄉紳。這箇就是小兒。〔張佑大白〕你把鄉紳來欺壓我麼？如今是大楚世界了，似你這樣鄉紳，我要砍就砍。〔唱〕看威風凛霜（韻），看威風凜霜（疊），比不得問鞫公堂（韻），說甚麽紳衿分上（韻）。〔白〕本該一細四十，念你是箇斯文一脈，左右，與我押在那裏。〔衆應科。雜扮報子，戴鷹翎帽，紮包頭，穿劉唐衣，繫肚囊，持令旗，從上場門上，唱〕早探得敵不隄防（韻），早探得敵不隄防（疊），成群三五（讀），下馬停涼（韻）。〔合〕休得要（讀）驚動他（句），又復潛藏（韻）。望將軍發鐵騎（讀），擒來受賞（韻）。〔白〕小人探得有三四十箇馬兵，在土山上乘涼，望老爺速發大兵出去，一鼓成擒來也。〔張佑大白〕再去打聽。〔報子應科，仍從上場門下。張佑大白〕莫說三四十箇，就是三四百，也不怕他。既然如此，魯守備快些披甲上馬，待我與參謀商議一番，即便出城便了。〔魯守才應科，從下場門下。朱紱、朱紫貴復作虛白跪求科。張佑大白〕造化了這一起人犯。我無暇勘問，放他自便罷了。〔朱紱、朱紫貴同從下場門急下。張佑大白〕帶馬來，正是：計就月中擒玉兔，〔衆同白〕謀成日裏捉金烏。〔衆同從下場門下。朱紱、朱紫貴從上場門急上。朱紱白〕我兒，你看亂離時勢，如此光景，且喜出得城門。我與你乘此機會，快些向遠村避難去罷。〔朱紫貴白〕爹爹說得極是。〔同作遶場科，唱〕

【慶餘】幸離虎口忙奔往（韻），莫憚勞勞道路長（韻），那得桃源好避殃（韻）？〔同從下場門下〕

第十齣　遭慘切愛女分離（庚青韻）

〔老旦扮金氏，穿老旦衣，從上場門上，唱〕

【商調引·憶秦娥】傷薄命（韻），彩鸞分散餘孤影（韻），餘孤影（格）。星星華髮（讀），蕭蕭暮景（韻）。〔中場設椅，轉場，坐科，白〕王謝堂前落燕泥，天涯芳草夕陽低。堪憐最是鶯雛弱，怎比雲鵬萬里飛。老身金氏，幼適華門，先夫華蘅，官居朝散，不幸中道分離。只生一女，小字素月，技擅女紅，堪羨閨中之蘭蕙，心專藝苑，謾誇筆下之蛟龍。昔年許配朱門，待年未字。只是近日，聞得李希烈僭號汴州，人情鼎沸；又說陳州一路，望風生變，從此打劫而來。老身自想，煢居陋巷，值此亂離之際，此地決非避難之所。已曾打發使女映波，出外打聽消息，不免喚女兒出來，與他商議避亂的計策便了。孩兒那裏？〔旦扮華素月，穿衫，從上場門上，唱〕

【又一體】愁多慣惹懨懨病（韻），日高猶自慵臨鏡（韻），慵臨鏡（格）。花枝折得（讀），侍兒代整（韻）。〔作拜見科，場上設椅，坐科。金氏白〕我兒，自你父親亡後，家業蕭條，門庭冷落。正當于歸之期，又逢變亂之際。聞得陳州獻城降賊，賊兵搶擄而至。已着映波出去打聽消息，倘有緊急之信，我與你顧不得深閨嬌怯，只索收拾避難而行，方爲上策。〔華素月白〕母親，孩兒自幼生長深閨，那曾經長途跋涉。倘遇賊寇來臨，惟有一死而已。〔金氏白〕我兒，你説那裏話來？〔唱〕

【商調集曲・山羊轉五更】【山坡羊】（首至七）歎衰年讀⃝高堂孤另韻⃝，念幼齡讀⃝深閨嬌倩韻⃝。恁遭逢讀⃝四境荒荒句⃝，怎支持讀⃝母子煢煢命韻⃝。〔内吶喊，各作驚起，隨撤椅科，同唱〕聽喊殺聲韻⃝，令人心戰驚韻⃝，料死生禍福皆難定韻⃝。【五更轉】（五至末）一度思量讀⃝，一番悲哽韻⃝。〔金氏白〕你看兵聲漸近，快些收拾。映波一到，即便逃生便了。〔各作搭包頭，繫腰裙科，同唱〕怕遇雄軍句⃝，逢劫掠句⃝，遭强横韻⃝。〔合〕奈斷腸腸斷無餘剩韻⃝，若得生全讀⃝，便是邀天之幸韻⃝。〔丑扮映波，戴梅香箍，穿衫、背心，繫汗巾，從上場門急上，白〕忙將覆地翻天事，報與深閨母女知。〔作進門科，白〕夫人、小姐，不好了。外面紛紛傳説，賊兵兇勇，沿路搶殺而來，城中的百姓俱已走空了。老夫人，我們如今不走，更待何時？〔華素月作哭科，金氏白〕如今也説不得了，和你快些走罷。〔同作出門科，唱〕

【又一體】痛煞煞讀⃝逃生奔命韻⃝，渺茫茫讀⃝前途未定韻⃝。哭哀哀讀⃝揾不住淚珠句⃝，戰兢兢讀⃝怕魆地逢梟獍韻⃝。向僻路行韻⃝，履霜心自驚韻⃝，看荆榛塞滿崎嶇徑韻⃝。〔白〕你看前面兩條小路，不知從那一條去纔好？〔唱〕見草木蒙叢讀⃝，中心畏警韻⃝。〔内吶喊科。金氏、華素月唱〕怕遇雄軍句⃝，逢劫掠句⃝，遭强横韻⃝。〔合〕奈斷腸腸斷無餘剩韻⃝，若得生全讀⃝，便是邀天之幸韻⃝。〔雜扮四小軍，各戴馬夫巾，穿蟒、箭袖、卒褂，持刀。雜扮四軍卒，各戴將巾，穿蟒、箭袖、排穗，佩刀。引副扮伊官鍾，戴帥盔，紥靠，佩劍，持令旗，從上場門上，遶場作趕殺科。金氏、映波從兩場門分下。伊官鍾白〕遇敵人人皆懼怯，謀財箇箇便強梁。〔衆小軍作捉華素月科，白〕拿得一婦人在此。〔伊官鍾白〕我們拿他去見守城大老爺便了。〔衆小軍白〕稟上將爺，前面還有兩箇婦人。〔伊官鍾白〕趕上拿來。〔衆吶喊科，從下場門下。金氏、映波從兩場門分上。金氏白〕映波，你曾見小姐麽？〔映波白〕不曾看見。〔金氏作哭科，唱〕

【南吕宮引・哭相思】無那中原起甲兵(韻)，鶯雛失散淚如傾(韻)。今宵燈下愁何限(句)，只剩孤身弔影形(韻)。〔同從下場門下〕

第十一齣　全節操烈女含悲（尤侯韻）

〔雜扮四軍卒，各戴將巾，穿蟒、箭袖、排穗，引丑扮周曾，戴紗帽，穿氅，從上場門上，唱〕

【越調引·霜天曉角】摧枯拉朽(韻)，不放一人走(韻)。欲待稍存將就(韻)，已發殺興難收(韻)。〔場上設公案、桌椅，轉場，入座科，白〕俺周曾，奉主公之命，進兵關中，且喜三軍未至，官吏先逃，也有望風獻城，也有投充帳下。我曾四下搜掠清楚，目下暫解征鞍，駐扎仙桃鎮，養兵蓄馬。已曾撥下數隊雄兵，分掠各處去了，怎生還不見他們到來繳令？〔末扮魯守才，戴盔，紮靠，持令箭、册簿，從上場門上，白〕手握令字旗，發出任施爲。美女盈船至，金珠滿載歸。〔作進門參見科，白〕小將魯守才，分掠河東地面，繳回令箭。〔一軍卒接令箭科。周曾白〕得了多少金銀，幾千人口？細細逐一報數上來。〔魯守才白〕金銀珠寶等項，開在册籍。共抄過縉紳八十名，婦女一百二十口，另有花名册籍。共是一千分人家。〔呈册簿科。周曾白〕好不中用，去了一箇多月，只抄得一千分人家。來日奏過主上，只好陞你做箇千長罷了。〔副扮伊官鍾，戴盔，紮靠，持令箭、册簿，從上場門上，白〕手持飛羽箭，發出如雷電。陵谷換高深，世界須臾變。〔作進門參見科，白〕小將伊官鍾，分掠河北等處，繳回令箭。

〔一軍卒接令箭科。周曾白〕得了多少金銀，幾千人口？可呈報數目上來。〔伊官鍾白〕金銀珠寶、衣服紬緞等項，開在册籍。共抄過縉紳五百八十名，婦女五千九十口，另有花名册籍。共是九千九百九十九分人家。〔呈册簿科。周曾白〕好！這纔中用。你再抄一分人家，就足了一萬之數了。來日奏過主上，就封你做萬户侯了。〔伊官鍾白〕多謝元帥。〔周曾白〕兩處縉紳，監在一處。今日先帶婦女等過堂，待我親自挑選，選幾箇中看的，我要留用。〔出座隨撤公案、桌椅科。雜扮衆難婦，各穿各色衫，從上場門上，作過堂科，丑婦人隨意發諢科，同從下場門下。周曾白〕這許多婦女，竟没有一箇中看的，如何是好？〔唱〕

【中呂宫正曲・駐雲飛】國色難求(韻)，乍看妖嬈細看醜(韻)。面是東施就(韻)，却效西施皺(韻)。嗏(格)，乜眼學情留(韻)，越難生受(韻)。只怕你選近身來(讀)，却也難將就(韻)，〔合〕恰便似賈氏當年善媚柔(韻)。〔伊官鍾白〕方纔那些婦女，都是河東擄來的，原不見得好。還有河北擄來的，不曾過堂。或者有幾名看得的，也未可知。〔周曾白〕快快唤過來。〔旦扮華素月，穿衫，繫腰裙；雜扮衆難婦，各穿各色衫。同從上場門上，作過堂科。周曾作見華素月科，白〕那婦人立在一邊，待我細看。〔衆難婦同從下場門下。周曾白〕果然有些意思。〔唱〕

【又一體】體態風流(韻)，一見令人不自由(韻)。乍見雖僝僽(韻)，不係容顏陋(韻)。嗏(格)，何必恁嬌羞(韻)，半遮衫袖(韻)。便締紅絲(讀)，也是天緣就(韻)，〔合〕畢竟還低見面頭(韻)。〔老旦扮金氏，穿老旦衣，從上場門上，作見華素月，抱哭科，白〕我兒，你原來也被擄在這裏。〔衆作扯逐金氏科。周曾白〕不要扯逐他。問那老婆子，是這女子什麽人？〔金氏叩頭科，白〕將軍爺爺，小婦人孀居孤苦，只有這箇女兒。可憐放了我母女回去，世世銜恩不朽。〔周曾白〕你這老婆子，如今去不得了，就留你在此，與你女兒作伴。快些引到後營，梳粧起來，待我也去沐浴一沐浴。〔一軍卒應科，領金氏、華素月從下場門下。衆同白〕恭喜元帥爺。〔周曾白〕那婦女之中，你們也去選用幾箇。〔衆同從下場門下。一軍卒領金氏、華素月從上場門上，作進門科，軍卒隨下。金氏白〕我兒，事到如此，只得勉強從容，日後再圖出頭日子罷。〔華素月白〕母親説那裏話來。女子一生，名節爲重。今日既落賊手，惟有一死而已。〔唱〕

【商調正曲・山坡羊】恨漫漫(讀)身遭顛覆(韻)，痛煞煞(讀)淚珠盈袖(韻)。心慽慽(讀)攪亂愁腸(句)，命淹淹(讀)難離這牢籠扣(韻)。〔金氏白〕我兒，暫且寬心，再做道理。〔華素月唱〕教我難逗留(韻)，拚將一命休(韻)。料應這松筠節操也無能守(韻)，遇此乖危(讀)却有誰來相救(韻)？〔白〕母親，孩兒今日惟願速死而已。〔金氏白〕我兒，你怎説這話？教我做娘的也活不成也。〔華素月同唱合〕堪愁(韻)，想萱堂誰庇周(韻)？休休(韻)，向黄泉及早投(韻)。〔一軍卒從上場門上，白〕老婆子，快快催你女兒梳粧。若再遲延，你母子俱要受累了。〔仍從上場門下。金氏白〕我兒，你聽得麽？做娘的事到如此，也説不得了。〔華素月白〕母親，你連日路途辛苦，且少睡片時，待我梳粧便了。〔金氏作背科，白〕我女兒竟自依從起來。也罷，待我少睡片時，再做道理。〔從下場門下，内起更科，華素月白〕母親，你竟自睡去了，我且向粧臺對鏡，殘面剪髮，以絶兇徒妄想便了。〔場上設桌椅，桌上設粧奩科，華素月白〕鏡兒，

〔唱〕

【又一體】對菱花(讀)照愁人僝僽(韻)，泣鶯雛(讀)蹙雙眉頻皺(韻)。别家鄉(讀)做異地南冠(句)，歎紅顏(讀)肯效隨風柳(韻)。〔内打二更科，華素月滚白〕賊！我本芳閨之女，許嫁朱門，舉案齊眉，自成良配。〔唱〕空教你盼綢繆(韻)，焉能遂好逑(韻)。便將囚鸞檻鳳俺一死無他咎(韻)，怎肯别抱琵琶(讀)使千年遺臭(韻)。〔内打三更科，華素月作剪髮科，唱合〕颼颼(韻)，剪烏雲作斷頭(韻)。〔作毁容科，唱〕休休(韻)，剖花容絶禍訧(韻)。〔作暈倒科。金氏從下場門上，白〕我兒，爲何睡在此間？〔作扶華素月起科，白〕不好了，周老爺有請。〔周曾從上場門上，白〕怎麽説？〔金氏白〕我女兒剪髮毁容，不成模樣了。〔周曾白〕你且將他扶過了。〔金氏扶華素月從下場門下，四軍卒從兩場門分上。周曾白〕這薄福的女子，好不中擡舉。

〔唱〕

【商調正曲·水紅花】芳容剖壞血長流(韻)，淚盈眸(韻)。這良緣不偶(韻)，把温香軟玉一時休(韻)。看他髮蓬頭(韻)，龐兒變醜(韻)，可惜嬌姿嫩蕊(句)，驀地變睢鳩(韻)。〔雜扮四小軍，各戴馬夫巾，穿蟒、箭袖、卒褂，引淨扮張佑大，戴帥盔，紥靠，持令箭，從上場門上，白〕將軍分虎帳，壯士出龍坡。有人麽？〔一軍卒作出門科，白〕什麽人？〔張佑大白〕奉有鈞旨，要見將軍。〔軍卒作進門科，白〕外面有鈞旨，要見將軍。

〔周曾作出迎，引張佑大進門科，白〕皇帝有旨，催元帥進兵。奉旨委派張佑大，在此陳州鎮守。速速領兵前往，休教遲悞。〔周曾接令箭科，白〕既如此，可將方纔這兩箇婦人，一併交與你看守，不可容他走失。一面快取我的盔甲、器械過來。〔衆應科。周曾白〕再分付軍兵，各備鞍馬伺候，吾當即便起行。〔張佑大應科。周曾唱合〕須索的刻下鞚驊騮㊧也囉㊨。〔隨意發諢科，衆從兩場門各分下〕

第十二齣　假姻緣癡僧被誑（古風韻）

〔雜扮衆難民，各戴各色巾、氈帽，穿各色道袍、喜鵲衣，繫腰裙。雜扮衆難婦，各穿各色衫，繫腰裙。同從上場門上，唱〕

【中呂宮正曲·撲燈蛾】兵戈驀地來（句），兵戈驀地來（疊），金鼓連天震（韻）。〔雜扮八小軍，各戴馬夫巾，穿蟒、箭袖、卒褂，持刀，從上場門上，遶場，從下場門下，衆同唱〕父子不相顧（句），各自紛紛逃遁（韻）也（格）。常言道寧逢惡虎（句），莫遇着暴虐亂軍（韻）。殘忍性恁般兇狠（韻），〔合〕可憐咱（讀），亂離時節一孤身（韻）。〔同從下場門下。丑扮和尚，戴僧帽，穿僧衣，繫絲絛，負衣鉢，急從上場門上，唱〕

【又一體】一朝兵火起（句），一朝兵火起（疊），四下無門奔（韻）。〔白〕師傅、徒弟，都不見了。那些亂兵好利害。〔唱〕不論僧和俗（句），只要强擄金銀（韻）也（格）。常言道寧逢惡虎（句），莫遇着暴虐亂軍（韻）。殘忍性恁般兇狠（韻），〔合〕可憐咱（讀），亂離時節一孤身（韻）。〔從下場門下。副扮老人，戴氈帽，穿道袍，持女衫，包頭，急從上場門上，白〕媽媽、兒子、媳婦、女兒，都不見了，怎麽處？〔和尚内白〕阿彌陀佛。〔老人白〕後面有箇僧人來了，不知他有德行没德行，我帶得媽媽的羅裙、包頭在此，不免扮一婦人，將這包頭蓋了頭面，哄他駝了我走一程，豈不是好。人言使口，不如自走；我道自走，不如使口。〔作穿衫，以包頭蒙面，坐地科，和尚從上場門上，老人作婦人聲虚白，和尚白〕原來是箇女人。女菩薩，你因甚事在此啼哭？〔老人白〕師傅，我是人家深閨之女，爲因强盗趕得慌了，不見了母親，因此啼哭。師傅，没奈何，你出家之人，慈悲爲本，方便爲門，奴今行走不動，上人只算作好事，何不將奴駝了潛逃，勝造七級浮屠。〔和尚白〕小娘子，救人雖是慈悲之心，奈我衣衫、法器，俱是要拿着走的，難以奉命。〔老人白〕上人若肯相救，奴情願結爲夫妻，丢了這行李，只當與奴家作財禮罷。〔和尚白〕小娘子，你是戲言，還是實話？〔老人白〕君子無戲言，只管放心。〔和尚白〕既是實話，我丢了這行囊，情願駝着小娘子同去便了。〔内吶喊科，和尚駝老人行科，白〕我也走乏了，小娘子，此處地僻人少，我駝着你且慢慢的走罷。〔老人作失聲應科，和尚作驚疑科，唱〕

【商調正曲·山坡羊】你因甚的聲音兒(讀)没些嬌媚(韻)，〔老人白〕爲不見爹娘哥嫂，是哭啞嗓子了。〔和尚唱〕因甚的指頭兒(讀)並不纖細(韻)？〔老人白〕這些時我嫂嫂病了，上鍋洗碗洗衣服，都是我。做這樣粗糙活計，所以如此。〔和尚唱〕因甚的我脖子上(讀)像是簇着髭鬚(句)，〔老人白〕一箇女孩兒，那有髭鬚，是跑散了頭髮。〔和尚唱〕因甚的(讀)你足下把這靴穿起(韻)？〔老人白〕爲因逃難慌張，奴又走得忙了，所以錯穿了父親的靴子。〔和尚唱〕這因依(韻)，你分明説與知(韻)，免教人心下生疑忌(韻)。〔老人白〕有甚疑忌，快些趲行便了。〔和尚唱〕我自當不憚辛勤(讀)，負娘行逃避(韻)。〔白〕來到此間，一所石洞，四面皆是茂林，正好成親。〔老人白〕且慢。〔和尚唱合〕幽棲(韻)，賽過巫山十二奇(韻)。休推(韻)，莫負襄王雲雨期(韻)。〔老人白〕你再駝我走一程。〔和尚白〕往前再没有這樣僻静處所了，我與娘子先成了親，再駝着你前行罷。〔老人白〕青天白日，像箇什麽樣子，到晚間罷。〔和尚白〕我等不得了。〔作揭包頭，見老人虚白科。老人白〕好和尚，你看我這麽一嘴的白鬍子，你不饒我？你還要和我成親！〔和尚白〕你既是假裝的，不該教我丢了那些法器，我如今問你要賠還我的東西。〔老人白〕你問我要法器？你强逼我成親，我問你要遮羞錢。〔和尚白〕我也没有錢。〔老人白〕剥下你的衣服來。〔和尚隨意發諢，老人作打和尚科，白〕秃驢騷興發，駝我到山中。本以空貪色，焉知色是空。〔虚白科，從下場門下。和尚白〕祇期紅粉女，誰料白頭翁。雖是他心歹，多應我命窮。〔唱〕

【中吕宫正曲·駐雲飛】我命該窮(韻)，白日青天着鬼朦(韻)。輕信他花言哄(韻)，頓把我春心動(韻)。嗏(格)，恨只恨老奸雄(韻)，〔白〕我説聲音蒼，他説哭啞了；我説指頭粗，他説上鍋燎竈；我説鬍鬚簇的脖子癢，他道跑散了頭髮；我道你怎穿了靴，他説心慌穿了父親的靴來了。〔唱〕他口利如風(韻)。雨覆雲翻(讀)，將我來欺弄(韻)。〔滚白〕實指望駝到山中，結就夫妻，百歲諧鸞鳳，豈知道老鼠跳入糠籮裏，一場歡喜一場空。〔唱合〕無奈紅鸞信不通(韻)。〔從下場門下〕

第四本卷下

第十三齣　萍水交慇懃話别（庚青韻）

〔生扮羅卜，戴巾，穿道袍，繫鑾帶，從上場門上，唱〕

【商調引・接雲鶴】彤雲風掃雪初晴㊀，思親作急辦歸程㊀。〔中場設椅，轉場，坐科，白〕自家爲奉母親慈命，離家三載。且喜事已完畢，擇定今日起身回去，不免拜辭店主人。益利那裏？〔末扮益利，戴羅帽，穿屯絹道袍，繫鑾帶，從上場門上，白〕鄉夢有時生枕上，客情終日在眉頭。官人有何吩咐？〔羅卜白〕我和你離家三載，音信杳無。今喜貨已賣完，正宜整裝歸省。請出東人來。〔益利白〕主人説得極是，待我請店主人出來，辭别前去。店主人有請。〔外扮王店主，戴氈帽，穿道袍，從上場門上，白〕千載鶴歸猶有恨，三年人别豈無情。〔羅卜起，隨撤椅科，白〕卑人在此三載盤桓，多承款待。今經營之事已完，欲返家鄉，謹此拜别。〔王店主白〕傅官人，小子忝爲經紀，接待頗多，但如尊駕，眼中絶少。愧無以爲别敬，聊具白銀五兩，少申贐儀。〔羅卜白〕卑人路費儘足，豈敢又受厚贈。〔王店主白〕勿嫌輕微，笑納是幸。還要相送一程。〔羅卜白〕既蒙雅意，只得拜領。不勞遠送罷。〔王店主白〕説那裏話，一定要送。〔益利白〕官人，老奴已曾吩咐車夫，前邊等候去了。就此起程罷。〔同作出門科，分白〕村橋西路雪初晴，特特沙堤馬足輕。落日千峰轉迢遞，知君回首望蘇城。

〔羅卜唱〕

【仙呂宮集曲・甘州歌】【八聲甘州】（首至六句）回首望蘇城韻，歎人生聚散讀，似水上浮萍韻。感君交誼句，殷勤送我回程韻。〔白〕賢主人，李白那兩句詩説得好。〔唱〕桃花潭水深千尺句，不及汪倫送我情韻。【排歌】（合至末句）陽關路句。不暫停韻，臨岐分手再叮嚀韻。前途裏句，誰送迎韻，寒天客況再淒清韻。〔王店主唱〕

【又一體】君今返故庭韻，羨三年聚首讀，意叶和平韻。長途迢遞句，難辭戴月披星韻。拋親爲覓蠅頭利句，返駕終全菽水情韻。〔合〕陽關路句，不暫停韻，臨岐分手再叮嚀韻。前途裏句，誰送迎韻，寒天客況更淒清韻。〔羅卜白〕多承遠送，就此拜別。〔王店主白〕如此不得再送了。〔羅卜唱〕

【南呂宮引・哭相思】賓主相看別恨生韻，〔王店主唱〕何時君復到蘇城韻？〔益利唱〕斜陽古道行人遠句，〔衆同唱〕愁見河橋酒幔青韻。〔王店主仍從上場門下，益利隨羅卜從下場門下〕

第十四齣　烟花隊慷慨償金（齊微韻）

〔旦扮賽芙蓉，穿衫，繫腰裙，從上場門上，白〕一失足成千古恨，再回頭是百年身。奴家賽芙蓉，原是良人之婦，不幸被人拐騙，賣入烟花。媽媽十分利害，動不動就是打罵，幾番欲尋自盡。螻蟻尚且貪生，爲人豈不惜命，因此悄地逃出，尋箇尼菴中，削髮出家，纔是了當。〔唱〕

【吹腔・羅衣濕】細思量(句)，心痛悲(韻)，濕透羅衣雙淚垂(韻)。恨無端(讀)陷入在烟花地(韻)，朝雲暮雨非吾意(韻)，送舊迎新誓不爲(韻)。倒不如(讀)偷走去爲尼(韻)，好辦着(讀)長齋繡佛辭塵世(韻)，不染蓮花出污泥(韻)。〔虚白從下場門下。丑扮六兒，戴氊帽，穿喜鵲衣，繫腰裙，從上場門上，唱〕

【吹腔・金水歌】我是那(讀)慣打這金生麗(韻)，鎮日裏(讀)專燒着那雷賀倪(韻)。祖傳的樂户(讀)有誰來替(韻)，賺人的財帛(讀)多容易(韻)。有人問咱名和姓(句)，衏衏裏先鋒(讀)叫烏龜(韻)。〔白〕諸般生意好做，只有衏衏低微。見人喚做忘八，當官稱是烏龜。那管他小姨大姐，也不論美女嬌妻，都教他倚門獻笑，若不從就要打罵禁持。前者媽媽將一百銀子討了箇賽芙蓉，指望他招攬生意。誰知他不願接客，坐在房中，哭哭啼啼，只要出家。媽媽將他打了一頓，他連飯也不肯喫，這便如何

是好？且待媽媽出來，和他商議商議。媽媽快來。〔旦扮鴇兒，穿衫，繫汗巾，從上場門上，唱〕

【吹腔・晚風柳】打扮得(讀)多嬌媚(韻)，奴的年華猶未多(句)，風流俊俏還標致(韻)。似垂柳被那晚風吹(韻)，輕言吐出(讀)比那鶯聲兒美(韻)，行動坐卧賽仙姬(韻)。〔中場設椅，轉場，坐科。六兒白〕媽媽，那賽姑娘只是啼哭，連飯都不肯喫，這便怎麽樣好？〔鴇兒白〕有這等事。你去喚這丫頭出來，待我加上他一百皮鞭，看他還敢作怪不作怪。〔六兒白〕罷麽，媽媽，好好的勸他罷。〔鴇兒白〕誰要你多管，快去喚他出來。〔六兒應科，白〕賽姑娘，媽媽喚你。賽姑娘，賽姑娘。不在房裏，想是在衆位姐姐房中。衆位姐姐，賽姑娘在你們房内麽？〔内白〕没有。〔六兒白〕都没有。不好了，這一定是走了。媽媽，賽姑娘走了。〔鴇兒白〕走了？〔六兒白〕也罷了麽，他竟桃之夭夭了。〔鴇兒白〕他前日説要往静覺菴出家，一定往那裏去了。我想他鞋弓襪小，那裏行得動？想他還去不遠，六兒，我如今急急趕上，你叫人寫幾張招帖，沿路找尋，隨後趕來。〔六兒應科，從下場門下。鴇兒起，隨撤椅科，白〕賤人，任伊走上焰摩天，脚下騰雲須趕上。〔作出門科，唱〕

【吹腔・摇錢樹】只怪着(句)，脚下遲(韻)，那知我的心頭急(韻)。恨生生(讀)失去一棵摇錢樹(押)，錦屏繡屋歡娱地(韻)。甘向那(讀)冷月淒風雲水限(韻)，可知他(讀)得便宜是失便宜(韻)。〔從下場門下。賽芙蓉從上場門上，唱〕

【吹腔・紅顏歎】恨生來(句)，薄命兒(叶)，堪歎紅顏空自美(韻)。都是些(讀)難星相遭際(韻)，錦營花

陣(句)，豈可爲活計(韻)。因此上(讀)偷走忙逃避(韻)，空門尋箇安身地(韻)。〔從下場門下。鴇兒從上場門上，唱〕

【吹腔·褪花鞋】奈長途(句)，多迢遞(韻)，兩步行來做一步移(韻)，趕得我(讀)不定吁吁氣(韻)。走鬆了羅帶(讀)牢牢繫(韻)，行褪了花鞋(讀)緊緊提(韻)。〔六兒持招紙，從上場門虛白上。鴇兒白〕好箇不中用的殺才，這時候纔趕來。〔六兒白〕媽媽倒説得好，我趕的上氣不接下氣，還説我慢。〔各虛白問科，鴇兒白〕我方纔一路問人，都説有一女子，去此不遠。我和你快快趕上，定要拿他回去。〔唱〕我和你(讀)急急忙尋覓(韻)，一時裏(讀)恐有人藏匿(韻)。那其間(讀)走遍了天涯地(韻)，做了鴈杳音信稀(韻)。〔同從下場門下。賽芙蓉從上場門上，唱〕

【吹腔·羊腸路】走得我(讀)脚趔趄(句)，走得我(讀)無力氣(韻)，我身軀(讀)嬌怯難勞瘁(韻)。〔鴇兒、六兒同從上場門上，唱〕知他在前途裏(韻)，無奈這羊腸路(句)，曲曲灣灣難追去(押)。恨不得頃刻之間(句)，霎時飛去(押)，霎時飛去(疊)。〔作見賽芙蓉科，鴇兒白〕好了，在這裏了。你這賤婢，竟敢私自逃走。且隨我到家裏，再與你算賬。〔賽芙蓉白〕我要去出家，再不回去的了。〔鴇兒白〕這賤人還敢倔强。〔六兒隨意發諢科。生扮羅卜，戴巾，穿道袍，繫鑾帶。末扮益利，戴羅帽，穿屯絹道袍，繫鑾帶，帶布袋。同從上場門上。羅卜白〕積善修行原我分，解紛排難爲人謀。二位娘子是誰家宅眷，爲什麽在此扭結？〔鴇兒唱〕

【吹腔・開籠鶴】望官人(讀)聽吾啓(韻)，這潑賤(讀)没道理(韻)，只想撇却了烟花隊(韻)。〔羅卜白〕原來是門户人家。〔鴇兒唱〕不肯穿綾著絹爲行首(句)，想着削髮披緇做女尼(韻)，〔羅卜白〕他既願出家，也是善事。〔鴇兒唱〕因此上(讀)淘閒氣(韻)。他怕與野鴛作合(句)，我怎肯(讀)籠鶴輕開一任飛(韻)。〔羅卜白〕小娘子，你却怎麽説？〔賽芙蓉唱〕

【吹腔・繁華令】論堅貞(讀)當自持(韻)，死靡他(讀)誓不移(韻)，我去清修脱却了塵凡累(韻)。〔六兒白〕我們衕衕中，穿的是錦繡，喫的是肥甘，難道倒不好麽？〔賽芙蓉白〕你曉得什麽？但凡做姊妹的，好不苦也！〔唱〕年華老大容衰矣(韻)，一旦的冷落了門前車馬稀(韻)，〔白〕依我説來，〔唱〕倒不如(讀)盡把繁華棄(韻)。今日癡迷(韻)，到後來(讀)追悔前非也是遲(韻)。〔羅卜白〕果然説得不差。正是：要知前世因，今生受者是。欲知後世因，今生作者是。〔鴇兒白〕小賤人快快回去，還少打幾下。〔賽芙蓉白〕我是再不回去的，一定要去出家的。〔羅卜白〕他既立志如此，你可成全了他善念。〔鴇兒白〕官人倒説得好，我費了一百兩銀子，買他回來，還没有做生意，難道就罷了不成？〔羅卜白〕就是回去，也不肯向你的了。〔鴇兒白〕也罷，他既要出家，交還了原價，那也只得任憑他了。〔六兒白〕媽媽你説錯了，萬一交了身價，那便怎麽樣？〔鴇兒白〕他那有銀子？這不過是好看話兒。〔羅卜白〕小娘子，你出家之話，可是實心麽？〔賽芙蓉白〕果是實心。〔羅卜白〕在那處菴觀裏？〔賽芙蓉白〕就在前面静覺菴中。〔羅卜白〕媽媽，你方纔説，交還原價，任憑他去，此話不可反悔。〔鴇兒白〕

再不反悔。〔羅卜白〕也罷，見義不爲，非勇也。我與他代還身價，成全一段善事。益利，可在行囊中取一百兩銀子來。〔益利作取銀科。羅卜白〕媽媽可取了去。〔賽芙蓉白〕多謝仁人君子，成全善事。〔鴇兒白〕且慢，待我思忖思忖。世間有這樣好人，代還身價，成全善事。方纔又説：要知前世因，今生受者是。欲知後世因，今生作者是。想起來落在衏衕之中，焉知不是前生造業？罷！我如今回去，散了這些丫頭，也要出家了。〔羅卜白〕好，這也難得。我們去了。〔鴇兒、賽芙蓉白〕敢請長者，留下芳名。〔羅卜白〕卑人王舍城中傅羅卜。我們去了。〔羅卜、益利同從下場門下。賽芙蓉白〕媽媽，回去散了衆位姐姐，一定要來修行的。〔鴇兒白〕一定來修行的。〔六兒虛白發諢科，衆同唱〕

【吹腔·念阿彌】從今後㊣要修持㊞，二六時㊣念阿彌㊞。向三寶㊣懺悔從前罪㊞，再不去㊣傷天理㊞。好辨着㊣超塵世㊞，有一日㊣同到龍華會㊞。也虧咱一言感觸㊣，再不着迷㊞，再不着迷㊟。〔同從下場門下〕

第十五齣　濟難婦心切慈悲㊀古風韻

〔雜扮四軍卒，各戴鷹翎帽，穿箭袖、卒褂，佩刀，從上場門上，同唱〕

【越調正曲·水底魚兒】擄盡嬌娃㊀韻，何曾放一家㊀韻。軍門繳令㊀句，〔合〕還怪不多拿㊀韻，還怪不多拿㊀疊。〔分白〕我們都是陳州團練使標下的管領。前日奉差出去，擄了無數的女子回來，都交與將爺。只道是這場公事完了，誰想又出下箇難題目來——把這些婦人，依舊發與喒們，叫變賣些身價出來充餉。又有一箇年少婦人，那周元帥思量要收他爲妾，誰想他性子節烈，竟自斷髮毀容，如今也發在這邊，動不動就要尋死覓活。幸得他母親也在一處，時常看守着他。我們如今，只得開起一箇販賣人的店行來，好招攬買主。兄弟，我同你商量，這些婦人，還是怎麼一箇賣法？我有兩箇計較，一箇是論人數兒賣，一箇是論觔數兒賣。你道還是那一樣好？〔同唱〕

【正宮正曲·四邊静】兩般盡是生財法㊀韻，憑伊細詳察㊀韻。若慮不公平㊀句，牽精把肥搭㊀韻。〔合〕一齊蔓發㊀韻，不容揀拔㊀韻。任你貨兒多㊀句，十分管消八㊀韻。〔分白〕兩箇計較都好，只是還要費些商量。若是單論人數，便宜了標致的，喫虧了醜陋的；若是單論觔數，又便宜了瘦小的，喫虧了肥大的。都欠公道，不如把兩箇法子參合攏來，又論人數，又論觔數，你説妙不妙？這話我不懂，還要説箇明白。我的意思，要把這些婦人，不論老少美惡，都用布袋盛了，就像醃魚臘肉一般。每一箇婦人，裝在一箇口袋裏，只論輕重，不論好歹，隨那來人自取。取着好的，是他有造化；取着不好的，是他没便宜。省得揀精揀肥，好的都賣了去，剩下那些落脚的貨來，那裏去出脱？這是從古以來第一樁公平交易，你説好不好？既然如此，就要定起價來，等人好來交易。一錢一觔太少，一兩一觔太多，定箇中平價兒，竟是五錢一觔便了。只好是這等，還有一説。我們殺慣了人，遠近都害怕，那箇敢來尋死？況且身邊帶了銀子，又怕我們搶奪，一發不肯來了。須是稟過主將，求他發下告示來，暫行一月的王道，不許殺人搶擄。傳出這箇名聲去，方纔有人肯來。〔同白〕説得有理，今晚就請告示，明日就開人行。〔同從下場門下。雜扮老少百姓，各戴氊帽，穿道袍，同從上場門上，唱〕

【雙調正曲·字字雙】囊金齊赴賣人場(韻)，心癢(韻)。全憑時運覓嬌娘(韻)，癡想(韻)。眼前天道異尋常(韻)，貴莽(韻)。〔合〕但愁貨主費商量(韻)，瞎闖(韻)，瞎闖(疊)。〔分白〕我們因遭大亂，擄去一應家屬。聞説賊人開設賣人之店，因此不避凶險，特來取贖。誰知走到這邊，他另生巧法，都用布袋盛了，不許來人揀選。要空手回去，怎奈賊官貼了告示，凡有不買空回者，即以奸細問罪。如今没奈何，只得走來撞箇造化，或者買着了自己親人，也未見得。〔同從下場門下。四軍卒同從上場門上，唱〕

【又一體】謀財開設賣人行(韻)，興旺(韻)。袋盛奇貨赴街坊(韻)，新樣(韻)。堪賺世間蠢兒郎(韻)，無狀(韻)。〔合〕若還貿易費商量(韻)，身喪(韻)，身喪(疊)。〔分白〕古語説得好，若要穩做，先脱滯貨。我們營中的婦人，好貨最少，滯貨極多。須要把老的、醜的，預先脱去，留下年少標致的，到後來發賣，就不怕没有售主了。選定今日開市，把貨物擡出來。〔内應科，場上設桌杌，桌上擺天平、算盤科。雜扮八小軍，各戴鷹翎帽，穿箭袖、卒褂，扛四口袋。内盛雜扮胖婦，戴膉腦，穿衫；小旦扮病婦，穿衫；丑扮蹺脚婦，戴膉腦，穿衫；老旦扮金氏，穿老旦衣。同從下場門上。老少百姓同從上場門上，各作到科。衆小軍白〕你們兩箇是買婦人的麽？〔老少百姓應科。四軍卒白〕這等看起貨來。〔老百姓白〕既裝在布袋裏面，輕重大小一時也看不出。竟是隨手指定一箇罷了。〔作指胖婦口袋科，白〕我要這一袋。〔少百姓作指病婦口袋科，白〕我要這一袋。〔四軍卒白〕快些替他上秤。〔衆小軍作秤科，白〕這一袋一百六十觔。〔四軍卒白〕一觔五錢，共該價銀八十兩。快拿銀子來兑。〔老百姓付銀科。四軍卒白〕止得七十五兩，還少十觔的價銀。〔老百姓白〕只帶得這些，求將爺讓了罷。〔四軍卒白〕我們的生意，是公道不過的，多一錢也不要，少一錢也不與。快些添上來。〔老百姓白〕其實没有帶的。〔四軍卒白〕這等不難，到發貨的時節，自有區處。自家動手，解開來看。〔老百姓作解袋見胖婦科，白〕有這等一箇胖婦人，嚇殺我也。〔胖婦白〕你既然買了我，我就是家主婆了，快叫七八箇人來擡我回去。〔唱〕

【南呂宫正曲·大迓鼓】人夫在那廂(韻)，轎擡車輦(讀)，快做商量(韻)。我這尊軀不比尋常胖(韻)，壓死男兒命不償(韻)。〔合〕好驗身材(讀)，回家造牀(韻)。〔老百姓領胖婦欲行科，四軍卒白〕賬還不曾找清，就要回去？〔作取刀向胖婦身上欲割肉科，老百姓白〕這是怎麽説？〔四軍卒白〕多了十觔肉，你没銀子，須割下一塊來。〔老百姓白〕我取出來就是了，不要動手。〔作取銀付科，領胖婦虚白，從上場門下。衆小軍作秤科，白〕這一袋四十五觔。〔四軍卒白〕每觔五錢，共該價銀二十二兩五錢。〔少百姓付銀科。四軍卒白〕這是二十三兩五錢，除正數之外，倒多他一兩。還是退出銀子，還是要添貨？〔少百姓白〕他説添貨，一定是添箇小婦人了。有這等便宜的事，不願退銀子，只求添貨。〔四軍卒白〕這等極好的了。自家動手，解開看來。〔少百姓作解袋見病婦科，白〕是一箇黄瘦的婦人，好悔氣殺我也。〔病婦白〕我是箇癆病婦人，既賣與你，就是你的干係了。方纔悶了半日，話也講不出來，快拿人參湯來接氣。〔唱〕

【又一體】殘生不久亡(韻)，暫延時刻(讀)，也感伊行(韻)。今宵若得相親傍(韻)，果然是一夜恩情百日長(韻)。〔合〕只恐難延(讀)，求續命湯(韻)。〔少百姓白〕方纔將爺説過，多的銀子，找出貨來。如今要領回去了，求找清了罷。〔一軍卒白〕説得有理，待我取貨來。〔向下取人頭隨上科，白〕小孩子的頭，又嫩又甜，極好下酒，剛剛二觔重，快收了去。〔少百姓作領病婦，虚白，從上場門下。生扮羅卜，戴巾，穿道袍，繫鑾帶。末扮益利，戴羅帽，穿屯絹道袍，繫鑾帶，持傘，帶布袋。副扮駝背夫，戴氈帽，穿喜鵲衣，繫腰裙。同從上場門上。羅卜唱〕

【商調引・接雲鶴】救人特赴賣人場(韻),干戈滿眼逼愁腸(韻)。〔白〕益利,一路行來,見這困苦流離,十分可憫。方纔此人,説他妻子被擄。我們同往賣人之處,若是完全得一兩家夫妻,也是一樁好事。那漢子,你先進去,我隨後就來。益利,把銀子取出些來。〔同作到,虚白科。四軍卒白〕方纔做下的樣子,先秤貨,後兑銀子。你們各人指定一箇,好秤觔兩。〔駝背夫作指蹺脚婦口袋科,白〕我要這一袋。〔衆小軍作秤科,白〕這一袋齊頭八十觔。〔四軍卒白〕該價銀四十兩,快拿銀子來兑。〔益利付銀科。四軍卒白〕自家解開看。〔駝背夫作解袋見蹺脚婦科,白〕恰好是我的妻子。〔蹺脚婦白〕列位將爺,你們都説我背駝脚蹺,没人來買。誰想巧巧遇着我丈夫。可見背駝脚蹺,俱是我的福相。〔駝背夫白〕還有出銀子的大恩人,不曾謝得。〔同作拜謝科,唱〕

【南吕宫正曲・大迓鼓】恩人德怎量(韻),生生世世(讀)刻骨難忘(韻),銜環結草亦應當(韻)。義舉留傳姓字芳(韻),〔合〕好比自己雙親(讀)一般供養(韻)。〔各虚白,同從上場門下。四軍卒白〕止剩一袋,你們一發買去罷。〔羅卜、益利白〕我們不是買人的。〔四軍卒白〕你既不來買人,我們就要動手了。〔羅卜、益利白〕列位不要性急,就買。〔四軍卒白〕怕你不買,快秤起來。〔衆小軍秤科,白〕這一袋七十五觔。〔四軍卒白〕照方纔的數目,快取出來。〔益利作付銀,隨解袋科。金氏白〕二位官人,我年紀雖老,却是好人家出來的。你買我回去,自然有人來取贖這幾兩銀子,決不落空的。〔羅卜白〕我亦非施恩望報之人。〔金氏白〕請問官人,身邊的盤費還彀買一箇人麽?〔羅卜白〕盤費還有幾兩。〔金氏白〕老身有一親女，現在營中。求官人買了，使我母子完聚罷。〔羅卜白〕益利，既有此女，你我將好事做到底罷。〔益利應科，向軍卒白〕列位將爺，方纔這老婦人説，他有箇女兒，尚在營中，求取一同賣了罷。〔四軍卒白〕説的年小婦人，就是那好尋死的，倒不如早些賣了，省得他一時尋了無常，豈不人財兩失。〔一軍卒白〕那婦人是周元帥發下來教好生看守的，使不得。〔一軍卒白〕這却不妨，周元帥要他時，只説死了，那裏去尋？那老婆子，你自去領你女兒出來。〔益利作付銀科。四軍卒、衆小軍虚白，同從下場門下。金氏從下場門下，領旦扮華素月，穿衫，繫腰裙，上。金氏白〕我母子蒙官人厚恩，老身情願司炊主爨。我這箇女兒，原許朱鄉宦之子朱紫貴。昨在賊營，誓死不肯改節。〔羅卜白〕老媽媽，你這樣講來，分明疑我了。我只因貿易回家，今日到此，偶遇賣人，贖取你母子，並無他意。你那令愛，既是已曾許下人的，如今亂離之世，難以尋覓。也罷，此處已近我家，另有尼菴一所，可請到彼處暫住，慢慢的訪問令壻，以圖完聚便了。益利，唤輛車兒來。〔益利應科，從上場門下。金氏白〕阿彌陀佛，不料天地間竟有這般樣積德的善人。我們得蒙救拔，何以報答？女兒過來，拜謝了大恩人。〔同作拜謝科，唱〕

【又一體】你恩德如山樣(韻)，我母子感戴(讀)厚惠汪洋(韻)。更兼寺舍權收養(韻)，尋思定把此恩償(韻)。〔合〕結草銜環(讀)，永矢不忘(韻)。〔益利從上場門上，領雜扮車夫，戴氊帽，穿喜鵲衣，繫腰裙，推車上。益利白〕你可將二位送至會緣橋傅官人莊上去。那裏有所尼菴，自有人接應。一路小心。〔車夫應科。金氏、華素月同作乘車科，白〕今朝母子得生全，〔羅卜白〕豈願名將樂善傳。〔益利白〕有分斷絃重再續，〔同白〕猶如缺月又團圓。〔從兩場門各分下〕

第十六齣　遇義士身離危險（古風韻）

〔雜扮四小軍，各戴鷹翎帽，穿箭袖、卒褂，同從上場門上，同白〕上命差遣，蓋不由己。我等乃團練張老爺麾下軍兵是也。今奉老爺之命，説有異鄉之人，帶了金銀，前來軍營，替人買贖被擄婦女，恐怕他是奸細，着我們用心緝獲。就此前去。〔同從下場門下。生扮羅卜，戴巾，穿道袍，繫鑾帶，從上場門上。末扮益利，戴羅帽，穿屯絹道袍，繫鑾帶，負包，持傘，隨上。羅卜唱〕

【仙吕宫集曲·甘州歌】【八聲甘州】（首至六句）程途須趲行㊞，歎遠遊三載㊟，未返家庭㊞。萱堂皓首㊔，倚門懸望牽縈㊞。今朝急把歸途趲㊔，指日娱親喜倍增㊞。【排歌】（合至末句）登山路◯句，涉水程㊞，歸心如箭怎留停㊞。添傷感㊔，擔戰兢㊞，兵戈滿目正縱横㊞。〔益利白〕官人，你看霎時北風大雪，怎生行走？〔羅卜白〕只得勉强行走便了。〔益利唱〕

【又一體】狂風刮耳鳴㊞，見雪花飄灑㊟，落絮飛瓊㊞。千山鳥絶㊔，枯枝齊綴瑶英㊞。樓臺恰似銀裝就㊔，宇宙猶如粉飾成㊞。〔合〕登山路㊔，涉水程㊞，歸心如箭怎留停㊞？添傷感㊔，擔戰兢㊞，兵戈滿目正縱横㊞。〔内吶喊科，羅卜、益利作急行科，唱〕

【中呂宫正曲・紅繡鞋】忽聞鼓角聲稠（韻）、聲稠（格），頓然使我心憂（韻）、心憂（格）。疾忙去（句），莫停留（韻）。〔四小軍同從上場門上，作捉住羅卜、益利科，衆小軍同唱〕生擒捉（句），豈甘休（韻）。〔合〕這功勞（句），第一籌（韻）。〔羅卜、益利各虚白求免科。衆小軍白〕團練老爺説你二人攜帶金銀，到營中來此替人買贖婦女，一定是箇奸細，着我們特地拿你。快走。〔同從下場門下。雜扮四刀斧手，各戴將巾，穿蟒、箭袖、排穗，佩刀，引浄扮張佑大，戴帥盔，紮靠，佩劍；雜扮執纛小軍，戴鷹翎帽，穿箭袖、卒褂，執纛，隨從上場門上。張佑大唱〕

【南呂宫引・生查子】威武有誰同（句），共仰炎炎勢（韻）。一鎮統雄兵（句），生殺惟吾意（韻）。〔中場設椅，轉場，坐科。一小軍從上場門上，作進門科，白〕奉爺將令，拿買婦人的奸細，已帶在營外。〔張佑大白〕押他過來。〔小軍向下唤科，衆小軍押羅卜、益利同從上場門上，作進門科。張佑大白〕你這兩箇漢子，擅自到我營中，替人買贖婦女，一定是奸細了。可從實供招上來。〔羅卜白〕小人是行路之人，偶施惻隱，並非奸細。〔張佑大白〕我那裏聽你胡言亂語，左右，昨日的戰鼓造成，可將此人殺了釁鼓。拿去開刀。〔益利白〕將軍容稟。〔唱〕

【商調集曲・山羊嵌五更】【山坡羊】〔首至四〕我東人（讀）平生孝行（韻），我東人（讀）平生端正（韻）。讀書人（讀）惻隱常懷（句），平日裏（讀）茹素甘清浄（韻）。〔張佑大白〕持齋人多做不好事。〔益利唱〕【五更轉】〔六至九〕有金百鎰（句），獻臺前（句），聊爲敬（韻）。〔張佑大白〕我要殺的是奸細，説那金銀做什麽？〔益利白〕將軍爺。〔滾白〕我老東人棄世，老安人惟存一子。今日將他殺了，可不絕了傳門中萬年香火？將軍。〔唱〕我一身代戮甘延頸（韻），【山坡羊】（八至末）萬望開恩（讀）赦取東人一命（韻）。〔合〕看哀鳴（韻），代死的家奴一念誠（韻）。望垂聽（韻），赦死的將軍一念矜（韻）。〔張佑大白〕既然如此，就將這家人拿去殺了。〔羅卜白〕將軍容稟。〔唱〕

【又一體】論此人（讀）忠心素秉（韻），論此人（讀）至誠莫並（韻）。理家事（讀）無怠無荒（句），一心兒（讀）奉佛多恭敬（韻）。〔張佑大白〕我饒了你的性命，你還要救取别人？〔羅卜滾白〕但生靈，莫說是人了，就是犬馬螻蟻，誰無一箇畏死貪生？還求放此人。〔唱〕使他去（句）報與我（句）親娘聽（韻），〔張佑大白〕你既然願死，我就放他回去。〔羅卜唱〕我今數盡難逃命（韻）。〔滾白〕益利，你今回去，多多拜覆安人。你說我經商三載回家，路過陳州被難，今生今世，母子不得相逢。勸安人勉强加餐，莫以孩兒憂慮。倘或憂慮成疾，無人侍奉，有誰調治？益利，我今生數盡難逃命。〔唱〕你勸他保養餘年（讀）不須淚零（韻）。〔張佑大白〕綁了。〔衆應，作綁羅卜科。羅卜唱合〕今生（韻），欲見萱親總不能（韻）。伶仃（韻），堂上晨昏誰奉承（韻）？〔張佑大白〕拿去砍了。〔衆作欲斬羅卜科，内作霹靂聲，刀斷科。張佑大白〕放那漢子轉來，鬆了綁。那漢子，我方纔不曾問得你姓甚名誰，家鄉何處，你可從直說上來。〔羅卜唱〕

【南吕宫正曲·五更轉】告將軍（句）仔細聽（韻），念家居王舍城（韻）。〔張佑大白〕姓甚名誰？〔羅卜唱〕傳家羅卜便是吾名姓（韻）。〔張佑大白〕羅卜，那一箇是誰？〔羅卜唱〕他益利爲名（讀），聊供使令（韻）。〔張佑大白〕往那裏去？〔羅卜唱〕爲供子職（句），盡孝心（句），遵慈命（韻），〔合〕往蘇城營運今日還鄉井（韻）。干犯天威（讀），乞施仁政（韻）。〔張佑大唱〕

【又一體】大恩人（句），須垂聽（韻），記相逢承厚情（韻）。〔作扶羅卜起科。羅卜白〕將軍，畢竟是何人？不要錯認了。〔張佑大唱〕我賤名佑大張爲姓（韻），流落他鄉（讀），蒙君恩贈（韻）。〔白〕恩兄，想三年前在旅店之中，蒙兄一飯，又助衣服、銀兩。〔唱〕蒙大德（句），承厚誼（句），延我殘生命（韻），〔合〕方能匍匐歸鄉井（韻）。〔羅卜、益利白〕請問將軍，緣何到此？〔張佑大白〕自那一日，蒙周濟之後，起身歸家。聞得我主在上蔡招兵，因此投入周元帥麾下，屢立軍功。那周元帥説俺是箇好漢，因此授爲陳州團練使，練兵秣馬，不日去攻取淮北。吾主新登大楚皇帝之位，求賢若渴。我當保奏恩兄，做箇文官，輔佐我主，攻取大唐疆土何如？〔唱〕我當力保仁兄（讀），投明歸正（韻）。〔羅卜白〕念小生自幼虔心奉佛，但願歸家奉母。身外之事，不敢希望。今日得遇將軍，不勝欣幸，只求送我二人出營，感恩不盡。〔旦扮觀音菩薩，戴觀音兜，穿蟒，披袈裟，帶數珠。小生扮善才，戴綫髮，軟紮扮。小旦扮龍女，戴過梁、額、仙姑巾，穿宮衣。同乘雲龕，從天井下。衆作虚白伏地跪科。觀音菩薩白〕爾等衆人聽者：我乃普陀崖落伽山觀音大士，因見你們恃强助惡，殘害生靈，故來點化。〔衆同白〕原來是觀世音菩薩降臨，望求開示。〔觀音菩薩白〕張佑大，可惜你七世修持，一旦忘却本來面目矣。〔張佑大白〕啓問菩薩，弟子既然七世修持，何故今生復陷爲盜？懇乞超拔。〔觀音菩薩白〕皆汝雄心未滅，殺性未除，所以如此。傅羅卜，你孝善雙修，慈祥爲願。但汝母親聽信劉賈之言，背誓開葷，殺生害命，造下種種罪業，難免無常報應。〔羅卜、益利白〕多蒙菩薩指示，望求垂慈救濟。〔觀音菩薩白〕張佑大，你可誠心悔過，會同篤志信心之人，共往西天見佛。倘遇大難，吾當遣人救濟。將來羅卜救母，或者亦往西天，叩見我佛。汝等同心，共相扶助，成其最上功行。莫負吾言，須當諦聽。一切汝心能懺悔，西天東土本相同。〔仍乘雲龕，同從天井上。衆起科，張佑大白〕列位果有同志同心，共往西天見佛，成就這段善緣的麽？〔衆同白〕我等同心立意，皆願相從。〔張佑大白〕如此甚妙，吩咐衆兵各自散去。今蒙菩薩開示，我們各辦修行，同往西天叩佛，共證善緣，好不快樂也。〔唱〕

【正宮正曲·四邊静】親聞佛語超凡劫韻，也是善緣得相接韻。滌志共皈依句，洗心辦誠切韻。〔羅卜白〕衆位所言極是。張大哥既將兵馬散去，謹封府庫，仍覓大唐官員，安插黎民，即往西天叩佛。卑人急欲歸家省母，就此告別。〔張佑大白〕所言有理。善緣有幸，他日定當相會。〔羅卜白〕正是。難得張大哥洗心向善，果是放下屠刀，立地成佛也。益利，你先回去，報知老安人，説我回來了。我方纔聞得菩薩指示，道我母造下許多罪業，我當三步一拜，爲母滅罪消災。〔益利應科，從下場門下。衆作拜別科，同唱合〕慈航可楫韻，迷網可脱叶。法語度群迷句，同證無生滅韻。〔羅卜從下場門下。張佑大白〕我等就此共往西天去便了。〔衆白〕我等俱願相從。〔張佑大白〕如今我們拜成弟兄，纔好同心學道。〔衆白〕只是我們是將爺部下的人，怎敢與將爺拜爲弟兄？〔張佑大白〕拜爲弟兄，好同心修善。列位休得過遜。〔衆白〕多蒙將爺擡舉，同志修持者，共是九人矣。〔張佑大白〕便是。我們必須湊成十數，同修浄業，共成善行爲妙。〔衆白〕只是尚少一人，這却怎生是好？〔張佑大白〕也罷，就將這掌旗纛軍人，湊數皈依，共成十善，豈不爲美。〔執纛小軍白〕小的乃是將爺部下驅使的小卒，焉敢僭越？這却斷斷不敢放肆，決難從命。〔張佑大白〕汝言差矣。佛門廣大，無所不容。今者隨緣入社，共襄善事，不消論此尊卑禮貌。快請過來，結爲兄弟，便好同心修善。〔執纛小軍白〕小的實是不敢遵命。〔衆白〕既然將爺再三命你，也不必推辭了。快些過來，結拜弟兄便了。〔張佑大白〕正是，快請過來。〔執纛小軍白〕如此小的只得大膽相叫了。〔衆白〕正該如此，請。〔執纛小軍白〕我的將爺大哥，衆位哥們，恕小弟無禮，多承擡舉了。〔衆作結拜科，唱〕

【又一體】皈依法界心同協韻，向善一念切韻。十友辦虔誠句，普賴慈恩接韻。〔張佑大白〕就此同往西天去，共成善行便了。〔内奏樂科，衆作换戎衣科，同唱合〕感得慈航可楫韻，迷網可脱叶。法語度群迷句，同證無生滅韻。〔同從下場門下〕

第十七齣　倚門閭心誠問卜㊀古風韻

〔旦扮劉氏，穿氅，從上場門上，唱〕

【正宫引·破齊陣】古鼎沉烟篆細㊀，疎簾映日光生㊀。〔白〕老身不覺一年老似一年〔唱〕，鬢怯瓊梳㊀，容消金鏡㊀，愁看華髮星星㊀。〔白〕我那兒，你也該回來了。〔唱〕倚遍門閭空盼望㊀，密縫衣線枉叮嚀㊀，如何不轉程㊀？〔中場設椅，轉場，坐科，白〕嬌兒一去竟三年，半紙音書不見傳。天若有情天也老，月如無恨月長圓。〔小旦扮金奴，穿衫、背心，繫汗巾，從上場門上，白〕遊子經年別，慈親鎮日愁。雪溪溪上水，難比恨悠悠。老安人這様愁悶，爲着何來？〔劉氏白〕只爲當初差見，遣了孩兒出去，指望周年就回，誰想淹留許久，竟不來家。羅卜兒，你在那裏嘎？一枝丹桂在庭除，難比森森有幾株。去後寥寥音信絶，令人追悔自躊躕。〔唱〕

【雙調集曲·風雲會四朝元】【四朝元】〔首至十一句〕躊躕昔日㊀，聽旁人説是非㊀。錯遣嬌兒往外㊀，〔白〕我兒心不忍去，他見老娘在堂，没箇親兒侍奉。〔滚白〕欲待前去，孝心牽掛。欲待不去，猶恐違了母命。思之立於兩難之地。我見他欲别不忍分離，嬌兒，〔唱〕只得掩淚含悲㊀，急煎煎一旦離(韻)。歎韶光荏苒(句)，歎韶光荏苒(疊)，〔内作鴈鳴，劉氏起科，白〕金奴，那一陣飛過去的是甚麼？〔金奴白〕是一群鴻鴈。〔劉氏唱〕只見鴈影空飛(韻)，爲甚的魚書絶寄(韻)？〔白〕金奴，早間着安童問卜，可曾去？〔金奴白〕清晨去了，還未回來。〔劉氏唱〕好教我卜盡金錢(句)，滴窮珠淚(韻)。【駐雲飛】〔四至六〕把門閭空自倚(韻)，嗏(格)，若得你便回歸(韻)。〔滚白〕孝心的兒，當初老娘一時差見，那裏爲齋僧布施，費用浩大，因聽你舅爺的言語。爲此開葷，乃是小事，頓把母子一旦相抛。到如今思忖起來，怎得你到我的跟前，行走幾步，那時節爲娘的把滿懷愁煩，盡皆消滅。兒，若得你便回歸，那時節情願長齋。〔唱〕【一江風】〔五至八〕也落得母子團圓(句)，勝似膏粱味(韻)。〔白〕兒嗄，你莫不忘了老娘？〔唱〕娘好似銜泥燕補壘(韻)，兒怎無返哺鴉情義(韻)？【朝元令】〔合至末〕行思坐想(句)，〔坐科，唱〕朝朝暮暮(讀)，空成悲慽(韻)，空成悲慽(疊)。〔金奴白〕老安人耐煩些，小官人有日回來。〔劉氏白〕朝朝暮暮枉悲傷，不見嬌兒返故鄉。〔作急起，隨撤椅科，白〕想是神前多怠慢，故令母子兩分張。〔中場設香案、帳幔、桌科，劉氏白〕金奴，〔唱〕

【又一體】你與我把三官供起(韻)。〔金奴應科，向下取三官匾，隨上，作掛科。劉氏作拈香禮拜科，唱〕爲孩兒去不回(韻)，因此上瓣香虔爇(句)，禱告神祇(韻)，懺悔從前罪(韻)。〔白〕三官神聖，我夫在日，時時神燈不絶。〔滚白〕自夫喪後，因聽讒言，遣兒出去，將你的聖像高捲。到如今兒不回來，多想是神前有缺供養。今日裏還供中堂，香烟重上，仍舊未曾改變。〔唱〕望尊神廣開天赦(句)，望尊神廣開天赦

（疊），暗裏推移（韻），陰中周庇（韻）。保佑兒行（句），早歸故里（韻），母子們重相會（韻）。嗏（格），怎不記密縫衣（韻）？〔白〕金奴，昨夜燈花開得茂盛，今日簷前鵲噪連聲，必有喜事臨門。〔金奴白〕想是小官人回來。〔劉氏白〕不能了。〔滚白〕年裏無日，總來也是不來。只是我孝心的嬌兒，遵承母命，遠去他鄉，此時此日，不知他身歸何處，淹留在那裏。〔唱〕到如今簷鵲無靈（句），燈花空結蕊（韻）。三載不思歸（韻），〔白〕兒，〔唱〕老娘常常掛念着你（韻）。〔合〕恨當初見左（句），到如今嗟嗟怨怨（讀），悔之無及（韻），悔之無及（疊）。〔場上設椅，坐科。小生扮安童，戴羅帽，穿屯絹道袍，繫鑾帶，持卦帖，從上場門上，白〕纔到街頭問卜回，特來堂上説因依。〔作進門科，白〕安童回話。〔劉氏白〕占卜何如？〔安童白〕天火同人卦。〔金奴接卦帖，呈劉氏看科。安童白〕青龍福德同天喜，斷定行人即日歸。〔金奴白〕老安人，即日是那一日？〔劉氏白〕即日就是今日了。〔金奴白〕這等説喜殺我也。〔劉氏作喜復悲科，白〕那先生可斷得准麽？〔安童白〕多少人圍住在那裏，都誇他是靈似鬼。〔劉氏白〕惟願靈似鬼罷。後面煖火去。〔安童從下場門下。劉氏唱〕

【又一體】聞言欣喜（韻），心中不自持（韻）。〔起隨撤椅科，白〕金奴，隨我到門首，盼望一番。〔金奴應科，同作出門科。劉氏白〕好大雪。金奴，小官人前年從那條路去的？〔金奴白〕從這條路去的。〔劉氏唱〕若得見你一面（句），即便展放雙眉（韻）。〔金奴白〕老安人，〔唱〕人都道那先生靈似鬼（韻），〔劉氏白〕還是不靈。〔金奴白〕怎見得不靈？〔劉氏唱〕歎歲將云暮（句），歎歲將云暮（疊），你看嚴寒時值（韻），萬逕人稀

(韻)。雪阻長途(句)，冰連遠水(韻)，〔滚白〕冷冷清清，〔唱〕那得他來家裏(韻)？嗏(格)，〔同作進門科。劉氏唱〕你與我掩重扉(韻)。〔金奴作掩門科。劉氏作拈香禮拜科，唱〕待我添上爐香(句)，再向神明啓(韻)。佑我嬌兒無禍危(韻)，〔滚白〕但願他明年，〔唱〕早得旋歸轡(韻)。〔金奴白〕老安人，小官人想爲折本不回。〔劉氏白〕若是貨物羈身則可，倘爲折本不歸，這就是箇癡兒子了。〔滚白〕母念孩兒倚門極目，巴不得一時見面，説甚麽傷本少利？此行千金盡無回，老娘一心終是喜。〔唱合〕望關山雲樹(句)，迢迢遠遠(讀)，一時難至(叶)，一時難至(疊)。〔同從下場門下。末扮益利，戴羅帽，穿屯絹道袍，繫鑾帶，持傘，負包，從上場門上，唱〕

【又一體】關山迢遞(韻)，歸心急似飛(韻)。因此上沖寒冒雪(句)，餐風宿水(韻)。喜到家園地(韻)，見雙扉緊闔(句)，雙扉緊闔(疊)。〔白〕一路而來，沸沸揚揚，都道老安人在家，〔唱〕把誓詞故違(韻)，肆筵設席(韻)，有量盡歡(句)，無歸不醉(韻)，把佛事都荒棄(韻)。嗏(格)！〔作叩門科。金奴仍從下場門上，白〕是那箇？〔益利唱〕是益利遠方回(韻)。〔金奴白〕原來是益利哥回來了。〔唱〕我須是急啓重門(句)。〔作開門相見，接行李科。益利作進門參拜三官科。金奴白〕老安人有請。〔劉氏仍從下場門上，白〕怎麽説？〔金奴白〕益利回來了。〔劉氏白〕益利回來了？小官人一定也回來了。〔場上設椅，坐科，白〕小官人呢？〔益利唱〕容小人魆地行參禮(韻)。〔劉氏白〕我問你小官人呢？〔益利白〕在後面。〔劉氏白〕因甚落後？〔益利唱〕爲思親苦痛悲(韻)，〔滚白〕因此落後，三步一拜，〔唱〕代母禳災晦(韻)。〔劉氏白〕這樣大雪，行步尚且艱難，如何三步一拜？ 我那孝心的兒。〔益利唱合〕喜三官堂上(句)，齊齊整整(讀)，香燈如昔(韻)，香燈如昔(疊)。〔劉氏白〕小官人離你多遠？〔益利白〕也不過五里之間。〔劉氏白〕兩三年以來，小官人在外，可有什麼疾病？〔益利白〕没有。〔劉氏白〕可有什麼是非？〔益利白〕並無。〔劉氏白〕如此你後面茶飯去。〔益利應科，從上場門下。劉氏起，隨撤椅科，白〕金奴，快提壺滚茶，隨我接小官人去。〔金奴應科，向下取茶壺，隨上，同作出門科。劉氏唱〕

【慶餘】兒歸應是非常喜(韻)，打破愁城只自知(韻)，拜謝天地與神祇(韻)。〔同從下場門下〕

第十八齣　深懺悔步禱還家（古風韻）

〔生扮羅卜，戴巾，穿道袍，繫絲絛，從上場門上，作三步一拜科，唱〕

【中呂宮正曲・駐雲飛】歸去來兮(韻)，路過陳州事險危(韻)。托賴觀音庇(韻)，苦難相周濟(韻)。嗏(格)，此事尚堪疑(韻)。〔滚白〕細思之，聽得慈悲，道我親幃，〔唱〕把盟誓相違(韻)。爲促吾曹(讀)，急急回家裏(韻)。〔滚白〕因此上三步一拜，拜回歸。〔唱合〕歸代萱堂資福消災晦(韻)。〔從下場門下。外扮李厚德，戴浩然巾，穿道袍，繫絲絛，持拄杖，從上場門上，唱〕

【又一體】日月如飛(韻)，又見枝頭開早梅(韻)。〔白〕你看雪後初晴，青山又見本來面，瘦竹方伸久折腰。〔唱〕正是雪後多佳麗(韻)，〔白〕長安有貧者，宜瑞不宜多。〔唱〕那貧者愁衣食(韻)。嗏(格)！〔白〕方纔有一樵子對我説，見羅卜回來，我不免迎上去。〔唱〕忽聽樵子報因依(韻)，羅卜回歸(韻)。〔滚白〕我須是步過長堤，待等他來，勸解伊曹，見彼慈幃。〔唱〕且自寬心(讀)休得要争閒氣(韻)，〔合〕我不爲調和更仗誰(韻)？〔從下場門下。羅卜從上場門上，仍作三步一拜科，唱〕

【又一體】難報春暉(韻)，定省晨昏歎久違(韻)。寸草心空繫(韻)，百拜寧勞瘁(韻)。嗏(格)！〔李厚德從上場門上，作相見科。〔羅卜唱〕忽見父相知(韻)。〔李厚德白〕賢姪回來了。〔羅卜滚白〕公公，家中事兒賴提攜。〔李厚德白〕賢姪，瞻前無佛，顧後無僧，三步一拜，拜着誰來？〔羅卜唱〕感得慈悲指迷(韻)。〔滚白〕道我母——〔作住口科。李厚德白〕爲甚不講了？〔羅卜白〕我想公公也不是外人。〔滚白〕道我母把盟誓相違，因此上三步一拜，拜回家裏。〔唱〕我爲慈親(讀)懺悔塵緣罪(韻)。〔李厚德白〕好孝心。離寒舍不遠，請到家中一敘。〔羅卜滚白〕公公，小姪别母三載，今日纔回，奈我思親甚切，急欲回家，拜謁老母。來日登門奉謝。公公，〔唱合〕與你不及匆匆話別離(韻)。〔李厚德唱〕

【又一體】你且暫遲遲(韻)，聽我一言説與知(韻)。〔羅卜白〕公公，有言請説。〔李厚德白〕自你去後，令堂——〔作住口科。羅卜白〕爲何欲言又止？〔李厚德白〕説來不要煩惱。〔羅卜白〕小姪豈有煩惱之理。〔李厚德白〕令堂聽信讒言，〔唱〕一旦前功棄(韻)，便把三官毁(韻)。嗏(格)！〔羅卜作哭科。李厚德唱〕今勸你謾傷悲(韻)，且歸拜慈幃(韻)。幾諫高堂(讀)自有箇回心日(韻)，〔合〕不用忙忙辯是非(韻)。〔羅卜白〕老娘，當初父在之時，曾在花臺發願，如今毁却前盟，造下孽冤，如何解釋？兀的不痛殺我也！〔作痛哭暈趺科，李厚德作扶科，白〕賢姪甦醒。〔羅卜唱〕

【雙調正曲·鎖南枝】聞翁語(句)，自怨悲(韻)，悲我不能轂諫母儀(韻)。辜負了老父囑孩兒(叶)，〔滚白〕命持齋與奉佛，如伊在時。〔唱〕臨終的語猶記(韻)。〔合〕那知道聽讒言(句)，把盟誓違(韻)。使我乍聞言(句)，由不得肝腸碎(韻)。〔旦扮劉氏，穿氅。小旦扮金奴，穿衫、背心，繫汗巾，提茶壺。同從上場門上，劉氏唱〕

【又一體】聞兒信（句），喜上眉（韻），他那裏三步一拜爲母儀（韻）。移步過前堤（韻），〔白〕金奴，隨我來。〔滾白〕移步過前堤，〔唱〕探取兒消息（韻）。〔金奴白〕李厚德在前面。〔劉氏作相見科，白〕李公公，向日有罪了。〔李厚德白〕老夫亦有罪了。〔劉氏白〕可曾看見小兒？〔李厚德白〕這不是。〔劉氏作見羅卜倒地，驚科，唱合〕爲甚麼（句）？滑倒喚不起（韻）。〔白〕我省得了，李厚德！〔滾白〕向日與你顏變一場，懷恨在心。今日訪得我孩兒回來，又在途中講是談非。想我孩兒一別三載，今日回來，母子相逢，當加喜色。如今悶倒在地，不消説了，一定是你攛掇了甚言詞。〔唱〕氣得我（句），兒倒地（韻）。〔李厚德虛白，從下場門下。劉氏作扶羅卜科，白〕兒，你爲甚麼悶倒在地？〔羅卜作甦醒科，唱〕

【又一體】三魂渺（句），七魄飛（韻），非翁誰與我説就裏（韻）？〔劉氏白〕是老娘在此。我兒，豈不聞毋以遠間親，使親者無失其爲親纔是，李厚德，〔唱〕今日離間我娘兒（叶），〔滾白〕兒若有疎危，〔唱〕定然不放你（韻）。〔白〕娘到此，〔唱合〕痛得我（句）珠淚垂（韻），〔滾白〕忽聞兒至，幾多歡喜。今見你悶倒雪地，頓使我肝腸痛碎。兒，〔唱〕可憐我喜纔來（句），不禁的愁又繼（韻）。〔白〕兒，敢是路途辛苦，身體倦了？〔羅卜唱〕

【又一體】非身倦（句），〔劉氏白〕想是虧了本銀？〔羅卜唱〕非本虧（韻），因李公説與兒端的（韻）。〔劉氏白〕他説什麼來？〔羅卜白〕也没有説什麼。〔劉氏白〕既没有説些什麼，你因甚悶倒？〔羅卜滾白〕孩兒見父之友，如見老父一般。〔唱〕因此上痛傷悲（韻），悶倒在中途裏（韻）。〔劉氏白〕兒，人言難足信，親見始爲實。〔唱合〕兒你且揾淚痕(句)，莫生疑(韻)。一同歸家去(句)，便自知端的(韻)。〔作扶起羅卜科，白〕兒嗄，這一會好些麼？ 回家去罷。〔羅卜白〕待孩兒拜見。〔劉氏白〕路途之上，不消，回家去罷。〔末扮益利，戴羅帽，穿屯絹道袍，繫鑾帶，帶數珠，虚白，從上場門上。金奴白〕益利哥來了。〔劉氏白〕益利，你來得好。我兒，你若放心不下，我兒，你去問他。〔羅卜向益利白〕益利，家中事體如何？〔益利唱〕

【南吕宫正曲·香柳娘】蒙東人遣差(韻)，蒙東人遣差(疊)，到家中已知明白(韻)。三官聖像依然在(韻)，更香燈列擺(韻)，更香燈列擺(疊)，依舊似前排(韻)，何曾有荒敗(韻)。〔羅卜作喜科，白〕這便還好。〔劉氏白〕我兒放心了？〔羅卜白〕孩兒放心了。〔劉氏白〕如何？〔羅卜白〕老娘請回罷。〔劉氏唱合〕且趲步轉回(叶)，且趲步轉回(疊)。〔作到，進門科，中場設香案、帳幔，桌上掛三官堂匾科，金奴、益利從兩場門各分下。羅卜作向三官堂禮拜科，唱〕稽首向蓮臺(韻)，拈香且參拜(韻)。〔白〕老娘請上，待孩兒拜見。〔作向劉氏拜見，劉氏作喜科，白〕知我是夢裏、睡裏？〔羅卜唱〕

【又一體】歎抛離數載(韻)，歎抛離數載(疊)，温清誰代(韻)？ 歸來幸喜娘康泰(韻)。〔劉氏白〕我兒，買賣一事如何？〔羅卜白〕托娘福庇。〔唱〕幸獲利歸來(韻)，幸獲利歸來(疊)，貨殖稱兒懷(韻)，〔劉氏唱〕娘心愈歡快(韻)。〔羅卜同唱合〕喜今朝轉回(叶)，喜今朝轉回(疊)，母子笑顔開(韻)，謝天與遮蓋(韻)。〔羅卜白〕孩兒聞得會緣橋倒了，不知實否？〔劉氏白〕是舊年水衝斷了。〔羅卜白〕那齋房不知可還在麼？〔劉氏白〕是那些野僧野道失火焚了。〔羅卜白〕禀告老娘，孩兒意欲重造橋梁，再整齋房，照舊齋僧濟貧，不改父志纔是。〔劉氏白〕但憑我兒。〔唱〕

【南呂宫引·哭相思】孩兒幸喜轉家園㊀，休聽旁人路上言㊀。〔羅卜唱〕母子仍前結善果㊁，辦炷名香答上天㊀。〔各虚白，同從下場門下〕

第十九齣　現普門列仙引道(古風韻)

〔旦扮觀音菩薩，戴觀音兜，穿蟒，披袈裟，帶數珠，持拂塵；小生扮善才，戴綫髮，軟紮扮，持净水瓶；小旦扮龍女，戴過梁額、仙姑巾，穿宫衣，臂鸚哥，隨從上場門上。觀音菩薩唱〕

【中吕宫集曲·榴花好】【石榴花】(首至四)雲巖海嶠普陀崖(韻)，方便門喜洪開(韻)。聽宣揚妙諦度埏垓(韻)，看天花紛墜講經臺(韻)。【好事近】(五至末)楊枝輕灑(韻)，功德水(讀)沾潤遍三千界(韻)。〔合〕願人人普渡迷津(句)，要物物盡離苦海(韻)。〔白〕紫竹林中樂自然，楊枝灑處遍甘泉。萬方潤澤霑慈雨，吹送薰風入舜絃。吾乃觀音大士是也，奉佛法旨，所爲張佑大在陳州界上殘虐百姓，使我點化他。可喜他立地悔悟，即率部下信心人等，同往西天修行。我想日後扶助羅卜，共成善果，也用得他着。他們目下將到火焰山、寒冰池、爛沙河這幾所險處，皆是天造地設，隔斷紅塵，不使凡人輕履佛地。不免唤過鐵扇公主，扶助他過了火焰山；雲橋道人，扶助他過了寒冰池；猪八戒，扶助他過了爛沙河。使他們早到西天，同證佛果。鐵扇公主、雲橋道人、猪八戒速至。〔小旦扮鐵扇公主，戴毛女髮，紮靠，持芭蕉扇，從上場門上，唱〕

【仙吕宫正曲・惜花賺】鐵扇裙釵(韻)，忽奉慈尊宣召來(韻)。〔浄扮雲橋道人，戴道冠、頭陀髮，紥金箍，穿蟒、箭袖，軟紥扮，持棍，從上場門上，唱〕下天衢(句)，雲橋直駕青霄外(韻)。〔副扮猪八戒，戴僧帽、猪嘴切末，軟紥扮，持鈀，從上場門上，唱〕謾詼諧(韻)，白蓮會上呼八戒(韻)，世人笑我十分獃(韻)。奉慈宣(句)，有何驅使人天界(韻)？〔衆同唱〕恭向蓮臺參拜(韻)。〔衆同作參見科，白〕菩薩在上，我等稽首。〔觀音菩薩白〕相召汝等，非爲别事。所爲張佑大等，往西天求見活佛，特命爾等前來保護。鐵扇公主聽我吩咐。〔唱〕

【中吕宫正曲・駐馬聽】那火焰山限(叶)，汝將鐵扇頻揮使他過此崖(韻)。念取這十人修道(句)，萬里長途(讀)，罹此凶災(韻)。〔鐵扇公主唱〕好把騰騰烈焰搧將開(韻)，使他堂堂大路無遮礙(韻)。〔合〕法語宣差(韻)，去助成善果(讀)，謹遵無怠(韻)。〔觀音菩薩白〕雲橋道人聽我吩咐。〔唱〕

【又一體】人在天涯(韻)，你濟渡雲橋高駕排(韻)。只爲寒冰池險(句)，冷氣侵人(讀)，凍裂形骸(韻)。〔雲橋道人唱〕好把霓梁一道跨冰崖(韻)，度將衆善無危殆(韻)。〔合〕法語宣差(韻)，去助成善果(讀)，謹遵無怠(韻)。〔觀音菩薩白〕猪八戒聽我吩咐。〔唱〕

【又一體】質豈凡材(韻)，種自天垣傳下來(韻)。好把善緣廣濟(句)，[1]將爛沙危河(讀)，幻作平垓(韻)。

---

① 「(句)」，原脱，今補。

〔猪八戒唱〕好把流沙淤塞盡分開(韻)，使他康途直抵西天界(韻)。〔衆同唱合〕法語宣差(韻)，去助成善果(讀)，謹遵無怠(韻)。〔同從下場門下。觀音菩薩白〕大抵乾坤都一照，免教人在暗中行。〔從下場門下，善才、龍女隨下。雜扮張佑大等十人，各戴氈帽，穿道袍，繫絲縧，帶香袋，持香，同從上場門上，唱〕

【仙吕宫正曲·步步嬌】陳州界上屯兵馬(韻)，志在圖王霸(韻)。一旦把英雄心按捺(韻)，感得慈悲(句)，現身點化(韻)。〔合〕去叩拜法王家(韻)，好虔誠懺悔蓮臺下(韻)。〔分白〕人人心地佛光明，只爲迷時有死生。感得慈尊親點化，指將覺路好同登。〔張佑大白〕自家張佑大是也。感得觀音菩薩，現身點化，道我修行七世，指示西皈，因此同部下堅心向善十人，結爲兄弟，同往西天，見佛修行，共成善果。又命我等，將來扶助傅兄，成最上功果。我等自從那日起程，一路上喜得身安心坦。你看今日天氣晴明，不免趲行前去。〔衆同唱〕

【仙吕宫集曲·甘州歌】【八聲甘州】〔首至六句〕一心向道(韻)，縱關山迢遞(讀)，敢説勤勞(韻)。芒鞋共躡(句)，行盡了水遠山遥(韻)。〔鐵扇公主持雙劍，從上場門暗上，後場桌上立科。衆同白〕人道往西天，有十萬八千里路。〔唱〕西天路遠終須至(句)，只爲七世因緣怎混淆(韻)。【排歌】〔合至末句〕虔誠願(句)，忝共叨(韻)，惟望早登安養樂逍遥(韻)。〔同從下場門下。鐵扇公主下桌科，唱〕山嚴火(句)，烈焰燒(韻)，頻揮鐵扇管取霧烟消(韻)。〔雜扮蛇精，戴竪髮，穿蟒、箭袖、卒褂，軟紮扮，持棍，從上場門上。鐵扇公主接戰科，蛇精作敗，從下場門下，鐵扇公主隨下。張佑大等十人同從上場門上，唱〕

【又一體】春郊景色饒(韻)，看無名野卉(讀)，多險山坳(韻)。這殊方異域(句)，令人回憶中朝(韻)。〔雲橋道人持棍，從上場門暗上，後場桌上立科。衆同唱〕何時得到西方地(句)，向獅座前頭瞻白毫(韻)？〔合〕虔誠願(句)，忝共叨(韻)，惟望早登安養樂逍遥(韻)。〔同從下場門下。雲橋道人下桌科，唱〕神通廣(句)，法力高(韻)，寒冰池上駕取渡人橋(韻)。〔雜扮魚精，戴竪髮，穿蟒、箭袖、卒褂，軟紮扮，持雙刀，從上場門上。雲橋道人接戰科，魚精作敗，從下場門下，雲橋道人隨下。張佑大等十人同從上場門上，唱〕

【又一體】如烏棄舊巢(韻)，便飄然遠舉(讀)，直上青霄(韻)。不堪回首(句)，悔當時意念虚囂(韻)。〔猪八戒持鈀，從上場門暗上，後場桌上立科。張佑大白〕古語云：積善之家，必有餘慶。積惡之家，必有餘殃。〔衆同唱〕須知行善膺天眷(句)，堪笑爲强没下梢(韻)。〔合〕虔誠願(句)，忝共叨(韻)，惟望早登安養樂逍遥(韻)。〔同從下場門下。猪八戒下桌科，唱〕神通大(句)，道力高(韻)，使爛沙河内静波濤(韻)。〔雜扮犀牛精，戴牛形盔，紮靠，執棒，從上場門上。猪八戒接戰科，犀牛精作敗，從下場門下，猪八戒隨下〕

第二十齣　爭坐位衆匠回心（古風韻）

〔末扮益利，戴羅帽，穿屯絹道袍，繫鑾帶，從上場門上，白〕齋房修葺建橋梁，積德聲名播遠方。樂善堂中無限景，長春花下有餘香。我益利，奉取東人之命，在此會緣橋，每日照管匠工，修砌橋梁，起造齋房，一如員外在日。事事無差，煥然一新。今已打發工價完畢，安排酒果酬勞。你看那邊，衆匠班長來也。〔浄隨意扮山西石匠，丑隨意扮蘇州木匠，副隨意扮揚州瓦匠，各持隨手器用，同從上場門上，唱〕

【黄鐘宫正曲·出隊子】工程完備(韻)，收得工錢各自回(韻)。瓦作木石共相隨(韻)，犒勞歡呼飲數杯(韻)。〔合〕及早歸家(讀)，欣然足美(韻)。〔各隨意發諢科，益利白〕列位都來了。〔三匠人白〕正是，我們都齊在此。〔益利白〕你們語言不同，聲音各别，如何相敘一處？〔三匠人白〕我們同在一處做工，我們的話，大家都懂得。〔益利白〕今日特備草酌，與列位餞行。請坐下，慢慢的寬飲幾杯。〔場上設席科，石匠白〕如今那箇坐首席？〔益利白〕憑在列位。〔木匠白〕就憑益利哥説，該那箇坐？〔益利白〕我也難以主張，列位公論便了。〔從下場門下。石匠白〕這座兒該我石匠坐。〔瓦匠白〕怎麽該你？

〔石匠白〕待我説石匠的來歷與你們聽。〖西江月〗自古女媧煉石，五色堪補青天。祖龍鞭石至今傳，海上能通一線。漢唐池館猶在，蓬瀛殿陛巍然。我石工偉績若争先，首席該吾誰擅。〔作欲坐首席科，木匠白〕該我木匠坐首席。〔石匠白〕怎麽該你？〔木匠白〕〖西江月〗自古巢居穴處，羲皇作室安身。高樓大厦且休論，甕户蓬樞亦穩。巧則公輸獨擅，明則離婁莫倫。我木工從古獨稱尊，首席吾當不遜。〔作欲坐首席科，瓦匠白〕該我泥水匠坐。〔木匠白〕怎麽該你坐？〔瓦匠白〕〖西江月〗自古茅茨稱貴，還誇陶冶河濱。阿房宫殿接青雲，帛縷周身猶遜。更有名臣諫獵，喻言悟主匡君。我瓦作功用有誰倫，首席那有你分。〔三匠人隨意發諢相打科。益利仍從下場門上，白〕怎麽你二人打他一箇？却爲何事相争起的呢？〔瓦匠唱〕

【中吕宫正曲・駐雲飛】只爲首席難平韻，因此三人起鬭争韻。〔木匠唱〕這石匠逞威能韻，〔石匠唱〕那木匠多兇横韻。嗏格！〔木匠唱〕苦我受才丁韻，遍身青韻。請驗傷痕讀，好教他償微命韻。〔白〕我一人打死二人，一人填命。他二人打死一人，二人俱要填命。〔唱合〕伏望賢東做證盟韻，伏望賢東做證盟疊。〔三匠人隨意發諢，復作相打科。益利唱〕

【又一體】禮别尊卑韻，原本人情該物理韻。〔木匠白〕怎見得該物理？〔益利白〕金木水火土，〔唱〕物有天然位韻，〔白〕温良恭儉讓，〔唱〕人以讓爲貴韻。嗏格！自古道饒人不是癡韻，得便宜韻。〔白〕我有道理。你三人各拿一杯酒，待我傾上來。〔三匠人各作取杯，益利傾酒科，唱〕且自立飲三杯

（讀），飲此全和氣（韻）。〔滚白〕依次推移，轉轉團團，和氣雍雍，做一箇車輪會。〔三匠人各作飲酒，隨意發諢科。益利唱合〕何用争强坐首席（韻），何用争强坐首席（疊）。〔三匠人唱〕

【又一體】多感明言（韻），諸匠心中已豁然（韻）。〔白〕東家賜酒，乃是好意，怎麽倒打將起來。〔唱〕全没高明見（韻），〔白〕我等小人，不可以履君子之庭。〔唱〕怎見東人面（韻）？嗏（格）！〔白〕益主管，你果然是箇君子。〔唱〕羡你忠厚善名傳（韻），結良緣（韻）。〔白〕今日又感化我們衆匠，〔唱〕俄頃之間（讀），一概皆從善（韻），〔白〕自古道：打人一拳，三日不眠。我們如今和睦了。〔唱合〕各自歸家自在眠（韻）。〔三匠人隨意發諢科，同從下場門下。益利白〕諸匠已散，不免請官人，大開賑濟便了。〔從下場門下〕

第廿一齣　傅羅卜行善周貧（古風韻）

〔生扮羅卜，戴巾，穿道袍，繫絲絛，帶數珠，持拂塵，從上場門上。末扮益利，戴羅帽，穿屯絹道袍，繫鸞帶，帶數珠，隨上。羅卜唱〕

【雙調集曲・孝南枝】【孝順歌】（首至七）春風動(韻)，草木萌(韻)，夏發秋凋冬落空(韻)。惟有翠柏與蒼松(韻)，四季之間一樣同(韻)。歎人生如夢(韻)，費盡機謀(讀)，毫無所用(韻)。【鎖南枝】（四至末）生前如寄世(句)，末後已歸宗(韻)。〔合〕須行善(句)，積陰功(韻)，〔滚白〕早把佛經誦。〔唱〕纔得免輪迴(句)，罪業重(韻)。〔作到會緣橋科，白〕來此已是會緣橋了。今乃賑濟之日，可豎起幢旛，齋僧齋道齋尼，一如舊日。庶幾繼父之功，延母之壽。若有求濟的，教他上橋來。〔益利白〕曉得。掛起幢旛來。〔同從下場門下。雜扮院子，戴羅帽，穿屯絹道袍，繫鸞帶，持旛，從下場門上，設場上科，仍從下場門下。小旦扮癱婦，扎啞老切末，穿衫，繫汗巾，持扇，從上場門上，唱〕

【又一體】夫啞聾(韻)，奴又瘋(韻)。奇貧室如懸磬空(韻)，如花枉麗容(韻)。〔白〕紅顏女子命迍邅，不怨人兮敢怨天。若論妾身容顏體態，豈作饑寒之婦？不幸命蹇，兩足瘋癱，寸步難行，嫁了箇啞子丈夫。〔滚白〕家罄囊空，若不駝出門去哀謁，必做溝渠之鬼，有誰見憐？天！這苦誰似我，求告於人臉含羞。這便是我兩夫妻貧賤下場頭。天那！不由人不提起淚霑襟。〔唱〕説起心酸痛（韻），不爨處井欄晨凍（韻）。哀告於人（讀），不禁惶恐（韻）。〔瘸子内白〕阿哥、阿嫂，等我一等。〔癱婦白〕老頭兒，叔叔在後面喊叫，不知爲着何事，你我在此等他一等。〔丑扮瘸子，戴氈帽，穿喜鵲衣，繫腰裙，拄拄杖，從上場門上，白〕我没喉長氣短介叫你去顛鬆顛鬆越走得快哉。〔癱婦白〕你遠叫，他那裏聽得見。〔瘸子白〕好哉，阿哥，箇傳官人，拉會緣橋上，大開賑濟。我里去唱幾套勸世文，必然多多周濟你我勾。前頭有幢旛高掛拉去，你遠遠里望答去嚧。〔癱婦向啞老耳邊虛白科。瘸子白〕拉箇答看，阿曾看見來？〔癱婦白〕那不是，問你去不去，走嗄。〔作急行科，瘸子同唱〕聞説會緣橋上（句），現周濟貧窮（韻）。〔合〕但能彀（句），憐念儂（韻）。這大恩德（句），似海山重（韻）。〔同從下場門下。雜扮衆男女乞兒，各戴破氈帽，穿乞丐衣衫，同從上場門上，分唱〕

【雪風景歌】殘疾的乞丐可憐（韻）。病廢身癱（句），夫妻雙瞽總前緣（韻），你扯我拽兩牽連（韻）。誰道（讀）駝背從來醫得直（句），只怕麻繩松板（讀）夾我在中間（叶）。矮人不滿三尺長（句），也向人前胡厮纏（韻）。啞子喫黄連（韻），有苦向誰言（韻）？腿瘸足跛猶還可（句），看我那膝行的（讀）日日跪街前（韻）。哈吧狗（句），到處牽（韻）。精皮膚（句），慣要打金磚（韻）。成群逐隊街頭去（句），一齊唱出哩囉嗹（韻）。女乞兒（讀）更可憐（韻），襁褓的孩兒（讀）揣在胸前（韻）。這箇小猴猻（句），一溜觔斗打得歡（叶）。攜竹籃（讀），提瓦罐（叶），討得殘羹併剩飯叶。生涯四季蓮花落句，家當一條秧草薦韻。出入不離漏澤園韻，住居只在卑田院韻。〔各隨意發諢科，同從下場門下。瘸子、癱婦同從上場門上，瘸子白〕奔殺我哉，虧箇老老去。〔作到會緣橋科，癱婦白〕難爲這老頭子了。〔瘸子白〕住去，讓我去通報。橋上箇大叔〔益利仍從下場門上，白〕是那箇？〔瘸子白〕我里是討乞勾，求財主老爺布施布施。〔益利白〕住着。官人有請。〔羅卜仍從下場門上，白〕做甚麽？〔益利白〕求濟的到了。〔羅卜白〕教他上橋來。〔場上設椅，坐科。益利白〕教你們上橋來。〔瘸子白〕是哉。噲，阿哥，教我里上橋去。〔癱婦白〕老頭兒，齋公教你我上橋去。〔作相見科，白〕恕不下禮了。〔瘸子白〕我花子與財主爺磕箇頭罷。〔羅卜白〕你三人是一路來的麽？〔瘸子白〕我里是一家門。〔羅卜白〕你這婦人，爲何教這老頭兒駝着？〔癱婦白〕有殘疾。〔羅卜白〕是甚殘疾？〔瘸子白〕財主老爺勿曉得了，我里阿哥是箇啞子，我里阿嫂是箇癱子，我亦是箇瘸子。拿我里三箇人，送到銀匠店裏去，連下介十火，只怕連箇對沖成色還没得來。〔羅卜白〕將何爲生？〔癱婦白〕丈夫自小生來啞，妻子紅顔自幼瘋。口食身衣難擺佈，念詞唱曲度貧窮。〔羅卜白〕曉得甚麽詞曲？〔癱婦白〕能知忠、孝、義、和四套勸詞。〔羅卜白〕好，用心唱來，多多周濟與你就是了。〔癱婦白〕老頭兒，齋公爺教我唱忠、孝、義、和四套勸詞。你雖耳聾聲啞，我在你耳旁高唱，你還聽得，你只將頭脚按板就是了。〔瘸子白〕你阿曾聽得來？〔癱婦唱〕

【勸世詞】我勸讀爲官爲宦人韻，我勸讀爲官須是做忠臣韻。十年窗下無人問韻，一舉成名天下聞(韻)。文官把筆安天下(句)，武將持刀掃烟塵(韻)。爾俸爾祿君恩重(句)，切莫要(讀)貪財虐下民(韻)。爲官的(讀)聽也波聞(韻)，須要(讀)赤膽忠心答聖君(韻)。〔衆男女乞兒虚白，同從上場門上，作到會緣橋求乞科。羅卜虚白，命益利引衆向下各取米、布隨上，仍同從上場門下。癱婦唱〕

【又一體】我勸(讀)人間子女們(韻)，那子女(讀)須要把孝心存(韻)。〔作啞老怒踢瘸子，瘸子作起避科。益利作攔勸科，白〕不要如此，爲着甚麽事？〔癱婦白〕他是啞人性急，駝着我唱，豈不費力。他是後生家，不來幫助，坐在那裏躲懶。他嗔怪着他哩。〔益利白〕你也該起來幫助他纔是。〔瘸子白〕勿是，大叔，我乞勾走得腿疼了，略坐坐歇介歇。〔益利白〕不要如此。〔羅卜白〕有話回家去説。〔癱婦白〕老頭兒，齋公爺這裏説，教你有話回家去説罷。兄弟，過來幫幫罷。〔瘸子白〕若勿是我對你説，你還勿曉得拉鬲裏來來。〔益利白〕這老頭兒這樣大火性。〔癱婦白〕這老頭兒不聽人説。這是家裏？由得你性兒麽？〔瘸子同唱〕十月懷胎娘屬離(句)，三年乳哺母慈恩(韻)。男教詩書知禮義(句)，女教鍼指顯楣門(韻)。養得男大和女長(句)，喫盡了(讀)萬苦與千辛(韻)。兒和女(讀)聽也波聞(韻)，慈烏也識報其親(韻)。

【又一體】我勸(讀)人間弟與昆(韻)，那弟兄(讀)連枝同氣要親親(韻)。弟敬兄(讀)如同敬父母(句)，兄愛弟(讀)如同愛子孫(韻)。兄弟相和家務辦(句)，莫争些小便紛紜(韻)。兄和弟(讀)聽也波聞(韻)，鴈鴻次序本攸分(韻)。〔雜扮衆僧、道、尼姑，各戴僧帽、道巾，穿僧衣、道袍，持神牌、木鐸，擊魚魚鼓、簡板，同從上場門

上，作到會緣橋相見科。羅卜虛白，命益利引衆向下各取米、布隨上，仍同從上場門下。癱婦、瘸子唱〕

【又一體】我勸（讀）人間夫婦們（韻），那夫妻匹配美婚姻（韻）。七世修來纔共枕（句），百年和順敬如賓（韻）。妻敬夫時夫愛婦（句），一夜夫妻百夜恩（韻）。夫和婦（讀）聽也波聞（韻），鴛鴦到老不離分（韻）。〔羅卜起，隨撤椅科，白〕果然唱得好。益利，看白米五斗、銀子五兩，周濟他。〔癱婦、瘸子白〕多謝齋公爺的厚賞。〔羅卜白〕但得存仁義，猶如念阿彌。〔益利向下取銀米隨上，付瘸子科。羅卜、益利同從下場門下。癱婦白〕今日蒙周濟，深恩永不遺。〔瘸子白〕雨來哉。〔虛白，從下場門下。癱婦白〕老頭兒，疾風暴雨來了，快些走。〔唱〕

【南呂宮曲·金錢花】霎時風雨連天（韻）、連天（格），今朝得遇高賢（韻）、高賢（格）。憐孤恤寡賜周全（韻），〔合〕施銀米（讀），濟迍邅（韻）。急急走（讀），轉家園（韻）。〔從下場門下〕

第廿二齣　朱紫貴鬻身遇舊（古風韻）

〔小生扮朱紫貴，戴巾，穿破道袍，繫腰裙，從上場門上，白〕屋漏更遭連夜雨，船遲又被打頭風。想我朱紫貴，這樣命苦。早年喪母，父子相依。不料陳州叛亂，同父親避難出城，沿路兵馬紛紜，來到此處。不想父親忽然患病，一旦身故，哀慟欲絶。無奈逆旅無錢資送，再三籌算，别無計策，只得將身賣與人家，得幾貫錢鈔，以爲殯葬之費。〔唱〕

【仙吕宫集曲·皂袍罩金衣】【皂羅袍】（首至八）痛念吾親身殞（韻），歎衣衾棺槨（讀），怎生支分（韻）？叩天束手天不聞（韻），〔白〕《孟子》云：守孰爲大？守身爲大。〔唱〕欲待要賣身羞怎忍（韻）。〔白〕又云：事孰爲大？事親爲大。〔滚白〕今日送死事大，則吾身在所輕了。苦！我也顧不得羞慚，怕不得恥，只得沿街去叫賣吾身。〔白〕賣身！〔内白〕那漢子，你賣的是關東升，是通州升？〔朱紫貴白〕人身。〔内白〕我們這裏不要人參。〔朱紫貴白〕大哥，〔滚白〕這人身不是那人參。〔内白〕你爲何事賣身？〔朱紫貴白〕大哥，〔唱〕【黄鶯兒】（合至末）爲嚴親（韻），無錢殯送（句），因此求告賣吾身（韻）。〔内白〕不買。〔朱紫貴白〕你既不買，講這一會何用？〔内白〕閒講閒講何妨？〔朱紫貴白〕這是那裏説起，不免回去罷。〔作欲回又止科，白〕我怎麼回去得？賣身却又無人肯買，奈我的父親，現在未殮，此回店中，除了我此身，再無一物可賣了。〔唱〕

【又一體】無奈家貧如罄(韻)，有何人仗義(讀)，哀死憐生(韻)？麥舟空誦古賢名(韻)，而今誰肯來相贈(韻)？〔作跌科，滚白〕争奈連朝饑又病，跌倒不能行。老天！到如今求告無門，無可生，免不得一死了。我今身死何足惜，只是暴露吾親屍骸也，我死黄泉目不瞑。〔内白〕那漢子，我對你説，你要賣身，可往會緣橋去。那裏傅家賑濟貧窮，收買你身，也未見得。〔朱紫貴起白〕多謝長者。〔唱合〕苦伶仃(韻)，無人來售(句)，只得垂淚向前行(韻)。〔作到會緣橋，虚白求濟科。末扮益利，戴羅帽，穿屯絹道袍，繫鑾帶，帶數珠，從下場門上，白〕你是那裏來的？〔朱紫貴白〕賣身。〔益利白〕敢是求濟的麼？〔朱紫貴白〕正是。〔益利白〕你且少待。官人有請。〔生扮羅卜，戴巾，穿道袍，繫絲縧，帶數珠，從上場門上，白〕萬緣慈是本，百行孝爲先。〔益利白〕外面有一漢子賣身。〔羅卜白〕着他進來。〔中場設椅，轉場，坐科。益利引朱紫貴作進門相見科。羅卜白〕看你少年英俊，因甚賣身？〔朱紫貴白〕爲因賣身葬父。〔羅卜作起科，白〕阿彌陀佛，請坐了。〔益利設椅科。朱紫貴白〕長者在上，卑人怎敢坐？〔羅卜白〕坐了好講。〔各坐科，羅卜白〕請道其詳。〔朱紫貴唱〕

【雙調集曲·風雲會四朝元】【四朝元】（首至十一句）衷情欲剖(韻)，未言先淚流(韻)。〔羅卜白〕可有父母？〔朱紫貴唱〕歎慈親早喪(句)，父爲郡守(韻)，歷艱辛雪上頭(韻)。遇兵荒時候(韻)，遇兵荒時候(疊)，避亂他鄉(句),親丁兩口(韻)。父喪黃泉(句),兒惟束手(韻)。【駐雲飛】(四至六)奈棺槨皆無有(韻),嗏(格),無計可營求(韻)。【一江風】(五至八)只得效董永當年(句),願把身求售(韻)。君子賜收留(韻),卑人心願酬(韻)。〔羅卜白〕傷哉貧也,人子之報父母,正當如此。益利哥,可多多周濟孝子。〔益利應科,從下場門下。朱紫貴起作謝科,唱〕【朝元令】(合至末)荷君家周濟(句),〔白〕非惟小生感戴,老父九泉之下,也感戴不盡。〔唱〕生生世世(讀)感恩不朽(韻),感恩不朽(疊)。〔羅卜白〕敢問孝子,高姓貴表?〔朱紫貴白〕卑人姓朱名紫貴,陳州人也,先人曾任隴州司馬。〔羅卜白〕曾婚娶否?〔朱紫貴白〕自幼聘定同郡華朝散之女,尚未過門,遭逢離亂,不知下落。〔羅卜白〕這樣看將起來,我前日營中所救母女,正是他的岳母、妻子。這也是天假其便,今日即當成就了他罷。孝子,你可曾會過令岳母麽?〔朱紫貴白〕先父與華朝散,同年、通家。那華夫人,原是自幼見過的。〔羅卜白〕孝子,〔唱〕

【又一體】哀哀父母(韻),爲人子當報補(韻)。羡伊家將身自賣(句),送親歸土(韻),天地神明豈不昭鑒取(韻)。〔白〕我前日從陳州回來,在亂軍之中,救贖母女二人,乃是華朝散妻女。〔唱〕想昨至中途(韻),想昨至中途(疊),贖取母女伶仃(句),這都是神天相護(韻)。却與你暗賜婚姻(句),使今朝重遇(韻),看骨肉團圓相聚處(韻)。嗏(格),你奮志讀詩書(韻),有日身榮(句),不用多淒楚(韻)。〔滚白〕孝子,你今賣身葬父,世所罕有。邂逅相逢,必有奇緣。〔唱〕你遇我得相扶(韻),婚葬皆當助(韻)。〔朱紫貴唱合〕感你輕財重義(句),生生世世(讀),銜恩不負(韻),銜恩不負(疊)。〔益利仍從下場門上,白〕官人,棺槨、衣衾、白銀、白米,都有了。〔羅卜白〕益利哥，可往莊上尼菴，請華夫人快來相會。〔益利應，作出門科，從上場門下。朱紫貴白〕卑人父喪在身，不當以姻親爲念。〔羅卜白〕且與令岳母相見，畢姻之事，日後再作道理。〔朱紫貴起科，白〕多謝長者。〔羅卜起，隨撤椅科。益利引老旦扮金氏，穿老旦衣，從上場門上，作進門相見科。金氏、朱紫貴同唱〕

【南呂宮引・哭相思】骨肉流離如轉蓬(韻)，此生何幸又相逢(韻)？今宵賸把銀釭照(句)，猶恐相逢是夢中(韻)。〔羅卜白〕孝子，不必悲哀，料理令尊葬事完畢，請到小莊，與華夫人同居。一應薪水，俱在我這裏支取。且等年歲太平，扶柩回歸，却也未遲。〔朱紫貴白〕多謝長者。〔羅卜白〕華夫人得會令壻，在此可以安心了。且請暫回。〔金氏白〕多謝官人。〔唱〕

【慶餘】感承恩德身多幸(韻)，〔朱紫貴唱〕救拔流離如再生(韻)，結草銜環難報稱(韻)。〔各虛白，從兩場門分下〕

第廿三齣　二怨鬼痛抱沉冤(齊微韻)

〔旦扮陳桂英魂，搭魂帕，穿衫，拴縊死切末，從右旁門上，唱〕

【商調正曲・山坡羊】在生時(讀)謹持節義(韻)，爲婆婆(讀)將奴苦逼(韻)。致令我(讀)自縊身亡(句)，只落得一靈兒(讀)在泉路長沉滯(韻)。淚暗揮(韻)，要見親人無見期(韻)。可憐夫在他鄉地(韻)，我死黄泉他怎知(韻)？〔生扮鄭賡夫魂，戴巾，搭魂帕，拴刎死切末，穿道袍，從右旁門上，唱合〕孤恓(韻)，負屈銜冤總爲伊(韻)。傷悲(韻)，怨海愁山訴向誰(韻)？〔作相見科，鄭賡夫魂白〕請問女娘什麼鬼？〔陳桂英魂白〕我乃全節自縊鬼。請問先生什麼鬼？〔鄭賡夫魂白〕我乃全孝自刎鬼。〔陳桂英魂白〕不知所爲何事？〔鄭賡夫魂白〕我父聽信繼母讒言，將我一時逼死。〔陳桂英魂白〕原來如此。〔鄭賡夫魂白〕女娘因甚自縊？〔陳桂英魂白〕因爲我夫出外，婆婆逼我與外人通姦，我因堅執不從，爲此自縊而死。〔丑扮土地，戴巾，穿土地氅，持拂塵，從上場門上，白〕二冤鬼聽者。〔二鬼魂白〕你是什麼人？〔土地白〕我乃當方土地神。〔二鬼魂跪科，白〕原來土地公公。可憐二鬼無人超度，魂無所歸，伏望公公慈悲。〔土地白〕我不能發落你們。如今採訪衆神早晚就到，你兩箇向前哀告，自有所歸之地。〔二鬼魂白〕如此

待冤鬼拜謝。〔作叩拜科，唱〕

【越調正曲・憶多嬌】多感伊(韻)，爲指迷(韻)。只待採訪神來訴與知(韻)使飄蕩遊魂有所依(韻)。〔合〕苦痛悲啼(韻)，苦痛悲啼(疊)，無故一朝命摧(韻)。〔土地唱〕

【又一體】休歎息(韻)，莫淚垂(韻)。聽我分明説向伊(韻)，〔白〕你被繼母毒害，自刎而死；你被婆逼你改節，自縊身亡。這却是母虐其子、婆淩其媳。陽間雖有尊卑長幼之分，陰司却論善惡果報之條。你兩箇雖受枉死之苦，節孝之名並著。你那繼母，你那婆婆，他兩箇罪惡非小，只等待命盡無常，那時節無間地獄，受盡非刑，還要墮落輪迴。〔唱〕少不得報應昭昭終有期(韻)。〔合〕苦痛悲啼(韻)，苦痛悲啼(疊)，無故一朝命摧(韻)。〔同從下場門下〕

第廿四齣　四正神明開覺路（先天韻）

〔雜扮四侍從，各戴將巾，穿蟒、箭袖、排穗，執旗。雜扮四沙彌，各戴僧帽，穿道袍，披袈裟，帶數珠，持花瓶。引副扮達摩，戴達摩兜，穿達摩衣，持禪杖，擔經，立車上。雜扮力士，戴紮巾，穿蟒、箭袖，繫肚囊，推車。雜扮四侍從，各戴將巾，穿蟒、箭袖、排穗，執旗。雜扮四天神，各戴卒盔，穿門神鎧，捧橐鞬、印盒、金鎗、令旗。引淨扮托塔天王，戴帥盔，紮靠，襲蟒，束玉帶，托塔，立車上。雜扮力士，戴紮巾，穿蟒、箭袖，繫肚囊，推車。雜扮四侍從，各戴將巾，穿蟒、箭袖、排穗，執旗。雜扮四揭諦，各戴揭諦冠，穿雁翎甲，持鐧。引小生扮韋馱，戴帥盔，繫背光，紮靠，持杵，立車上。雜扮力士，戴紮巾，穿蟒、箭袖，繫肚囊，推車。雜扮四侍從，各戴將巾，穿蟒、箭袖、排穗，執旗。雜扮四從神，各戴紮巾，穿蟒、箭袖、排穗，持寶劍。引外扮靈官，戴紮巾額，紮靠，掛赤心忠良牌，立車上。雜扮力士，戴紮巾，穿蟒、箭袖，繫肚囊，推車。同從上場門上。四神分白〕衆生與佛本同根，地獄天堂幻化因。悟得真時真亦幻，迷來幻裏幻原真。吾乃如來弟子達摩。吾乃托塔天王李靖。吾乃十洲感應韋馱。吾乃赤心忠良靈官。〔同白〕我等來往塵寰，採訪善惡，不期相遇，就此同行。〔衆應，遶場科，同唱〕

【仙呂入雙角合曲·北新水令】隔垣有耳莫輕言韻，況蒼蒼豈無聞見韻。你纔祇漾虛空三際裏

(句)，滿八識十分田(韻)，寂寂淵淵(韻)，他那裏神目已如電(韻)。〔同從下場門下。丑扮土地，戴巾，穿土地氅，持拂塵，引小生扮鄭賡夫魂，戴巾，穿道袍，拴刎死切末；旦扮陳桂英魂，穿衫，拴縊死切末，從上場門上。二鬼魂唱〕

【仙吕入雙角合曲·南傍粧臺】冷荒烟(韻)，一點孤燐是我眼光懸(韻)。痛不定腥氛在(句)，行難穩黑風旋(韻)。天荒地老誰來管(句)，百喙難鳴萬劫冤(韻)。〔向土地跪科，白〕我等兩箇屈死冤魂，深蒙尊神憐憫救濟，引領到此，未知可能得見採訪尊神，叩求救拔，得雪沉冤。〔土地白〕爾等只在此間等候，少頃便有諸神在此經過，爾等即將生前屈死緣由，哀懇超濟便了。〔二鬼魂白〕多謝尊神指引，我等只在此等候。〔土地白〕吾神不便在此，先自去也。〔二鬼魂白〕尊神請便。〔土地從下場門下。二鬼魂唱合〕三年碧(句)，千古眠(韻)，哀音成鴂血成鵑(韻)。〔同從下場門下。衆引四神從上場門上，遶場科，同唱〕

【仙吕入雙角合曲·北折桂令】翠旌揚寶轂鑣聯(韻)，閣道縈紆(句)，碧落迴旋(韻)。素月娟娟(韻)，明霞剪剪(韻)，雷鼓填填(韻)。下視那山川省縣(韻)，遍觀他市邑郊廛(韻)。紛紛擾擾(句)，人氣成烟(韻)。善惡妖祥(句)，滿目昭然(韻)。〔各分立，内出火彩科，四神白〕行到此間，忽有燐火光騰，旋風陡起，未知是何怨鬼。〔達摩白〕青光之中，隱隱黄氣，是箇善信。〔四神白〕衆護從，不得攔阻，由他自來，備陳情狀便了。〔衆應科。二鬼魂從上場門上，唱〕

【仙呂入雙角合曲·南涼草蟲】衹衹魂可痛㊀句，更無淚堪泫（韻），虛空布滿哀怨（韻）。渾迷却方輿與大圓（韻），只覺得剜心刀箭（韻）。〔作見四神參拜科，白〕尊神在上，望求憐念冤魂，速賜救拔，脱離苦趣。〔四神白〕你這兩箇冤鬼，有甚負屈，何以身亡，可將情由一一訴來。〔二鬼魂白〕多蒙尊神垂問，願將沉冤慘斃，細細陳訴。〔鄭賡夫魂白〕冤魂屈遭自刎身亡。〔陳桂英魂白〕冤魂痛受懸梁慘斃。〔同唱合〕禍發無端（句），一朝身赴黄泉（韻）。〔四神白〕你們銜恨身亡，畢竟爲何？〔唱〕

【仙呂入雙角合曲·北鴈兒落帶得勝令】【鴈兒落】（全）你把名和姓氏傳（韻），甚處爲鄉版（叶）？一箇儒冠甫上頭（句），一箇楚楚邦之媛（韻）。【得勝令】（全）爲甚的利刃喪青年（韻），爲甚的自縊命歸泉（韻）？莫道人身易（句），孤魂若箇憐（韻）。身捐（韻），甚事難分辯（韻）。魂痟（韻），緣由仔細宣（韻）。〔鄭賡夫魂白〕冤鬼鄭賡夫，年方弱冠，爲因繼母惡計讒言，將我陷害，把家私全與他所生的兒子爲業。〔唱〕

【仙呂入雙角合曲·南一機錦】楊柳外樓閣前（韻），落花飛撲天（韻）。他香掠雲鬟蜜掠鬋（韻），引蜂兒聚鬢蟬（韻），却教我掇蜂兒迫近項肩（韻）。〔合〕陡冤我念邪淫（讀），故與調情也（句），因此上伏劍階前一命捐（韻）。〔四神唱〕

【仙呂入雙角合曲·北錦上花】捷捷幡幡（叶），妖狐潛煽（韻）。喬梓恩情（句），一朝改變（韻）。飲劍捐軀（句），獨少母憐（韻）。爾雖戕生（句），堪爲孝勸（韻）。〔白〕女鬼，可將冤情訴來。〔陳桂英魂白〕尊神，念冤

鬼陳桂英呵，〔唱〕

【仙吕入雙角合曲·南一盆花】只爲姑嫜靦覥㊀韻，趁兒夫出去㊀讀，溱洧裳褰㊀韻。鼠牙雀角有煩言㊀韻，要將奴攬做一鑊麵㊀韻。〔合〕我胡敢然㊀韻，我何能免㊀韻？只得拋棄殘生㊀讀，一條冰練㊀韻。〔四神唱〕

【仙吕入雙角合曲·北錦上花】他只爲一晌癡㊀句，不管人禽變㊀韻。你落得千年㊀韻，金管名鐫㊀韻。撒手懸崖㊀句，泉下長眠㊀韻。白骨生香㊀句，有何含怨㊀韻。〔托塔天王、靈官白〕那鄭賡夫繼母王氏、陳桂英親姑沈氏，罪惡滔天。我等吩咐雷公、電母，立刻擊死，以彰天綱何如？〔達摩、韋馱白〕二犯固當誅殛，但究竟是孝子之母、節婦之姑，爲子婦而殛母姑，未免壞他世相。伊等陽壽將終，陰司果報匪輕，待伊剉燒舂磨，一一受用便了。〔四神同白〕鄭賡夫、陳桂英，節孝可嘉，我等奏聞上帝，自有恩旨。〔二鬼魂白〕多謝尊神。但我等枉死鬼魂，痛苦不了，仰祈尊神，如何解救？〔達摩白〕我佛如來，金口妙偈，爾等聽者。〔二鬼魂應科。達摩作梵音誦科，白〕殺我我無嗔，久捨冤親心。左以旃檀塗，右以利刀割。於此二人中，平等心無異。〔雜扮二揭諦，各戴揭諦冠，穿門神鎧，同從上場門上，將二鬼魂刎死、縊死切末撤去科，同從下場門下。二鬼魂白〕一聞金偈，渾身通泰，一點不疼了。呀，刀、繩都不見了。〔同作拜謝科，白〕多謝尊神。〔四神白〕快喚當方山神、土地過來。〔一侍從白〕領法旨，當方山神、土地，上聖有宣。〔雜扮二山神，各戴卒盔，穿門神鎧，持斧。雜扮二土地，各戴紮紅紗帽，穿圓領，束金帶，執笏。同從上場門上，分白〕山神威有感，土地法無私。〔同作見四神參拜科，白〕衆位尊神，山神、土地參見。〔四神白〕山神、土地，爾等護持這孝子、節婦陰魂者，待那惡婦報應分明之後，伊等自必上昇天堂也。〔山神、土地白〕領法旨，小神等帶此冤魂前去也。謹遵天上宣傳語，去告陰間殿主知。〔引二鬼魂同從左旁門下。四神白〕衆護從神，就此再往前去。〔衆應，遶場科，同唱〕

【慶餘】念萌暗室分明見㊞，是你心雷心電㊞，却成了報應無私造化權㊞。〔同從下場門下〕

第五本卷上

第一齣　顯威靈十殿親巡（蕭豪韻）

〔雜扮八侍從鬼，各穿戴「業鏡地獄」鬼衣，引雜扮第一殿閻君，戴冕旒，穿蟒，束玉帶，從酆都門上，唱〕

【越角套曲·鬬鵪鶉】平鋪着法簿陰科（句），〔雜扮八侍從鬼，各穿戴「油鍋地獄」鬼衣，引浄扮第五殿閻君，戴冕旒，穿蟒，束玉帶，從酆都門上，唱〕赤緊的火羅惡道（韻）。〔雜扮八侍從鬼，各穿戴「碓磨地獄」鬼衣，引雜扮第二殿閻君，戴冕旒，穿蟒，束玉帶，雜扮八侍從鬼，各穿戴「血湖地獄」鬼衣，引雜扮第三殿閻君，戴冕旒，穿蟒，束玉帶，從酆都門上。同唱〕無邊的鐵壁銅河（句），一望裏風刀朗耀（韻）。〔雜扮八侍從鬼，各穿戴「刀山地獄」鬼衣，引雜扮第四殿閻君，戴冕旒，穿蟒，束玉帶。雜扮八侍從鬼，各穿戴「阿鼻地獄」鬼衣，引雜扮第六殿閻君，戴冕旒，穿蟒，束玉帶，從酆都門上，同唱〕這壁廂苦趣沉淪（句），那壁廂浄域逍遥（韻）。〔雜扮八侍從鬼，各穿戴「割舌地獄」鬼衣，引雜扮第七殿閻君，戴冕旒，穿蟒，束玉帶。雜扮八侍從鬼，各穿戴「寒冰地獄」鬼衣，引雜扮第八殿閻君，戴冕旒，穿蟒，束玉帶，從酆都門上，同唱〕却原來甚分明（句），只是箇無恕饒（韻）。〔雜扮八侍從鬼，各穿戴「毒蛇地獄」鬼衣，引雜扮第九殿閻君，戴冕旒，穿蟒，束玉帶。雜扮八侍從鬼，各穿戴「剥皮地獄」鬼衣，引雜扮第十殿閻君，戴冕旒，穿蟒，束玉帶，從酆都門上，同唱〕大都是浩劫迷途(句)，何日裏金繩共覺(韻)。〔衆閻君分白〕善惡分明法鏡懸，塵封案牘自年年。何時苦海輪迴了，證性同登般若船。吾乃第一殿太肅妙廣神君秦廣王，掌管業鏡地獄。吾乃第五殿最勝耀靈神君閻羅王，掌管油鍋地獄。吾乃第二殿陰德定修神君楚江王，掌管碓磨地獄。吾乃第三殿洞明普静神君宋帝王，掌管血湖地獄。吾乃第四殿神德五靈神君五官王，掌管刀山地獄。吾乃第六殿寶肅昭成神君卞城王，掌管阿鼻地獄。吾乃第七殿等觀明理神君泰山王，掌管割舌地獄。吾乃第八殿無上正度神君平等王，掌管寒冰地獄。吾乃第九殿飛魔演慶神君都市王，掌管毒蛇地獄。吾乃第十殿五化威靈神君轉輪王，掌管剥皮地獄。今逢朔旦之期，係我等各殿森羅，會合巡察幽冥地府、各處地獄，務須謹慎，庶免疎虞。就請公同前去，巡察一番。請。〔同白〕你看陰飈萬疊，燐火千堆，好一派森嚴世界也。〔衆同唱〕

【越角套曲·紫花兒序】聲淅淅風披宿莽(句)，響淙淙水轉危谿(句)，影沉沉木魅山魈(韻)。鋒巖鏤刻(句)，劍樹鑴雕(韻)。隱隱周遭(韻)，把妖魄才魂一例招(韻)。都只爲業緣纏擾(韻)，啼泣揶揄(句)，總墮圈牢(韻)。〔衆閻君分白〕來此已到地獄交界之所，但見凛冽寒風，陰霾成陣，雉堞烟迷昏慘，城闉霧鎖模糊。想那世人全不感通靈性，惟有沉酣世味。正所謂：爲善休悲惡莫誇，只爭遲早不争差。如今更復無餘候，一樹春風一樹花。須索一路巡察前去便了。〔衆應科，同唱〕

【越角套曲·小桃紅】有多少愛河反覆起悲濤（韻），沉溺何時了（韻）。望裏家鄉杳難到（韻），揾不住淚珠拋（韻）。〔白〕衆生呵，〔唱〕伊行莫更嗔相報（韻），作孽難逭（句），果盡從因（句），賞罰任天曹（韻）。〔場上設高臺，衆遶場，各上高臺立科，同唱〕

【越角套曲·絡絲娘】折挫的肢殘骨銷（韻），極苦是無形罪到（韻）。想人間靠着皮囊便煩惱（韻），須信道地獄生前不少（韻）。〔衆閻君白〕巡察已畢，就此各歸殿府。〔衆應，各下高臺科。衆閻君白〕鬼卒們，爾等各處巡邏，傳諭各獄官吏，各司其事，毋得懈怠。〔衆應科，同唱〕

【煞尾】森森法令重分剖（韻），處處提鈴喝號（韻）。直待他犴狴一時空（句），方顯我閻羅真道妙（韻）。

〔同從下場門下〕

第二齣　奉慈幃一堂稱祝（古風韻）

〔生扮羅卜，戴巾，穿直領，繫儒絛，帶數珠，從上場門上，唱〕

【仙呂宮引・番卜算】拂檻柳絲垂㊟，入座花香細㊟。助歡情好鳥樹頭啼㊟，却似知人意㊟。〔中場設椅，轉場，坐科，白〕心殷愛日無他願，但願慈親福壽齊。我羅卜，貿易回來，重整舊業。今乃母親設帨良辰，聊具杯茗稱慶。益利何在？〔末扮益利，戴羅帽，穿道袍，帶數珠，從上場門上，白〕客進華封多壽頌，堂歌春酒介眉篇。官人有何吩咐？〔羅卜白〕慶壽齋筵，可曾齊備？〔益利白〕齊備多時。〔羅卜起，隨撤椅科，白〕安排香案伺候，敬請母親上堂拈香。〔場上設香案，旦扮劉氏，戴鳳冠，穿補服、老旦衣，束金帶，帶數珠，從上場門上。小旦扮金奴，穿衫、背心，繫汗巾，隨上。雜扮四梅香，各穿衫，繫汗巾，雜扮四院子，各戴羅帽，穿道袍，從兩場門分上。劉氏作拈香禮拜，衆隨拜科。劉氏唱〕

【仙呂宮正曲・風入松】金猊滿爇壽香飄㊟，瑞靄紫空繚繞㊟。感蒼穹覆載恩難報㊟，望遥空深深拜禱㊟。〔合〕惟願取婺星鑒昭㊟，增壽算比山高㊟。〔隨撤香案，場上設椅，劉氏坐科。副扮劉賈，戴巾，穿道袍，從上場門上。雜扮二家童，各戴氈帽，穿喜鵲衣，繫腰裙，扛盒，隨上。劉賈唱〕

【仙呂宫引・劍器令】紅旭一輪高(韻)，好天氣十分晴皎(韻)。忙趨向筵前稱祝(句)，願祈壽比松喬(韻)。〔作到進門科，劉氏起，隨撤椅科。劉賈白〕益利，將壽禮擡進來。〔益利應科，作出門引二家童扛盒進門，從下場門下，隨上，二家童作出門科，從上場門下。劉賈白〕薄禮請姐姐收下。〔劉氏白〕謝承厚禮。〔劉賈白〕姐姐請上，待兄弟先拜壽。〔作拜禮科，白〕壽星昨夜照南天，瑞應今朝啓壽筵。北海開樽來祝壽，長春壽算永綿綿。〔劉氏白〕多謝兄弟吉言。〔場上設席，劉氏、劉賈各坐科。益利向下取茗，隨上。羅卜定席，行禮畢，亦坐科。益利、金奴率衆拜禮科。羅卜唱〕

【仙呂宫集曲・甘州歌】【八聲甘州】（首至六句）筵前香靄(韻)，見日移錦砌(讀)，花影風篩(韻)。畫堂深處(句)，聒耳笙歌一派(韻)。願親福壽如山岳(句)，花甲循環去又來(韻)。〔衆作跪勸科，同唱〕【排歌】（合至末句）斑衣戲(句)，效老萊(韻)，筵前博得笑顔開(韻)。鹿眠逕(句)，鶴舞堦(韻)，此身恍若在瑶臺(韻)。〔益利、金奴傾茗科。劉賈唱〕

【又一體】華堂綺席排(韻)，對良辰美景(讀)，尋樂應該(韻)。追歡買笑(句)，須當遣興舒懷(韻)。逢時遇酒須暢飲(句)，老去青春不再來(韻)。〔衆作跪勸科，同唱合〕斑衣戲(句)，效老萊(韻)，筵前博得笑顔開(韻)。鹿眠逕(句)，鶴舞堦(韻)，此身恍若在瑶臺(韻)。〔益利、金奴傾茗科，衆同唱〕

【又一體】雲中鶴駕來(韻)，想依稀仙侶(讀)，遠下蓬萊(韻)。祥光佳氣(句)，霏霏籠罩庭堦(韻)。壽同南極應無算(句)，福錫東華寧有涯(韻)。〔衆作跪勸科，同唱合〕斑衣戲(句)，效老萊(韻)，筵前博得笑顔開(韻)。

鹿眠逕㊀，鶴舞堦㊂，此身恍若在瑤臺㊂。〔各起席，隨撤桌椅科。羅卜唱〕

【慶餘】願慈親長安泰㊂，一年一度咏臺萊㊂，〔衆同唱〕共慶取壽比岡陵福似海㊂。〔劉賈白〕一年始有一年春，〔羅卜白〕如竹如松祝老親。〔劉氏白〕能向花前幾回樂，〔同白〕良辰共慶太平人。〔劉賈白〕兄弟告辭。〔劉氏白〕我兒，送了舅舅出去。〔劉賈作出門，仍從上場門下，衆同從下場門下〕

第三齣　留故友望門投止（蕭豪韻）

〔生扮董知白，戴員帽，穿圓領，繫鑾帶，從上場門上，唱〕

【中呂宮引・青玉案】趨承聊把勤勞効(韻)，歎筋力非年少(韻)，計日工程忙趲造(韻)。世遭離亂(句)，地當衝要(韻)，所事非輕小(韻)。〔白〕自家姓董名知白，乃鄜州都督標下聽用官便是。家中止有一妾，李氏翠娥，正在青年，此外並無至親一人。我想起來，當日有箇相識莫可交，爲人倒也誠實。自從分散以來，杳無音信，不知他近日景況若何。這且不必提他。目下因李希烈變亂，奉有憲差修理各處柵欄、更樓。限期緊迫，日夜督工。我想偌大一箇城池，上面又有許多營房，一時那裏修理得起。且喜那些窮百姓，爲因年荒米貴，求食無路，挨身來此做工，反得現銀養家度日，因此人人踴躍，箇箇争先，所以近日工程容易趲起。我職叨監造，未免日日要在此料理。〔内作喧鬧聲科，董知白白〕你聽人聲喧嚷，想是這些做工的來也。〔中場設椅，轉場，坐科。雜扮衆夫匠，各戴氊帽，穿喜鵲衣，繫腰裙，持鍬、鐝，背筐、桶，同從上場門上，唱〕

【中呂宮正曲・縷縷金】磚忙運(句)，土急挑(韻)，黄漿提半桶(句)，把縫兒澆(韻)。房舍連牆壁(句)，樁椿牢靠(韻)，工程嚴限敢辭勞(韻)。〔合〕清晨早來到(韻)，清晨早來到(疊)。〔作相見科，白〕董爺，衆匠來了。〔董知白白〕你們快把未完的工程，作速攢做，不得潦草。〔衆夫匠白〕這箇怎敢。〔虛白，從下場門下。副扮莫可交，戴氊帽，穿喜鵲衣，繫腰裙，從上場門上，唱〕

【又一體】人皆是(句)，口頭交(韻)，炎涼轉眼處(句)，便相拋(韻)。流落他鄉地(句)，有誰相照(韻)？饑寒二字最難熬(韻)。〔合〕無門可求告(韻)，無門可求告(疊)。〔作相見科，董知白起，隨撤椅科，白〕你是莫大哥。方纔正在這裏念你，好幾年不見，爲何是這樣一箇光景？〔莫可交白〕董伯伯，不要説起。自從長安兵變之後，家計蕭條，罄然一空，所以收拾了些零碎本錢，往外方生理，誰想一總折盡。如今又回不得京師，此地奈又舉目無親，所以落難至此。〔董知白白〕我看此人一表人材，諒非落魄之輩，況且言詞慘切。我這裏孤孑單身，無兄無弟，何不收他做一箇幫手？有理。莫大哥，我看你孤身狼狽，遠滯他鄉，意欲收你做箇幫手，未知你意如何？〔莫可交白〕若得董伯伯提拔窮途，實是感恩非淺。〔作拜謝科，唱〕

【正宮正曲・白練序】恩非小(韻)，喜提出污泥上碧霄(韻)。算將來(讀)，此世如何報効(韻)？縱銜環并結草(韻)，也難酬恁洪仁天樣高(韻)。〔董知白唱合〕何須較(韻)，我素心相託(讀)，説不得萍水一朝(韻)。〔白〕莫大哥，既承不棄，本當留在舍間纔是，只是敝居房屋不多。這前面大覺寺，頗也乾浄，就請到彼權住，少頃即着人送供給來便了。〔莫可交白〕多謝厚情。〔董知白唱〕

【慶餘】向僧房安頓且舒懷抱㊞，〔莫可交唱〕免得我客途潦倒㊞，〔董知白同唱〕須信他鄉遇故交㊞。〔同從下場門下〕

第四齣　拜老師借逕畬緣（魚模韻）

〔丑扮臧霸，戴紗帽，穿圓領，束金帶，從上場門上，白〕笑罵由他笑罵，高官我自爲之。學生臧霸，初任南陽府通判，六載以來，宦囊巨富。又暗地裏與李希烈結連，蒙他多贈金銀與我。仗此打點，得陞鄜州刺史之職。思量此處也要結識一箇權勢，方好任意貪婪。我想起來，只有那都督田希監，有些威力。他手握兵權，雄威日盛。我如今打點幾千金禮物。又差心腹之人，訪得一箇美女。隨即送去，結識他一番，權做箇護身之符，有何不可？正是：莫嫌貪墨虧名檢，巧宦無錢總不靈。〔從下場門下。净扮田希監，戴紗帽，穿蟒，從上場門上。雜扮二執事官，各戴員帽，穿圓領，繫鑾帶，隨上。田希監唱〕

【正宮引・朝中措】花花臉上横堆肉（韻），蛇蝎不爲毒（韻）。素行本多奸巧（句），中心且是貪酷（韻）。

〔中場設椅，轉場，坐科，白〕下官鄜州都督田希監是也。立性貪婪，處心刻薄。正要趁此時光，多布牙爪，大作威勢。或是誣人交通叛逆，或是説人鍛鍊平民，因而虚布風聲，巧取財物，所以人人無不畏我。只是那陸敬輿，性情古怪，時常上本，彈劾我們的過端。如今荒亂之世，也不怕他。〔臧霸從上場門上，〔白〕轉過官街大道，趨承權勢豪門。這裏已是。裏面那一位爺在？〔一執事官作出門科，〔白〕是那箇？〔臧霸遞銀包科，白〕大哥，這是些須恭敬之私，相煩通報一聲。〔執事官接銀包科，白〕你是什麼衙門的官兒，擅自竟來求見我家老爺麽？〔臧霸白〕學生臧霸，現任鄜州刺史，官也不小。聞得老爺威名，特來拜在門牆。諸事還望美言，自當厚報。〔執事官白〕你且在門房候着，待我與你通報。〔作進門科，白〕禀爺，鄜州刺史臧爺求見。〔田希監白〕他是文官，到我衙門何幹？〔執事官白〕特來送禮，還要求拜門生。〔田希監白〕既如此，請進來。〔執事官作出門科，白〕臧老爺有請。〔臧霸虚白，作進門參見膝行科，白〕都督老爺在上，臧霸叩見。〔田希監起作扶科，白〕不消行此禮。看坐。〔場上設椅，各坐科，田希監白〕臧先生，你職居方面，如何肯認我做老師？〔臧霸白〕門生平日素有向上之志，因久慕都督才高望重，竊不自揣，意欲仰附門牆，倘能賜堦前方寸，則使門生頂戴終身矣。〔作欲言復止科。田希監作會意科，白〕執事官兒，吩咐後面設席。〔二執事官應科，從兩場門分下。臧霸附耳科，白〕不腆微贄，望乞哂存。〔向袖内取禮單呈科，田希監作接看科，白〕蟒緞二十端，花紬四十端，黄金二十錠，白銀一千兩。此乃是箇知趣門生也。臧先生，怎麽承你許多厚禮，受之不當。〔臧霸白〕豈敢。老師請台坐，待門生就此展拜。〔作拜禮科，唱〕

【正宫正曲·四邊静】門牆親附蒙收録(韻)，今朝豈私淑(韻)。〔田希監起作扶科。臧霸白〕這是一定要受的。〔唱〕四拜展微忱(句)，門生方定局(韻)。〔合〕黄物兑足(韻)，綵幣成束(韻)。向日比葵心(句)，終賴

如天覆韻。〔各坐科，田希監白〕今承如此厚愛，自當以腹心相待也。〔唱〕

【又一體】從今便是親骨肉韻，區區情誼篤韻。恁般大束修句，從此託心腹韻。〔合〕情傾意睦韻，如蘿附木韻。〔白〕賢契，我受你許多恩惠，我的身子，都是你管得着的了。今後倘有事見教呵，〔唱〕憑你事如山句，只消紙半幅韻。〔一執事官從上場門上，白〕稟上老爺，酒筵齊備。〔各起，隨撤椅科。田希監白〕請到後面小飲，還要領略佳言，細細講論一番。〔臧霸白〕領命，只是叨擾不當。〔田希監白〕好說。請。〔臧霸白〕都督請，門生隨後。〔田希監白〕喜結師生契，〔從下場門下。執事官白〕全憑餽重資。〔臧霸白〕得君心肯日，是我運通時。〔向執事官隨意發諢科，同從下場門下〕

第五齣　忘大德密締鸞交（家麻韻）

〔副扮莫可交，戴氊帽，穿道袍，持扇，從上場門上，唱〕

【黄鐘宫正曲·降黄龍】岐路茫茫㊀句，潦倒孤身㊀讀，歸去無家㊀韻。幸故交提掇㊀句，似枯木逢春㊀讀，又試新花㊀韻。〔白〕自家莫可交，自幼讀書未就，無可奈何，只得隨了姚令言，做了什麽兵丁。去年渭橋大敗，幾喪殘生。近日逃到此間，且喜無人知我是做過賊的。只是親友全無，棲身無策。不料董知白憐我舊日一面之交，分給衣食，留在大覺寺中居住。今日再到他家，相謝一聲。〔唱〕蒙他㊀韻，解衣推食㊀句，救急難真情非假㊀韻。〔白〕且住，只是前日見那位嫂嫂，眉來眼去，殊欠端莊，我且再看他動静如何。正是：滿懷心腹事，難起不良情。〔唱合〕怪娘行如迎如送㊀讀，逗露情芽㊀韻。〔從下場門下。小旦扮李翠娥，穿衫，從上場門上，唱〕

【又一體】嗟呀㊀韻，埋怨天公㊀句，爲甚癡郎㊀讀偏傍嬌花㊀韻？〔中場設椅，轉場，坐科，白〕奴家李氏，小字翠娥，芳容賦就，媚性天生。只是明珠暗投，到了這董知白家裏，誰想他愁生白髮，景逼西山。堪憐奴命薄紅顔，情抛東海。他前日引得一箇莫生回來，看此生再三將奴顧盼，莫非此人倒有些會意麽？〔唱〕我懨懨捱過（句），多少晨昏（讀），虛度韶華（韻）。〔莫可交從上場門上，白〕迤邐行來，此間已是，不免叫他一聲。〔作叩門科。李翠娥起，隨撤椅科，唱〕諠譁（韻），是誰剥啄（句），無故的直敲門闥（韻）。〔莫可交復作叩門科。李翠娥作開門相見科，唱合〕那人兒頻頻枉顧（讀），可不令人疑訝（韻）。〔莫可交白〕尊嫂拜揖。〔李翠娥白〕莫生。〔莫可交白〕董兄可在家中？〔李翠娥白〕不在家裏。〔莫可交白〕董兄既不在家裏，小子只得告回。〔李翠娥白〕莫生，你與他是通家，何不裏面少坐一茶？〔莫可交白〕如此，既承雅愛，請。〔作進門科，白〕再奉揖。〔場上設椅，各坐科，李翠娥白〕莫生，爲何許久不來？〔莫可交白〕小子連日有些小事，所以少候。〔李翠娥唱〕

【又一體】伊家（韻），客館蕭條（句），永晝良宵（讀），猶似相如身寡（韻）。〔莫可交白〕客館凄涼，最是難消遣的。請問董兄爲何不在家中？〔李翠娥唱〕若還提起（句），教人羞赧（讀），無言可答（韻）。〔莫可交白〕如此說，董兄是不知趣的了。〔李翠娥白〕他早上衙門，無事晚上回來。〔莫可交白〕若有事呢？〔李翠娥白〕若有事麽，隔數日回來。〔莫可交白〕這幾日呢？〔李翠娥白〕這些日麽，爲因督造工程，有半月有餘，不曾回來了。〔莫可交白〕半月不回來了？嫂嫂在家，何人作伴？〔李翠娥白〕只有一箇小厮，只好早晚送飯，此外並無別人。〔莫可交白〕這等說，嫂嫂的凄涼，竟與小子無二。〔李翠娥唱〕虛花（韻），齊眉舉案（句），這些時從教抹煞（韻）。〔莫可交唱合〕怎不解憐香惜玉（讀），那些佳話（韻）。〔李翠娥白〕什麽說話？〔莫可交白〕妙年寥落，辜負紅顔，殊覺傷心。可歎！〔唱〕

【商調集曲・金絡索】【金梧桐】（首至五）如梭去歲華韻，人世須瀟灑韻。〔白〕嫂嫂，〔唱〕且勸娘行句，莫把愁腸掛韻。〔白〕嫂嫂，董兄既不在家，坐久了，小子只得告别。〔李翠娥白〕你要去了？如此請。〔莫可交作出門科。李翠娥作閉門科。莫可交白〕我説這小娘子，有些古而怪之、蹊而蹺之，他倒句句將我挑逗。且住，我想受董兄如此厚恩相待，怎好起這箇念頭。呸！又不是我去尋他，這是他來尋我。俗語云：若不如此，焉得如此？惟其如此，是以如此。還是走轉去的是。〔唱〕我無端思轉加韻。〔作復叩門科。李翠娥作開門科，白〕莫生，你既去了，怎麽又轉來？〔莫可交作進門科，白〕我見嫂嫂隻身無聊，特來作伴。〔李翠娥白〕奴家是日日如此，何勞費心。〔唱〕【東甌令】（二至四）莫輕譁韻，我久向東風甘落花韻。〔莫可交白〕我好恨也。〔李翠娥白〕敢是恨我麽？〔莫可交白〕焉敢恨娘子。可恨那董兄呵！〔唱〕辜負了錦屏深處人如畫韻，【鍼線箱】（第六句）怎忍教香閣愁中淚似麻韻？【解三酲】（第七句）誰甘罷韻？〔李翠娥唱〕【懶畫眉】（第三句）我堅貞永守誓無差韻。〔莫可交白〕堅貞二字，是最難守的。〔李翠娥唱〕【寄生子】（合至末）又何須絮絮喳喳韻，鼓舌調牙韻，請收拾了無稽話韻。〔作進房門科。莫可交隨進科。李翠娥白〕莫生，你好無禮。這是内房，你隨我進來做甚麽？〔莫可交白〕嫂嫂，〔唱〕

【商調集曲・御袍黄】【簇御林】（首至合）知非禮句，難按捺韻。〔白〕我莫可交原是知趣的。〔唱〕論風情敢自誇韻，〔白〕嫂嫂，方纔説的話，難道就忘了麽？〔唱〕你豈不憐旅寄相如寡韻？〔李翠娥白〕你與我家那人，是什麽稱呼？〔莫可交白〕無非朋友罷了。〔李翠娥白〕豈不聞：朋友妻，不可欺。〔莫可交白〕若是朋友妾，或者又當别論了。〔唱〕通融處，只算得同乘馬(韻)。〔李翠娥唱〕【皂羅袍】（五至八）看他若癡若惑(句)，好迷戀咱(韻)。教我又嗔又愛(句)，難發付他(韻)。〔莫可交虚白科。李翠娥唱〕【黄鶯兒】（六至末）多管是桃花要逐東風嫁(韻)，〔莫可交唱合〕謝伊家(韻)，情濃意洽(韻)，願死在牡丹花(韻)。〔隨意發諢科，同從下場門下。丑扮鬍鬍，戴鬍鬍腦包，穿喜鵲衣，繫腰裙，從上場門上，唱〕

【商調正曲・琥珀猫兒墜】寥寥一秃(句)，朝去暮還家(韻)。債欠脚踪途路遐(韻)，纔掇菜飯又忘茶(韻)。〔白〕自家小鬍鬍，方纔到衙門送飯，一時忘了茶湯，只得轉來拿去。大娘開門。〔李翠娥、莫可交同從下場門急上，作聽科，李翠娥作推莫可交下，隨作開門科，白〕你爲甚麽大驚小怪的？〔鬍鬍白〕忘記了拿茶，特來取討。〔李翠娥白〕你且住着，等我拿出來與你。〔作向下取茶，隨上，付鬍鬍科，白〕拿去。〔隨作關門科。鬍鬍白〕正是：註定三回轉，決不兩回休。〔從上場門下。莫可交仍從下場門上，隨意發諢科。李翠娥唱合〕無他(韻)，膽兒放穩(讀)，莫教驚怕(韻)。〔莫可交唱〕

【慶餘】險些露出風流話(韻)，〔李翠娥白〕我要問你，〔唱〕以後長情實共假(韻)？〔莫可交白〕我的娘，〔唱〕願和你夜去明來永不差(韻)。〔作出門科，李翠娥作閉門科，從兩場門各分下〕

第六齣　獻名姝陡驚獅吼（先天韻）

〔生扮董知白，戴員帽，穿圓領，繫鑾帶，從上場門上，白〕月華如水浸樓臺，天際銀河絶點埃。誰將萬斛金蓮子，撒向皇都五夜開。自家董知白便是。今日乃元宵佳節，你看花燈滿市，綵結鰲山。鳳隱碧梧，蘭麝香中花萬簇；龍吟玉樹，綺羅叢裏焰千株。高的高，下的下，燦燦熒熒，十里燈毬明似畫；來的來，去的去，挨挨擠擠，六街車馬湧如潮。〔内奏樂科，董知白白〕這壁厢吹的吹，擂的擂，珠履三千；那壁厢歌的歌，舞的舞，金釵十二。正是：誰家見月能閒坐？何處聞燈不看來？今日俺老爺不請别客，專請新收的門生臧霸會席。一應閒雜人等，不許通報。道言未了，都督爺出來了。〔雜扮四院子，各戴羅帽，穿道袍，繫鑾帶，引浄扮田希監，戴紗帽，穿蟒，束玉帶，從上場門上，唱〕

【黄鐘宫引・天仙子】抱漏挈壺遲下箭(韻)，虎豹九關宵不鍵(韻)。六街月上沸笙歌(句)，燈火遍(韻)，華堂讌(韻)，錦綺麝蘭香一片(韻)。〔中場設椅，轉場，坐科，白〕春風來海上，明月在天邊。燈火家家市，笙歌處處喧。俺鄜州都督田希監是也。隼旗虎帳，擁十萬之貔貅；鐵鎧金戈，值百六之板蕩。鄜州刺史臧霸，乃是李希烈腹心，拜俺門牆，深相結納。今日聊具杯酒，一則敘師生之情，二來藉他暗地交通希烈。當值的，〔董知白應科。田希監白〕臧爺到來，即忙通報。〔董知白作出門候科。丑扮臧霸，戴紗帽，穿圓領，束金帶，從上場門上。雜扮二家人，戴羅帽，穿屯絹道袍，隨上。臧霸唱〕

【黄鐘宮引·傳言玉女】燈綵新年(韻)，來赴五侯筵讌(韻)。〔白〕今日都督府中，大開燈宴，特召下官同席，只得早來伺候。〔向董知白白〕相煩通稟一聲。〔董知白白〕臧老爺，你也是朝廷的刺史，也還該自家尊重些纔是。〔臧霸白〕這也説不得了，種種還要求你作成作成。〔作遞銀包科，董知白白〕誰稀罕你的。〔臧霸白〕既然不要，我收了。只是還有一説，下官新近覓得一美色女子，教成歌舞，今日送與老爺。〔董知白白〕老臧，我家夫人不是好惹的。〔臧霸白〕我只要奉承老爺喜歡，那管夫人懊惱。〔董知白白〕如此待我通報。〔作進門科，白〕稟都督爺，臧刺史早來了。〔田希監白〕早來了，怎麽這等知趣？道有請。〔董知白作出門引臧霸，作進門科，二家人仍從上場門下。臧霸膝行科，白〕大都督，臧霸見。〔田希監起作扶科，場上設椅，各坐科，田希監白〕刺史，今日爲何來得恁早？〔臧霸白〕都督開筵，恐有驅使，以此早來伺候。〔田希監白〕我對你説，今日一來敘師生之情，二來因李令公是一方豪傑，刺史是他腹心，故以肝膽相託。〔各起，隨撤椅科，臧霸白〕門生覓得一件活東西，今日特來奉獻。〔田希監白〕什麽活東西？〔臧霸作近耳低語科，白〕門生呵，〔唱〕購嬌姿東鄰妙選(韻)，餘妍旖旎(句)，儘充得温柔名媛(韻)。更兼他舞態輕盈(句)，歌聲宛轉(韻)。〔白〕門生新得美人一名，喚做驚鴻，生得聰俊。在門生家中，請長安教坊名工教成歌舞，獻與都督老師侑酒。〔田希監白〕太費心了。〔場上設桌椅科，田希監白〕賢契，你雖是我門生，還是客坐。〔臧霸白〕都督老師説那裏話，門生怎敢？〔田希監白〕這等屈坐了。〔各坐科，田希監白〕起樂。〔四院子應科，内奏樂科，田希監白〕刺史。〔唱〕

【黄鐘宫正曲·絳都春序】纖雲浄捲(韻)，湧春宵玉輪(讀)，分輝節院(韻)。寶炬銀花(句)，照徹青霄光一片(韻)。紫簫蕩處情絲軟(韻)，綰引得春風如線(韻)。〔合〕此宵休負(句)，一杯在手(讀)，與君歡讌(韻)。

〔衆同唱〕

【又一體】堪戀(韻)，華燈綺席(句)，把雲母屏開(讀)，水晶簾捲(韻)。一片霞光(句)，隱約虹橋天半現(韻)。神仙富貴真堪羡(韻)，燈火下沉沉深院(韻)。〔合〕不知何處(句)，煖香温語(讀)，春風人面(韻)。〔田希監白〕臧老爺送來女子，可同家中女樂們一齊喚來侑酒。〔董知白應科，向内白〕臧老爺所進美人，並府中女樂們走動。〔雜扮院子，戴羅帽，穿屯絹道袍，繫鸞帶，引小旦扮驚鴻，戴過梁額，穿舞衣，從上場門上。雜扮十二女樂，各戴過梁額，穿舞衣，從下場門上。雜扮衆十番家童，各戴綫髮，穿採蓮衣，從兩場門分上，吹打十番科。院子白〕女樂到。〔仍從上場門下。驚鴻跪科，白〕驚鴻叩頭。〔田希監白〕起來。〔驚鴻起，衆女樂跪科，白〕女樂們叩頭。〔田希監白〕起去。〔衆起科，田希監作看驚鴻科，白〕果然好一箇女子。〔臧霸白〕這是門生一點孝心。驚鴻，你可用心進酒歌舞者。〔驚鴻作送酒畢，隨十番歌舞科。田希監白〕驚鴻進酒，衆女樂合舞一回者。〔衆女樂作合舞科，驚鴻作送酒科。衆女樂唱〕

【黄鐘宫正曲·侍香金童】花霧隱簾櫳(句)，香罨芙蓉面(韻)。今夜笙歌玳筵(韻)，人似方壺蓬島仙

(韻)。獻金巵粉黛争妍(韻)，舞霓裳月彩翩躚(韻)。一曲紅牙歌宛轉(韻)，〔合〕鶯聲低囀(韻)，鬟花微顫(韻)，怎消他態有餘妍(韻)。〔田希監白〕吩咐齊舞花燈，筵前侑酒。〔衆女樂從兩場門分下，持燈隨上，作合舞科，同唱〕

【又一體】渾似舞天花(句)，紅紫團成片(韻)。鳳蠟光摇畫筵(韻)，銀燕金凫諸色全(韻)。陡分開勢隔光聯(韻)，合將來月影團圓(韻)。一簇淩波嬌又軟(韻)，〔合〕燈闌河轉(韻)，月當人面(韻)，怎當他魆魆堪憐(韻)。〔田希監白〕妙嗄，衆女樂，各各有賞，去罷。〔衆家童、女樂從兩場門分下。田希監白〕那女子近前來。妙！果然舞羞飛燕，歌賽雪兒也。你多少年紀了？〔驚鴻白〕妾身十八歲了。〔丑扮夫人，戴鳳冠，穿氅，持家法，從上場門上。田希監、臧霸各起，隨撤桌椅科。田希監白〕不好了，夫人知道了。〔夫人白〕老奴才，你好樂呀。〔田希監跪科，白〕夫人，少存體面。〔夫人白〕屁的體面。我只當你宴帳下將官，你竟在這裏如此快樂。〔田希監白〕這都是門生悮我。〔夫人白〕誰是你門生？〔臧霸跪科，白〕門生見師母。〔夫人白〕倒是母獅哩！我且問你，放着你那官不做，拿女人來奉承人，好不識羞！我打箇滿堂紅罷。〔作趕打田希監、臧霸，隨意發諢科。衆同唱〕

【黄鐘宫正曲·滴溜子】河東吼(句)，河東吼(疊)，夫人怒譴(韻)。環堂走(句)，環堂走(疊)，老爺氣喘(韻)。可憐(讀)，花枝驚顫(韻)。〔夫人白〕老奴，你好嗄！〔唱合〕合當用大荆(句)，難容告免(韻)。鬧到天明(讀)，休想夢圓(韻)。〔田希監白〕夫人，請息怒，不要氣壞了。〔作跪科，唱〕

【黃鐘宮正曲・雙聲子】可憐見(韻)，可憐見(疊)，衰朽從來善(韻)。今偶然(韻)，今偶然(疊)，聊復烟花戀(韻)。〔白〕夫人嗄！〔唱〕你少年(韻)，我以前(韻)，〔合〕也曾竭趨承(讀)，這般那般(叶)。〔夫人白〕狗屁，倒扯下我來了。叫聽用官來。〔田希監白〕聽用官快來。〔董知白應科。田希監白〕用心聽夫人吩咐。〔夫人白〕你是董知白？〔董知白白〕小人是。〔夫人白〕我知道你平日是箇老成人，把這小賤人領到你家，速速轉賣他到遠方去。其餘女樂，也不許存留，一發散與沒女人的家丁去罷。〔董知白白〕小人理會得。〔田希監白〕快些領出去。〔董知白引驚鴻從下場門下，夫人指臧霸白〕你還不快走？再不許上門。〔臧霸叩頭科，白〕夫人息怒，如今臧霸理會得了。如今就只管奉承夫人了。〔夫人白〕狗官，快去罷！〔臧霸起科，仍從上場門下。夫人白〕我到裏頭去，慢慢的與你算賬。〔田希監起科，唱〕

【慶餘】魯陽戈誰能挽(叶)，歲歲年年不得安(叶)。〔夫人白〕你怨我麽？〔田希監白〕怎敢怨着夫人。〔唱〕但願百歲長承小杖歡(叶)。〔夫人、田希監各隨意發諢科，從下場門下，衆院子從上場門下〕

第七齣　悞殺傷歡喜冤家（東鍾韻）

〔小旦扮李翠娥，穿衫，從上場門上，唱〕

【商調引・遶池遊】情根恰種(韻)，猶恨擔虛恐(韻)，問幾時宴然同夢(韻)？〔生扮董知白，戴員帽，穿圓領，繫鑾帶，持燈籠，引小旦扮驚鴻，戴過梁額，穿舞衣，從上場門上。董知白唱〕娘行珍重(韻)，何須悲痛(韻)，暫盤桓自有荆妻陪奉(韻)。〔作引驚鴻進門科，向李翠娥白〕這位小娘子是臧刺史送與都督爺的，被夫人不容，叫我領出轉賣。你可用心陪伴，待明日稟過都督爺，自有着落。把娘子這一間卧房讓與小娘子權住，你就搬到我房中去罷。今日夜晚，我不便在家，到衙門中去宿了。〔李翠娥應科。董知白白〕小娘子，且請寬心，明日自有周全。〔作出門科，仍從上場門下。李翠娥作閉門科。場上設桌椅，内起更科，李翠娥白〕姐姐請坐。〔各坐科，李翠娥白〕姐姐，你的事情實是坎坷，今日燈前共對，何不把幽情細説一番。〔驚鴻白〕既承垂問，願剖衷情。〔唱〕

【商調正曲・二郎神】還擔恐(韻)，那河東果然兇勇(韻)。擬赴巫山雲雨夢(韻)，驚魂一晌(句)，妒花枝無賴春風(韻)。好教我一點靈犀何處通(韻)，猛可的思之腸痛(韻)。〔合〕恨無窮(韻)，却到今宵(讀)，愁苗乍

種心中(韻)。〔李翠娥白〕姐姐，你的苦楚，我都曉得。只是我的憂悶，却向誰言？〔唱〕

【商調正曲·集賢賓】燈前淚染襟袖紅(韻)，兩般恨一樣愁容(韻)。〔起，作泣科，唱〕何日鴛鴦同舊夢(韻)？那人兒蓬影萍踪(韻)。佳期懵懂(韻)，却像那橋空河迥(韻)。〔合〕心顫動(韻)，怪今夜艷情千種(韻)。〔内打二更科，場上左側設帳幔、桌椅科，李翠娥白〕夜已深了，待我領姐姐安置了罷。〔驚鴻虛白科，隨撤桌椅，李翠娥作持燈，引驚鴻進左側房門，隨閉門科。驚鴻白〕我好薄命也。〔唱〕

【商調正曲·黄鶯兒】愁坐小窗中(韻)，〔作脱衣科，唱〕卸春衫倚繡籠(韻)。〔白〕我與那都督呵，〔唱〕思將歌舞承新寵(韻)，知音幸逢(韻)，芳心正濃(韻)，奈狂飈驟雨摧殘重(韻)。〔合〕恨天公(韻)，那堪鎩羽(句)，飄泊任東風(韻)。〔作睡科。中場設帳幔、桌椅科，李翠娥作轉進中堂房門，置燈科，白〕今夜莫生想是不來了〔唱〕

【又一體】聽盡畫樓鐘(韻)，守更殘人未逢(韻)，欹斜鴛枕把香衾擁(韻)。〔白〕奴與莫生，須圖箇長久歡會纔好。〔唱〕歡娱務永(韻)，謀全始終(韻)，那時節阮郎逗破相思夢(韻)。〔白〕咳！今夜莫生偶然不來，奴便好孤悽也。〔唱合〕似孤鴻(韻)，天邊叫月，魂斷一聲中(韻)。〔唱〕

【慶餘】繡幃春暖誰人共(韻)？〔作睡忽驚起科，白〕呀！好作怪。幾番睡去，復又驚醒了，是何緣故？〔唱〕怎一霎時神魂驚恐(韻)。且吹滅銀釭，尋一箇夢裏逢(韻)。〔作復睡科。内打三更科，副扮莫可交，戴氈帽，紮包頭，穿窄袖，繫纏帶，帶火種，持刀，從上場門上，白〕事不關心，關心者亂。我莫可交，平日間殺人放火，原是長技。只因没奈何，寄食董知白家。與翠娘一番恩愛，也是前緣。如今我若不去害了董知白，他若曉得，必然要害我。主意已定，先將火種放在身旁，前去將這老賊一刀刺死，即便領着翠娘逃走。那時一把火焚其屋宇，自然人人都去撲救，誰來追我？好計。就此前去，舉行此事便了。來此已是，不免挨門而進。〔作撬門進到左側房聽科。驚鴻内作歎科。莫可交白〕這是翠娘的房内了。你聽嬌息微吁，想是睡着了。不要驚動他。〔作轉至中堂科，白〕這是董知白的房，想這老賊現在牀上。正是他死期已到了。不免推門直入。〔作進房殺死李翠娥科。丑扮鬍鬍，戴鬍鬍腦包，穿喜鵲衣，繫腰裙，從下場門上，白〕方纔睡去，聽我主人房中，甚麽響動？〔莫可交作忽值鬍鬍，隨殺死科，白〕且喜俱已被我殺死，不免放起火來，作速同着翠娘逃走罷。〔作出火種放火科，轉向左側房，作進門科，白〕四面火起，隨我逃命。〔隨負驚鴻作出門科，從下場門下。董知白持燈籠，從上場門急上，唱〕

【南吕宫正曲・東甌令】騰騰焰(句)，滿城紅(韻)，〔白〕那裏説起，夜半三更，有人來報，説家中失火，不免急急前去。〔唱〕性急投西復向東(韻)。〔白〕造化，火倒息了。鬍鬍那裏？〔作被絆跌，隨起，持燈籠照看科，白〕不知何人，將小廝殺在此處。娘子——。娘子也被人殺死了！〔作尋叫驚鴻科，白〕小娘子——。好奇怪，小娘子也不見了，這怎麽處？〔唱〕天殃陡降心驚恐(韻)，聽一派人聲哄

(韻)。〔合〕好似阿房一炬盡成空(韻)，心狠楚重瞳(韻)。〔白〕也罷，且把這死屍移過一邊，再做道理。〔作向下唤科，白〕衆位鄰舍快來。〔雜扮衆鄰居，各戴氊帽，穿各色道袍，從兩場門分上。董知白虚白，命衆扛二屍從下場門下，隨上。衆虚白，仍從兩場門分下。董知白白〕我不免連夜報知都督老爺去。〔從下場門急下。雜扮四番役，各戴鷹翎帽，穿窄袖、卒褂，佩刀，持火把、燈籠，引净扮巡夜官，戴卒盔，穿中軍鎧，佩刀，執令箭，從上場門急上。衆同唱〕

【又一體】嚴巡夜(句)，掛刀弓(韻)，令箭高擎走似風(韻)。〔巡夜官白〕該地方聽者，都督大老爺有令，吩咐早閉柵欄，不許夜行。〔唱〕沿街閉柵休寬縱(韻)，如遇着嚴拿送(韻)。〔白〕咦，遠遠看見有人走來了。手下的，與我快些追上去。〔衆應，遶場科，同唱合〕城門鎖鑰密重重(韻)，來往勿通融(韻)。〔同從下場門下。莫可交負驚鴻從上場門急上，唱〕

【南吕宫正曲·金錢花】疾忙走似飛風(韻)、飛風(格)，到處嚴禁難容(韻)、難容(格)。〔白〕不好了。看前邊無路可行，後邊追趕甚緊，翠娘，我也顧不得你了。〔驚鴻白〕我不是甚麽翠娘。〔莫可交作殺死驚鴻科，唱〕一身逃出是非叢(韻)。〔作棄刀科，唱合〕都除却(讀)，不留踪(韻)。心地好(讀)，仗天公(韻)。〔急從下場門下。董知白持燈籠，從上場門急上，唱〕

【又一體】一天禍降從空(韻)、從空(格)，耳邊聽得喧閧(韻)、喧閧(格)。〔作被絆跌科。四番役引巡夜官從上場門急上，同唱〕手提都督大燈籠(韻)。〔作見董知白科，衆同白〕夜半三更，在此做甚？原來殺死一箇婦人在此，況有兇器現在，快拿去見都督老爺。〔董知白白〕我是都督衙門聽用官，正要見都督老爺的，你們何須如此。〔巡夜官白〕這箇我總不管，且解到都督老爺處，以憑發放便了。〔衆應科，同唱合〕拿獲了㊟，莫寬容㊓。都解去㊟，聽天公㊓。〔同從下場門下〕

第八齣　錯判斷糊塗官府（真文韻）

〔雜扮四軍牢，各戴軍牢帽，穿窄袖，繫軍牢裙，持刑杖。雜扮四將官，各戴將巾，穿蟒、箭袖、排穗，持刀。雜扮二中軍，各戴中軍帽，穿中軍鎧，佩刀。引浄扮田希監，戴金貂，穿蟒，束玉帶，從上場門上，唱〕

【仙吕宫引·番卜算】身顯賴皇恩(韻)，節鉞專司閫(韻)。一聲咳唾變風雲(韻)，遐邇都驚震(韻)。

〔場上設公案、虎皮椅，轉場，入座科。雜扮差官，戴將巾，穿蟒、箭袖、排穗，持公文，從上場門上，白〕投文人告進。〔衆白〕進來。〔差官作進門呈公文，中軍作接呈田希監看科。差官白〕奉李令公將令，今因李希烈背恩反叛，着傳與都督爺，各處關津隘口，俱要添兵把守，不可怠緩。〔田希監白〕曉得了。且在外廂候領回文。〔差官應科，從下場門下。浄扮巡夜官，戴卒盔，穿中軍鎧，執令箭，從上場門上，白〕巡夜官告進。〔衆白〕進來。〔巡夜官作進門科。田希監白〕巡夜官，我着你去救火，想是即時撲滅了，可曾傷人否？〔巡夜官跪科，白〕巡夜官有事禀上老爺。〔田希監白〕有甚事，起來禀。〔巡夜官起科，白〕昨夜三更時分，小官巡至南城呵，〔唱〕

【仙吕宫正曲·園林好】見南城祝融起氛(韻)，四望裏霧塞雲屯(韻)。有一人踉蹌行近(韻)，〔合〕持兇器殺傷人韻，持兇器殺傷人疊。〔白〕卑職正往南城救火，見一人將一女子殺死在地。上前細看，原來就是標下武弁。拿到臺前，聽候發落。〔田希監白〕既是我標下屬員，如何不知法度？帶他上來。〔巡夜官作出門向下喚科。雜扮二番役，各戴鷹翎帽，穿窄袖、卒褂，帶生扮董知白，戴髮網，穿道袍，繫腰裙，從上場門上。巡夜官引進門科。巡夜官、二番役同從上場門下。田希監白〕原來就是董知白麽？你一向効用轅門，素稱醇樸，爲何犯夜殺人，是何道理？可從實説上來。〔董知白跪科，白〕老爺聽禀。〔唱〕

【仙吕宫正曲·江兒水】寒舍遭回禄句，中心先自焚韻。〔田希監白〕那失火的，原來就是你家麽？〔董知白唱〕匆忙歸去將人問韻。本爲惶惶心着緊韻，誰知二人身命先傾殞韻。〔田希監白〕敢是火内燒死了人？〔董知白白〕小人家中，並無别人，只有一妾，與一髫鬌小厮，俱不知被何人殺死在地。〔田希監白〕你平日敢有甚麽冤讐麽？〔董知白唱〕平日並無讐恨韻。〔田希監白〕昨日夫人叫你領回去的人呢？〔董知白白〕老爺，〔唱合〕正在尋踪句，要問取佳人音信韻。〔白〕小人急忙尋取昨日的女子，不料行到中途，忽然絆倒。那女子，〔作住口哭科，田希監虚白，董知白白〕那女子，也不知被何人殺死在半路裏了。〔田希監作怒科，白〕咗！我曉得了，不姦不殺。决是那女子與你有私，却被你家人瞧破。你恐怕姦情敗露，所以就把那兩人殺死，你却同他欲避他方，不料途中被我巡夜官追上，只得又將女子殺了，以滅其口。〔董知白白〕爺爺冤枉。〔田希監白〕情實罪當，你還有何分辯？中軍，你同鄜州刺史速往相驗身屍回報。〔一中軍應科，從上場門下。田希監白〕左右，將董知白

重打四十。〔衆作行杖科。董知白唱〕

【仙呂宫正曲・五供養】青天頂近(韻)，這屈情由(讀)好沒來因(韻)。〔田希監唱〕你故將兇意逞(句)，要占美紅裙(韻)。〔董知白唱〕忠誠服役(句)，豈愛色行兇人品(韻)。〔田希監白〕你不愛色，倒笑我愛色，明明是箇兇徒。左右，與我拶起來。〔衆作上拶科。董知白白〕爺爺，若罪小人不小心，將領去女子被人殺死，情願認罪。若説姦殺，斷斷不敢認。〔唱合〕不合雙遭害(句)，情願罪單身(韻)。問成淫殺(讀)，難稱平允(韻)。〔中軍從上場門上，作進門科，白〕卑職同臧刺史到董知白家下，相驗李氏，殺在房中；小厮禿子，殺在門外。有一箇女子殺在半路，臧刺史認得，是他昨日送來的女子。〔田希監白〕我料得不錯。你這狗才，昨日領了我的女子去，就起這樣不良之心，可恨！〔董知白白〕爺爺，〔唱〕

【仙呂宫正曲・玉嬌枝】再求明訊(韻)，這情由全沒本根(韻)。全家兩命都陪殉(韻)，何曾有執證親鄰(韻)。伶仃一身久賴恩(韻)，忠誠矢答原安分(韻)。〔合〕望恩臺須將枉伸(韻)，〔白〕阿呀爺爺嘎！〔唱〕論明刑須察覆盆(韻)。〔田希監白〕我好好一箇女子，被你殺死，倒笑我不能明刑。左右的，與我敲。

〔衆作敲科。董知白唱〕

【仙呂宫正曲・川撥棹】難逃遁(韻)，虎方剛怒正嗔(韻)。禍根苗起自夫人(韻)，禍根苗全在佳人(疊)，這其間百口難分(韻)。〔田希監白〕你這狗才，原圖自家歡樂，〔唱合〕又誰知翻自焚(韻)，到如今受苦辛(韻)。〔白〕放了拶。〔衆作鬆拶科。田希監白〕問他可招？〔董知白白〕冤枉難招。〔田希監白〕看短夾

棍夾起來。〔董知白白〕受刑不過，願招。〔田希監白〕快些畫供。〔一中軍付紙筆科。董知白唱〕

【又一體】欲待招承一命淪(韻)，欲待不招奈刑逼身(韻)。好教人進退無門(韻)，好教人進退無門(疊)，這其間如何處分(韻)？〔合〕盼天呵天也昏(韻)，叫地呵地不聞(韻)。〔白〕畫了罷！〔作畫供科。中軍呈遞供詞科，白〕畫供畢。〔田希監白〕凶器貯庫，罪人押赴軍牢中，不許放人進監看視。〔丑扮禁子，戴棕帽，穿窄袖，繫肚囊，從上場門上，作進門科，白〕當堂上鎖。〔田希監出座，從下場門下，隨撤公案、虎皮椅科，衆從兩場門分下，禁子帶董知白作出門科。董知白唱〕

【慶餘】萬般苦楚都嘗盡(韻)，誰誦周官三訊(韻)？公論應傳弔屈文(韻)。〔同從下場門下。雜扮四將吏，各戴將巾，穿蟒、箭袖、排穗，執旗。雜扮四功曹，各戴功曹帽，穿雁翎甲，掛年月日時牌。雜扮二判官，各戴判官帽，穿圓領，束角帶，執筆、簿。引雜扮採訪使者，戴嵌龍幞頭，穿蟒，束玉帶，從上場門上，唱〕

【雙調正曲·鎖南枝】停雲駕(句)，臨鉞門(韻)，奇冤可憐陷正人(韻)。〔白〕原來田希監屈陷董知白以殺人之罪。〔唱〕我欲施法救無辜(句)，也是他命應遭厄運(韻)。〔白〕那董知白今生雖則無罪，前世却合遭刑。只是田希監枉害平人，功曹、將吏，可登記明白。〔一判官作書簿科。採訪使者白〕昨日在三天門下，公議叛案，田希監亦是數內之人，將來自有報應。且往別處巡察一番。〔衆應，遶場科，同唱合〕這果報(句)，却有因(韻)。安排得(句)恁般准(韻)。〔同從下場門下〕

第九齣　勸凡心空門水月（古風韻）

〔小旦扮尼静虚，戴尼姑巾，穿水田氅，繫絲縧，帶數珠，持拂塵，從上場門上，唱〕

【四平調曲・頌子】削髮爲尼實可憐(韻)，禪燈一盞伴孤眠(韻)。光陰易過催人老(句)，辜負青春美少年(韻)。南無佛(格)，阿彌陀佛(格)。〔中場設椅，轉場，坐科，白〕三千禪覺侶，十八女沙彌。應似仙人子，花宫未嫁時。小尼静虚，自入菴門，謹遵師教。每日看經念佛，不敢閒遊。誰想塵心未斷，俗念頓生，對此佳景，令人感傷。今日師傅、師兄俱已下山去了，奴家獨自看守山門。正是：寂静禪房無箇伴，鳥啼花落有誰憐？不免將我出家的光景，摹想一番則箇。〔起，隨撤椅科，唱〕

【四平調曲・山坡裏羊】小尼姑(讀)年方十八(韻)，正青春(讀)被師傅削去了頭髮(韻)。每日裏(讀)在佛殿上燒香換水(句)，見幾箇(讀)子弟們遊戲在山門下(韻)。他把眼兒瞧着咱(韻)，咱把眼兒覷着他(韻)。他與咱(韻)，咱與他(韻)，兩下裏都牽掛(韻)。冤家(韻)，怎能彀成就姻緣(句)，就死在閻王殿前(句)，由他把碓來舂(句)、鋸來解(讀)、磨來挨(讀)，放在油鍋裏煠(韻)。由他(韻)，則見那箇活人受罪(句)，那曾見死鬼帶枷(韻)。由他(韻)，火燒眉毛(讀)，且顧眼下(韻)；火燒眉毛(讀)，且顧眼下(疊)。〔場上設桌椅，上設經卷、木魚科，静虚白〕記得當初，在爹娘身畔，插柳穿金，梳得光油油的頭兒，穿得紅拂拂的襖兒，圍繞膝前，何等歡喜。今日削髮爲尼，你道却爲何因？〔唱〕

【四平調曲・初轉採茶歌】則因俺父好看經(句)，俺娘親愛念佛(韻)。暮禮朝參(讀)，燒香供佛(韻)。生下我來疾病多(韻)，因此上把奴家(讀)捨入在空門(讀)爲尼寄活(韻)。與人家追薦亡靈(句)，不住口念着彌陀(韻)。只聽得鐘聲佛號(句)，不住手擊磬摇鈴(句)，擊磬摇鈴(讀)，擂鼓吹螺(韻)，平白地(讀)與地府陰司(讀)做功果(韻)。〔入桌坐科，唱〕

【四平調曲・二轉杜鵑花】多心經都念過(韻)，孔雀經參不破(韻)。惟有蓮經七卷(讀)，是最難學(句)，喈師傅(讀)在眠裏夢裏都教過(韻)。念幾聲南無佛(韻)，哆呾哆(韻)，薩摩訶(韻)，般若波羅(韻)。念一聲彌陀(韻)，恨一聲媒婆(韻)。念一聲娑婆訶(韻)，叫一聲没奈何(韻)。念幾聲哆呾哆(韻)，怎知我感歎還多(韻)。〔出桌，隨撤桌椅科，白〕展轉思量，心中焦躁，不免到迴廊下散步一回，多少是好。〔唱〕遶迴廊散悶則箇(韻)，遶迴廊散悶則箇(疊)。〔白〕轉過迴廊下，又到佛堂前。你看那些羅漢，面貌不同，神情各别，塑得來好不蹊蹺也。〔唱〕

【四平調曲・三轉哭皇天】又只見那兩旁羅漢(句)，塑得來有些傻角(韻)。一箇兒抱膝舒懷(讀)，口兒裏念着我(韻)。一箇兒手托香腮(讀)，心兒裏想着我(韻)。一箇兒眼倦開(讀)，朦朧的覷着我(韻)。惟有布袋羅漢笑呵呵(韻),他笑我時光錯(句),光陰過(韻),有誰人(句)、有誰人(讀)肯娶我這年老婆婆(韻)。降龍的惱着我(韻),伏虎的恨着我(韻)。長眉大仙愁着我(韻),愁我老來時(讀)有甚麽結果(韻)。〔內奏樂科,静虛白〕門外鼓樂聲喧,不免到高阜之處,偷覷則箇。〔雜扮六局人,各戴紅氊帽,穿箭袖,繫搭包,披紅氊。雜扮二燈夫,各戴紅氊帽,穿窄袖,執燈。雜扮二院子,各戴羅帽,穿屯絹道袍,繫鸞帶。雜扮八吹手,各戴紅氊帽,穿窄袖,繫搭包,執樂器。丑扮儐相,戴儐相帽,穿藍衫,披紅。副扮媒婆,穿老旦衣,披紅。雜扮四轎夫,各戴紅氊帽,穿箭袖、轎夫衣,擡花轎。小生扮新郎,戴巾,穿道袍,騎馬。同從上場門上,遶場科,從下場門下。静虛白〕原來是山下人家娶親的。前面綵旗鼓樂,人從跟隨,這時節新人乘轎,新郎騎馬,到晚間歸了洞房,不知作出什麽事來。我想人生在世,男大當婚,女長須嫁,夫妻會合,禮所當然。偏我静虛呵,〔唱〕

【四平調曲·四轉香雪燈】佛前燈(讀)做不得洞房花燭(句),香積厨(讀)做不得玳筵東閣(韻)。鐘鼓樓(讀)做不得望夫臺(句),草蒲團(讀)做不得芙蓉軟褥(句),我本是女嫦娥(韻)。又不是男兒漢(句),爲何腰繫黄絛(句),身穿皂袍(句),見人家夫妻們灑落(韻),一對對著錦穿羅(韻)。天那,不由人心熱如火(韻),不由人心熱如火(疊)。〔白〕先前凡心難起,看了這樣光景,我也把不住了。且喜師傅、師兄都已出去,不免逃下山去,尋箇終身結果,快活這下半世,有何不可? 有理。〔唱〕

【四平調曲·風吹荷葉煞】我把袈裟扯破(韻),賣了藏經(讀),棄了木魚(讀),丢了鐃鈸(韻)。學不得

(讀)羅刹女去降魔(韻)，學不得(讀)南海水月觀音座(韻)。夜深沉獨自卧(韻)，起來時獨自坐(韻)。有誰人孤恓似我(韻)，似這等削髮緣何(韻)？恨只恨(讀)説謊的僧胡做(韻)，那裏有(讀)天下園林樹木佛(韻)，那裏有(讀)枝枝葉葉光明佛(韻)，那裏有(讀)江湖兩岸流沙佛(韻)，那裏有(讀)八萬四千彌陀佛(韻)？從今去(讀)將鐘樓佛殿遠離却(句)，下山去(讀)尋一箇年少的哥哥(韻)。憑他打我(韻)、罵我(韻)、説我(韻)、笑我(韻)，一心不願成佛(韻)，不念彌陀(韻)、般若波羅(韻)。但願生下一箇小孩兒(句)，却不道是(讀)快活殺了我(韻)。

〔從下場門下〕

第十齣　墮戒行禪榻風流(古風韻)

〔丑扮僧本無，戴僧帽，穿僧衣，繫絲絛，帶數珠，持拂塵，從上場門上，唱〕

【四平調曲・頌子】青山影裏塔重重(韻)，南無(格)，一逕斜穿十里松(韻)，南無佛(格)，阿彌陀佛(格)。春來萬紫共千紅(韻)，南無(格)，春去園林一夜風(韻)，南無佛(格)，阿彌陀佛(格)。前日是兒童(韻)，今朝是老翁(韻)，南無(格)，人不風流總是空(韻)，南無佛(格)，阿彌陀佛(格)。〔中場設椅，轉場，坐科，白〕林下曬衣嫌日淡，池中濯足恨魚腥。靈山會上三千寺，天竺求來萬卷經。自家從入沙門，謹遵師訓。每日裏撞鐘擂鼓，掃地焚香，學科寫字，十分辛苦。今日師傅、師兄俱下山赴齋去了，我一人在此看守家中。不免往山門外，遊耍一番，有何不可？〔起，隨撤椅科，白〕你看果然好景致也。〖西江月〗對對黃鸝送巧，雙雙紫燕銜泥。穿花蝴蝶去還回，蜂採花鬚釀蜜。陣陣落花隨水，聲聲杜宇催歸。不如歸去我曾知，争奈欲歸猶未。山門外的景致，不過如此，不免將我從小出家的苦楚，倒要編他一套曲子唱唱了。不是嗄，這是我們老師傅代代傳下來的。〔唱〕

【雙調集曲・江頭金桂】【五馬江兒水】(首至五)自恨生來命薄(韻)，襁褓裏懨懨疾病多(韻)。〔白〕我想人家受苦的也有，也有老來受苦，中年受苦，再不然十來歲上就受苦，誰似我和尚，在那娘肚子裏就苦出來了。〔滾白〕諸人命苦誰似我，孤辰戀照入空門。我還在襁褓裏懨懨疾病多，因此上爹娘憂慮。〔白〕我那母親疼子之心，無所不至。請了箇算命先生，將我八字推算推算。那先生就猶如活見鬼的一般。他說道：令郎的八字混雜，須要更名改姓，纔養得大。〔滾白〕他道我命犯孤魔，三、六、九歲，其實難過。〔白〕我那爹娘，就起了這箇念頭。〔唱〕送我向空門削髮(句)，燒香奉佛(韻)，這其間也則是没奈何(韻)。〔白〕我如今埋怨也遲了。當初我那師傅也曾說過。他說：徒弟，不要出家，出家人有許多難處。我說道：師傅，徒弟既來出家，不過是念佛看經，學科寫字，有甚麼難處？我那師傅說：我的兒，你那裏曉得。〔滾白〕香醪美酒應無分，紅粉佳人不許瞧。雪夜孤眠寒悄悄，霜天削髮冷蕭蕭。〔唱〕【金字令】（五至九）受盡了萬難千磨(韻)，許多折挫(韻)。〔作忽哭復笑科，白〕非是我又哭又笑，笑有所因，哭有所謂。我這出門，每逢朔望大開，山下婦女前來降香。內中有一箇婦人，生得十分輕狂。他把手兒這等插着，屁股兒撅着，嘴兒尖着。「喲，你們大家等我一等」，我和尚一見，把魂都掉了，一夜也不曾睡着。次日清晨起來，臉皮也瘦了，眼眶也瞘了。被我那師傅看破，叫了聲「本無，我把你這畜生。你一進我這山門來，肥肥胖胖的一箇和尚，如今弄的來臉皮也瘦了，眼眶都瞘了，想是你動了慾念。只該一頓亂打，趕下山去」。我慌忙的跪下。我說：「師傅，徒弟既來出家，不過是念佛看經，學科寫字，並無甚麼雜念。徒弟如今離着天，只有三寸半了。」我師傅説：「分明被我看破，還在這裏遮掩。收拾經擔，隨我下山。」不多一時，到了一箇人家，上面掛了三尊佛像，打了幾下鼓，撞了幾下鐘。那人家走出許多大大小小、男男女女，標標致致，都打我和尚眼皮兒底下經過。我和尚一見，把念頭又動了。〔唱〕偏我饞眼明明看見(句)，俊俏嬌娥(韻)，〔滚白〕果然是臉如桃花，鬢似堆鴉，十指纖纖，金蓮三寸，傾國傾城。且莫説凡間女子，〔唱〕就是月裏嫦娥也難賽他(韻)。〔滚白〕因此上心頭牽掛，爲甚的朝朝暮暮，撇他不下？歸家來也只是念彌陀，木魚敲得聲聲響，我的意馬奔馳怎奈何？〔白〕住了！難道爲了箇婦人，只管想，想癡了不成？想我那師傅，銀錢最多，不免偷些，逃下山去，養出頭髮，娶一房媳婦，生男長女，豈不是好？就是這箇主意。〔滚白〕我把僧房封鎖，脱了袈裟，從此丢開三昧多。〔丢拂塵科，白〕非是我背義私逃，做和尚的没妻没子，〔唱〕【桂枝香】（七至末）只恐怕終無結果(韻)。〔白〕僧房道院，不是好所在，分明是陷人坑。〔滚白〕我將這陷人坑，〔唱〕從今打破(韻)。〔合〕漫延俄(韻)，劉郎採藥桃源去(句)，未審仙姬得會麽(韻)？〔隨意發諢科，從下場門下〕

第十一齣　僧尼山下戲調情（古風韻）

〔小旦扮尼静虛，戴尼姑巾，穿水田鑒，繫絲絛，帶數珠，持拂塵，從上場門上，唱〕

【仙吕宫正曲·步步嬌】離了菴門來山下（韻），善念從今罷（韻）。行行徑路差（韻），忽聽得鴉鵲齊鳴（句），心中疑訝（韻）。〔合〕此去恐有波查（韻），由不得擔驚怕（韻）。〔丑扮僧本無，戴僧帽，穿道袍，帶數珠，從下場門上，白〕怕甚麽，有我和尚在這裏。優尼何來？〔静虛白〕小尼在仙桃菴來。〔本無白〕往那裏去？〔静虛白〕往母家去。〔本無白〕你我出家之人，不認族也，説甚麽母家。〔静虛白〕諾。人以兼愛，病我釋家之流。我今探問母親，正是「愛無差等，施由親始」之意也，上人休得見誚。〔本無白〕説得有理。〔静虛白〕敢問上人何來？〔本無白〕小僧從碧桃菴來。〔静虛白〕往那裏去？〔本無白〕下山抄化。〔静虛白〕人以遊手遊食，病我釋氏之流。上人在山，自食其力可也，何用抄題？〔本無白〕諾。古人云：養兒代老，積穀防饑。我今師傅有病在山，命我下山抄化。正是「子路負米」之意也，優尼休得見誚。〔静虛白〕説得有理。〔唱〕

【四平調曲·頌子】尼姑下山爲母親（韻），〔本無唱〕和尚下山爲師尊（韻）。〔静虛唱〕正是相逢不下馬(句)，〔本無唱〕前程各自奔(韻)。南無阿彌陀佛(格)。〔作看静虛科。静虛白〕瞧甚麽？〔本無白〕不是我瞧你，我後面有箇小和尚，故此望望他。〔静虛白〕原來如此。〔本無唱〕

【又一體】各人心事各人知(韻)，〔静虛唱〕你往東兮我往西(韻)。〔本無唱〕當初指望成佛教(句)，〔静虛唱〕惹動春心各自歸(韻)。南無阿彌陀佛(格)。〔作看本無科。本無白〕起先説我瞧你，你如今怎麽看着他？〔静虛白〕不是我瞧你，我後面也有箇小尼姑，故此望他望。〔本無白〕你後面也有小尼姑？這等説我錯怪了你了。南無阿彌陀佛。〔静虛從下場門下。本無白〕〖西江月〗忽見優尼容貌，傾城傾國堪誇。陡然遍體盡酥麻，心癢令人難抓。海島觀音怎賽，月宫仙子無差。若不去時將他摟抱在山窪，管取一場戲耍。想他去不遠，我不免急急趕上去。〔亦從下場門下。静虛從上場門上，白〕〖西江月〗忽見風流和尚，聰明俊雅温和。手中雖把數珠摩，口念經文無錯。百樣身軀扭捏，一雙俊眼偷睃。牛郎有意弄金梭，不敢分明説破。此間一所古廟，不免在此假做燒香，諒他畢竟還來也。〔作進廟科。本無從上場門上，白〕任你走上焰摩天，足下騰雲須趕上。來此一所古廟，想他必在裏面，不免進去看來。〔作進廟科，白〕優尼。〔静虛白〕叫甚麽？〔本無白〕不是我叫你，我方纔後面來，有箇小尼姑，哭哭啼啼，想是尋你的。〔静虛白〕没有甚麽小尼姑。〔本無白〕你説有箇小尼姑。〔静虛白〕我方纔説的小尼姑麽，這是哄你和尚的。〔本無白〕哄我和尚的？〔静虛白〕我方纔來見箇小和尚，哭哭啼啼，想是尋你的。〔本無白〕小和尚？没有甚麽小和尚。〔静虛白〕你説有箇小和尚，怎麽没有？〔本無白〕你那小尼姑是哄我的，我這小和尚還是要你的。〔静虚白〕我實對你説罷，我是逃下出來的。〔本無白〕怎麽你是逃下山來的？我還是溜下山來的。〔静虚白〕豈不聞從仙桃菴來？〔本無白〕豈不聞從碧桃菴來？〔静虚白〕仙桃也是桃，碧桃也是桃，你我二人，都是桃之夭夭。〔本無白〕既曉得「桃之夭夭」，當曉得「其葉蓁蓁」。你做箇「之子于歸」，我和你「宜其家人」。〔静虚白〕地方。〔本無白〕啐！此乃古廟之所，那有地方？〔静虚唱〕

【南吕宫正曲・一江風】謾輕狂（韻），敢把春心蕩（韻），果然是膽大天來樣（韻）。〔白〕可知你墨名儒行，〔唱〕你是箇獸心腸（韻），不守三皈（句），不畏四知（句），五戒何曾講（韻）。〔合〕笑伊不忖量（韻），笑伊不忖量（疊），料此事焉容强（韻），羞殺你騷和尚（韻）。〔本無唱〕

【又一體】見嬌娘（韻），〔滚白〕世間女子，見過有萬萬千千，何曾遇着這嬌娘。〔唱〕見嬌娘頓使我神魂喪（韻）。〔静虚白〕這豈是你我出家人做的事？〔本無唱〕論神仙自古多情況（韻），〔静虚白〕那有這等神仙？〔本無唱〕那襄王（韻），與神女暮暮朝朝（句），爲雨爲雲（句），總在陽臺上（韻）。〔静虚白〕也不是甚麽好名聲。〔本無唱合〕他到今名顯揚（韻），到今名顯揚（疊）。你何須苦自防（韻），〔静虚白〕只怕菩薩也不容你。〔本無白〕難道佛爺、菩薩都是撒把種兒種出來的不成？〔滚白〕那大菩薩、小菩薩，也都是爹娘養。一見你嬌模樣，頓使我神魂蕩。〔唱〕休得要裝模樣（韻）。〔静虚白〕没奈何，你起來罷。我和你一路而行，誰不曉得是和尚、尼姑背師私逃的？你且先行幾步，只説是抄化的。我在後面徐行，只説往母家探問。待夜晚之時，無人知覺，尋箇僻静所在，相會便了。〔本無白〕説得有理，我不免前去。〔從下場門下。静虚唱〕

【四平調曲・頌子】男有心兮女有心(韻)，那怕山高水又深(韻)。約定夜深尋僻處(句)，有心人會人有心(韻)。南無阿彌陀佛(格)。〔從下場門下。本無虚白從上場門上，白〕來此一道河，這怎麼過去？有了，脱了靴子過去。〔作虚白脱靴過河科，白〕把靴子又忘了來了，説不得再過去取。〔復作過河科，白〕這靴子放在那裏好？有了，銜在嘴裏。〔復作過河科。静虚從上場門上，白〕師傅，師傅。〔本無白〕我只道你已過河了，怎麼纔來？〔静虚白〕這等我回去了。〔本無白〕不要去，我就過來。〔復作過河科。静虚白〕怎麼樣過去？〔本無白〕説不得，我馱你過去。〔虚白負静虚作過河科，白〕待我穿上靴子。這裏四顧無人，我與你拜拜天地。〔同作拜天地科，唱〕

【中吕宫正曲・駐雲飛】前世前緣(韻)，此日相逢豈偶然(韻)。〔本無唱〕喜見多嬌面(韻)，得遂三生願(韻)。嗏(格)，〔静虚唱〕你我兩心堅(韻)，恩情不淺(韻)。肉體相偎(讀)，恨不得團成片(韻)。〔本無白〕我且問你，你叫甚麽？〔静虚白〕我叫做没奈何。〔本無唱合〕你是没奈何撞着我歪廝纏(韻)。〔各隨意發諢科，同從下場門下〕

第十二齣　婢僕園中謀瘞骨（古風韻）

〔旦扮劉氏，穿氅，從上場門上，唱〕

【黄鐘宫引・疎影】春光易謝(韻)，聽枝頭杜鵑(讀)，聲聲啼血(韻)。滿院槐風(句)，一庭莎雨(句)，又見梨花飛雪(韻)。〔中場設椅，轉場，坐科。小旦扮金奴，穿衫、背心，繫汗巾，從上場門上，唱〕看丁香雨後幾枝斜(韻)，那愁腸爲誰寸結(韻)？人生須信(句)，美酒佳餚(句)，還當歡悦(韻)。〔劉氏白〕〖踏莎行（前段）〗驟雨摧花，狂風吹絮，天涯芳草春將暮。凭欄幾度暗傷情，茫茫愁思渾無據。〔金奴白〕〖踏莎行（後段）〗鵲唤春來，燕銜春去，流鶯百囀疑如訴。斜陽庭院落紅多，殘春應是留難住。〔劉氏白〕小官人往會緣橋濟貧去了，想我光陰有限，可歎，可歎，可歎！〔金奴白〕安人，有福之人，不得安享富貴榮華，受制於人，實爲可歎。〔劉氏唱〕

【商調正曲・黄鶯兒】杜宇苦悲啼(韻)，促風花片片飛(韻)，鳥聲物色這都是傷春意(韻)。感時换移(韻)，令人慘悽(韻)，只落得蕭蕭華髮多憔悴(韻)，〔白〕小官人呵，〔唱合〕念阿彌(韻)，熬清守淡(句)，不顧奉慈幃(韻)。〔金奴唱〕

【又一體】日月苦奔馳(韻)，似長江急浪催(韻)，〔白〕人生在世，有少必有老，老了難得小，此乃理之當然。〔唱〕可笑看經念佛成何濟(韻)。〔白〕老安人，〔唱〕不用歎息(韻)，須當主爲(韻)，論養身還是膏粱味(韻)。〔白〕小官人呵，〔唱合〕念阿彌(韻)，熬清守淡(句)，不顧奉慈幃(韻)。〔劉氏白〕念佛喫齋，明知是謬，但員外吩咐如此，孩兒又不忍違，所以遲遲耳。金奴，小官人不在家中，所殺犧牲，那些骨頭，原在倉內，你可與安童擡到後花園中，好生埋了。〔金奴白〕曉得。安童那裏？〔小生扮安童，戴羅帽，穿屯絹道袍，繫鑾帶，從上場門上，白〕忽聞堂上喚，忙步到堦前。老安人有何吩咐？〔劉氏白〕小官人不在家中，所殺犧牲，那些骨頭，原在倉內，你可與金奴擡到後花園中，好生埋了。〔唱〕

【商調集曲・公子穿皂袍】【黃鶯兒】（首至合）聽我説因依(韻)，即忙行不可遲(韻)。〔白〕你兩人呵，〔唱〕一齊同去須着意(韻)，往花園僻地(韻)，將骨頭埋起(韻)，管教踪跡難尋覓(韻)。〔安童、金奴同白〕我等曉得。〔唱〕【皂羅袍】（合至末）挖開土泥(韻)，深埋土裏(韻)，休留踪跡(韻)，被談是非(韻)。〔金奴白〕老安人，這骨頭不埋他也不妨，終不然還怕小官人和益利這老狗才不成？〔劉氏白〕不是，埋了之時呵，〔唱〕免教母子傷和氣(韻)。〔從下場門下。安童、金奴隨下。場上設桌椅科，走場人扛丑扮土地，戴巾，穿土地氅，繫絲縧，持拂塵，從上場門上，入桌坐科；復扛雜扮判官，戴判官帽，穿蟒、箭袖、卒褂，執筆、簿；復扛雜扮小鬼，戴鬼髮，穿蟒、箭袖、卒褂，各從兩場門分上，立科。安童、金奴作擔筐持鍬，同從上場門上，唱〕

【仙吕宫正曲・皂羅袍】奉命休教遲滯(韻)，比埋胔掩骼(讀)，事略差池(韻)。〔内作鬼聲科，金奴白〕是那裏鬼叫？〔安童白〕是鵓叫。〔金奴白〕分明是箇鬼叫。〔安童白〕自古道：疑心生暗鬼。青天白日，那裏有鬼叫？〔金奴唱〕忽聞耳畔鬼聲啼韻，使咱心下多驚畏韻。〔安童白〕就是這裏埋罷。〔同作挖土埋骨科，唱合〕挖開土泥韻，深埋土裏韻。〔金奴白〕不該埋在土地面前。〔安童白〕金奴姐，我和你商議，如今將這土地神像與判官小鬼，一併丢他在金魚池裏，你道好不好？〔金奴白〕正該如此。〔同作扛土地、判官、小鬼入魚池科。土地、判官、小鬼從地井下。安童、金奴同唱〕同把鬼判、土地韻，一併撇向池水韻，免教母子傷和氣韻。〔同從下場門下。土地、判官、小鬼仍從地井上。土地白〕好惡小廝、惡丫頭，從來家人犯法，罪坐家主。此皆劉氏之罪也。待我奏知東嶽大帝，早降惡報便了。〔判官、小鬼白〕正該如此。〔土地唱〕

【商調集曲・公子穿皂袍】【黃鶯兒】（首至合）神鬼本難欺韻，未舉意已先知韻。他將骨頭埋在花園内韻，殺生造罪韻。將誓盟故違韻，須知天地難瞞昧韻。【皂羅袍】（合至末）劉氏所爲韻，事難提起韻，造下業罪韻，有誰替你韻？到頭來禍至應難悔韻。〔同從下場門下〕

第五本卷下

第十三齣　註死生難逃岱嶽（真文韻）

〔雜扮四鬼卒，各戴鬼髮，紮金箍，軟紮扮，持狐尾鎗。雜扮四判官，各戴判官帽，穿圓領，束角帶，持筆、簿。從兩場門分上，合舞畢，各分立科。雜扮四宮官，各戴宮官帽，穿圓領，繫絲縧，執符節、龍鳳扇，引淨扮東嶽大帝，戴冕旒，穿蟒，束玉帶，執圭，從上場門上，唱〕

【仙吕調隻曲·點絳唇】岱嶽咸尊(韻)，位居高峻(韻)。威靈震(韻)，善惡攸分(韻)，報應從來准(韻)。〔場上設高臺、帳幔、桌、虎皮椅，轉場，陞座，衆各分侍科。東嶽大帝白〕位列天齊玉簡頒，扶持良善去奸頑。天堂地獄憑誰造，只在伊人方寸間。吾乃泰山東嶽大帝，秩視三公，名高五嶽，世享熙朝之祀，貴爲大帝之尊。降禍降祥，因一念之善惡；註生註死，掌六道之輪迴。今乃考察之期，定有神祇呈奏人間善惡。衆鬼判，須當整肅威儀者。〔衆應科。丑扮土地，戴紮紅紗帽，穿圓領，束金帶，執笏，從上場門上，唱〕

【又一體】善惡原因(韻)，糾查無隱(韻)。難相混(韻)，造作由人(韻)，罪業難逃遁(韻)。〔白〕來此已是東嶽大帝殿庭，不免進見。〔作進門參拜科，白〕上帝聖壽。〔東嶽大帝白〕堦下跪者何神？〔土地白〕小神王舍城當方土地是也，特地前來申報傅門劉氏巨惡。〔東嶽大帝白〕有何事情，一一奏來。〔四宫官白〕奏來。〔土地唱〕

【中呂宫正曲・駐馬聽】上啓帝君(韻)，傅姓從來結善因(韻)。傅相的修行業道(句)，廣積陰功(讀)，德滿乾坤(韻)。一朝昇躋位高真(韻)，嗣兒能把親心順(韻)。〔白〕只有其妻劉氏，〔唱合〕他並不依遵(韻)，造椿椿罪業(讀)，一言難盡(韻)。〔東嶽大帝白〕可將劉氏所造罪業，一一陳奏。〔四宫官白〕奏來。〔土地唱〕

【又一體】他毁像欺神(韻)，惡蹟昭彰不忍聞(韻)。謾説開葷飲酒(句)，又烹犬齋僧(讀)，巧計瞞人(韻)。把橋梁齋舍盡燒焚(韻)，罪盈惡貫實堪恨(韻)。〔白〕把他丈夫遺囑呵，〔唱合〕他並不依遵(韻)，造椿椿罪業(讀)，一言難盡(韻)。〔東嶽大帝白〕據爾土地之言，那傅門劉氏，棄善爲惡，罪在不赦，但彼乃勸善太師之妻，雖犯滔天之罪，吾神不可竟賜惡報。你可回去，通知本宅司命，必須請過玉旨，發下酆都，命閻羅差鬼捉拿，方可報應施行。〔四宫官白〕退班。〔土地起科，白〕聖壽。〔作出門科，白〕善惡到頭終有報，只争來早與來遲。〔從下場門下。東嶽大帝唱〕

【仙呂宫正曲・皂羅袍】那善惡分明難混(韻)，歎惟人自造(讀)，禍福無門(韻)。陰曹報應不爽半毫分(韻)，因因果果從心印(韻)。〔下座科，衆同唱合〕高懸業鏡(句)，如影隨身(韻)。明彰法網(句)，如木附根(韻)，昭昭天道由來近(韻)。〔衆擁護東嶽大帝同從下場門下〕

第十四齣　奏善惡不遠庖廚（古風韻）

〔雜扮四仙童，各戴仙童巾，穿水田氅，繫絲縧，引淨扮竈君，戴竈君冠髮，穿氅，繫絲縧，從上場門上，唱〕

【南呂宮引・一剪梅】祭以盆瓶老婦尸(韻)，識者卑之(讀)，媚者祈之(韻)。每逢月晦奏天知(叶)，據見陳詞(讀)，罔或虛詞(韻)。〔中場設椅，轉場，坐科，白〕世上誰能斷火烟，火烟所熟下喉咽。拖泥和水承烟火，中有神靈解上天。吾乃傳家東厨司命竈君是也，獨掌陽權，列於七政之表；廣敷火德，附於五祀之中。人莫不飲食也，即飲食而察人間之善惡；人莫不饑渴也，因饑渴而識人心之存亡。善男信女，但無獲罪於天；集福消災，何用善媚於竈。今者傅門劉氏，不敬神明，故違誓願，惡業多端，難以掩護。已曾吩咐童子，邀同土地社令，商議此事。這時候想必來也。〔生扮社令，戴紥紅幞頭，穿圓領，束角帶，從上場門上，唱〕

【又一體】社令春秋是我司(叶)，好也難欺(讀)，惡也難欺(韻)。〔丑扮土地，戴紥紅紗帽，穿圓領，束金帶，從上場門上，唱〕當方土地是靈祇(韻)，見亦書之(讀)，聞亦書之(叶)。〔白〕司命相召，我等上前相見。〔同作相見科，場上設椅，各坐科，竈君白〕劉氏故違誓願，三官不敬，五葷盡開，惡業多端，難逃報應也。

〔唱〕

【南呂宮正曲・三學士】我日夕東厨察是非(韻)，合家敬奉神祇(韻)。奈何伊母真無忌(韻)，恐冒天威不敢違(韻)。〔白〕今日邀請列聖到此，〔唱合〕欲把他罪名同定擬(韻)，封章上玉帝知(韻)。〔社令白〕正當如此。〔唱〕

【又一體】堪歎愚蒙不三思(叶)，只言天遠誰知(韻)。報施無爽循環理(韻)，禍福從無一點遺(韻)。〔合〕試把他罪名同定擬(韻)，封章上玉帝知(韻)。〔土地白〕小神所見，與二聖同。那劉氏呵，〔唱〕

【又一體】罪惡昭昭已共知(韻)，這遭報應難辭(叶)。〔白〕若論他所做之事呵，〔唱〕罄南山竹難書記(韻)，只恐吾曹有漏遺(韻)。〔合〕試把他罪名同定擬(韻)，封章上玉帝知(韻)。〔各起，隨撤椅科，同唱〕

【慶餘】神靈照察難逃避(韻)，善惡總由心起(韻)，須知道船到江心補漏遲(韻)。〔同作拜別科。四仙童引竈君從下場門下，社令、土地仍從上場門下。外扮許神君，戴皮弁，穿蟒，束玉帶，執笏，從昇天門上。場上設高臺、帳幔、桌科。許神君白〕琳府瓊宫帝闕高，丹書絳簡列天曹。舉頭拱北瞻天近，五色祥雲映御袍。吾乃旌陽許神君是也。鳴鷄犬於雲中，驂鸞鶴於天上。班居仙長，位證元君。今當三界十方奏事之辰，須索伺候者。言之未已，奏事官早上。〔竈君换穿蟒，束玉帶，執笏，從上場門上，唱〕

【越角套曲・鬬鵪鶉】月影將殘(句)，星光欲隱(韻)。開閶闔玉宇塵空(句)，排雲霧天街露潤(韻)。氤氳的瑞氣間凝(句)，馥馥的御香漸近(韻)。旭日輝(句)，帝闕春(韻)。遥望見肅立朝前(句)，清班侍臣(韻)。

【越角套曲・紫花兒序】急忙忙趨登鳳闕句，戰兢兢直叩金階句，〔白〕將劉氏所做的事呵，〔唱〕一件件上奏天尊韻。他滔天罪惡句，我徹地評論韻。情真韻，須用嚴刑討罪人韻，毫無堪憫韻。只合付十殿陰司句，萬劫沉淪韻。

【越角套曲・金蕉葉】忽聽得静鞭響罘罳動雲韻，只見那冠裳整肅恭衆神韻。分次序鞠躬而進韻，齊舞蹈欣瞻帝君韻。〔作向上跪伏科。許神君白〕堦下有事者奏，無事者退班。〔竈君白〕臣有短章，冒奏天庭。〔許神君白〕奏來。〔竈君唱〕

【越角套曲・小桃紅】東厨司命屬微臣韻，彰癉時詳慎韻。善惡糾查豈容遁韻，〔白〕臣謹奏：爲羅卜娘親呵，〔唱〕喪天真韻，從前福果銷磨盡韻。高懸膽鏡句，形神畢露句，一一的細達聖明君韻。〔許神君白〕羅卜之母，何姓何名？〔竈君唱〕

【又一體】傅門劉氏現今身韻，他善心俱泯韻。殘害犧牲逞屠刃韻，焚僧人韻，橋梁拆毀違夫訓韻。〔任你〕千般化導句，多方示警句，怎當他搒耳不曾聞韻。〔許神君白〕我與你轉奏者。〔仍從昇天門下，捧玉旨隨上，白〕玉旨下，聽宣讀：據奏南瞻部洲王舍城傅門劉氏，罪惡滔天。特遣司命賫旨，到冥府五殿查考，如果惡犯是實，即着拿赴陰司，治罪施行。〔竈君白〕領旨。〔起接旨科。許神君白〕上帝本無私，〔竈君白〕惟人自召之。〔許神君白〕森羅嚴考察，〔竈君白〕惡報墮泥犁。〔許神君仍從昇天門下，竈君從下場門下〕

第十五齣 冥司已發勾人票（古風韻）

〔雜扮牛頭、馬面，各戴套頭，穿雁翎甲，執叉。雜扮八鬼卒，各戴鬼髮，穿蟒、箭袖、虎皮、卒褂，執器械。雜扮四判官，各戴判官帽，穿圓領，束角帶，執筆、簿。雜扮金童，戴紫金冠，穿氅，繫絲縧，執旛。雜扮玉女，戴過梁額、仙姑巾，穿氅，繫絲縧，執旛。引淨扮五殿閻君，戴冕旒，穿蟒，襲氅，束玉帶，從酆都門上，唱〕

【黃鐘宮正曲・出隊子】善心惡意（韻），説與凡人好自爲（韻）。陰司報應不差遺（韻），賞罰平衡是與非（韻）。〔合〕一任暗室欺心（讀），吾當預知（韻）。〔場上設帳幔、高臺、虎皮椅，轉場，陞座，衆各分侍科，五殿閻君白〕森羅執法凜秋霜，報應昭然顯著彰。却以雷霆爲雨露，可知狴犴即天堂。吾神職居五殿，統理三才，生殺雖專於掌握，是非原係於人爲。幽隱無私，悉知罪惡。正是：陽間善惡由他造，陰府權衡任我施。〔内白〕玉旨下。〔内奏樂科，王殿閻君下座接旨科。雜扮四從神，各戴將巾，穿蟒、箭袖、排穗，執儀仗，引淨扮竈君，戴紫金冠髮，穿蟒，束玉帶，捧玉旨，從昇天門上。竈君唱〕

【仙吕宮正曲・皂羅袍】丹詔降從雲陛（韻），勅陰曹遵奉（讀），毋得稽遲（韻）。昭彰罪案不差遺（韻），一朝惡報難逃避（韻）。〔合〕人間私語（句），天聞若雷（韻）。對天發願（句），伊何故違（韻），欺心瞞不過天和地

（韻）。〔衆儀從引竈君作到，進門科。五殿閻君作跪聽旨科。竈君白〕玉旨下，聽宣讀：據奏南贍部洲王舍城傳門劉氏，罪惡滔天。特遣司命，賫旨到冥府五殿查考。如果惡犯是實，即着拿赴陰司，治罪施行。〔五殿閻君白〕聖壽無疆。〔起接旨付判官科，場上設椅，各坐科。竈君唱〕

【又一體】天理人心難昧（韻），恨無知惡婦（讀），胡作胡爲（韻）。肆無忌憚把佛天欺（韻），更多狂悖將神明毀（韻）。〔合〕人間私語（句），天聞若雷（韻）。對天發願（句），伊何故違（韻），欺心瞞不過天和地（韻）。〔五殿閻君白〕那劉氏呵，〔唱〕

【又一體】罪重如山難貫（韻），便詳加查察（讀），毫髮無遺（韻）。〔白〕判官，你可速將南耶王舍城中傳門劉氏罪業查來。〔一判官作查簿科，白〕啓上閻君，查得傳門劉氏所犯惡款，俱有土地申報是實。罪業種種，應墮重重地獄。只是他尚該有數年之壽。〔五殿閻君白〕可惱他罪大惡極，不應照常例施行也。〔唱〕縱教大限尚需期（韻），而今安可拘常例（韻）。〔竈君白〕小神告辭。〔五殿閻君白〕不敢久留。劉氏一案，自有處置。〔竈君白〕如此小神覆旨去也。〔唱合〕人間私語（句），天聞若雷（韻）。對天發願（句），伊何故違（韻），欺心瞞不過天和地（韻）。〔内奏樂，各起，隨撤椅科，四從神引竈君作出門科，仍從昇天門下。五殿閻君復陞座科，白〕判官過來。〔唱〕

【又一體】簿籍須查詳細（韻），把陽間惡犯（讀），呈報端的（韻）。火牌一併把命兒追（韻），罰他永墮輪迴罪（韻）。〔白〕再查看作惡之輩，倘有今年陽壽該終者，與劉氏一并拿來。〔四判官作查簿科，唱合〕人問私語(句)，天聞若雷(韻)。對天發願(句)，伊何故違(韻)，欺心瞞不過天和地(韻)。〔一判官白〕啓上閻君，今有在五道廟中，圖財謀死商人黄彦貴，一名李文道，係陽壽該終的了。〔五殿閻君白〕這一案事情，前日受害冤魂也曾告到。可即着冤魂一同前去勾拿，以彰報應者。〔一判官白〕還有還俗淫僧，一名本無；〔一判官白〕還俗淫尼，一名静虚，俱係陽壽臨終。〔五殿閻君白〕可惱！不道陽間惡人，竟有如許之多。殿前鬼使聽令。〔衆應科。五殿閻君唱〕

【又一體】速召酆都差鬼(韻)，向臺前聽令(讀)，即至休違(韻)。去陽間公幹要星飛(韻)，捉拿罪犯休遲滯(韻)。〔衆同唱合〕人間私語(句)，天聞若雷(韻)。對天發願(句)，伊何故違(韻)，欺心瞞不過天和地(韻)。〔雜扮舞旗鬼，戴鬼髮，軟紥扮，持雙旗，從上場門上，按方招取五差鬼科，從下場門下。雜扮五差鬼，各戴犄角鬼髮，穿鬼衣，繫虎皮裙，各按方向上，遶場，同作進門參見科，白〕五鬼打躬。〔五殿閻君白〕五鬼聽令：速到南耶王舍城中，捉拿傅門劉氏，速赴陰司。所過地方，教他關關受罪，不得有違。還有陽壽該終三名惡犯：李文道、本無、静虚，僉爾五鬼，一併拿來。〔五差鬼應科。五殿閻君唱〕

【正宫正曲・四邊静】劉氏造下冤業債(韻)，陰司不輕貸(韻)。生前犯天條(句)，死後難相賴(韻)。〔合〕速拿休怠(韻)，時刻莫捱(韻)。休使放寬鬆(句)，牢拴緊杻械(韻)。〔五差鬼唱〕

【又一體】磊磊鐵鎖隨身帶(韻)，步履如風快(韻)。疾走似飛騰(句)，來去無拘礙(韻)。〔合〕速拿休怠(韻)，時刻莫捱(韻)。休使放寬鬆(句)，牢拴緊杻械(韻)。〔五殿閻君白〕爾等五鬼，速領勾魂風火牌，〔作付牌科。都差鬼作接牌科，白〕休教鬆放惡裙釵。〔五殿閻君白〕饒他會使無窮計，〔五差鬼白〕難免陰司受禍災。〔五殿閻君下座，五差鬼跪送科，衆鬼判引五殿閻君仍同從酆都門下。五差鬼遶場科，同從左旁門下〕

第十六齣　愚婦猶慳供佛燈（古風韻）

〔旦扮劉氏，穿氅，從上場門上，唱〕

【雙角套曲·新水令】綠水歲歲遶沙堤（韻），望青山年年如是（叶）。人貌漸漸改（句），綠鬢已成絲（叶）。往事皆非（韻），提將起心如醉（韻）。〔中場設椅，轉場，坐科，白〕我兒會緣橋上齋濟之資，比前更費，只管自己修行，不顧老娘熬苦。聖人云：五十非帛不煖，七十非肉不飽。難道聖人還不如你？天下各樣犧牲，俱係人食之物。寧可將錢廣濟貧，不念高堂老母親。兒嗄！生前不把肥甘養，死後何須五鼎陳？〔末扮益利，戴羅帽，穿屯絹道袍，繫鸞帶，帶數珠，持拂塵，從上場門上，白〕金爐不斷千年火，玉盞常明萬載燈。稟安人，三官堂內，琉璃少油，取討鎖匙開門，擡新罈出來。〔劉氏白〕舊罈未盡，如何就擡新罈？〔益利白〕舊罈剩下些渾油，點不得佛燈了。〔劉氏白〕怎麽點不得？你看見神佛菩薩在那裏？點完了再來取。〔益利虛白，從下場門下。劉氏起，隨撤椅科，白〕你看這狗才，一面行走，口裏講些甚麽？必定道我的不是了。他如今往三官堂掃地添油去了，我且悄地潛行，聽他講些什麽。〔唱〕

【雙角套曲・駐馬聽】心下疑驚(韻)，心下疑驚(疊)，躡足潛踪不暫停(韻)。悄到那神堂後壁(句)，側耳聞聽便覺其情(韻)。常言道疑心暗鬼生(韻)，一時主見渾無定(韻)。着意忙聽(韻)，屬垣有耳還自省(韻)。〔從下場門下。丑扮土地，戴巾，穿土地氅，持拂塵，從上場門上，白〕好惡婦，倒將清油食用，渾油點佛前之燈。數年以來，所作所爲，那一件不犯罪過？他今聽得益利自言自語，頓生疑心，悄到三官堂後偷聽去了。我索性到彼，將益利議論之言，句句送入他耳内，使他聽之心怒，强往花園罰誓，那時顯箇神通，裂開地皮，現出犧牲髏骨，使他膽寒心碎，頃刻成病。冥府都鬼，早晚就到，以便捉拿，方消我恨。〔唱〕

【雙角套曲・沽美酒帶太平令】【沽美酒】(首至四)惡劉氏歹念生(韻)，惡劉氏歹念生(疊)，藐佛祖褻神靈(韻)，却把渾油點佛燈(韻)。憑着他惡性行(韻)，【太平令】(二至末)凡百事全不思省(韻)。毁神像冒犯天庭(韻)，也不怕陰司報應(韻)。俺呵(格)，早知你惡盈(韻)，罪盈(韻)；免不得災生(韻)，病生(韻)，呀(格)，怎逃得明明業鏡(韻)？〔從下場門下〕

第十七齣　好善奴掃地焚香（真文韻）

〔中場設香案、帳幔，桌上掛三官堂匾，末扮益利，戴羅帽，穿屯絹道袍，繫鑾帶，帶數珠，持拂塵，從上場門上，唱〕

【雙調引·夜行船】就裏難言心自忖（韻），怕旁人背地評論（韻）。空自心酸（句），向誰分剖（句），幾度感傷無盡（韻）。〔白〕彩鳳文凰一樣心，陰陽唱和似鳴琴。可堪鳳去凰心易，鳴出雌雞報曉音。老員外，老安人，同德同心，立誓持齋。不幸員外喪後，安人聽信讒言，開了葷酒。我想此事，小官人不言，誰敢多講。我且到三官堂上，拂拭塵埃一番。〔作進三官堂焚香禮拜科，唱〕

【雙調集曲·江頭金桂】【五馬江兒水】（首至五）俺則見金爐香噴（韻），裊空中散彩雲（韻）。〔作拂塵科，唱〕把三官金容拂拭（句），再將水浥輕塵（韻），〔作灑水掃地科，唱〕把庭除都掃盡（韻）。〔白〕琉璃内無油，待我添上。〔作取油添琉璃科，唱〕【金字令】（五至九）看了這佛火將昏（韻），好剔明殘燼（韻）。〔白〕常言道：爲人在世，須要滅却心頭火，剔起佛前燈。老安人，〔丑扮土地，戴巾，穿土地氅，持拂塵，從上場門上，作吹益利語使劉氏聽聞科，仍從上場門暗下。益利唱〕無奈事事皆由火性（句），不畏人聞（韻），竟毫無顧忌開五葷

（韻）。〔白〕三官菩薩，那些時弟子益利，〔唱〕【桂枝香】（七至末）只爲驅馳牧圉（句），逗留他郡（韻）。〔白〕今日裏呵，〔唱合〕若不是轉家門（韻），琉璃依舊無光彩（句），五夜惟懸月一輪（韻）。〔旦扮劉氏，穿氅，暗從上場門上，作聽科。益利白〕這些事情，小官人不言，争奈旁人議論紛紛。老安人，正是好事不出門，惡事傳千里。〔劉氏白〕哇！好狗才。〔益利作驚跪科。劉氏白〕我有甚麽惡事傳千里？羅卜我兒快來。〔生扮羅卜，戴巾，穿道袍，帶數珠，從下場門上，白〕堂前聞母唤，忙步問緣因。老娘拜揖。老娘，益利爲何跪在這裏？〔場上設椅，各坐科，劉氏唱〕

【又一體】這老狗才背地裏妄生議論（韻），〔益利白〕小人不敢。〔劉氏唱〕他道我狠心兒似烈焰焚（韻），又道我殺生害命（句），背地開葷（韻），這老狗才全没有卑共尊（韻）。〔白〕狗才，人家養猫以捕鼠，不可以無鼠而養不捕之猫；蓄犬以防賊，不可以無賊而養不吠之犬。不捕鼠猶可，不捕鼠而捕鷄則甚！不吠賊猶可，不吠賊而吠主則甚！〔滚白〕今者僧道異類之徒，聖人比之爲禽獸。你不知攻彼之非，而反道主母之過。看起來，你就是捕鷄的猫兒、吠主的犬了。老狗才，我有甚麽惡事傳千里？却不道〔唱〕辜負了豢養深恩（韻），不思報本（韻）。〔白〕兒，〔唱〕休聽細人離間（句），把你我母子天親（韻），反做區區陌路人（韻）。〔白〕看家法過來。〔羅卜向下取家法隨上科，白〕老娘，家法在此。〔劉氏唱〕你把惡奴來戒懲（句），〔白〕將這老狗才重責一頓，趕將出去。〔羅卜應，作欲打科。益利作哭科。羅卜白〕老娘，看着孩兒，饒恕他罷。〔劉氏白〕我兒，説那裏話來。〔滚白〕你今不打不致緊要，外人聞知，道你我母子没有一箇家教。〔唱〕使他從今謹慎㊄。〔合〕倘外人聞㊄，道是非内外言無間㊁，貴賤尊卑體自分㊄。

〔羅卜作勸解科，唱〕

【雙調正曲·孝順歌】兒頓首㊁，望老娘息怒嗔㊄。益利老奴言語昏㊄，冒犯罪當懲㊁，兒哀求望容忍㊄。〔白〕母親，〔唱〕天日何損㊄，須是寬解愁煩㊅，不須憂悶㊄。〔合〕容他改過前非㊁，再圖忠藎㊄。〔白〕老娘，看着孩兒，饒恕他罷。〔劉氏白〕既然小官人討饒，起去，今後改過。〔益利應科。羅卜白〕多謝老娘。〔益利白〕多謝老安人，多謝小官人。〔羅卜白〕益利，你方纔講甚麽？〔益利白〕我不曾講甚麽。〔劉氏起科，白〕住了，你二人講我甚麽？〔羅卜、益利白〕不曾講甚麽。〔劉氏白〕哦，你二人閒言把我非，我何曾做事有差池？　此情惟有天知道，罷！　竟到花園設誓詞。〔羅卜白〕老娘不要如此。〔作牽劉氏衣科。劉氏作怒卸衣科，從下場門下。羅卜持衣亦從下場門下，益利隨下〕

第十八齣　作孽毋指天誓日（古風韻）

〔雜扮五差鬼，各戴犄角、鬼髮，穿鬼衣，繫虎皮裙，同從右旁門跳舞上，分白〕雀啄常四顧，燕寢無疑心。量大福也大，機深禍亦深。〔都差鬼白〕我們奉閻君號令，城隍臺前掛號，捉拿傅門劉氏。今日先將他三魂拿住一魂，七魄捉去三魄，俟其昏沉病倒，竟行活捉劉氏，速往陰司便了。〔四差鬼白〕説得有理。〔同唱〕

【正宫正曲・四邊静】閻君怒發如雷電㊞，劉氏爲不善㊞。背誓更開葷㊀，將佛像皆作踐㊞。〔合〕法當刑憲㊞，無常難免㊞。即去便拘拿㊀，速解森羅殿㊞。〔都差鬼白〕衆兄弟，來此已是花園，不免越牆而過。〔各作越牆進科，同從下場門下。旦扮劉氏，穿衫，從上場門上。雜扮劉氏遊魂，披髮，搭魂帕，穿衫，隨上，遶場對劉氏揶揄科，劉氏作驚避科，遊魂從下場門下。劉氏白〕我想有甚麼要緊，不免回去罷。〔都差鬼從上場門上，作踢劉氏倒地科。四差鬼從兩場門分上，遶場，立科。劉氏作掙起科，唱〕

【南吕宫正曲・紅衲襖】到花園使人愁悶縈㊞，見花枝使人慚愧增㊞。〔滚白〕員外夫，當初造此花臺，所爲何來？〔唱〕實指望夫妻百歲同歡慶㊞，又誰知鳳去臺空使我幽恨生㊞。〔生扮羅卜，戴巾，穿道袍，帶數珠。末扮益利，戴羅帽，穿屯絹道袍，繫鸞帶，帶數珠。同從上場門急上。羅卜白〕老娘，快不要如此。〔劉氏唱〕囑嬌兒休得把閒言聽(韻)，〔滾白〕羅卜兒，讒言切莫聽，聽之禍殃結。君聽臣遭誅，父聽子遭決。親戚聽之疏，朋友聽之别。堂堂七尺軀，休聽三寸舌。舌上有龍泉，殺人不見血了兒，休得要聽讒言。〔唱〕聽讒言離間骨肉情(韻)。〔丑扮土地，戴巾，穿土地氅，繫絲縧，持拂塵，從上場門暗上，作指地，地井出葵花科。劉氏滾白〕對葵花、葵花，你有向日之心，實爲花中靈應。我若背子開葷，瞞不過你了。〔唱〕我這裏對葵花欲訴衷腸(句)也(格)，空有丹心向日傾(韻)。〔衆差鬼作掘倒葵花，現出骨殖科，土地仍從上場門暗下。劉氏作驚懼科。羅卜、益利唱〕

【又一體】赤烈烈火焰騰(韻)，白巖巖骨滿坑(韻)。是何人殺害犧牲命(韻)，是何人牢籠計械成(韻)？今日裏眼兒中見得明(韻)，並不是耳聞的多風影(韻)。〔滾白〕又道是湛湛青天不可欺，未曾舉意神鬼知。善惡到頭終有報，只争來早與來遲。〔唱〕似這等欲蓋彌彰(句)也(格)，豈不聞上有青天作證盟(韻)。

〔劉氏唱〕

【又一體】意兒中多不寧(韻)，心兒裏渾不定(韻)。都則爲自家曉得心頭病(韻)，比不得瞥見的旁人偶喫驚(韻)。少不得胡厮賴把惡念生(韻)，少不得强掩飾用口角争(韻)。〔滾白〕兒，適纔火焰騰騰，猛然地皮裂開，現出許多犧牲髏骨，你那心中一定疑惑你娘親了兒。〔唱〕你娘親負屈含冤(句)也(格)，就死黄泉目不瞑(韻)。〔羅卜白〕益利哥，不知是那箇將骨頭埋在此間？〔益利白〕不曉得。〔劉氏白〕呔！你二人疑心終不改，益利屈話最難禁。撮土焚香深深拜，拜告龍天聽誓盟：上有青天，下有黄泉，日月三光聽我言。我劉氏若背子開葷，也罷，七孔皆流鮮血死，重重地獄受災愆。〔羅卜、益利各作跪勸科。五差鬼作鎖劉氏遶場科。雜扮金童，戴紫金冠，穿氅，繫絲縧，執旛。雜扮玉女，戴過梁額、仙姑巾，穿氅，繫絲縧，執旛。引外扮傅相，戴巾，穿氅，繫絲縧，持拂塵，從下場門上。劉氏作見傅相跪求科，白〕員外快來救我。〔傅相白〕妻，當初怎麽囑付你來？到今日呵，夫妻好比同林鳥，大限來時各自飛。〔金童、玉女引傅相仍從下場門下。劉氏遊魂從地井暗上，五差鬼暗鎖科，遶場，同從下場門下。劉氏作七孔出血，昏迷倒地科。羅卜、益利作驚扶科，唱〕

【南吕宫正曲・一江風】爲甚的自顛跌(韻)，七孔流鮮血(韻)？諕得我心驚怯(韻)。看他眼唇斜(韻)，緊咬牙關(句)，閉目低頭(讀)，兩手寒如鐵(韻)。〔合〕災來不可遮(韻)，災來不可遮(疊)，痛得我肝腸裂(韻)，娘！叫得我咽喉噎(韻)。〔劉氏作甦醒科，唱〕

【又一體】自傷嗟(韻)，〔作驚科，白〕我兒，益利，〔羅卜、益利應科。劉氏唱〕是老娘作事多差迭(韻)。〔白〕我好悔。〔作住口科。羅卜作命益利唤金奴取湯水科，益利從上場門下。小旦扮金奴，穿衫、背心，繫汗巾，捧茶，隨益利從上場門上。劉氏滚白〕悔當初不該遣你經商貿易。是老娘在家，聽信你舅爺的言語，開了五葷，只圖生前受用，那知道陰陽報應無差。〔唱〕悔當初不聽我嬌兒説(韻)。〔金奴白〕請老安人用茶。〔劉氏作喫茶科。金奴虛白，仍從上場門下。劉氏白〕兒，〔唱〕適纔見你爹(韻)，只見他寶蓋幢旛(句)，〔滚白〕飄然而墜。我説道：員外，你快來救我。他説道：老妻，不能彀了。你獲罪於天，無所禱也。今有土地記罪，司命申奏玉皇，道我陽間作惡椿椿實，陰司鐵筆來勾取。夫妻好比同林鳥，大限來時各自飛。他説道：老妻呵，管不得你時顧不得你。〔唱〕少不得地獄重重(讀)一命遭磨折(韻)。〔滚白〕益利，老員外比在生之時大不相同。適纔跨鶴而來，被我扯住緊緊不放，猛被你二人喚醒我來，他一時就不見了。我與你陰陽相隔一張紙，醒來時，只見我嬌兒，不見你爹了兒。〔唱合〕想陰陽俄間別(韻)，陰陽俄間別(疊)，〔滚白〕員外夫，你那裏乘鸞跨鶴歸天去，〔唱〕怎能彀救度薄命妾(韻)？

〔五差鬼復帶劉氏遊魂同從上場門上，遶場，從左旁門下。劉氏作驚懼科，滚白〕不好了兒，你看這陰風陣陣旋，惡鬼團團轉。手拿剛叉與鐵鏈，要把你娘親活捉到閻羅殿。兒，和你須臾別，骨肉輕散拆。

〔唱〕料老娘不久歸陰去也(韻)。〔羅卜、益利扶劉氏起科。羅卜唱〕

【高大石調正曲・窣地錦襠】老娘不必淚交涕(韻)，且自寬懷保身體(韻)。待孩兒祝讚天和地(韻)，

〔滚白〕願你災星退，吉星隨。娘，〔唱合〕你且扎掙歸家裏(韻)。〔同從下場門下〕

第十九齣　五瘟使咄咄齊來(古風韻)

〔浄扮大瘟神，戴瘟神帽，紥靠，持花紙錢，從右旁門上，跳舞科，唱〕

【越調正曲·比目魚】身在荒涼(韻)，陰司做傷亡(韻)。時衰運厄(句)，咱身便降殃(韻)。村邊道旁(韻)，青燐夜有光(韻)。〔合〕恨劉氏無狀(韻)，須臾一命戕(韻)，須臾一命戕(疊)。〔場上設平臺，隨椅，轉場，陞座科，白〕咱是陰司一孤幽，慣能作祟降愆尤。叵耐惡婦忒無理，這番教他壽算休。當日傅齋公在時，逢時遇節，將俺弟兄神位，誠心供養。自從齋公亡故，惡婦劉氏數年以來，將俺置之不理。俺今日却來尋着你，不免招取衆弟兄，一同前去魔障他，我們前去魔障他。傷亡。〔作下座喚四瘟神科。雜扮四瘟神，各戴瘟神帽，穿圓領，同從右旁門上，遶場科，唱〕

【黄鐘宫正曲·小引】喚傷亡(平韻)，喚傷亡(疊)，撞着咱時降禍殃(韻)。無影亦無聲换韻，感將沴氣生(韻)。〔合〕次序從頭數(仄韻)，昆仲剛剛五(韻)。〔大瘟神白〕衆兄弟，今有劉氏，他夫主在時，有許多的恭敬，數年以來，違誓開葷，把你我弟兄，一旦付之度外。特邀你們到此，一同前去，魔障他。〔四瘟神白〕我們前去魔障他。〔大瘟神唱〕

【仙吕宫正曲・掉角兒序】衆兄弟聽咱說知(韻),〔四瘟神唱〕一箇箇聽哥指揮(韻)。〔大瘟神唱〕劉氏的冒犯天威(韻),〔四瘟神唱〕自應去向他爲厲(韻)。〔大瘟神唱〕去躲在門扉外(讀),廳堂上(句),房櫳下(讀),牀帳裏(韻),〔四瘟神唱〕各用心機(韻)。〔合〕疾去如飛(韻),不必稽遲(韻)。管教他(句),神昏意亂(讀),魄散魂飛(韻)。〔遶場科,衆同唱〕

【又一體】忒尀耐劉氏無知(韻),謗佛天故將誓違(韻)。却好他運厄時微(韻),正該咱生災作祟(韻)。好使他一霎寒(讀),忽爾熱(句),抽肚腸(讀),剜腦髓(韻),件件施爲(韻)。〔合〕疾去如飛(韻),不必稽遲(韻)。管教他(句),神昏意亂(讀),魄散魂飛(韻)。〔同從左旁門下。丑扮無常鬼,戴高紙帽,穿道袍,繫蔴繩,帶勾魂牌,從右旁門上,唱〕

【越調正曲・水底魚兒】身在黃粱(韻),陰司做地方(韻)。凡人壽盡(句),〔合〕要我走一場(韻),要我走一場(疊)。〔白〕自家姓巴名羊,陰司喚做無常。只顧認牌拿去,管他有爹有娘。拋了嬌妻幼子,任從哭斷肝腸。我也不是總甲,我也不是地方。陰司勾人活鬼,來去總聽閻王。〔從左旁門下。副扮摸壁鬼,戴高紙帽,穿屯絹道袍,持長手切末,從右旁門上,唱〕

【又一體】身在幽僻(韻),陰司做摸壁(韻)。勾魂鬼到(句),〔合〕他前我後隨(韻),他前我後隨(疊)。〔白〕自家姓鄔名七,一雙長手無敵。凡人壽數將終,差鬼不便徑入。任他低言細語,我自知他踪跡。那管大廈高樓,手去定要捉得。只待勾了魂去,方完我的差役。我也不是無常,陰司引路摸壁。

〔從左旁門下，五瘟神同從右旁門上，唱〕

【又一體】堪歎無常(韻)，生前空自忙(韻)。丟了兒女(句)，〔合〕撇了爹和娘(韻)，撇了爹和娘(疊)。〔各分立科，大瘟神唱〕

【小石調正曲・倒拖船】堪歎世人不善良(韻)，〔四瘟神唱〕不善良(格)，〔大瘟神唱〕作惡人兒没下場(韻)，〔四瘟神唱〕没下場(格)。〔大瘟神唱〕可恨他不改過惡心機(句)，一朝惡報苦難當(韻)。〔衆遶場科，同唱〕悄悄行過小村莊(韻)，〔大瘟神滚白〕休惹得犬吠汪汪，〔四瘟神滚白〕犬吠汪汪。〔大瘟神滚白〕行善的，到陰司，過金橋，過銀橋，逍遥路請他昇天，〔四瘟神滚白〕請他昇天。〔大瘟神滚白〕作惡的人到陰司，上刀山，下油鍋，鋸來解，磨來研，搗肚抽腸，〔四瘟神滚白〕搗肚抽腸。〔大瘟神唱合〕重重地獄須經遍(句)，不恓惶處也恓惶(韻)。〔衆遶場科，同唱〕

【仙吕宫正曲・五方鬼】劉氏罪惡實滔天(韻)，打僧罵道肆狂言(韻)。勾拿活捉到陰司(句)，〔合〕要把善惡分明辨(韻)。〔大瘟神白〕我要他頭上疼，〔一瘟神白〕我用金鋼鑽。〔大瘟神白〕我要他背上痛，〔一瘟神白〕我用銅錘揎。〔大瘟神白〕我要他身上寒，〔一瘟神白〕我用鐵扇搧。〔大瘟神白〕我要他身上熱，〔一瘟神白〕我用火焰煉。〔大瘟神白〕我要他肚内疼，〔四瘟神白〕須把腸抽斷。〔大瘟神白〕頭上疼。〔一瘟神白〕金鋼鑽。〔大瘟神白〕背上痛。〔一瘟神白〕銅錘揎。〔大瘟神白〕身上寒。〔一瘟神白〕鐵扇搧。〔大瘟神白〕身上熱。〔一瘟神白〕火焰煉。〔大瘟神白〕肚内疼。〔四瘟神白〕腸抽斷。〔衆同唱〕

【又一體】銅錘鐵扇一般般(韻)，管教劉氏神魂亂(韻)。閻王註定三更死(句)，〔合〕定不留人四更半(韻)。〔四瘟神作扛大瘟神遶場科，同唱〕

【南呂宮正曲·恁麻郎】勸世人早念阿彌(韻)，行善事敬奉神祇(韻)。恨劉氏作事差池(韻)，惡業纏斷難饒你(韻)。〔合〕來邪祟(韻)，招厲鬼(韻)，禍到臨頭空自悔(韻)。〔內作犬吠科，四瘟神作躲，從兩旁門分下，大瘟神作喚科，四瘟神仍從兩旁門分上。大瘟神白〕叫無常。〔四瘟神作喚科，無常鬼從右旁門上，作見科。大瘟神虛白，作打無常鬼科。大瘟神白〕喚摸壁。〔四瘟神作喚科，摸壁鬼從右旁門上，作見科。大瘟神白〕劉氏在那裏？〔摸壁鬼白〕待我摸來。〔向內摸科，白〕劉氏往花園裏去了。〔大瘟神白〕我們就往他花園去。〔衆遶場科，同唱〕

【南呂宮正曲·金錢花】劉氏罪惡難當(韻)、難當(格)，如今命盡身亡(韻)、身亡(格)。勸人莫使歹心腸(韻)，頭頂上(讀)有三光(韻)，〔合〕指日裏(讀)見閻王(韻)。〔五瘟神同從下場門下，摸壁鬼、無常鬼仍從右旁門下〕

第二十齣　一魂兒悠悠欲去（齊微韻）

〔場上設桌椅，旦扮劉氏，穿衫，繫腰裙，作病容，從上場門上，唱〕

【雙角套曲·新水令】懨懨瘦損病沉危（韻），入膏肓實難醫治（韻）。〔入桌坐科，滾白〕自從那日到園西，霎時天降災殃至。皆因自作有差池，早知報應無虛謬，怎得今朝禍相隨。〔小旦扮金奴，穿衫、背心，繫汗巾，從上場門上，白〕老安人，今日病體好些麼？〔劉氏唱〕自從那日到園西（韻），錯罰下迷天誓（韻）。〔白〕誰知偶爾昏迷，竟自染成大病，十分沉重。〔金奴白〕安人既然不耐煩，待金奴攙扶安人，到中堂走走。〔劉氏白〕攙我起來。〔金奴作扶起劉氏出桌科，劉氏唱〕强打挨步怎挪移（韻）？〔白〕金奴，想起花園之事，好怕人也。〔唱〕那時節誓詞未畢（韻），頃刻間渾身軃地（韻），不知人事（叶），七孔鮮血流霑體（韻）。

【雙角套曲·駐馬聽】提起魂飛（韻），提起魂飛（疊），到今朝惡病相纏怎脱離（韻）？擡頭不見天和日（韻），昏昏懵懵心如醉（韻）。浪中無舵舟怎艤（韻）？浮萍無定飄在水（韻）。如絮飛（韻），悠悠蕩蕩隨風裏（韻）。〔白〕金奴，扶我回去。〔金奴作扶劉氏入桌坐科，唱〕

【雙角套曲·喬牌兒】勸安人不用苦憂思(叶)，正是疑心生暗鬼。還須寧耐將身惜(韻)，論人生誰無病與疾(韻)。

【又一體】須當自思維(韻)，不必恁猜疑(韻)。請醫人盡心寬調理(韻)，管取災殃退(韻)。〔劉氏白〕金奴，〔唱〕

【雙角套曲·掛玉鈎】我心意如麻亂尋思(叶)，思思想想無了期(韻)。追悔從前作事癡(韻)，錯到花園罰誓詞(叶)。豈知道神明難昧(韻)，天地難欺(韻)。一朝禍到(句)，難逃難避(韻)。〔金奴唱〕

【雙角套曲·甜水令】雖則是難昧神祇(韻)，且將心自寬自怡(韻)。休疑作事有差池(韻)，〔滚白〕信步行將去，從天降福至。〔内敲磬科，劉氏白〕金奴，那裏甚麽響？〔金奴白〕小官人在三官堂禮拜，保佑安人，敲得磬響。〔劉氏唱〕小官人時時念阿彌(韻)，兒你那裏孝心如是(叶)。奈你娘冒犯天威(韻)，賣盡金山也難贖回(韻)。任你看盡彌陀經，怎生解得我從前業罪(韻)。〔金奴白〕安人，既是這樣疑心，趁小官人不在這裏，待金奴捧香，攙扶安人，悄到花園，懺悔前誓，自然災退身安。〔劉氏白〕正是如此，快取香來。〔金奴向下取香，隨上，作扶劉氏起，遶場，作到花園進門科。浄扮大瘟神，戴瘟神帽，紥靠，持花紙錢。雜扮四瘟神，各戴瘟神帽，穿圓領。從兩場門暗分上。場上設平臺、隨椅，大瘟神陞座科，四瘟神各分立科。劉氏唱〕

【雙角套曲·掛搭沽】見花枝心慘悽(韻)，爲何人似春桃李(韻)？光陰一去不重回(韻)，生身寄世成何濟(韻)？〔白〕金奴，這地上許多鮮血，是那裏來的？〔金奴白〕這是安人前日在此罰誓，七孔流的。〔劉氏白〕不當污穢地土，遞香與我，你快去厨下取浄水來，打掃潔浄。〔金奴作出門科，仍從上場門下。劉氏作拈香禮拜科，白〕神聖。〔唱〕我不合錯罰迷天誓(韻)，今日還來悔誓詞(叶)。望神聖赦過休加罪(韻)，〔四瘟神作吹滅香燈科。劉氏作驚科，唱〕嚇得我魂消魄盡飛(韻)。我這裏虔誠禱告天和地(韻)，保佑奴身無禍危(韻)。〔作身寒科，唱〕

【雙角套曲·豆葉黄】猛然間寒毛豎起(韻)，一霎時似繩綁體(韻)。〔作跌倒掙起科，白〕不好，身上加起病來，十分沉重，存站不住。金奴，快來攙扶我回去。等不得金奴來，我且掙挫回去罷。〔唱〕身欲行時(叶)，脚步難隨(韻)。默忽的似神攔阻不容已(韻)，〔白〕金奴還不見來，不免遶道而回。〔唱〕依然間不能動移(韻)。〔白〕是了。〔唱〕想則是遭逢惡業冤(句)，相爲災祟(韻)。〔白〕説那裏話來，是我疑心太重。那有自己花園，行走不得？我定要回去。〔一瘟神作踢倒劉氏科。劉氏唱〕

【又一體】閃跌得意亂心迷(韻)，心病沉危(韻)。回回不得(韻)，站站不起(韻)，好教人進退渾無計(韻)。〔白〕老天！〔唱〕可憐我身力衰微(韻)，無所相依倚(韻)，〔白〕哦，有了。〔唱〕掙上花臺歇息片時(叶)。〔作掙起科，場上設椅，劉氏坐科。四瘟神各作打頭科，劉氏作頭疼科，唱〕

【雙角套曲·駐馬聽近】頭痛難支(叶)，頭痛難支(疊)，叫苦伸冤有誰得知(韻)？這都是自己作孽(句)，追思造業難懺悔(韻)。悔當初錯聽兄弟讒言詞(叶)，到今朝惡病相隨無門避(韻)。〔五瘟神唱〕只落得自傷悲(韻)，這怨苦(句)，訴向誰(韻)？〔四瘟神各作打背科。劉氏作背疼科，唱〕

【又一體】背痛難支(叶)，背痛難支(疊)，力弱身衰掙掙不起(韻)。猛擡頭烟霧茫茫(句)，恍恍惚惚似沉迷(韻)。悔當初遣兒前往他鄉地(韻)，開五葷違却誓詞業冤隨(韻)。〔五瘟神唱〕只落得自傷悲(韻)，這怨苦(句)，訴向誰(韻)？〔四瘟神各作搧風科。劉氏作寒冷科，唱〕

【又一體】凍冷難支(叶)，凍冷難支(疊)，戰戰兢兢魂魄飛(韻)。〔白〕金奴，快拿綿衣來。呀，〔唱〕爲甚的丫鬟不至(叶)？叫聲不應心性急(韻)。悔當初欺神滅像毀琉璃(韻)，到頭來報應無私降災危(韻)。〔五瘟神唱〕只落得自傷悲(韻)，這怨苦(句)，訴向誰(韻)？〔四瘟神各作吹火科。劉氏作炎熱科，唱〕

【又一體】熱焰難支(叶)，熱焰難支(疊)，如火燒身怎動移(韻)？頃刻間冷熱相催(韻)，反覆須臾難掙抵(韻)。悔當初打僧罵道忘師誨(韻)，算將來樁樁是實難推抵(韻)。〔五瘟神唱〕只落得自傷悲(韻)，這怨苦(句)，訴向誰(韻)？〔四瘟神各作抽腸科。劉氏作腹痛科，唱〕

【又一體】腹痛難支(叶)，腹痛難支(疊)，〔白〕死了罷！〔唱〕不願生時只願死(叶)。少不得母子分離(韻)，家業眷屬皆拋棄(韻)。悔當初殺狗破戒非其理(韻)，到如今死別生離其可辭(叶)。〔五瘟神唱〕只落得自傷悲(韻)，這怨苦(句)，訴向誰(韻)？〔羅卜、益利内白〕阿彌陀佛！〔五瘟神作推劉氏倒地科，同從左旁門下。生扮羅卜，戴巾，穿道袍，帶數珠。末扮益利，戴羅帽，穿屯絹道袍，繫鸞帶，帶數珠。同從上場門急上，作見劉氏倒地，各驚科，同唱〕

【中呂宮正曲・駐雲飛】瞥見傷心(韻),倒地無言病轉深(韻)。〔羅卜白〕老娘。〔益利白〕安人。〔唱〕因甚不安寢(韻),獨倒花枝蔭(韻)?嗏(格),叩首告天臨(韻),望天恩蔭(韻)。〔益利唱〕保佑安人,〔羅卜唱〕保佑慈親(讀),安樂身高枕(韻),〔合〕且自歸房莫淚淋(韻)。〔同從下場門下〕

第廿一齣　孝心切哀懇神明（江陽韻）

〔小生扮安童，戴羅帽，穿屯絹道袍，繫鑾帶，從上場門上，白〕有福之人人伏侍，無福之人伏侍人。自家傅宅安童便是。我家老安人，自從昨日在後花園回來，人事不省，語言顛倒。小官人十分着急，啼哭不止，着我到會緣橋請衆僧道，廣修佛事。不免就此前去。一心忙似箭，兩脚走如飛。〔從下場門下。中場設香案、帳幔，桌上掛三官堂匾；左側設香案、帳幔，桌上掛觀音堂匾；右側設香案、帳幔，桌上掛祖先堂匾。生扮羅卜，戴巾，穿道袍，帶數珠，從上場門上，唱〕

【小石調引・撻破歌】愁腸百折慮萱堂(韻)，驀遭災禍非常(韻)。〔白〕椿樹摧未久，萱花又凋殘。天那！若是遭零落，悲苦怎盡言？我羅卜，身逢不幸，父喪未久，母病轉深，問寢不離膝下。怎奈飲食減少，心神恍惚，若有差池，如何是好？不免竭誠，拜告天地神祇，惟願賜福消災，赦罪解厄。虔誠禮拜求神佑，只願慈親免病危。〔末扮益利，雜扮二院子，各戴羅帽，穿屯絹道袍，繫鑾帶，同從下場門上。二院子搭香几設場上，羅卜作焚香禮拜科，唱〕

【南呂宮正曲・征胡兵】瓣香虔爇深深拜(句)，哀求上蒼(韻)。只因母體違和(句)，子情多悵惘(韻)。

〔滚白〕父母生身，劬勞罔極。爲子的盡心侍奉，難報高深。天！〔唱〕爲此抒誠頻稽顙(韻)，〔合〕把微軀代母受災迍(句)，只願慈親無恙(韻)。〔二院子撤香几科，同從下場門下。羅卜白〕不免到三官堂，虔誠禱告。〔作到三官堂，拈香禮拜科，唱〕

【越調正曲·羅帳裏坐】我含悲禮拜(句)，潔誠祈禳(韻)。〔白〕三官神聖，〔唱〕皆因子獲愆尤(句)，致使母多災障(韻)。願將身代(讀)，惟神矜諒(韻)。〔合〕只求母體早安康(韻)，全賴着垂恩默相(韻)。〔隨撤三官堂桌、帳，作到觀音堂，羅卜白〕這裏是觀音堂了。〔拈香禮拜科，白〕大士，〔唱〕

【又一體】念我朝參暮禮(句)，將金容欽仰(韻)。今爲母病垂危(句)，千般苦況(韻)。望水灑楊枝(讀)，使神清氣爽(韻)。〔合〕只求母體早安康(韻)，全賴着垂恩默相(韻)。〔隨撤觀音堂桌、帳科，羅卜白〕不免再到祖先堂去，禱告一番。〔作到祖先堂拈香禮拜科，白〕祖先，〔唱〕

【又一體】曾孫不孝(句)，家門擾攘(韻)。痛遭嚴父歸冥(句)，今又慈幃有恙(韻)。拊心悲悼(讀)，哀求靈爽(韻)。〔合〕只求母體早安康(韻)，全賴着垂恩默相(韻)。〔隨撤祖先堂桌、帳科，羅卜白〕禱告已畢，不免到老娘房中，侍奉湯藥。正是：母病子傷悲，須臾不忍違。此心如寸草，怎報三春暉？〔從下場門下，益利隨下〕

第廿二齣 惡貫盈悲含祖考（齊微韻）

〔走場人扛雜扮二門神，各戴幞頭，穿圓領，束玉帶，從下場門上，安場上科。雜扮五差鬼，各戴犄角、鬼髮，穿鬼衣，繫虎皮裙，持器械，同從上場門上，分白〕請看沉冤鬼，皆多作惡人。萬般將不去，只有業隨身。〔都差鬼白〕列位，前日捉拿劉氏遊魂，是大家越牆進去的。今日活捉劉氏正魂，應從正門而入，須要他家門神、竈君，及家堂祖先，俱各畫字，以便施行。〔作到傳宅科，二門神白〕你們有何公幹？〔五差鬼唱〕

【正宮正曲·四邊静】奉森羅差遣來陽世(韻)，令行似霹靂(韻)。捉取造惡人(句)，火牌標劉氏(叶)。〔合〕他多般惡弊(韻)，將神明侮欺(韻)。飲酒恣貪饕(句)，五葷皆不忌(韻)。〔二門神唱〕

【又一體】傳門劉氏多乖戾(韻)，業報誰相替(韻)？畫字任施行(句)，勾取無遲滯(韻)。〔合〕他多般惡弊(韻)，將神明侮欺(韻)。飲酒更行兇(句)，五葷皆不忌(韻)。〔都差鬼作付勾魂牌，二門神作畫字付都差鬼科，仍從下場門下。場上左側設桌椅科。浄扮竈君，戴紫金冠、髮，穿蟒，束玉帶，從下場門上，入桌坐科。五差鬼作相見科，白〕衆鬼打躬。〔竈君白〕你們是奉閻君差來，捉拿劉氏的麽？〔五差鬼白〕正是。現有火牌

在此，請尊神畫字。〔竈君唱〕

【又一體】他善門七世非容易韻，一旦把前功棄韻。造惡更開葷句，罪業怎能避韻？〔合〕他多般惡弊韻，將神明謔戲韻。飲酒更行兇句，五葷皆不忌韻。〔都差鬼作呈勾魂牌，竈君作畫字付都差鬼科，仍從下場門下，隨撤桌椅科。五差鬼白〕門神、司命俱已畫字，我們還到他家香火堂，要他祖宗畫字，一併施行。〔同從下場門下，場上右側設桌椅科，外扮傅準，戴巾，穿行衣，從上場門上，唱〕

【仙呂宫正曲·風入松】吾家積德感天知韻，有餘慶仰賴神祇韻。〔白〕吾乃傅宅祖宗傅準。因吾兒傅相，善果圓成，〔唱〕平生厚道存仁義韻，一朝裏跨鶴昇飛韻。〔白〕媳婦劉氏，違誓開葷，造下許多業冤，罪不輕貸。媳婦，你那丈夫，積德修善。今在天堂，職居太師。〔唱合〕逍遥樂早離塵世韻，天有報不差移韻。〔入桌坐科。五差鬼同從上場門上，分白〕陽間爲善惡，陰府有權衡。〔作相見科。傅準白〕列位，那裏來的？〔五差鬼白〕奉五殿閻羅差來，活捉惡婦劉氏，速往陰司聽審。〔傅準起科，白〕列位，吾乃善門之家，屢積陰功，若是媳婦壽終，自應金童、玉女來迎。今日來此惡拿，敢是錯了。〔五差鬼白〕焉得有錯？請看火牌。〔傅準作看勾魂牌科，唱〕

【又一體】火牌觀看甚驚疑韻，頓教我苦痛傷悲韻。〔滚白〕媳婦兒，你當初立誓持齋，因何違誓開葷？開葷猶可，作惡多端，無可解釋。兒，你不該聽信劉賈、金奴語，遣孩兒經商遠離。〔唱〕把前功一旦都荒廢韻，枉了你禮念阿彌韻。〔合〕要知是果隨因起韻，到今日裏禍相隨韻。〔五差鬼唱〕

【又一體】他的惡端罪過不堪提(韻)，三界中盡所詳知(韻)。他把諸神列聖任輕欺(韻)，可怪他兇惡無忌(韻)。〔合〕到陰司苦受泥犁(韻)，忙畫字莫稽遲(韻)。〔傳準唱〕

【又一體】公差聽我説因依(韻)，我媳婦冒犯天威(韻)，今朝禍到難逃避(韻)。〔白〕列位，你們雖奉閻羅所差，〔滾白〕自古道：律設大法，理順人情。〔白〕列位，〔唱〕若肯行方便容他自悔(韻)，〔滾白〕謾道是老夫，就是天上傳相、凡間的媳婦孫兒，〔唱合〕生與死都不忘恩義(韻)，惟望取免勾追(韻)。〔作跪求科，五差鬼作扶起科，唱〕

【又一體】我奉公守法不相欺(韻)，這言詞怎敢遵依(韻)。他今造下彌天罪(韻)，司命神奏聞玉帝(韻)。〔合〕惡業深不能解釋(韻)，忙畫字莫稽遲(韻)。〔都差鬼作付勾魂牌科，傳準作入桌畫字科，唱〕

【又一體】教我未曾舉筆淚雙垂(韻)，可憐你母子分離(韻)。〔滾白〕媳婦兒，你既不肯齋僧，他們自然散去，又何用火焚齋房，燒死殘疾僧道？神目昭昭，怎肯相饒。兒，你道是暗室虧心無人曉，卻不道天網恢恢記得實。〔唱〕土司社令詳登記(韻)，司命神向靈霄奏啓(韻)。〔滾白〕發下酆都地，今日來勾你。畢竟是獨來獨往，無靠無倚。兒，此行畢竟是受禁持，夫在天曹不能救，兒在陽間怎得知？教我老公公，欲救渾無計。〔唱合〕痛得我肝腸欲碎(韻)，忙畫字任施爲(韻)。〔作畫字付都差鬼科，仍從上場門下，隨撤桌椅科。五差鬼分白〕他今大限時將到，勾取靈魂莫待遲。〔同從下場門下〕

第廿三齣　黑黑冥途從此始（古風韻）

〔丑扮頗通醫，戴巾，穿道袍，繫鑾帶，作駝背科，從上場門上，唱〕

【中呂宮引·菊花新】天生一點活人心（韻），積得陰功海樣深（韻）。紅杏種成林（韻），上池水任人來飲（韻）。〔中場設椅，轉場，坐科，白〕神農去世遠，華陀不復作。百里無良醫，十病九溝壑。我生雖駝背，心頗明醫藥。陰騭滿乾坤，人稱駝扁鵲。自家頗通醫便是，四方請者甚多，徒弟從者又衆。今喜清閒，不免唤徒弟出來，將《難經》《素問》《脈訣》等書，講論一番。正是：學問勤乃有，不勤腹空虛。徒弟那裏？〔丑扮徒弟，戴小兒巾，穿道袍，繫鑾帶，從上場門上，白〕師傅，四方盡仰杏林風，百里咸沾橘井功。〔頗通醫白〕徒弟，但願世人無病疾，休誇吾藥有靈通。〔末扮益利，戴羅帽，穿屯絹道袍，繫鑾帶，帶數珠，從上場門上，白〕安人患凶病，特地請醫人。駝先生可在家麽？〔徒弟作出門科，白〕原來是傅掌家，請進。〔作引益利進門科，頗通醫起，隨撤椅科，白〕傅掌家，輕易不到小舖，今日到此何幹？〔益利白〕安人一病，十分沉重，特請先生看脈下藥。〔頗通醫白〕方纔有張家相請，明日去罷。〔益利白〕我小官人在家，猶如大旱之望雲霓一般，請先生快去纔好。〔頗通醫白〕既然如此，先到府

上，後到張家。看藥包來。〔徒弟向下取藥包隨上，付益利科，仍從上場門下。頗通醫、益利同作出門科。頗通醫唱〕

【越調正曲・水底魚兒】急急忙行(韻)，前去莫留停(韻)。安人病疾(句)，〔合〕拿脈便分明(韻)，拿脈便分明(疊)。〔作到進門科。雜扮五差鬼，各戴犄角、鬼髮，穿鬼衣，繫虎皮裙，持器械，從兩場門分上，暗立科。頗通醫隨意發諢科。生扮羅卜，戴巾，穿道袍，帶數珠，從上場門上，作相見科，白〕有勞先生降臨。〔頗通醫白〕不瞞官人説，我近日正害瘧疾，不肯出門。無奈何掌家催促，只得前來。〔五差鬼搧頗通醫發冷，復吹頗通醫發熱。頗通醫隨意發諢科，白〕今日這場瘧疾，比往時更重。我是年老之人，那裏禁得這樣重病。快請老安人出來，診一診脈，放兩劑藥在這裏。我回家去，好辦我的後事。〔場上設桌椅科，小旦扮金奴，雜扮十二梅香，各穿衫、背心，繫汗巾，扶旦扮劉氏，穿衫，繫腰裙，作病容，從上場門上，唱〕

【越調引・金蕉葉】禍從天墜(韻)，七孔裏血流不已(韻)。〔入桌坐科，唱〕想當初是我差池(韻)，到今日悔之晚矣(韻)。〔羅卜白〕老娘，病體好些了麽？〔劉氏白〕兒，你娘病體，日見其加，如何是好？〔羅卜白〕孩兒請得先生，與老娘看脈。〔劉氏白〕生受兒了。〔羅卜白〕請先生與老娘看脈。〔頗通醫白〕愚下拜揖了。〔作隨意發諢科。益利白〕病重如何回得禮，請先生看脈。〔桌左側設椅，頗通醫作坐，診脈，隨意發諢科。羅卜白〕甚麽病症？〔頗通醫唱〕

【越調正曲・蠻牌令】此病甚蹺蹊(韻)，妙藥總難醫(韻)。〔羅卜白〕敢是精神疲弊，血氣衰微？

〔頗通醫唱〕也不是精神短(句)，也不是血氣微(韻)。〔羅卜白〕敢是食少事煩，以致憂鬱？〔頗通醫白〕非也。〔羅卜白〕先生盡心醫治，重重有謝。〔頗通醫白〕妙藥難醫冤業病，就是安人；横財不富命窮人，就是愚下了。〔唱〕縱神仙也難醫治(韻)，況凡人如何調理(韻)？〔羅卜作哭科。頗通醫白〕住了，有你們哭的日子。〔唱合〕休淚淋(句)，莫皺眉(韻)。〔白〕藥乃草根樹皮，止能醫人之身，不能醫人之心。須是拜告天地神明，懺悔罪業，或者可以挽回。〔唱〕除是天地垂憐(讀)，災方可退(韻)。〔羅卜白〕先生，下甚麽藥？〔頗通醫白〕令堂這個病症，衝撞了兇神惡煞，心慌脈亂，先要禳解，然後下藥纔中用。〔羅卜白〕益利，快請祭星道士來禳解。〔頗通醫白〕住了，不要請道士，在下即能祭星禳解。〔羅卜白〕如此却好，快擺香供。〔益利向下取香供隨上科，白〕請先生禱告。〔頗通醫白〕伏以，神通浩浩，聖德昭昭，凡民祈禱，定蒙感應。今有傅門劉氏，陡沾重疾，心慌意亂，語言顛倒，想是衝撞兇神惡煞。特備菲供，乞求普天列聖，消災降福，身體安寧，凡在光中，吉祥如意。〔五差鬼作打頗通醫，頗通醫隨意發諢，作出門科，仍從上場門下。都差鬼白〕先將金奴魂魄，拿到土地廟鎖禁者。〔五差鬼作活捉金奴，金奴作忽倒地氣絶科，雜扮金奴替身，穿衫、背心，繫汗巾，暗上科。五差鬼鎖金奴，同從左旁門下，隨上。衆梅香作驚唤科，白〕金奴姐，一時氣絶了。〔同作扛金奴替身從上場門下，隨上。劉氏白〕怎麽説？〔衆梅香白〕金奴死了。〔劉氏作歎科，白〕這是我引路人去了。〔作哭科白〕金奴兒，你等着我。〔唱〕

【中吕宫正曲・駐雲飛】痛苦號啼(韻)，口欲言時掙不起(韻)。〔五差鬼作搧風科，劉氏作冷科，唱〕清冷冷寒似水(韻)，〔白〕快取衣來。〔衆梅香向下取衣，隨上，與劉氏遮蓋科。五差鬼作吹火科，劉氏作熱科，唱〕熱焰焰如蒸炙(韻)。嗏(格)，遍體似刀錐(韻)，〔羅卜虛白作哭科。劉氏唱〕痛深骨髓(韻)。事到頭來(讀)，料想難逃避(韻)，〔白〕兒，你娘這等模樣，〔滾白〕不是今日，便是明朝。〔唱合〕急辦前程不可遲(韻)。〔益利虛白，向下取冠帶，隨上。羅卜白〕有件好衣服在此，老娘可要穿？〔劉氏虛白，衆梅香隨與劉氏穿戴科。劉氏作哭科，白〕只是捨不得嬌兒。〔唱〕

【又一體】扯住兒衣(韻)，止不住汪汪雨淚垂(韻)。〔都差鬼作拍桌，劉氏作驚看科，唱〕黑沉沉都是鬼(韻)，〔五差鬼作點手喚劉氏，劉氏作點頭應科，唱〕急煎煎催娘逝(韻)。嗏(格)，追悔是當日(韻)，〔白〕你娘一死何足惜，只是不曾替我嬌兒完就得姻親。留得娘在，可遲數年。娘若死了，你可將娘收殮入棺，〔滾白〕速速送殯歸山，送信到曹門，多多拜覆你岳丈、岳母，教他與你完就這門姻親。早晚之間，夫妻房中，也得有箇疼熱。兒，你緊記娘言語。〔白〕益利，〔益利跪科。劉氏白〕小官人年幼，有我在做得主張，我若死了，你與小官人支持這分家私。〔滾白〕且喜囊有餘資，廩有餘粟，仍舊會緣橋頭，高掛長旛，供養僧道，賑濟貧民，切莫違了先人的遺囑。益利，你謹記我臨終語。〔羅卜哭科，同滾白〕到今日兒看母悲，〔唱〕母看兒啼(韻)。兩眼睁睁(讀)，痛得我肝腸碎(韻)，〔劉氏白〕兒，〔唱合〕大限來時顧不得伊(韻)。〔作昏迷科。羅卜、益利、衆梅香作喚科。都差鬼作拍桌科，劉氏作點頭應科，白〕兒，我還不死，你快往三官堂焚香，我就好了。〔羅卜應科，從下場門下。劉氏白〕益利，快取衣來，與我煖寒。〔益利應科，從上場門下。五差鬼鎖劉氏遶場，同從左旁門下。雜扮劉氏替身，戴鳳冠，穿補服，束金帶，暗上，伏桌上科。小生扮安童，丑扮齋童，雜扮八院子，各戴羅帽，穿屯絹道袍，隨羅卜、益利從兩場門分上。衆梅香虛白哭科，羅卜作脱吉衣痛哭科，衆同唱〕

【仙呂宮正曲・玉胞肚】肝腸痛碎(韻)，閃得我渾無所倚(韻)。頓然見七孔鮮血澆淋(句)，猛可裏長辭陽世(韻)。〔合〕幽明今後永分離(韻)，此恨綿綿無了期(韻)。〔益利、衆院子、梅香各作脱吉衣痛哭科。羅卜唱〕

【又一體】百年母子(叶)，霎時間頓成拋棄(韻)。〔白〕益利，〔唱〕須當要大設齋筵(句)，度亡靈虔心竭力(韻)。〔合〕幽明今後永分離(韻)，〔衆同唱〕此恨綿綿無了期(韻)。〔衆梅香作扶劉氏替身從下場門下。益利、衆院子作跪勸羅卜科，亦從下場門下〕

第廿四齣　昭昭天報自今明（古風韻）

〔外扮傅準，戴巾，穿氅，繫絲縧，從上場門上，白〕試看黃泉下，曾將誰放鬆？寄言人世上，及早積陰功。我媳婦劉氏，雖然陽壽未終，奈他造惡多端，今被差鬼拿去。此行非常之苦，我不免趕上去，送些錢鈔與他使用。我那媳婦，〔唱〕

【中呂宮正曲·駐雲飛】恨汝生前（韻），不聽良言聽惡言（韻）。一意行不善（韻），現報分明見（韻）。嗏（格），此去受熬煎（韻），有誰見憐（韻）？地獄重重（讀），殿殿都遊遍（韻），〔合〕悔煞當初結業冤（韻）。〔雜扮五差鬼，各戴犄角、鬼髮，穿鬼衣，繫虎皮裙，持器械，帶旦扮劉氏魂，戴鳳冠，搭魂帕，穿圓領，束金帶，從右旁門上。傅準唱〕

【又一體】一見傷悲（韻），事到如今悔是遲（韻）。造下彌天罪（韻），有誰箇來相替（韻）？嗏（格），此去受禁持（韻），有無限孤恓（韻）。歷盡艱難（讀），空自垂雙淚（韻），〔合〕痛斷肝腸只自知（韻）。〔劉氏魂白〕你是那個？〔傅準白〕我是你祖先公公，特來送些錢鈔，與你使用。〔劉氏魂白〕我家祖先公公，久已棄世了。〔傅準白〕兒，你也是死的了。〔劉氏魂作跪求科，白〕祖先公公快救我。〔傅準白〕救不得你了。〔虛白作付紙錢科，仍從上場門下。五差鬼帶劉氏魂遶場科，劉氏魂作跌科，白〕金奴，看茶來我喫。〔都差鬼白〕這潑婦，説的好自在話兒。〔劉氏魂作忽見五差鬼，畏怕科，白〕列位，這是那裏？〔五差鬼白〕這是陰司了。〔劉氏魂白〕哦，這等説我死了。〔五差鬼白〕你不死還想活？〔劉氏魂作驚懼科，唱〕

【越調正曲・竹馬兒賺】恍惚魂飄韻，轉眼便是讀，陰司來到韻。空教顧後瞻前句，却仗誰相靠韻？使咱驚跳韻。〔都差鬼白〕潑婦，從前作過事，目下一齊來。〔唱〕你包藏瞞昧心讀，此日要分曉韻。去見狠閻羅讀，當償多果報韻。〔劉氏魂唱〕我也曾齋僧齋道韻，累積善功非小韻，如何拿問讀，想應錯了韻。〔都差鬼白〕傅家三代持齋，七輩好善，被你一朝廢了。〔唱〕

【又一體】你歹心腸讀，惡肺腑句，幾年間讀罪業造來不少韻。閻君特命勾拿句，現有這火牌爲照韻。〔劉氏魂作看火牌科，唱〕停睛仔細看句，〔白〕犯婦一名，傅門劉氏，〔作哭科，唱〕那粉牌上讀書黑字硃筆明標韻。〔都差鬼唱〕你業由自造韻，重重地獄苦讀，難教遁逃韻。〔劉氏魂作哭科，唱〕一旦人身失句，使我不勝悲悼韻。〔五差鬼唱〕

【中吕宫正曲・駐雲飛】休怨休疑韻，獲罪於天無所祈韻。造下千般罪韻，報應難逃避韻。嗏格，此去受禁持韻，身遭顛沛韻。自作冤愆讀，這苦誰來替韻，〔合〕急急前行不可遲韻。〔劉氏魂唱〕

【又一體】萬事都休韻，〔滾白〕正是：三寸氣在千般用，一旦無常萬事休。〔唱〕可憐見銅斗斗家筵一旦丟(韻)。〔白〕列位公差，我夫早喪，只生一箇兒子，未曾畢姻。放我回去，替我孩兒娶了媳婦，再來罷。〔作回身欲走科。都差鬼白〕拿了你來，還想要去？〔劉氏魂白〕回去不得了？〔都差鬼白〕回去不得了。〔劉氏魂作哭科，唱〕撇得我嬌兒幼(韻)，可憐我孤子，未與他完婚媾(韻)。嗏(格)，過後悔前頭(韻)，〔白〕適纔祖先公公，送得有錢，奉與列位，買命回陽。〔都差鬼白〕誰要你的錢？只要你的命。〔劉氏魂滾白〕苦！我在陽間，存錢可以買人之生，送人之死，今到陰司，有錢無有用處。苦過後悔前頭。〔唱〕這還是自造愆尤(韻)，到如今縱有錢財(讀)，難買他寬宥(韻)。〔白〕列位，送與你罷。〔五差鬼白〕我們不要。〔劉氏魂白〕他們既不要，我帶了何用？〔唱合〕灑向黃泉逐水流(韻)。〔五差鬼各作搶錢科。劉氏魂作卸鎖科，急從左旁門下。都差鬼白〕求我們要又不要，灑在地下我們又搶。〔四差鬼白〕快些趕上。〔同從左旁門下。雜扮衆餓鬼魂，各戴氊帽，搭魂帕，穿舊破衣，繫腰裙，同從右旁門上，唱〕

【又一體】舉目淒淒(韻)，飄蕩隨風無所依(韻)。雖苦多淹滯(韻)，且喜無拘繫(韻)。嗏(格)，〔白〕我們乃黃泉路上，無主遊魂便是。念生前無善可稱，無惡可舉，所以死到陰司，閻君勘過，得免輪迴，任來任去。只是拋下兒女，丟了家園，思量起來，好不苦也！〔劉氏魂從右旁門上。衆鬼魂唱見〕新鬼甚堪疑(韻)，踪跡蹺蹊(韻)。可將他首飾衣衫(讀)，搶奪來權遮體(韻)。〔作向劉氏魂搶衣物科。劉氏魂白〕我乃傳門劉氏。積善之家，爾等不可無禮嗄，〔衆鬼魂白〕積善之家，死後須有金童、玉女相隨，我們豈敢近前？似你孤身，必定是有罪犯婦。那管你閒説，我們搶。〔作搶鳳冠、圓領，各争穿戴科。劉氏魂白〕好苦，列位不拿我了？〔衆鬼魂白〕我們也無拿你的職掌。〔唱合〕各自潛踪不可遲(韻)。〔劉氏魂虛白，從左旁門下。衆鬼魂亦從左旁門下。五差鬼同從右旁門作趕劉氏魂上，遶場科。劉氏魂從左旁門下，五差鬼虛白科。丑扮土地，戴巾，穿土地氅，持拂塵，從上場門上，白〕列位請了。〔五差鬼虛白科。土地白〕列位，我乃王舍城土地。那傅門劉氏之惡，是我呈奏天庭，故此玉旨降下酆都，閻羅差來活捉。但是他的陰魂，非比別箇。只因當初他夫主在日，他常念《金剛經》《大悲咒》，諸品經卷，他都誦過。此時還有經力在身，因此難拿。〔五差鬼白〕這等説拿不來了？〔土地白〕不妨事，雖有經力，不能堅固。他如今躲在東嶽廟後，你們須用鐵叉叉住，方可拿去。我多着陰兵，幫助就是了。〔五差鬼白〕説得有理。〔土地唱〕

【仙吕宫正曲·好姐姐】要知(讀)閻羅命你(韻)，這都是玉皇旨意(韻)。他經力無能(讀)，惟餘冤業隨(韻)。〔合〕今朝裏(韻)，陰兵五路排來密(韻)。縱插翅騰空也不得飛(韻)。〔五差鬼唱〕

【又一體】這回(讀)教咱怒起(韻)，看明晃晃鋼叉鋒利(韻)。任教藏躲(讀)，也要把他魂魄追(韻)。〔合〕今朝裏(韻)，陰兵五路排來密(韻)，縱插翅騰空也不得飛(韻)。〔五差鬼同從左旁門下。土地白〕陰兵何在？〔雜扮二十陰兵，各戴鬼髮，穿蟒、箭袖、虎皮卒褂，持器械，從左右兩旁門分上。土地白〕你們聽我吩咐。如今劉氏，藏在東嶽廟後，你們幫助衆差鬼，一齊捉拿便了。〔從下場門下。衆陰兵遶場科，同從左旁門下。五差鬼持叉，同從右旁門上，向臺前安設，隨作禮拜祭叉畢，各持叉跳舞科，同從左旁門下。衆陰兵同從地井內

上，各遶場，隨意發諢科。雜扮劉氏魂，穿衫，繫腰裙，從右旁門上。五差鬼作趕出，對叉跳舞畢，作拿住劉氏魂科，衆同唱〕

【越調正曲・水底魚兒】潑婦無知㊀，造下多般罪㊀。鐵叉叉住㊁，〔合〕怎得再逃回㊀，怎得再逃回㊂？〔同從左旁門下〕